# LE CRIME

## ET

# LE CHATIMENT 305

PARIS. — TYPOGRAPHIE DE E. PLON, NOURRIT ET Cⁱᵉ, RUE GARANCIÈRE, 8.

# TH. DOSTOIEVSKY

# LE CRIME

## ET

# LE CHATIMENT

TRADUIT DU RUSSE PAR VICTOR DERÉLY

## TOME SECOND

## PARIS

LIBRAIRIE PLON

E. PLON, NOURRIT et Cie, IMPRIMEURS-ÉDITEURS

RUE GARANCIÈRE, 10

1884

LE

# CRIME ET LE CHATIMENT

---

## QUATRIÈME PARTIE

---

I

« Suis-je bien éveillé? » pensa de nouveau Raskolnikoff, qui considérait d'un œil défiant le visiteur inattendu.

— Svidrigaïloff? Allons donc, cela ne se peut pas! dit-il enfin tout haut, n'osant en croire ses oreilles.

Cette exclamation parut ne causer aucune surprise à l'étranger.

— Je suis venu chez vous pour deux raisons : d'abord, je désirais personnellement faire votre connaissance, ayant depuis longtemps entendu beaucoup parler de vous et dans les termes les plus flatteurs; ensuite, j'espère que vous ne me refuserez peut-être pas votre concours dans une entreprise qui touche directement aux intérêts de votre sœur, Avdotia Romanovna. Seul, sans recommandation, j'aurais peine à être reçu par elle, maintenant qu'elle est prévenue contre moi; mais, présenté par vous, je présume qu'il en sera autrement.

— Vous avez eu tort de compter sur moi, répliqua Raskolnikoff.

— C'est hier seulement que ces dames sont arrivées? permettez-moi de vous faire cette question.

Raskolnikoff ne répondit pas.

— C'est hier, je le sais. Moi-même je ne suis ici que depuis
avant-hier. Eh bien, voici ce que je vous dirai à ce propos,
Rodion Romanovitch; je crois superflu de me justifier, mais
permettez-moi de vous le demander : qu'y a-t-il, au fait,
dans tout cela, de si particulièrement criminel de ma part,
bien entendu, si l'on apprécie les choses sainement, sans
préjugés?

Raskolnikoff continuait à l'examiner en silence.

— Vous me direz, n'est-ce pas? que j'ai persécuté dans
ma maison une jeune fille sans défense et que je l'ai « insul-
tée par des propositions déshonorantes »? (Je vais moi-même
au-devant de l'accusation!) — Mais considérez seulement
que je suis homme, *et nihil humanum*... en un mot, que je suis
susceptible de subir un entraînement, de devenir amoureux
(chose sans doute indépendante de notre volonté), alors tout
s'expliquera de la façon la plus naturelle. Toute la question
est celle-ci. Suis-je un monstre ou ne suis-je pas plutôt une
victime? Et, certes, je suis une victime! Quand je proposais
à l'objet de ma flamme de s'enfuir avec moi en Amérique
ou en Suisse, je nourrissais peut-être à son égard les sentiments les plus respectueux et je songeais à assurer notre
commun bonheur!... La raison n'est que l'esclave de la passion; c'est à moi surtout que j'ai nui...

— Il ne s'agit nullement de cela, répliqua avec dégoût
Raskolnikoff : — que vous ayez raison ou tort, vous m'êtes
tout simplement odieux; je ne veux pas vous connaître, et
je vous chasse. Sortez!...

Svidrigaïloff partit d'un éclat de rire.

— Pas moyen de vous entortiller! dit-il avec une franche

gaieté : — je voulais faire le malin, mais non, avec vous ça ne prend pas !

— Encore en ce moment vous cherchez à m'entortiller.

— Eh bien, quoi? Eh bien, quoi? répéta Svidrigaïloff en riant de tout son cœur : — c'est de bonne guerre, comme on dit en français, cette malice-là est bien permise!... Mais vous ne m'avez pas laissé achever : pour en revenir à ce que je disais tout à l'heure, il ne se serait rien passé de désagréable sans l'incident du jardin. Marfa Pétrovna...

— On dit aussi que vous avez tué Marfa Pétrovna? interrompit brutalement Raskolnikoff.

— Ah! on vous a déjà parlé de cela? Du reste, ce n'est pas étonnant... Eh bien, pour ce qui est de la question que vous me faites, je ne sais vraiment que vous dire, bien que j'aie la conscience parfaitement tranquille à cet égard. N'allez pas croire que je redoute les suites de cette affaire : toutes les formalités d'usage ont été accomplies de la façon la plus minutieuse, l'enquête médicale a prouvé que la défunte est morte d'une attaque d'apoplexie provoquée par un bain qu'elle a pris au sortir d'un plantureux repas où elle avait bu près d'une bouteille de vin; on n'a rien pu découvrir d'autre... Non, ce n'est pas là ce qui m'inquiète. Mais plusieurs fois, surtout pendant que je roulais en wagon vers Pétersbourg, je me suis demandé si je n'avais pas contribué moralement à ce... malheur, soit en causant de l'irritation à ma femme, soit de quelque autre manière semblable. J'ai fini par conclure qu'il n'avait pu en être ainsi.

Raskolnikoff se mit à rire.

— De quoi vous préoccupez-vous là !

— Qu'avez-vous à rire? Je lui ai donné seulement deux petits coups de cravache, ils n'ont pas même laissé de marques... Ne me considérez pas, je vous prie, comme un cynique; je sais parfaitement que c'est ignoble de ma part, etc., mais je sais aussi que mes accès de brutalité ne déplaisaient pas à Marfa Pétrovna. Quand est arrivée l'affaire avec votre sœur, ma femme a été tambouriner cette histoire dans toute la ville, elle a ennuyé toutes ses connaissances avec sa fameuse lettre (vous avez su sans doute qu'elle en donnait lecture à tout le monde?). C'est alors que ces deux coups de cravache sont tombés comme du ciel !

Un moment Raskolnikoff songea à se lever et à sortir pour couper court à l'entretien. Mais une certaine curiosité et même une sorte de calcul le décidèrent à patienter un peu.

— Vous aimez à jouer de la cravache? demanda-t-il d'un air distrait.

— Non, pas trop, répondit tranquillement Svidrigaïloff. Je n'avais presque jamais de querelles avec Marfa Pétrovna. Nous vivions en fort bon accord, et elle était toujours contente de moi. Pendant nos sept ans de vie commune je ne me suis servi de la cravache que deux fois (je laisse de côté un troisième cas, du reste, fort ambigu) : la première fois, ce fut deux mois après notre mariage, au moment où nous venions de nous installer à la campagne; la seconde et dernière fois, c'est dans la circonstance que je rappelais tout à l'heure. — Vous me preniez déjà pour un monstre, pour un rétrograde, pour un partisan du servage? hé ! hé !...

Dans la conviction de Raskolnikoff, cet homme avait quelque projet fermement arrêté, et c'était un fin matois.

— Vous devez avoir passé plusieurs jours consécutifs sans parler à personne? demanda le jeune homme.

— Il y a du vrai dans votre conjecture. Mais vous vous étonnez, n'est-ce pas? de me trouver un si bon caractère?

— Je trouve même que vous l'avez trop bon.

— Parce que je ne me suis pas formalisé de la grossièreté de vos questions? Eh bien, quoi? Pourquoi me blesserais-je? comme vous m'avez interrogé, je vous ai répondu, reprit Svidrigaïloff avec une singulière expression de bonhomie.

En vérité, je ne m'intéresse pour ainsi dire à rien, continua-t-il d'un air pensif. Maintenant, surtout, rien ne m'occupe... Du reste, libre à vous de penser que je cherche dans des vues intéressées à gagner vos bonnes grâces, d'autant plus que j'ai affaire à votre sœur, comme je vous l'ai déclaré moi-même. Mais je vous le dis franchement : je m'ennuie beaucoup! depuis trois jours surtout, en sorte que j'étais bien aise de vous voir... Ne vous fâchez pas, Rodion Romanovitch, si je vous avoue que vous-même me paraissez fort étrange. Vous aurez beau dire, il y a en vous quelque chose d'extraordinaire; et maintenant surtout, c'est-à-dire, pas en ce moment même, mais depuis quelque temps... Allons, allons, je me tais, ne froncez pas le sourcil! Je ne suis pas si ours que vous le croyez.

— Peut-être même n'êtes-vous pas ours du tout, dit Raskolnikoff. Je dirai plus : il me semble que vous êtes un homme de fort bonne société, ou, du moins, que vous savez à l'occasion être comme il faut.

— Je ne me soucie de l'opinion de personne, répondit Svidrigaïloff d'un ton sec et légèrement nuancé de dédain; dès lors pourquoi ne pas prendre les façons d'un homme mal élevé, dans un pays où elles sont si commodes et... et surtout quand on y a une propension naturelle? ajouta-t-il en riant.

Raskolnikoff le regardait d'un air sombre.

— J'ai entendu dire que vous connaissiez beaucoup de monde ici. Vous n'êtes pas ce qu'on appelle « un homme sans relations ». Cela étant, que venez-vous faire chez moi, si vous n'avez pas quelque but?

— Il est vrai, comme vous le dites, que j'ai ici des connaissances, reprit le visiteur, sans répondre à la principale question qui lui était adressée; depuis trois jours que je flâne sur le pavé de la capitale, j'en ai déjà rencontré plusieurs; je les ai reconnues, et je crois qu'elles m'ont reconnu aussi. J'ai une mise convenable, et je suis censé être dans l'aisance : l'abolition du servage ne nous a pas ruinés; cependant... je ne tiens pas à renouer mes anciennes relations; déjà autrefois elles m'étaient insupportables. Je suis ici depuis avant-hier, et je ne me suis encore rappelé au souvenir de personne. Non, il faudra que le monde des cercles et les habitués du restaurant Dussaud se passent de ma présence. D'ailleurs, quel plaisir y a-t-il à tricher au jeu?

— Ah! vous trichiez au jeu?

— Eh, sans doute! Il y a huit ans, nous étions toute une société, — des hommes très comme il faut, des capitalistes, des poëtes, — qui passions le temps à jouer aux cartes et à nous tricher de notre mieux. Avez-vous remarqué qu'en Russie les gens du meilleur ton sont des filous? Mais à cette époque un grec de Niéjine, à qui je devais 70,000 roubles, me fit enfermer à la prison pour dettes. C'est alors que se montra Marfa Pétrovna. Elle entra en arrangement avec mon créancier et, moyennant 30,000 roubles qu'elle lui paya, obtint ma mise en liberté. Nous nous unîmes en légitime mariage; après quoi, elle se hâta de m'enfouir à sa campagne, comme un trésor. Elle était de cinq ans plus âgée que moi et m'aimait beaucoup. Pendant sept ans je n'ai pas bougé du village. Notez que toute sa vie elle a gardé par devers soi, à titre de précaution contre moi, la lettre de change que j'avais souscrite au grec et qu'elle avait fait racheter par un prête-nom : si j'avais essayé de secouer le joug, elle m'aurait immédiatement fait coffrer! Oh! malgré toute son affection pour moi, elle n'aurait pas hésité! Les femmes ont de ces contradictions.

— Si elle ne vous avait pas tenu de la sorte, vous l'auriez plantée là?

— Je ne sais comment vous répondre. Ce document ne me gênait pas beaucoup. Je n'avais envie d'aller nulle part. Deux fois Marfa Pétrovna elle-même, voyant que je m'en-

nuyais, m'engagea à faire un voyage à l'étranger. Mais
quoi! j'avais déjà visité l'Europe, et toujours je m'y étais
affreusement déplu. Là, sans doute, les grands spectacles
de la nature sollicitent votre admiration, mais, tandis que
vous contemplez un lever de soleil, la mer, la baie de
Naples, vous vous sentez triste, et le plus vexant, c'est que
vous ne savez pas pourquoi. Non, on est mieux chez nous.
Ici, du moins, on accuse les autres de tout, et l'on se justifie
à ses propres yeux. Maintenant je partirais peut-être pour
une expédition au pôle nord, parce que le vin qui était ma
seule ressource a fini par me dégoûter. Je ne peux plus
boire. J'ai essayé. Mais on dit qu'il y a une ascension aéro-
statique dimanche au jardin Ioussoupoff: Berg tente, paraît-
il, un grand voyage aérien, et il consent à prendre des compagnons de route, moyennant un certain prix, est-ce vrai?

— Vous avez envie de partir en ballon?

— Moi? Non... oui... murmura Svidrigaïloff, qui semblait
devenu rêveur.

« Qu'est-ce bien que cet homme-là? » pensa Raskolnikoff.

— Non, la lettre de change ne me gênait pas, continua
Svidrigaïloff; c'est de mon plein gré que je restais au village. Il y aura bientôt un an, Marfa Pétrovna, à l'occasion
de ma fête, m'a rendu ce papier en y joignant une somme
importante à titre de cadeau. Elle avait beaucoup d'argent.
« Voyez quelle confiance j'ai en vous, Arcade Ivanovitch »,
m'a-t-elle dit. Je vous assure qu'elle s'est exprimée ainsi;
vous ne le croyez pas? Mais, vous savez, je remplissais fort
bien mes devoirs de propriétaire rural; on me connaît dans
le pays. De plus, pour m'occuper, je faisais venir des livres;
Marfa Pétrovna, dans le principe, approuvait mon goût pour
la lecture, mais plus tard elle craignit que je ne me fati-
guasse par trop d'application.

— Il semble que la mort de Marfa Pétrovna vous ait
laissé un vide?

— A moi? Peut-être. Vraiment, c'est possible. A propos, croyez-vous aux apparitions?

— A quelles apparitions?

— Aux apparitions, dans le sens ordinaire du mot.

— Vous y croyez, vous?

— Oui et non, je n'y crois pas si vous voulez, pourtant...

— Vous en voyez?

Svidrigaïloff regarda son interlocuteur d'un air étrange.

— Marfa Pétrovna vient me visiter, dit-il, et sa bouche se tordit en un sourire indéfinissable.

— Comment, elle vient vous visiter?

— Oui, elle est déjà venue trois fois. La première fois, je l'ai vue le jour même de l'enterrement, une heure après être revenu du cimetière. C'était la veille de mon départ pour Pétersbourg. Je l'ai revue ensuite pendant mon voyage : elle m'est apparue avant-hier, au point du jour, à la station de Malaïa Vichéra; la troisième fois, c'est il y a deux heures, dans une chambre de l'appartement où je loge, j'étais seul.

— Vous étiez éveillé?

— Parfaitement. J'étais éveillé les trois fois. Elle vient, elle cause une minute et elle s'en va par la porte, toujours par la porte. Il me semble l'entendre marcher.

— Je me disais bien qu'il devait arriver, en effet, des choses de ce genre, fit brusquement Raskolnikoff, et au même instant il s'étonna d'avoir prononcé cette parole. Il était fort agité.

— Vraiment? Vous vous disiez cela? demanda Svidrigaïloff surpris : — est-ce possible? Eh bien, n'avais-je pas raison de dire qu'il y a entre nous un point commun, hein?

— Jamais vous n'avez dit cela! répliqua avec irritation Raskolnikoff.

— Je ne l'ai pas dit?

— Non.

— Je croyais l'avoir dit. Tantôt, quand je suis entré ici et que je vous ai vu couché, les yeux fermés, et faisant semblant de dormir, j'ai pensé à part moi : « C'est celui-là même ! »

— « Celui-là même ! » Que voulez-vous dire par là? A quoi faites-vous allusion? s'écria Raskolnikoff.

— A quoi? Vraiment, je ne sais pas... balbutia d'un air embarrassé Svidrigaïloff.

Pendant une minute, ils se regardèrent silencieusement entre les deux yeux.

— Tout cela ne signifie rien! reprit avec colère Raskolnikoff, qu'est-ce qu'elle vous dit, quand elle vient vous voir?

— Elle? Figurez-vous qu'elle me parle de niaiseries, de choses tout à fait insignifiantes, et voyez ce que c'est que l'homme : cela me fâche. Lors de sa première apparition, j'étais fatigué; le service funèbre, le *Requiem,* le dîner, tout cela ne m'avait pas laissé respirer, — enfin je me trouvais seul dans mon cabinet, je fumais un cigare en m'abandonnant à mes réflexions, quand je la vois entrer par la porte : « Arcade Ivanovitch, me dit-elle, aujourd'hui, avec le tracas que vous avez eu, vous avez oublié de remonter la pendule de la salle à manger. » C'était moi, en effet, qui depuis sept ans remontais cette pendule chaque semaine, et quand je l'oubliais, ma femme m'y faisait toujours penser. Le lendemain, je me mets en route pour Pétersbourg. Au point du jour, arrivé à une station, je descends et j'entre au buffet de la gare. J'avais mal dormi, mes yeux étaient appesantis, je me fais servir une tasse de café. Tout à coup, qui vois-je? Marfa Pétrovna assise à côté de moi. Elle tenait entre les mains un jeu de cartes : « Voulez-vous que je vous prédise ce qui vous arrivera pendant votre voyage, Arcade Ivanovitch? » me demande-t-elle. Elle tirait fort bien les cartes. Je ne me pardonne pas, vraiment, de ne pas m'être fait dire la bonne aventure par elle. Je m'enfuis, effrayé, d'ailleurs la sonnette appelait les voyageurs. Aujourd'hui, après un

**1.**

dîner détestable que je ne parvenais pas à digérer, j'étais assis dans ma chambre et j'avais allumé un cigare quand je vois arriver de nouveau Marfa Pétrovna, cette fois, en grande toilette; elle avait une robe neuve en soie verte avec une très-longue traîne : « Bonjour, Arcade Ivanovitch! comment trouvez-vous ma robe? Aniska n'en fait pas de pareilles. » (Aniska, c'est une couturière de notre village, une ancienne serve qui a été en apprentissage à Moscou — un beau brin de fille.) Je jette un coup d'œil sur la robe, puis je regarde attentivement ma femme en pleine figure, et je lui dis : « Il est inutile que vous vous dérangiez, Marfa Pétrovna, pour venir me parler de semblables bagatelles. » — « Ah! mon Dieu, batuchka, il n'y a pas moyen de te faire peur. » — « Je vais me marier, Marfa Pétrovna », reprends-je, voulant la taquiner un peu. — « Libre à vous, Arcade Ivanovitch; vous vous ferez peu d'honneur en vous remariant sitôt après avoir perdu votre femme; fissiez-vous même un bon choix, vous ne vous attirerez que le mépris des braves gens. » Sur ce, elle sortit, et je crus même entendre le froufrou de sa traîne. N'est-ce pas que c'est drôle?

— Mais peut-être ne dites-vous que des mensonges? observa Raskolnikoff.

— Il est rare que je mente, répondit Svidrigaïloff d'un air rêveur et sans paraître remarquer le moins du monde la grossièreté de la question.

— Et, avant cela, vous n'aviez jamais vu de revenants?

— Si, mais cela ne m'était arrivé qu'une seule fois, il y a six ans. J'avais un domestique nommé Philka; on venait de l'enterrer; par distraction je criai comme de coutume : « Philka, ma pipe! » Il entra et alla droit à l'armoire où se trouvaient mes ustensiles de fumeur. « Il m'en veut », pensai-je en moi-même, car, peu avant sa mort, nous avions eu ensemble une vive altercation. — « Comment oses-tu, lui dis-je, te présenter devant moi avec un vêtement troué aux coudes? Va-t'en, maraud! » Il fit demi-tour, sortit et ne revint plus. Je n'en ai pas parlé à Marfa Pétrovna. Mon intention était d'abord de faire dire une messe pour lui, mais j'ai réfléchi ensuite que ce serait de l'enfantillage.

— Allez voir un médecin.

— Votre observation est superflue, je comprends moi-même que je suis malade, bien que, à la vérité, je ne sache pas de quoi; selon moi, je me porte cinq fois mieux que vous. Je ne vous ai pas demandé : croyez-vous qu'on voie des apparitions? ma question était celle-ci : Croyez-vous qu'il y ait des apparitions?

— Non, certes, je ne le crois pas! répliqua vivement et même avec colère le jeune homme.

— Que dit-on ordinairement? murmura en manière de soliloque Svidrigaïloff, qui, la tête un peu inclinée, regardait de côté. — Les gens vous disent : « Vous êtes malade, par conséquent ce qui vous apparaît n'est qu'un rêve dû au délire. » Ce n'est pas raisonner avec une logique sévère. J'admets que les apparitions ne se montrent qu'aux malades, mais cela prouve seulement qu'il faut être malade pour les voir, et non qu'elles n'existent pas en soi.

— Certainement, elles n'existent pas! reprit violemment Raskolnikoff.

Svidrigaïloff le considéra longuement.

— Elles n'existent pas? c'est votre avis? Mais ne pourrait-on pas se dire ceci : « Les apparitions sont, en quelque sorte, des fragments, des morceaux d'autres mondes. L'homme sain, naturellement, n'a pas de raison pour les voir, attendu que l'homme sain est surtout un homme matériel, par conséquent il doit, pour être dans l'ordre, vivre de la seule vie d'ici-bas. Mais dès qu'il vient à être malade, dès que se détraque l'ordre normal, terrestre, de son organisme, aussitôt commence à se manifester la possibilité d'un autre monde; à mesure que sa maladie s'aggrave, ses contacts avec l'autre monde se multiplient jusqu'à ce que la mort l'y fasse entrer de plain-pied. » Il y a longtemps que je me suis fait ce raisonnement, et, si vous croyez à la vie future, rien ne vous empêche de l'admettre.

— Je ne crois pas à la vie future, répondit Raskolnikoff. Svidrigaïloff restait songeur.

— S'il n'y avait là que des araignées ou d'autres choses semblables? fit-il tout à coup.

« C'est un fou », pensa Raskolnikoff.

— Nous nous représentons toujours l'éternité comme une idée qu'on ne peut pas comprendre, quelque chose d'immense, d'immense! Mais pourquoi donc serait-elle nécessairement ainsi? Au lieu de tout cela, figurez-vous une petite chambre, comme qui dirait un cabinet de bain, noircie par la fumée, avec des araignées dans tous les coins, et voilà toute l'éternité. Moi, vous savez, c'est de cette façon que je l'imagine parfois.

— Quoi! Se peut-il que vous ne vous en fassiez pas une idée plus consolante et plus juste! s'écria Raskolnikoff avec un sentiment de malaise.

— Plus juste? Qui sait? ce point de vue est peut-être le vrai, et il le serait certainement si cela dépendait de moi! répondit Svidrigaïloff avec un vague sourire.

Cette sinistre réponse fit courir un frisson dans tous les membres de Raskolnikoff. Svidrigaïloff releva la tête, regarda fixement le jeune homme et soudain éclata de rire.

— Est-ce assez curieux! s'écria-t-il : — il y a une demi-heure, nous ne nous étions pas encore vus, nous nous considérons comme des ennemis, une affaire reste à vider entre nous; nous avons laissé de côté cette affaire, et nous nous sommes mis à philosopher ensemble! Eh bien, quand je vous le disais, que nous sommes deux plantes du même champ!

— Pardon, reprit Raskolnikoff agacé, — veuillez, s'il vous plaît, m'expliquer sans plus de retard pourquoi vous m'avez fait l'honneur de votre visite... je suis pressé, j'ai à sortir...

— Soit. Votre sœur, Avdotia Romanovna, va épouser M. Loujine, Pierre Pétrovitch?

— Je vous prierais de laisser ma sœur en dehors de cet entretien et de ne pas prononcer son nom. Je ne comprends même pas que vous osiez la nommer en ma présence, si vous êtes en effet Svidrigaïloff.

— Mais puisque je suis venu pour vous parler d'elle, comment ne pas la nommer?

— C'est bien, parlez, mais dépêchez-vous !

— Ce monsieur Loujine est mon parent par alliance. Je suis sûr que votre opinion est déjà faite sur son compte, si vous l'avez vu, ne fût-ce qu'une demi-heure, ou si quelque personne digne de foi vous a parlé de lui. Ce n'est pas un parti convenable pour Avdotia Romanovna. Selon moi, dans cette affaire, votre sœur se sacrifie d'une façon aussi magnanime qu'inconsidérée : elle s'immole pour... pour sa famille. D'après tout ce que je savais de vous, je présumais que vous verriez avec grand plaisir la rupture de ce mariage, si elle pouvait se faire sans préjudice pour les intérêts de votre sœur. Maintenant que je vous connais personnellement, je n'ai plus aucun doute à cet égard.

— De votre part, tout cela est fort naïf; pardonnez-moi, je voulais dire : fort effronté, répliqua Raskolnikoff.

— C'est-à-dire que vous me supposez des vues intéressées? Soyez tranquille, Rodion Romanovitch, si je travaillais pour moi, je cacherais mieux mon jeu; je ne suis pas absolument un imbécile. Je vais, à ce propos, vous découvrir une singularité psychologique. Tantôt, je m'excusais d'avoir aimé votre sœur, en disant que j'avais été moi-même une victime. Eh bien, sachez qu'à présent je n'éprouve plus aucun amour pour elle. C'est à ce point que je m'en étonne moi-même, car j'avais été sérieusement épris...

— C'était un caprice d'homme désœuvré et vicieux, interrompit Raskolnikoff.

— En effet, je suis un homme vicieux et désœuvré. Du reste, votre sœur possède assez de mérite pour faire impression même sur un libertin comme moi. Mais tout cela n'était qu'un feu de paille, je le vois maintenant moi-même.

— Depuis quand vous en êtes-vous aperçu?

— Je m'en doutais depuis quelque temps déjà et je m'en suis définitivement convaincu avant-hier, presque au moment de mon arrivée à Pétersbourg. Mais, à Moscou encore, j'étais décidé à obtenir la main d'Avdotia Romanovna et à me poser en rival de M. Loujine.

— Pardonnez-moi de vous interrompre, mais ne pourriez-vous abréger et passer immédiatement à l'objet de votre visite? Je vous le répète, je suis pressé, j'ai des courses à faire...

— Très-volontiers. Décidé maintenant à entreprendre un certain... voyage, je voudrais, au préalable, régler différentes affaires. Mes enfants demeurent chez leur tante; ils sont riches et n'ont aucun besoin de moi. D'ailleurs, me voyez-vous dans le rôle de père? Je n'ai emporté que la somme dont Marfa Pétrovna m'a fait cadeau, il y a un an. Cet argent me suffit. Excusez-moi, j'arrive au fait. Avant de me mettre en route, je tiens à en finir avec M. Loujine. Ce n'est pas que je le déteste précisément, mais il a été cause de ma dernière querelle avec ma femme : je me suis fâché quand j'ai su qu'elle avait manigancé ce mariage. Maintenant je m'adresse à vous pour obtenir accès auprès d'Avdotia Romanovna; vous pouvez, si bon vous semble, assister à notre entrevue. Je désirerais d'abord mettre sous les yeux de votre sœur tous les inconvénients qui résulteront pour elle d'un mariage avec M. Loujine; ensuite je la prierais de me pardonner tous les ennuis que je lui ai causés, et je lui demanderais la permission de lui offrir dix mille roubles, ce qui la dédommagerait d'une rupture avec M. Loujine, rupture à laquelle, j'en suis persuadé, elle-même ne répugnerait pas, si elle en entrevoyait la possibilité.

— Mais vous êtes fou, positivement fou! s'écria Raskolnikoff avec plus de surprise encore que de colère. Comment
osez-vous tenir ce langage?

— Je savais bien que vous alliez vous récrier, mais je
commencerai par vous faire observer que, tout en n'étant
pas riche, je puis parfaitement disposer de ces dix mille
roubles, je veux dire qu'ils ne me sont nullement nécessaires.
Si Avdotia Romanovna ne les accepte pas, Dieu sait quel
sot usage j'en ferai. En second lieu, ma conscience est tout
à fait tranquille; mon offre est exempte de tout calcul.
Croyez-le ou ne le croyez pas, l'avenir vous le prouvera, à
vous et à Avdotia Romanovna. En résumé, je me suis donné
beaucoup de torts envers votre très-honorée sœur, j'en
éprouve un sincère regret et je désire vivement, non pas
réparer par une compensation pécuniaire les désagréments
que je lui ai occasionnés, mais lui rendre un petit service pour
qu'il ne soit pas dit que je ne lui ai fait que du mal. Si ma
proposition cachait quelque arrière-pensée, je ne la ferais pas
si franchement, et je ne me bornerais pas à offrir dix mille
roubles aujourd'hui, quand j'ai offert davantage il y a cinq
semaines. D'ailleurs, je vais peut-être épouser une jeune fille
d'ici à très-peu de temps, et, dans ces conditions, je ne puis être
soupçonné de vouloir séduire Avdotia Romanovna. En fin de
compte, je vous dirai que, si elle devient la femme de
M. Loujine, Avdotia Romanovna recevra cette même
somme, seulement d'un autre côté... Mais ne vous fâchez
pas, Rodion Romanovitch, jugez avec calme et sang-froid.

Svidrigaïloff avait lui-même prononcé ces paroles avec
un flegme extraordinaire.

— Je vous prie de cesser, dit Raskolnikoff. Cette proposition est d'une insolence impardonnable.

— Pas du tout. Après cela, l'homme, dans ce monde, ne
peut que faire du mal à son semblable; en revanche, il n'a
pas le droit de lui faire le moindre bien; les convenances

sociales s'y opposent. C'est absurde. Par exemple, si je venais à mourir et que je laissasse par testament cette somme à votre sœur, est-ce qu'alors encore elle la refuserait?

— C'est très-possible.

— N'en parlons plus. Quoi qu'il en soit, je vous prie de transmettre ma demande à Avdotia Romanovna.

— Je n'en ferai rien.

— En ce cas, Rodion Romanovitch, il faudra que je tâche de me trouver en tête-à-tête avec elle, ce que je ne pourrai faire sans l'inquiéter.

— Et si je lui communique votre proposition, vous ne chercherez pas à la voir en particulier?

— Je ne sais vraiment que vous dire. Je désirerais fort me rencontrer une fois avec elle.

— Ne l'espérez pas.

— Tant pis. Du reste, vous ne me connaissez pas. Peut-être que des relations amicales s'établiront entre nous.

— Vous croyez?

— Pourquoi pas? fit en souriant Svidrigaïloff, qui se leva et prit son chapeau; ce n'est pas que je veuille m'imposer à vous, et même, en venant ici, je ne comptais pas trop... ce matin, j'ai été frappé...

— Où m'avez-vous vu, ce matin? demanda avec inquiétude Raskolnikoff.

— Je vous ai aperçu par hasard... Il me semble toujours que nous sommes deux fruits du même arbre....

— Allons, c'est bien. Permettez-moi de vous demander si vous comptez bientôt vous mettre en route.

— Pour quel voyage?

— Mais celui dont vous parliez tout à l'heure.

— Je vous ai parlé d'un voyage? Ah! oui, en effet... Si vous saviez, pourtant, quelle question vous venez de soulever! ajouta-t-il avec un rire sec. Peut-être qu'au lieu de faire ce voyage, je me marierai. On est en train de négocier un mariage pour moi.

— Ici?

— Oui.

— Vous n'avez pas perdu de temps, depuis votre arrivée à Pétersbourg.

— Allons, au revoir... Ah! oui! J'allais l'oublier! Dites à votre sœur, Rodion Romanovitch, que Marfa Pétrovna lui a légué trois mille roubles. C'est l'exacte vérité. Marfa Pétrovna a fait ses dispositions testamentaires en ma présence huit jours avant sa mort. D'ici à deux ou trois semaines, Avdotia Romanovna pourra entrer en possession de ce legs.

— Vous dites vrai?

— Oui. Dites-le-lui. Allons, votre serviteur. J'habite à une très-petite distance de chez vous.

En sortant, Svidrigaïloff se croisa sur le seuil avec Razoumikhine.


II


Il était près de huit heures; les deux jeunes gens partirent aussitôt pour la maison Bakaléieff, voulant y arriver avant Loujine.

— Eh bien, qui est-ce donc qui sortait de chez toi quand j'y suis entré? demanda Razoumikhine dès qu'ils se trouvèrent dans la rue.

— C'était Svidrigaïloff, ce même propriétaire chez qui ma sœur a été institutrice, et dont elle a dû quitter la maison, parce qu'il lui faisait la cour; Marfa Pétrovna, la femme de ce monsieur, l'a mise à la porte. Plus tard, cette Marfa

Pétrovna a demandé pardon à Dounia, et ces jours derniers elle est morte subitement. C'est d'elle que ma mère parlait tantôt. Je ne sais pourquoi, j'ai grand'peur de cet homme. Il est fort étrange et a quelque résolution fermement arrêtée.. On dirait qu'il sait quelque chose... Il est arrivé ici aussitôt après l'enterrement de sa femme... Il faut protéger Dounia contre lui... Voilà ce que je voulais te dire, tu entends?

— La protéger! Que peut-il donc contre Avdotia Romanovna? Allons, je te remercie, Rodia, de m'avoir dit cela... Nous la protégerons, sois tranquille!... Où demeure-t-il?

— Je n'en sais rien.

— Pourquoi ne le lui as-tu pas demandé? C'est fâcheux! Du reste, je le reconnaîtrai!

— Tu l'as vu? questionna Raskolnikoff après un certain silence.

— Eh, oui, je l'ai remarqué, très-bien remarqué.

— Tu en es sûr? Tu l'as vu distinctement? insista Raskolnikoff.

— Sans doute, je me rappelle son visage et je le reconnaîtrai entre mille, j'ai la mémoire des physionomies.

Ils se turent de nouveau.

—Hum... tu sais...je pensais... il me semble toujours... que je suis peut-être dupe d'une illusion, balbutia Raskolnikoff.

— A propos de quoi dis-tu cela? Je ne te comprends pas très-bien.

— Voici, poursuivit Raskolnikoff avec une grimace qui voulait être un sourire : vous dites tous que je suis fou, eh bien, tout à l'heure l'idée m'était venue que vous aviez peut-être raison et que j'avais seulement vu un spectre.

— Quelle supposition!

— Qui sait? peut-être suis-je fou en effet, et tous les événements de ces jours derniers n'ont-ils eu lieu que dans mon imagination. .

— Eh, Rodia, on t'a encore troublé l'esprit!... Mais qu'est-ce qu'il t'a dit? Pourquoi est-il venu chez toi?

Raskolnikoff ne répondit pas, Razoumikhine réfléchit un instant.

— Allons, écoute mon compte rendu, commença-t-il. J'ai passé chez toi, tu dormais. Ensuite nous avons dîné, après quoi je suis allé voir Porphyre. Zamétoff était encore chez lui. J'ai voulu commencer et n'ai pas été heureux dans mon début. Je ne pouvais jamais entrer en matière. Ils avaient toujours l'air de ne pas comprendre, sans, d'ailleurs, témoigner aucun embarras. J'emmène Porphyre près de la fenêtre et je me mets à lui parler, mais je ne réussis pas mieux. Il regarde d'un côté, et moi de l'autre. A la fin, j'approche mon poing de sa figure, et je lui dis que je vais le démolir. Il se contente de me regarder en silence. Je crache et je m'en vais, voilà tout. C'est fort bête. Avec Zamétoff je n'ai pas échangé un mot. Je m'en voulais fort de ma stupide conduite, quand une réflexion soudaine m'a consolé; en descendant l'escalier, je me suis dit : Est-ce la peine pour toi et pour moi de nous préoccuper ainsi? Évidemment, si quelque danger te mena-çait, ce serait autre chose. Mais, dans l'espèce, qu'as-tu à craindre? Tu n'es pas coupable, donc tu n'as pas à t'inquiéter d'eux. Plus tard nous nous moquerons de leur bévue, et, à ta place, moi, je me ferais un plaisir de les mystifier. Quelle honte ce sera pour eux de s'être si grossièrement trompés! Crache là-dessus; ensuite, on pourra aussi les cogner un peu; mais, pour le moment, il n'y a qu'à rire de leur sottise!

— C'est juste! répondit Raskolnikoff. « Mais que diras-tu demain? » fit-il à part soi. Chose étrange, jusqu'alors il n'avait pas une seule fois songé à se demander : « Que pensera Razoumikhine quand il saura que je suis coupable? » A cette idée, il regarda fixement son ami. Le récit de la visite à Porphyre l'avait fort peu intéressé : d'autres objets le préoccupaient en ce moment.

Dans le corridor ils rencontrèrent Loujine : il était arrivé à huit heures précises, mais il avait perdu du temps à chercher le numéro, de sorte que tous trois entrèrent ensemble, sans toutefois se regarder ni se saluer. Les jeunes gens se montrèrent les premiers ; Pierre Pétrovitch, toujours fidèle observateur des convenances, s'attarda un moment dans l'antichambre pour ôter son paletot. Pulchérie Alexandrovna s'avança aussitôt au-devant de lui. Dounia et Raskolnikoff se souhaitèrent le bonjour.

En entrant, Pierre Pétrovitch salua les dames d'une façon assez aimable, quoique avec une gravité renforcée. Du reste, il avait l'air quelque peu déconcerté. Pulchérie Alexandrovna, qui semblait gênée, elle aussi, s'empressa de faire asseoir tout son monde autour de la table sur laquelle se trouvait le samovar. Dounia et Loujine prirent place en face l'un de l'autre aux deux bouts de la table. Razoumikhine et Raskolnikoff s'assirent en face de Pulchérie Alexandrovna : le premier à côté de Loujine, le second près de sa sœur.

Il y eut un instant de silence. Pierre Pétrovitch tira lentement un mouchoir de batiste parfumé et se moucha. Ses manières étaient celles d'un homme bienveillant sans doute, mais un peu blessé dans sa dignité et fermement résolu à exiger des explications. Dans l'antichambre, au moment d'ôter son paletot, il s'était déjà demandé si le meilleur châtiment à infliger aux deux dames ne serait pas de se retirer immédiatement. Toutefois, il n'avait pas donné suite à cette idée, car il aimait les situations nettes ; or, ici, un point demeurait obscur pour lui. Puisqu'on avait si ouvertement bravé sa défense, il devait y avoir une raison à cela. Quelle raison ? Mieux valait tirer d'abord la chose au clair : il aurait toujours le temps de sévir, et la punition, pour être retardée, n'en serait pas moins sûre.

— J'espère que votre voyage s'est bien passé ? demanda-t-il par convenance à Pulchérie Alexandrovna.

— Grâce à Dieu, Pierre Pétrovitch.

— Je suis bien aise de l'apprendre. Et Avdotia Romanovna n'a pas été fatiguée non plus?

— Moi, je suis jeune et forte, je ne me fatigue pas, mais pour maman ce voyage a été fort pénible, répondit Dounia.

— Que voulez-vous? nos routes nationales sont très-longues, la Russie est grande... Quelque désir que j'en eusse, je n'ai pas pu aller hier à votre rencontre. J'espère pourtant que vous n'avez pas eu trop d'embarras?

— Oh! pardonnez-moi, Pierre Pétrovitch, nous nous sommes trouvées dans une situation fort difficile, se hâta de répondre avec une intonation particulière Pulchérie Alexandrovna, et si Dieu lui-même, je crois, ne nous avait envoyé hier Dmitri Prokofitch, nous n'aurions su vraiment que devenir. Permettez-moi de vous présenter notre sauveur : Dmitri Prokofitch Razoumikhine, ajouta-t-elle.

— Comment donc, j'ai déjà eu le plaisir... hier, balbutia Loujine en jetant au jeune homme un regard oblique et malveillant; puis il fronça le sourcil et se tut.

Pierre Pétrovitch était de ces gens qui s'efforcent de se montrer aimables et sémillants en société, mais qui, sous l'influence de la moindre contrariété, perdent subitement tous leurs moyens, au point de ressembler plutôt à des sacs de farine qu'à de fringants cavaliers. Le silence régna de nouveau : Raskolnikoff s'enfermait dans un mutisme obstiné, Avdotia Romanovna jugeait que le moment n'était pas venu pour elle de parler, Razoumikhine n'avait rien à dire, si bien que Pulchérie Alexandrovna se vit encore dans la pénible nécessité de renouer la conversation.

— Marfa Pétrovna est morte, le saviez-vous? commença-t-elle, recourant à sa suprême ressource en pareil cas.

— Comment donc! j'en ai été informé tout de suite, et je puis même vous apprendre qu'aussitôt après l'enterrement de sa femme, Arcade Ivanovitch Svidrigaïloff s'est rendu en toute hâte à Pétersbourg. Je tiens cette nouvelle de bonne source.

— A Pétersbourg? Ici? demanda d'une voix alarmée Dounia, et elle échangea un regard avec sa mère.

— Parfaitement. Et l'on doit supposer qu'il n'est pas venu sans intentions; la précipitation de son départ et l'ensemble des circonstances précédentes le donnent à croire.

— Seigneur! est-il possible qu'il vienne relancer Dounetchka jusqu'ici? s'écria Pulchérie Alexandrovna.

— Il me semble que vous n'avez, ni l'une ni l'autre, à vous inquiéter beaucoup de sa présence à Pétersbourg, du moment, bien entendu, que vous voulez vous-mêmes éviter toute espèce de relations avec lui. Pour moi, j'ai l'œil ouvert, et je saurai bientôt où il est descendu...

— Ah! Pierre Pétrovitch, vous ne vous imaginez pas à quel point vous m'avez fait peur! reprit Pulchérie Alexandrovna. Je ne l'ai vu que deux fois, et il m'a paru terrible, terrible! Je suis sûre qu'il a causé la mort de la pauvre Marfa Pétrovna.

— Les renseignements précis qui me sont parvenus n'autorisent pas cette conclusion. Du reste, je ne nie pas que ses mauvais procédés n'aient pu, dans une certaine mesure, hâter le cours naturel des choses. Mais, quant à la conduite et, en général, à la caractéristique morale du personnage, je suis d'accord avec vous. — J'ignore s'il est riche maintenant et ce que Marfa Pétrovna a pu lui laisser; je le saurai à bref délai. Ce qui est certain, c'est que se trouvant ici à Pétersbourg, il ne tardera pas à reprendre son ancien genre de vie, pour peu qu'il possède de ressources pécuniaires. C'est l'homme le plus perdu de vices, le plus dépravé qu'il y ait! Je suis fondé à croire que Marfa Pétrovna, qui avait eu le malheur de s'amouracher de lui et qui a payé ses dettes il y a huit ans, lui a encore été utile sous un autre rapport. A force de démarches et de sacrifices, elle a étouffé en germe une affaire criminelle qui pouvait bel et bien envoyer M. Svidrigaïloff en Sibérie. Il s'agissait d'un assassinat commis dans des conditions particulièrement épouvantables et, pour ainsi dire, fantastiques. Voilà ce qu'est cet homme, si vous désirez le savoir.

— Ah! Seigneur! s'écria Pulchérie Alexandrovna.

Raskolnikoff écoutait attentivement.

— Vous parlez, dites-vous, d'après des renseignements certains? demanda d'un ton sévère Dounia.

— Je me borne à répéter ce que je tiens de la bouche même de Marfa Pétrovna. Il faut remarquer qu'au point de vue juridique cette affaire est très-obscure. A cette époque habitait ici — et il paraît qu'elle y habite encore — une certaine Resslich, une étrangère qui prêtait à la petite semaine et exerçait divers autres métiers. Des relations aussi intimes que mystérieuses existaient depuis longtemps entre cette femme et M. Svidrigaïloff. Elle avait avec elle une parente éloignée, une nièce, je crois, jeune fille de quinze ans, sinon même de quatorze, qui était sourde-muette. La Resslich ne pouvait souffrir cette fillette, elle lui reprochait chaque morceau de pain et la battait avec la dernière inhumanité. Un jour, la malheureuse fut trouvée pendue dans le grenier. L'enquête d'usage aboutit à une constatation de suicide, et tout semblait devoir en rester là, quand la police reçut avis que l'enfant avait été... violée par Svidrigaïloff. A la vérité, tout cela était obscur : la dénonciation émanait d'une autre Allemande, femme d'une immoralité notoire, et dont le témoignage ne pouvait peser d'un grand poids. Bref, il n'y eut pas de procès, Marfa Pétrovna se mit en campagne, prodigua l'argent et réussit à empêcher les poursuites. Mais les bruits les plus fâcheux n'en coururent pas moins sur le compte de M. Svidrigaïloff. Pendant que vous étiez chez lui, Avdotia Romanovna, on vous a sans doute raconté aussi l'histoire de son domestique Philippe, mort

victime de ses mauvais traitements. Cela est arrivé il y a
six ans, le servage existait encore à cette époque.

— J'ai entendu dire, au contraire, que ce Philippe s'était
pendu.

— Parfaitement, mais il a été réduit ou, pour mieux dire,
poussé à se donner la mort par les brutalités incessantes et
les vexations systématiques de son maître.

— J'ignorais cela, répondit sèchement Dounia, — j'ai
seulement entendu raconter à ce propos une histoire fort
étrange : ce Philippe était, paraît-il, un hypocondriaque,
une sorte de domestique philosophe; ses camarades pré-
tendaient que la lecture lui avait troublé l'esprit; à les en
croire, il se serait pendu pour échapper non aux coups,
mais aux railleries de M. Svidrigaïloff. J'ai toujours vu
celui-ci traiter fort humainement ses serviteurs : il était
aimé d'eux, quoiqu'ils lui imputassent, en effet, la mort de
Philippe.

— Je vois, Avdotia Romanovna, que vous avez une tendance à le justifier, reprit Loujine avec un sourire miel et
vinaigre. Le fait est que c'est un homme habile à s'insinuer
dans le cœur des dames; la pauvre Marfa Pétrovna, qui
vient de mourir dans des circonstances si étranges, en est
une lamentable preuve. J'ai voulu seulement vous avertir,
vous et votre maman, en prévision des tentatives qu'il ne
manquera pas de renouveler. Quant à moi, je suis fermement convaincu que cet homme finira dans la prison pour
dettes. Marfa Pétrovna songeait trop à l'intérêt de ses enfants
pour qu'elle ait jamais eu l'intention d'assurer à son mari
une part sérieuse de sa fortune. Il se peut qu'elle lui ait
laissé de quoi vivre dans une modeste aisance; mais, avec
ses goûts de dissipation, il aura tout mangé avant un an.

— Je vous en prie, Pierre Pétrovitch, ne parlons plus de
M. Svidrigaïloff, dit Dounia. Cela m'est désagréable.

— Il est venu chez moi tout à l'heure, dit brusquement

Raskolnikoff, qui jusqu'alors n'avait pas prononcé un mot.

Tous se tournèrent vers lui avec des exclamations de surprise. Pierre Pétrovitch lui-même parut intrigué.

— Il y a une demi-heure, pendant que je dormais, il est entré, m'a réveillé et s'est nommé, poursuivit Raskolnikoff.

— Il était assez à son aise et assez gai; il espère beaucoup que je me lierai avec lui. Entre autres choses, il sollicite vivement une entrevue avec toi, Dounia, et il m'a prié de lui servir de médiateur à cet effet. Il a une proposition à te faire et il m'a dit en quoi elle consiste. D'autre part, il m'a positivement assuré que Marfa Pétrovna, huit jours avant sa mort, t'avait légué par testament trois mille roubles, et que tu pourrais toucher cette somme dans un très-bref délai.

— Dieu soit loué! s'écria Pulchérie Alexandrovna, et elle fit le signe de la croix. — Prie pour elle, Dounia, prie.

— Le fait est vrai, ne put s'empêcher de reconnaitre Loujine.

— Eh bien, ensuite? demanda vivement Dounetchka.

— Ensuite, il m'a dit que lui-même n'était pas riche, et que toute la fortune passait à ses enfants, qui se trouvent maintenant chez leur tante. Il m'a aussi appris qu'il demeurait non loin de chez moi, mais où? — je l'ignore, je ne le lui ai pas demandé...

— Qu'est-ce qu'il veut donc proposer à Dounia? demanda avec inquiétude Pulchérie Alexandrovna. Il te l'a dit?

— Oui.

— Eh bien?

— Je le dirai plus tard.

Après avoir fait cette réponse, Raskolnikoff se mit à boire son thé.

Pierre Pétrovitch regarda sa montre.

— Une affaire urgente m'oblige de vous quitter, et de la sorte je ne gênerai pas votre entretien, ajouta-t-il d'un air un peu piqué; en prononçant ces mots, il se leva.

— Restez, Pierre Pétrovitch, dit Dounia, — vous aviez l'intention de nous donner votre soirée, De plus, vous avez vous-même écrit que vous désiriez avoir une explication avec maman.

— C'est vrai, Avdotia Romanovna, répondit d'un ton pincé Pierre Pétrovitch, qui se rassit à demi, tout en gardant son chapeau à la main; — je désirais en effet m'expliquer avec votre honorée mère et avec vous sur quelques points d'une haute gravité. Mais comme votre frère ne peut s'expliquer devant moi sur certaines propositions de M. Svidrigaïloff, je ne puis ni ne veux moi-même m'expliquer... devant des tiers... sur certains points d'une extrême importance. D'ailleurs, j'avais exprimé dans les termes les plus formels un désir dont il n'a pas été tenu compte...

La physionomie de Loujine était devenue dure et hautaine.

— Vous aviez demandé, en effet, que mon frère n'assistât pas à notre entrevue, et, s'il n'a pas été fait droit à votre demande, c'est uniquement sur mes instances, répondit Dounia. Vous nous avez écrit que vous aviez été insulté par mon frère; selon moi, il faut qu'aucun malentendu ne subsiste entre vous, et que vous vous réconciliiez ensemble. Si réellement Rodia vous a offensé, il doit vous faire des excuses, et il vous les fera.

En entendant ces paroles, Pierre Pétrovitch se sentit moins que jamais disposé aux concessions.

— Avec toute la bonne volonté du monde, Avdotia Romanovna, on ne peut oublier certaines injures. En tout il y a une limite qu'il est dangereux de dépasser, car, une fois qu'on l'a franchie, le retour en arrière est impossible.

— Ah! bannissez cette vaine susceptibilité, Pierre Pétrovitch, interrompit Dounia d'une voix émue; — soyez l'homme intelligent et noble que j'ai toujours vu, que je veux toujours voir en vous. Je vous ai fait une grande promesse, je suis votre future femme; fiez-vous donc à moi dans cette affaire

et croyez que je puis juger avec impartialité. Le rôle
d'arbitre que je m'attribue en ce moment n'est pas une surprise moindre pour mon frère que pour vous. Quand aujour-
d'hui, après votre lettre, je l'ai prié avec instances de venir
à notre entrevue, je ne lui ai nullement fait part de mes
intentions. Comprenez que si vous refusez de vous réconci-
lier, je serai forcée d'opter pour l'un de vous à l'exclusion
de l'autre. C'est ainsi que la question se trouve posée par
votre fait à tous deux. Je ne veux ni ne dois me tromper
dans mon choix. Pour vous, il faut que je rompe avec mon
frère; pour mon frère, il faut que je rompe avec vous. Je
veux et je puis être édifiée à présent sur vos sentiments à
mon égard. Je vais savoir : d'une part si j'ai dans Rodia un
frère, de l'autre si j'ai en vous un mari qui m'aime et m'apprécie.

— Avdotia Romanovna, reprit Loujine vexé, votre langage
comporte trop d'interprétations diverses; je dirai plus, je le
trouve offensant, eu égard à la situation que j'ai l'honneur
d'occuper vis-à-vis de vous. Sans parler de ce qu'il y a de
blessant pour moi à me voir mis sur la même ligne qu'un...
orgueilleux jeune homme, vous semblez admettre comme
possible la rupture du mariage convenu entre nous. Vous
dites que vous devrez choisir entre votre frère et moi; par
cela même vous montrez combien peu je compte à vos yeux...
Je ne puis accepter cela, étant donnés nos relations et... nos
engagements réciproques.

— Comment! s'écria Dounia dont le front se couvrit de
rougeur : — je mets votre intérêt en balance avec tout ce
que j'ai eu jusqu'ici de plus cher dans la vie, et vous vous
plaignez de compter pour peu à mes yeux!

Raskolnikoff eut un sourire caustique, Razoumikhine fit la
grimace, mais la réponse de la jeune fille ne calma point
Loujine, qui, à chaque instant, devenait plus rogue et plus
intraitable.

— L'amour pour l'époux, pour le futur compagnon de la vie, doit l'emporter sur l'amour fraternel, déclara-t-il sentencieusement, — et en tout cas je ne puis être mis sur la même ligne... Quoique j'aie dit tout à l'heure que je ne voulais ni ne pouvais m'expliquer en présence de votre frère sur le principal objet de ma visite, il est un point, très-important pour moi, que je désirerais éclaircir dès maintenant avec votre honorée mère. Votre fils, continua-t-il en s'adressant à Pulchérie Alexandrovna, — hier, en présence de M. Razsoudkine (n'est-ce pas ainsi que vous vous appelez? excusez-moi, j'ai oublié votre nom, dit-il à Razoumikhine en lui faisant un salut aimable), m'a offensé par la, manière dont il a altéré une phrase prononcée dernièrement par moi pendant que je prenais le café chez vous. J'avais dit que, selon moi, une jeune fille pauvre et déjà éprouvée par le malheur présentait à un mari plus de garanties de moralité et de bonheur qu'une personne ayant toujours vécu dans l'aisance. Votre fils a, de propos délibéré, prêté un sens absurde à mes paroles, il m'a attribué des intentions odieuses, et je présume qu'il s'est fondé, pour le faire, sur votre propre correspondance. Ce serait un grand apaisement pour moi, Pulchérie Alexandrovna, si vous pouviez me prouver que je me trompe. Dites-moi donc exactement dans quels termes vous avez reproduit ma pensée en écrivant à Rodion Romanovitch.

— Je ne m'en souviens pas, répondit avec embarras Pulchérie Alexandrovna, mais je l'ai reproduite comme je l'avais comprise moi-même. Je ne sais comment Rodia vous a répété cette phrase. Il se peut qu'il en ait forcé les termes.

— Il n'a pu le faire qu'en s'inspirant de ce que vous lui avez écrit.

— Pierre Pétrovitch, répliqua avec dignité Pulchérie Alexandrovna, — la preuve que Dounia et moi n'avons pas pris vos paroles en trop mauvaise part, c'est que nous sommes ici.

— Bien, maman! approuva la jeune fille.

— Ainsi, c'est moi qui ai tort! fit Loujine blessé.

— Voyez-vous, Pierre Pétrovitch, vous accusez toujours Rodion : or, vous-même, dans votre lettre de tantôt, vous avez mis à sa charge un fait faux, poursuivit Pulchérie Alexandrovna grandement réconfortée par le *satisfecit* que venait de lui délivrer sa fille.

— Je ne me souviens pas d'avoir rien écrit de faux.

— D'après votre lettre, déclara d'un ton âpre Raskolnikoff, sans se tourner vers Loujine, l'argent que j'ai donné hier à la veuve d'un homme écrasé par une voiture, je l'aurais donné à sa fille (que je voyais alors pour la première fois). Vous avez écrit cela dans l'intention de me brouiller avec ma famille, et, pour y mieux réussir, vous avez qualifié de la façon la plus ignoble la conduite d'une jeune fille que vous ne connaissez pas. C'est de la basse diffamation.

— Pardonnez-moi, monsieur, répondit Loujine tremblant de colère : si, dans ma lettre, je me suis étendu sur ce qui vous concerne, c'est uniquement parce que votre mère et votre sœur m'avaient prié de leur faire savoir comment je vous aurais trouvé et quelle impression vous auriez produite sur moi. D'ailleurs, je vous défie de relever une seule ligne mensongère dans le passage auquel vous faites allusion. Nierez-vous, en effet, que vous ayez gaspillé votre argent, et, quant à la malheureuse famille dont il s'agit, oseriez-vous garantir l'honorabilité de tous ses membres?

— Selon moi, avec toute votre honorabilité, vous ne valez pas le petit doigt de la pauvre jeune fille à qui vous jetez la pierre.

— Ainsi, vous n'hésiteriez pas à l'introduire dans la société de votre mère et de votre sœur?

— Je l'ai même déjà fait, si vous désirez le savoir. Je l'ai

2.

invitée aujourd'hui à prendre place à côté de maman et de Dounia.

— Rodia ! s'écria Pulchérie Alexandrovna.

Dounetchka rougit ; Razoumikhine fronça le sourcil. Loujine eut sur les lèvres un sourire méprisant.

— Jugez vous-même, Avdotia Romanovna, dit-il, si l'accord est possible. J'espère maintenant que c'est une affaire finie et qu'il n'en sera plus question. Je me retire pour ne pas gêner plus longtemps votre réunion de famille ; d'ailleurs, vous avez des secrets à vous communiquer. (Il se leva et prit son chapeau.) Mais laissez-moi vous dire, avant de m'en aller, que je souhaite n'être plus exposé désormais à de pareilles rencontres. C'est à vous particulièrement, très-honorée Pulchérie Alexandrovna, que je fais cette demande, d'autant plus que ma lettre était adressée à vous et non à aucun autre.

Pulchérie Alexandrovna se sentit un peu froissée.

— Vous vous croyez donc tout à fait notre maître, Pierre Pétrovitch ! — Dounia vous a dit pourquoi votre désir n'a pas été satisfait : elle n'avait que de bonnes intentions. Mais, vraiment, vous m'écrivez d'un style bien impérieux. Faut-il que nous regardions tout désir de vous comme un ordre ? Je vous dirai, au contraire, que maintenant surtout vous devez nous traiter avec égard et ménagement, car notre confiance en vous nous a fait tout quitter pour venir ici, et, par conséquent, vous nous avez déjà à votre discrétion.

— Ce n'est pas tout à fait vrai, Pulchérie Alexandrovna, surtout en ce moment où vous connaissez le legs fait par Marfa Pétrovna à votre fille. Ces trois mille roubles arrivent fort à propos, paraît-il, à en juger par le ton nouveau que vous prenez avec moi, ajouta aigrement Loujine.

— Cette observation donnerait à supposer que vous aviez spéculé sur notre dénûment, remarqua d'une voix irritée Dounia.

— Mais à présent, du moins, je ne puis pas spéculer là-dessus, et surtout je ne veux pas vous empêcher d'entendre les propositions secrètes qu'Arcade Ivanovitch Svidrigaïloff a chargé votre frère de vous transmettre. A ce que je vois, ces propositions ont pour vous une signification capitale et, peut-être même, fort agréable.

— Ah! mon Dieu! s'écria Pulchérie Alexandrovna.

Razoumikhine s'agitait impatiemment sur sa chaise.

— Et tu n'es pas honteuse à la fin, ma sœur? demanda Raskolnikoff.

— Si, Rodia, répondit la jeune fille. — Pierre Pétrovitch, sortez! dit-elle, pâle de colère, à Loujine.

Ce dernier ne s'attendait pas du tout à un pareil dénoûment. Il avait trop présumé de lui-même, trop compté sur sa force et sur l'impuissance de ses victimes. Maintenant encore, il ne pouvait en croire ses oreilles.

— Avdotia Romanovna, dit-il, blême et les lèvres frémissantes, si je sors en ce moment, tenez pour certain que je ne reviendrai jamais. Réfléchissez-y! Je n'ai qu'une parole!

— Quelle impudence! s'écria Dounia, bondissant de dessus son siége; mais je ne veux pas non plus que vous reveniez!

— Comment? Ainsi, c'est comme cela! vociféra Loujine d'autant plus déconcerté que jusqu'à la dernière minute il avait cru impossible une semblable rupture. — Ah! c'est ainsi! Mais savez-vous, Avdotia Romanovna, que je pourrais protester...

— De quel droit lui parlez-vous ainsi? fit avec véhémence Pulchérie Alexandrovna, — comment pouvez-vous protester? Quels sont vos droits? Oui, n'est-ce pas? j'irai donner ma Dounia à un homme comme vous! Allez-vous-en, laissez-nous désormais en repos! Nous avons eu tort nous-mêmes de consentir à une chose malhonnête, et moi surtout, je...

— Pourtant, Pulchérie Alexandrovna, répliqua Pierre Pétrovitch exaspéré, vous m'avez lié en me donnant une

parole que vous retirez à présent... et enfin... enfin, cela
m'a occasionné des frais...

Cette dernière récrimination était si bien dans le caractère de Loujine, que Raskolnikoff, malgré la fureur à laquelle
il était en proie, ne put l'entendre sans éclater de rire. Mais
il n'en fut pas de même de Pulchérie Alexandrovna.

— Des frais? reprit-elle violemment. — S'agirait-il, par
hasard, de la malle que vous nous avez envoyée? Mais vous
en avez obtenu le transport gratuit. Seigneur! vous prétendez
que nous vous avons lié! Peut-on ainsi renverser les situations! C'est nous qui étions à votre merci, Pierre Pétrovitch,
et non vous qui étiez à la nôtre!

— Assez, maman, assez, je vous prie! dit Avdotia Romanovna. — Pierre Pétrovitch, faites-moi le plaisir de vous
retirer!

— Je m'en vais; un dernier mot seulement, répondit-il,
presque hors de lui. Votre maman paraît avoir complète-
ment oublié que j'ai demandé votre main au moment où de
mauvais bruits couraient sur vous dans toute la contrée.
En bravant pour vous l'opinion publique, en rétablissant
votre réputation, j'avais lieu d'espérer que vous m'en sauriez
gré, j'étais même en droit de compter sur „votre reconnaissance... Mes yeux sont maintenant dessillés! je vois que
ma conduite a été fort inconsidérée, et que j'ai peut-être eu
grand tort de mépriser la voix publique...

— Mais il veut donc se faire casser la tête! s'écria Razoumikhine, qui s'était déjà levé pour châtier l'insolent.

— Vous êtes un homme bas et méchant! dit Dounia.

— Pas un mot! pas un geste! fit vivement Raskolnikoff
en arrêtant Razoumikhine; puis il s'approcha de Loujine, et
lui parlant presque dans la figure:

— Veuillez vous en aller! dit-il d'une voix basse, mais parfaitement distincte: et pas un mot de plus, autrement...

Pierre Pétrovitch, le visage pâle et contracté par la colère, le regarda pendant quelques secondes; ensuite, il tourna sur ses talons et disparut, emportant dans son cœur une haine mortelle contre Raskolnikoff, à qui seul il imputait sa disgrâce. Chose à noter, tandis qu'il descendait l'escalier, il s'imaginait encore que tout n'était pas perdu sans remède, et qu'un raccommodement avec les deux dames n'avait rien d'impossible.

## III

Durant cinq minutes, tous furent très-joyeux, leur satisfaction se traduisit même par des rires. Seule Dounetchka pâlissait de temps à autre et fronçait le sourcil au souvenir de la scène précédente. Mais de tous le plus enchanté était Razoumikhine. Sa joie, qu'il n'osait pas encore manifester ouvertement, se trahissait malgré lui dans le tremblement fiévreux de toute sa personne. A présent, il avait le droit de donner toute sa vie aux deux dames, de se consacrer à leur service... Toutefois, il refoulait ces pensées au plus profond de lui-même et craignait de donner carrière à son imagination. Quant à Raskolnikoff, immobile et maussade, il ne prenait aucune part à l'allégresse générale; on eût même dit qu'il avait l'esprit ailleurs. Après avoir tant insisté pour qu'on rompît avec Loujine, il semblait être celui que cette rupture, maintenant consommée, intéressait le moins. Dounia ne put s'empêcher de penser qu'il était toujours fâché contre elle, et Pulchérie Alexandrovna le regarda avec inquiétude.

— Qu'est-ce que t'a donc dit Svidrigaïloff? demanda la jeune fille en s'approchant de son frère.

— Ah! oui, oui! fit vivement Pulchérie Alexandrovna.

Raskolnikoff releva la tête.

— Il tient absolument à te faire cadeau de dix mille roubles, et il désire te voir une fois en ma présence.

— La voir! jamais de la vie! s'écria Pulchérie Alexandrovna. Et comment ose-t-il lui offrir de l'argent?

Ensuite Raskolnikoff rapporta (assez sèchement) son entretien avec Svidrigaïloff.

Dounia fut extrêmement saisie quand elle sut en quoi consistaient les propositions de Svidrigaïloff. Elle resta longtemps pensive.

— Il a conçu quelque affreux dessein! murmura-t-elle à part soi, presque frissonnante.

Raskolnikoff remarqua cette excessive frayeur.

— Je crois que j'aurai encore plus d'une fois l'occasion de le voir, dit-il à sa sœur.

— Nous retrouverons ses traces! Je le découvrirai! cria énergiquement Razoumikhine. — Je ne le perdrai pas de vue! Rodia me l'a permis. Lui-même m'a dit tantôt : « Veille sur ma sœur. » Vous y consentez, Avdotia Romanovna?

Dounia sourit et tendit la main au jeune homme, mais son visage était toujours soucieux. Pulchérie Alexandrovna jeta sur elle un regard timide; du reste, les trois mille roubles l'avaient notablement tranquillisée.

Un quart d'heure après, on causait avec animation. Raskolnikoff lui-même, quoique silencieux, prêta pendant quelque temps une oreille attentive à ce qui se disait. Le dé de la conversation était tenu par Razoumikhine.

— Et pourquoi, je vous le demande, pourquoi vous en aller? s'écriait-il avec conviction. Que ferez-vous dans votre méchante petite ville? Mais le principal point à considérer, c'est qu'ici vous êtes tous ensemble; or vous êtes tous nécessaires les uns aux autres. Comprenez-le, vous ne pouvez vous séparer. Allons, restez au moins un certain temps... Acceptez-moi comme ami, comme associé, et je vous assure que nous monterons une excellente affaire. Écoutez,

Je vais vous expliquer mon projet dans tous ses détails. Cette idée m'était déjà venue à l'esprit ce matin, quand rien n'était encore arrivé... Voici la chose ; j'ai un oncle (je vous ferai faire sa connaissance ; c'est un vieillard fort gentil et fort respectable) ; cet oncle possède un capital de 1,000 roubles dont il n'a que faire, car il touche une pension qui suffit à ses besoins. Depuis deux ans, il ne cesse de m'offrir cette somme à 6 pour 100 d'intérêt. Je vois le truc : c'est un biais qu'il prend pour me venir en aide. L'année dernière, je n'avais pas besoin d'argent ; mais, cette année, je n'attendais que l'arrivée du vieillard pour lui faire connaître mon acceptation. Aux 1,000 roubles de mon oncle vous en joignez 1,000 des vôtres, et voilà l'association formée ! Qu'est-ce que nous allons entreprendre ?

Alors Razoumikhine se mit à développer son projet : selon lui, la plupart de nos libraires et de nos éditeurs faisaient de mauvaises affaires parce qu'ils connaissaient mal leur métier ; mais, avec de bons ouvrages, il y avait de l'argent à gagner. Le jeune homme, qui depuis deux ans déjà travaillait pour diverses maisons de librairie, était au courant de la partie, et il connaissait assez bien trois langues européennes. Six jours auparavant, il avait dit à Raskolnikoff qu'il savait mal l'allemand, mais il avait parlé ainsi pour décider son ami à collaborer à une traduction qui devait lui rapporter quelques roubles. Raskolnikoff n'avait pas été dupe de ce mensonge.

— Pourquoi donc négligerions-nous une bonne affaire, quand nous possédons un des moyens d'action les plus essentiels : l'argent ? continua en s'échauffant Razoumikhine. Sans doute, il faudra beaucoup travailler, mais nous travaillerons ; nous nous mettrons tous à l'œuvre : vous, Avdotia Romanovna ; moi, Rodion... Il y a des publications qui procurent à présent de fameux revenus ! Nous aurons surtout cet avantage de savoir au juste ce qu'il faut traduire. Nous serons à la fois traducteurs, éditeurs et professeurs. Maintenant, je puis être utile, parce que j'ai de l'expérience. Voilà bientôt deux ans que je suis fourré chez les libraires, je sais le fond et le tréfond du métier : ce n'est pas la mer à boire, croyez-le bien! Quand l'occasion s'offre de gagner quelque chose, pourquoi n'en pas profiter? Je pourrais citer deux ou trois livres étrangers dont la publication serait une affaire d'or. Si je les indiquais à l'un de nos éditeurs, rien que pour cela je devrais toucher quelque cinq cents roubles, mais pas de danger que je les leur signale! D'ailleurs, ils seraient encore capables d'hésiter, les imbéciles! Quant à la partie matérielle de l'entreprise : impression, papier, vente, vous m'en chargerez! cela me connaît! Nous commencerons modestement, peu à peu nous nous organiserons sur un plus grand pied, et, en tout cas, nous sommes sûrs de nouer les deux bouts.

Dounia avait les yeux brillants.

— Ce que vous proposez me plaît beaucoup, Dmitri Prokofitch, dit-elle.

— Moi, naturellement, je n'y entends rien, ajouta Pulchérie Alexandrovna, — cela est peut-être bon, Dieu le sait. Sans doute, nous sommes forcées de rester ici au moins pendant un certain temps... acheva-t-elle en jetant les yeux sur son fils.

— Qu'en penses-tu, mon frère? demanda Dounia.

— Je trouve son idée excellente, répondit Raskolnikoff. Bien entendu, on n'improvise pas du jour au lendemain une grande maison de librairie; mais il y a cinq ou six livres dont le succès serait assuré. Moi-même j'en connais un qui se vendrait certainement. D'un autre côté, vous pouvez avoir toute confiance dans les capacités de Razoumikhine, il sait son affaire... Du reste, vous avez encore le temps de reparler de cela...

— Hurrah ! cria Razoumikhine : — maintenant, attendez, il y a ici, dans cette même maison, un appartement tout à fait distinct et indépendant du local où se trouvent ces chambres; il ne coûte pas cher, et il est meublé... trois petites pièces. Je vous conseille de le louer. Vous serez là très-bien, d'autant plus que vous pourrez vivre tous ensemble, avoir Rodia avec vous... Mais où vas-tu donc, Rodia?

— Comment, Rodia, tu t'en vas déjà? demanda avec inquiétude Pulchérie Alexandrovna.

— Dans un pareil moment! cria Razoumikhine.

Dounia regarda son frère avec surprise et défiance. Il avait sa casquette à la main, se préparant à sortir.

— On dirait vraiment qu'il s'agit d'une séparation éternelle! Voyons, vous ne m'enterrez pas! dit-il d'un air étrange.

Il souriait, mais de quel sourire!

— Après tout, qui sait? c'est peut-être la dernière fois que nous nous voyons, ajouta-t-il tout d'un coup.

Ces mots jaillirent spontanément de ses lèvres.

— Mais qu'est-ce que tu as? fit anxieusement la mère.

— Où vas-tu, Rodia? demanda Dounia, qui mit dans cette question un accent particulier.

— Il faut que je m'en aille, répondit-il. Sa voix était hésitante, mais son visage pâle exprimait une résolution bien arrêtée.

— Je voulais dire... en venant ici... je voulais vous dire, mamau, et te dire aussi, Dounia, que nous ferions mieux de nous séparer pour quelque temps. Je ne me sens pas bien, j'ai besoin de repos... je viendrai plus tard, je viendrai moi-même quand... ce sera possible. Je garderai votre souvenir et je vous aimerai... Laissez-moi! Laissez-moi seul! C'était déjà mon intention auparavant... Ma résolution à cet égard est irrévocable... Quoi qu'il advienne de moi, perdu ou non, je veux être seul. Oubliez-moi complétement. Cela vaut mieux... Ne vous informez pas de moi. Quand il le faudra, je viendrai moi-même chez vous ou... je vous appellerai. Peut-être que tout s'arrangera!... Mais, en attendant, si vous m'aimez, renoncez à me voir... Autrement, je vous haïrai, je le sens... Adieu!

— Seigneur! gémit Pulchérie Alexandrovna.

Une frayeur terrible s'était emparée des deux femmes ainsi que de Razoumikhine.

— Rodia, Rodia! Réconcilie-toi avec nous, soyons amis comme par le passé! s'écriait la pauvre mère.

Raskolnikoff se dirigea lentement vers la porte; avant qu'il l'eût atteinte, Dounia le rejoignit.

— Mon frère! comment peux-tu agir ainsi avec notre mère! murmura la jeune fille, et son regard était flamboyant d'indignation.

Il fit un effort pour tourner les yeux vers elle.

— Ce n'est rien, je reviendrai! balbutia-t-il à demi-voix, comme un homme qui n'a pas pleinement conscience de ce qu'il dit, et il sortit de la chambre.

— Égoïste, cœur dur et sans pitié! vociféra Dounia.

— Ce n'est pas un égoïste, c'est un a-lié-né! Il est fou, vous dis-je! Est-il possible que vous ne le voyiez pas? C'est vous qui êtes sans pitié en ce cas, murmura vivement Razoumikhine, en se penchant à l'oreille de la jeune fille, dont il serra la main avec force.

— Je reviens tout de suite! cria-t-il à Pulchérie Alexandrovna presque défaillante, et il s'élança hors de la chambre.

Raskolnikoff l'attendait au bout du corridor.

— Je savais bien que tu courrais après moi, dit-il. Va les retrouver et ne les quitte pas... Reste auprès d'elles demain... et toujours. Je... je reviendrai peut-être... s'il y a moyen. Adieu!

Il allait s'éloigner sans tendre la main à Razoumikhine.

— Mais où vas-tu? balbutia ce dernier, stupéfait. Qu'est-ce que tu as? Comment peut-on agir ainsi?...

Raskolnikoff s'arrêta de nouveau.

— Une fois pour toutes : ne m'interroge jamais sur rien, je n'ai rien à te répondre... Ne viens pas chez moi. Peut-être viendrai-je encore ici... Laisse-moi, mais elles... *ne les quitte pas*. Tu me comprends?

Le corridor était sombre; ils se trouvaient près d'une lampe. Pendant une minute, tous deux se regardèrent en silence. Razoumikhine se rappela toute sa vie cette minute. Le regard fixe et enflammé de Raskolnikoff semblait vouloir pénétrer jusqu'au fond de son âme. Tout à coup Razoumikhine frissonna et devint pâle comme un cadavre : l'horrible vérité venait de lui apparaître.

—Comprends-tu, maintenant? dit soudain Raskolnikoff, dont les traits étaient affreusement altérés... — Retourne auprès d'elles, ajouta-t-il, et d'un pas rapide il sortit de la maison.

Inutile de décrire la scène qui suivit le retour de Razoumikhine chez Pulchérie Alexandrovna. Comme on le devine, le jeune homme mit tout en œuvre pour tranquilliser les deux dames. Il leur assura que Rodia étant malade avait besoin de repos, il leur jura que Rodia ne manquerait pas de venir chez elles, qu'elles le verraient chaque jour, qu'il avait le moral très-affecté, qu'il ne fallait pas l'irriter; il promit de veiller sur son ami, de le confier aux soins d'un bon médecin, du meilleur; si c'était nécessaire, il appellerait en consultation les princes de la science... Bref, à partir de ce soir-là, Razoumikhine fut pour elles un fils et un frère.

IV

Raskolnikoff se rendit droit au canal, où habitait Sonia.
La maison, à trois étages, était une vieille bâtisse peinte en
vert. Le jeune homme trouva non sans peine le dvornik et
en obtint de vagues indications sur le logement du tailleur
Kapernaoumoff. Après avoir découvert dans un coin de la
cour l'entrée d'un escalier étroit et sombre, il monta au
second étage, puis suivit la galerie qui faisait face à la cour.
Tandis qu'il errait dans l'obscurité, se demandant par où
l'on pouvait entrer chez Kapernaoumoff, une porte s'ouvrit à trois pas de lui; il saisit le battant par un geste
machinal.

— Qui est là? demanda une peureuse voix de femme.

— C'est moi... Je viens vous voir, répondit Raskolnikoff,
et il pénétra dans une petite antichambre. Là, sur une mauvaise table, était une chandelle fichée dans un chandelier de
cuivre déformé.

— C'est vous, Seigneur! fit faiblement Sonia, qui semblait
n'avoir pas la force de bouger de place.

— Où est votre logement? Ici?

Et Raskolnikoff passa vivement dans la chambre en s'efforçant de ne pas regarder la jeune fille.

Au bout d'une minute, Sonia le rejoignit avec la chandelle
et resta debout devant lui, en proie à une agitation inex-
primable. Cette visite inattendue la troublait, l'effrayait
même. Tout à coup son visage pâle se colora, et des larmes
lui vinrent aux yeux... Elle éprouvait une extrême confusion
à laquelle se mêlait une certaine douceur... Raskolnikoff se
détourna par un mouvement rapide et s'assit sur une chaise

près de la table. En un clin d'œil, il put inventorier tout ce qui se trouvait dans la chambre.

Cette pièce, grande, mais excessivement basse, était la seule louée par les Kapernaoumoff; dans le mur de gauche se trouvait une porte donnant accès chez eux. Du côté opposé, dans le mur de droite, il y avait encore une porte, celle-ci toujours fermée. Là était un autre logement, sous un autre numéro. La chambre de Sonia ressemblait à un hangar, elle affectait la forme d'un rectangle très-irrégulier, et cette disposition lui donnait quelque chose de monstrueux. Le mur percé de trois fenêtres, qui était en façade sur le canal, la coupait en écharpe, formant ainsi un angle extrêmement aigu, au fond duquel on ne pouvait rien distinguer, vu la faible clarté que répandait la chandelle. Par contre, l'autre angle était démesurément obtus. Cette vaste pièce ne renfermait presque pas de meubles. Dans le coin à droite se trouvait le lit; entre le lit et la porte, une chaise; du même côté, juste en face de la porte du logement voisin, était placée une table de bois blanc recouverte d'une nappe bleue; près de la table il y avait deux chaises de jonc. Contre le mur opposé, dans le voisinage de l'angle aigu, était adossée une petite commode en bois non verni, qui semblait perdue dans le vide. Voilà à quoi se réduisait tout l'ameublement. Le papier jaunâtre et usé avait pris dans tous les coins des tons noirs, effet probable de l'humidité et de la fumée de charbon. Tout, dans ce local, dénotait la pauvreté; il n'y avait même pas de rideaux au lit.

Sonia considérait en silence le visiteur qui examinait sa chambre si attentivement et avec un tel sans gêne; à la fin, elle se mit à trembler de frayeur, comme si elle se fût trouvée devant l'arbitre de son sort.

— Je viens chez vous pour la dernière fois, dit d'un air morne Raskolnikoff, paraissant oublier que c'était aussi la première fois qu'il y venait; peut-être que je ne vous verrai plus...

— Vous... allez partir?

— Je ne sais pas... demain, tout...

— Ainsi, vous n'irez pas demain chez Catherine Ivanovna? fit Sonia d'une voix tremblante.

— Je ne sais pas. Demain matin tout... Il ne s'agit pas de cela : je suis venu vous dire un mot.

Il leva sur elle son regard rêveur et remarqua soudain qu'il était assis, tandis qu'elle se tenait toujours debout devant lui.

— Pourquoi restez-vous debout? Asseyez-vous, dit-il d'une voix devenue tout à coup douce et caressante.

Elle obéit. Durant une minute, il la considéra d'un œil bienveillant, presque attendri.

— Que vous êtes maigre! Quelle main vous avez! On voit le jour à travers. Vos doigts ressemblent à ceux d'une morte.

Il lui prit la main. Sonia eut un faible sourire.

— J'ai toujours été ainsi, dit-elle.

— Même quand vous viviez chez vos parents?

— Oui.

— Eh, sans doute! fit-il avec brusquerie; un subit changement s'était opéré de nouveau dans l'expression de son visage et dans le son de sa voix. Il promena encore une fois ses yeux autour de lui.

— C'est chez Kapernaoumoff que vous logez?

— Oui...

— Ils demeurent là, derrière cette porte?

— Oui... Leur chambre est toute pareille à celle-ci.

— Ils n'ont qu'une pièce pour eux tous?

— Oui.

— Moi, dans une chambre comme la vôtre, j'aurais peur la nuit, observa-t-il d'un air sombre.

— Mes logeurs sont de très-bonnes gens, très-affables, répondit Sonia, qui ne semblait pas encore avoir recouvré sa présence d'esprit, et tout le mobilier, tout... leur appartient. Ils sont fort bons, leurs enfants viennent souvent chez moi.

— Ce sont des bègues?

— Oui... Le père est bègue et boiteux; la mère aussi... Ce n'est pas qu'elle bégaye, mais elle a un défaut de langue. C'est une très-bonne femme. Kapernaoumoff est un ancien serf. Ils ont sept enfants... Ce n'est que l'aîné qui bégaye, les autres sont maladifs, mais ils ne bégayent pas... Mais comment se fait-il que vous sachiez cela? ajouta-t-elle avec un certain étonnement.

— Votre père m'a tout raconté autrefois. J'ai appris par lui toute votre histoire... Il m'a dit que vous étiez sortie à six heures, qu'à huit heures passées vous étiez rentrée, et que Catherine Ivanovna s'était mise à genoux près de votre lit.

Sonia se troubla.

— Je crois l'avoir vu aujourd'hui, fit-elle avec hésitation.

— Qui?

— Mon père. J'étais dans la rue, au coin près d'ici, entre neuf et dix heures; il paraissait marcher devant moi. J'aurais juré que c'était lui. Je voulais même l'aller dire à Catherine Ivanovna...

— Vous vous promeniez?

— Oui, murmura Sonia, qui baissa les yeux d'un air confus.

— Catherine Ivanovna vous battait quand vous étiez chez votre père?

— Oh! non, comment pouvez-vous dire cela? Non! se récria la jeune fille en regardant Raskolnikoff avec une sorte de frayeur.

— Ainsi vous l'aimez?

— Elle? Mais comment donc! reprit Sonia d'une voix lente et plaintive, puis elle joignit brusquement les mains avec une expression de pitié. — Ah! vous la... Si seulement

vous la connaissiez! Voyez-vous, elle est en tout comme un
enfant... Elle a en quelque sorte l'esprit égaré... par le
malheur. Mais qu'elle était intelligente!... Qu'elle est bonne
et généreuse! Vous ne savez rien, rien... Ah!

Sonia mit dans ces paroles un accent presque désespéré.
Elle était en proie à une agitation extrême, se désolait, se
tordait les mains. Ses joues pâles s'étaient colorées de nouveau, et la souffrance se lisait dans ses yeux. Évidemment on
venait de toucher en elle une corde très-sensible, et elle avait
à cœur de parler, de disculper Catherine Ivanovna. Soudain
une compassion insatiable, si l'on peut s'exprimer ainsi, se
manifesta dans tous les traits de son visage.

— Elle me battre! Mais que dites-vous donc, Seigneur!
Elle me battre! Et quand même elle m'aurait battue, eh bien!
quoi? Vous ne savez rien, rien... Elle est si malheureuse, ah!
qu'elle est malheureuse! Et malade... Elle cherche la justice...
Elle est pure... Elle croit que la justice doit régner en tout,
et elle la réclame... Vous aurez beau la maltraiter, elle ne
fera rien d'injuste. Elle ne s'aperçoit pas qu'il est impossible
que la justice existe dans le monde, et elle s'irrite... comme
un enfant, comme un petit enfant! Elle est juste, juste!

— Et vous, qu'allez-vous devenir?

Sonia l'interrogea des yeux.

— Les voilà à votre charge. Il est vrai qu'avant c'était
déjà la même chose : le défunt venait vous demander de l'argent pour l'aller boire. Mais, maintenant, que va-t-il arriver?

— Je ne sais pas, répondit-elle tristement.

— Ils resteront là?

— Je ne sais pas. Ils doivent à leur logeuse, et elle a dit
aujourd'hui, paraît-il, qu'elle voulait les mettre à la porte;
de son côté, Catherine Ivanovna dit qu'elle ne restera pas là
une minute de plus.

— D'où lui vient son assurance? C'est sur vous qu'elle
compte?

— Oh! non, ne dites pas cela! Nous faisons bourse commune, nos intérêts sont les mêmes! reprit vivement Sonia, dont l'irritation en ce moment ressemblait à l'inoffensive colère d'un petit oiseau. — D'ailleurs, comment pourrait-elle faire? demanda-t-elle en s'animant de plus en plus. — Et combien, combien a-t-elle pleuré aujourd'hui! Elle a l'esprit troublé, vous ne l'avez pas remarqué? Son intelligence est atteinte. Tantôt elle s'inquiète puérilement de ce qu'il y a à faire pour demain, afin que tout soit convenable, le dîner et le reste... Tantôt elle se tord les mains, crache le sang, pleure, se cogne la tête au mur avec désespoir. Ensuite elle se console, elle met son espoir en vous, elle dit que vous allez être maintenant son soutien; elle parle d'emprunter de l'argent quelque part et de retourner dans sa ville natale avec moi: là, elle fondera un pensionnat pour les jeunes filles nobles, et me confiera les fonctions d'inspectrice dans sa maison; « une vie toute nouvelle, une vie heureuse commencera pour nous », me dit-elle en m'embrassant. Ces pensées la consolent, elle croit si fermement à ses imaginations! Est-ce qu'on peut la contredire, je vous le demande? Elle a passé toute la journée d'aujourd'hui à laver, à mettre son logement en ordre; toute faible qu'elle est, elle a monté une auge dans la chambre, puis, n'en pouvant plus, elle est tombée sur son lit. Dans la matinée, nous avions visité des boutiques ensemble, nous voulions acheter des chaussures à Poletchka et à Léna, parce que les leurs ne valent plus rien. Malheureusement, nous n'avions pas assez d'argent, il s'en fallait de beaucoup, et elle avait choisi de si jolies petites bottines, car elle a du goût, vous ne savez pas... Elle s'est mise à pleurer, là, en pleine boutique, devant les marchands, parce qu'elle n'avait pas de quoi faire cet achat... Ah! que cela était triste à voir!

— Allons, on comprend après cela que vous... viviez ainsi, observa Raskolnikoff avec un sourire amer.

3.

— Et vous, est-ce que vous n'avez pas pitié d'elle ? s'écria
Sonia : — vous-même, je le sais, vous vous êtes dépouillé
pour elle de vos dernières ressources, et pourtant vous n'aviez
encore rien vu. Mais si vous aviez tout vu, ô Seigneur ! Et
que de fois, que de fois je l'ai fait pleurer ! La semaine dernière encore ! Huit jours avant la mort de mon père, j'ai agi
durement. Et combien de fois je me suis conduite ainsi ! Ah !
quel chagrin ç'a été pour moi, toute cette journée, de me
rappeler cela !

Sonia se tordait les mains, tant ce souvenir lui était douloureux.

— C'est vous qui êtes dure ?

— Oui, moi ! moi ! J'étais allée les voir, continua-t-elle en
pleurant, et mon père me dit : « Sonia, j'ai mal à la tête,
lis-moi quelque chose... voilà un livre. » C'était un volume
appartenant à André Séménitch Lébéziatnikoff, qui nous
prêtait toujours des livres fort drôles. « Il faut que je m'en
aille », répondis-je ; je n'avais pas envie de lire, j'étais passée
chez eux surtout pour montrer à Catherine Ivanovna une
emplette que je venais de faire. Élisabeth, la marchande,
m'avait apporté des manchettes et des cols, de jolis cols à
ramages, presque neufs : je les avais eus à bon marché. Ils
plurent beaucoup à Catherine Ivanovna, elle les essaya, se
regarda dans la glace et les trouva très-beaux. « Donne-les-
moi, Sonia, je t'en prie ! » me dit-elle. Ils lui étaient bien
inutiles, mais elle est ainsi : elle se rappelle toujours l'heureux temps de sa jeunesse ! Elle se contemple devant un
miroir, et elle n'a plus ni robes, ni rien, depuis combien
d'années ! Du reste, jamais elle ne demande quoi que ce soit
à personne, elle est fière, elle donnerait plutôt elle-même tout
le peu qu'elle possède ; pourtant elle me demanda ces cols,
tellement ils lui plaisaient ! Moi, il m'en coûtait de les donner : « Quel besoin en avez-vous, Catherine Ivanovna ? » lui
dis-je. Oui, je lui ai dit cela. Je n'aurais pas dû lui parler

ainsi! Elle m'a regardée d'un air si affligé que cela faisait peine à voir... Et ce n'était pas les cols qu'elle regrettait, non, ce qui la désolait, c'était mon refus, je l'ai bien vu. Ah! si je pouvais maintenant retirer tout cela, faire que toutes ces paroles n'aient pas été prononcées!... Oh, oui!... Mais quoi! tout cela vous est égal!

— Vous connaissiez cette Élisabeth, la marchande?

— Oui... Et vous, est-ce que vous la connaissiez aussi? demanda Sonia un peu étonnée.

— Catherine Ivanovna est phthisique au dernier degré; elle mourra bientôt, dit Raskolnikoff après un silence et sans répondre à la question.

— Oh! non, non, non! Et Sonia, inconsciente de ce qu'elle faisait, saisit les deux mains du visiteur, comme si le sort de Catherine Ivanovna eût dépendu de lui.

— Mais ce sera tant mieux si elle meurt.

— Non, ce ne sera pas tant mieux, non, non, pas du tout! fit la jeune fille avec effroi.

— Et les enfants? Qu'en ferez-vous alors, puisque vous ne pouvez pas les avoir chez vous?

— Oh! je ne sais pas! s'écria-t-elle avec un accent de désolation navrante, et elle se prit la tête. Il était clair que bien souvent cette pensée avait dû la préoccuper.

— Mettons que Catherine Ivanovna vive encore quelque temps, vous pouvez tomber malade, et quand vous aurez été transportée à l'hôpital, qu'arrivera-t-il? poursuivit impitoyablement Raskolnikoff.

— Ah! que dites-vous? que dites-vous? C'est impossible!

L'épouvante avait rendu méconnaissable le visage de Sonia.

— Comment, c'est impossible? reprit-il avec un sourire sarcastique : — vous n'êtes pas assurée contre la maladie, je suppose? Alors que deviendront-ils? Toute la smala se trouvera sur la rue, la mère demandera l'aumône en toussant, en se frappant la tête contre les murs, comme aujourd'hui, les enfants pleureront... Catherine Ivanovna tombera sur le pavé, on la transportera au poste, puis à l'hôpital où elle mourra, et les enfants...

— Oh, non!... Dieu ne permettra pas cela! proféra enfin Sonia d'une voix étranglée.

Jusqu'alors elle avait écouté en silence, les yeux fixés sur Raskolnikoff, et les mains jointes dans une prière muette, comme s'il eût pu conjurer les malheurs qu'il prédisait.

Le jeune homme se leva et commença à marcher dans la chambre. Une minute s'écoula. Sonia restait debout, les bras pendants, la tête baissée, en proie à une souffrance atroce.

— Et vous ne pouvez pas faire des économies, mettre de l'argent de côté pour les mauvais jours? demanda-t-il en s'arrêtant soudain devant elle.

— Non, murmura Sonia.

— Non, naturellement! Mais avez-vous essayé? ajouta-t-il non sans une certaine ironie.

— J'ai essayé.

— Et vous n'avez pas réussi! Allons, oui, cela se comprend! Inutile de le demander.

Et il reprit sa promenade dans la chambre, puis, après une seconde minute de silence :

— Vous ne gagnez pas d'argent tous les jours? fit-il.

A cette question, Sonia se troubla plus que jamais, ses joues s'empourprèrent.

— Non, répondit-elle à voix basse avec un douloureux effort.

— Sans doute il en sera de même de Poletchka, dit-il brusquement.

— Non, non! Ce n'est pas possible, non! s'écria Sonia, atteinte au cœur par ces paroles comme par un coup de poignard. Dieu, Dieu ne permettra pas une telle abomination!...

— Il en permet bien d'autres.

— Non, non ! Dieu la protégera, Dieu !.., répéta-t elle, hors d'elle-même.

— Mais peut-être qu'il n'y a pas de Dieu, répliqua d'un ton haineux Raskolnikoff, qui se mit à rire en regardant la jeune fille.

Un brusque changement s'opéra dans la physionomie de Sonia : tous les muscles de sa face se contractèrent. Elle fixa sur son interlocuteur un regard chargé de reproches et voulut parler, mais aucun mot ne sortit de ses lèvres, et elle se mit à sangloter en couvrant son visage de ses mains.

— Vous dites que Catherine Ivanovna a l'esprit troublé, le vôtre l'est aussi, dit-il après un silence.

Cinq minutes s'écoulèrent.

Il se promenait toujours de long en large sans parler, sans la regarder. A la fin, il s'approcha d'elle. Il avait les yeux étincelants, les lèvres tremblantes. Lui mettant ses deux mains sur les épaules, il jeta un regard enflammé sur ce visage mouillé de larmes... Tout à coup, il se baissa jusqu'à terre et baisa le pied de la jeune fille. Celle-ci recula effrayée, comme elle eût fait devant un fou. Du reste, la physionomie de Raskolnikoff en ce moment était celle d'un aliéné.

— Que faites-vous? Devant moi! balbutia Sonia en pâlissant; son cœur était douloureusement serré.

Il se releva aussitôt.

— Ce n'est pas devant toi que je me suis prosterné, mais devant toute la souffrance humaine, dit-il d'un air étrange, et il alla s'accouder à la fenêtre. — Écoute, poursuivit-il en revenant vers elle un instant après, j'ai dit tantôt à un insolent personnage qu'il ne valait pas seulement ton petit doigt et que j'avais fait honneur aujourd'hui à ma sœur en l'invitant à s'asseoir près de toi.

— Ah! comment avez-vous pu dire cela! Et devant elle?
s'écria Sonia stupéfaite : — s'asseoir près de moi, un honneur! Mais je suis... une créature déshonorée... Ah! pourquoi
avez-vous dit cela?

— En parlant ainsi, je ne songeais ni à ton déshonneur ni
à tes fautes, mais à ta grande souffrance. Sans doute tu es
coupable, continua-t-il avec une émotion croissante, mais
tu l'es surtout de t'être immolée en pure perte. Je le crois,
certes, que tu es malheureuse! Vivre dans cette boue que tu
détestes et en même temps savoir (car tu ne peux te faire
d'illusions là-dessus) que cela ne sert à rien et que ton sacrifice ne sauvera personne! Mais dis-moi donc enfin, achevat-
t-il en s'exaltant de plus en plus, comment, avec tes délica-
tesses d'âme, tu te résignes à un pareil opprobre? Il vaudrait
mille fois mieux se jeter à l'eau et en finir tout d'un coup!

— Et eux, que deviendront-ils? demanda faiblement Sonia
en levant sur lui le regard d'une martyre, mais en même
temps elle ne semblait nullement étonnée du conseil qu'on
lui donnait. Raskolnikoff la considéra avec une curiosité
singulière.

Ce seul regard lui avait tout appris. Ainsi elle-même avait
déjà eu cette idée. Bien des fois peut-être, dans l'excès de
son désespoir, elle avait pensé à en finir tout d'un coup; elle
y avait même songé si sérieusement, qu'à présent elle
n'éprouvait aucune surprise de s'entendre proposer cette
solution. Elle ne remarqua pas ce qu'il y avait de cruel dans
ces paroles; le sens des reproches du jeune homme lui
échappa aussi, comme bien on pense; le point de vue particulier sous lequel il envisageait son déshonneur restait
lettre close pour elle, ainsi que Raskolnikoff s'en aperçut.
Mais il comprenait parfaitement combien la torturait l'idée
de sa situation infamante, et il se demandait ce qui avait
pu jusqu'ici l'empêcher d'en finir avec la vie. La seule
réponse à cette question était dans le dévouement de la

jeune fille à ces pauvres petits enfants et à Catherine Ivanovna, la malheureuse femme phthisique et presque folle qui
se cognait la tête aux murs.

Néanmoins, il était clair pour lui que Sonia, avec son
caractère et son éducation, ne pouvait rester ainsi indéfini-
ment. Déjà même il avait peine à s'expliquer qu'à défaut du
suicide, la folie ne l'eût pas encore arrachée à une pareille
existence. Sans doute il voyait bien que la position de Sonia
était un phénomène social exceptionnel, mais n'était-ce pas
une raison de plus pour que la honte la tuât dès son entrée
dans une voie dont tout devait l'éloigner, son passé honnête
aussi bien que sa culture intellectuelle relativement élevée?
Qu'est-ce donc qui la soutenait? Si c'était le goût même de
la débauche? Non, son corps seul était livré à la prostitu-
tion, le vice n'avait pas pénétré jusqu'à son âme. Raskolnikoff le voyait; il lisait à livre ouvert dans le cœur de la
jeune fille.

« Son sort est réglé, pensait-il, elle a devant elle le canal,
la maison de fous ou... l'abrutissement. » Il lui répugnait
surtout d'admettre cette dernière éventualité; mais, sceptique comme il l'était, il ne pouvait s'empêcher de la croire la
plus probable.

« Se peut-il pourtant qu'il en soit ainsi? se disait-il en lui-
même, se peut-il que cette créature qui conserve encore la
pureté de l'âme finisse par s'enfoncer délibérément dans la
fange? N'y a-t-elle pas déjà mis le pied, et si jusqu'à présent
elle a pu supporter une telle vie, n'est-ce pas parce que le
vice a déjà perdu pour elle de sa hideur? Non, non! c'est
impossible! s'écria-t-il à part soi, comme s'était écriée tout à
l'heure Sonia : — non, ce qui jusqu'à ce moment l'a empê-
chée de se jeter dans le canal, c'est la crainte de commettre
un péché et l'intérêt qu'elle *leur* porte... Si même elle n'est
pas encore devenue folle... Mais qui dit qu'elle ne l'est point?
Est-ce qu'elle jouit de toutes ses facultés? Est-ce qu'on peut

parler comme elle? Est-ce qu'une personne d'un jugement
sain raisonnerait comme elle raisonne? Peut-on aller à sa
perte avec cette tranquillité et fermer ainsi l'oreille aux
avertissements? C'est donc un miracle qu'elle attend? Oui,
sans doute. Est-ce que ce ne sont pas là autant de signes
d'aliénation mentale? »

Il s'arrêtait obstinément à cette idée. Sonia folle : cette
perspective lui déplaisait moins que tout autre. Il se mit à
examiner attentivement la jeune fille.

— Ainsi tu pries beaucoup Dieu, Sonia? lui demanda-t-il.

Elle se taisait; debout à côté d'elle, il attendit une réponse.

— Qu'est-ce que je serais sans Dieu? fit-elle d'une voix basse,
mais énergique, et, jetant à Raskolnikoff un rapide regard de
ses yeux brillants, elle lui serra la main avec force.

« Allons, je ne me trompais pas! » se dit-il.

— Mais qu'est-ce que Dieu fait pour toi? interrogea-t-il,
désireux d'éclaircir ses doutes plus complétement encore.

Sonia resta longtemps silencieuse, comme si elle eût été
hors d'état de répondre. L'émotion gonflait sa faible poitrine.

— Taisez-vous! Ne me questionnez pas! Vous n'en avez
pas le droit... vociféra-t-elle soudain en le regardant avec
colère.

« C'est cela, c'est bien cela! » pensa-t-il.

— Il fait tout! murmura-t-elle rapidement en reportant
ses yeux à terre.

« Voilà l'explication trouvée! » décida-t-il mentalement,
et il considéra Sonia avec une avide curiosité.

Il éprouvait une sensation nouvelle, étrange, presque
maladive, en contemplant ce petit visage pâle, maigre,
anguleux, ces yeux bleus et doux qui pouvaient lancer de
telles flammes et exprimer une passion si véhémente, enfin ce
petit corps tout tremblant encore d'indignation et de colère:
tout cela lui semblait de plus en plus étrange, presque fantastique. « Elle est folle! folle! » se répétait-il à part soi.

Un livre se trouvait sur la commode. Raskolnikoff l'avait remarqué à plusieurs reprises durant ses allées et venues dans la chambre. A la fin il le prit et l'examina. C'était une traduction russe du Nouveau Testament, un vieux livre relié en peau.

— D'où vient cela? cria-t-il à Sonia d'un bout à l'autre de la chambre.

La jeune fille était toujours à la même place, à trois pas de la table.

— On me l'a prêté, répondit-elle, comme à contre cœur et sans lever les yeux sur Raskolnikoff.

— Qui te l'a prêté?

— Élisabeth; je le lui avais demandé.

« Élisabeth! c'est étrange! » pensa-t-il. Tout chez Sonia prenait à ses yeux d'instant en instant un aspect plus extraordinaire. Il s'approcha de la lumière avec le livre et se mit à le feuilleter.

— Où est-il question de Lazare? demanda-t-il brusquement.

Sonia, les yeux obstinément fixés à terre, garda le silence; elle s'était un peu détournée de la table.

— Où est la résurrection de Lazare? Cherche-moi cet endroit, Sonia.

Elle regarda du coin de l'œil son interlocuteur.

— Ce n'est pas là... c'est dans le quatrième évangile... fit-elle sèchement, sans bouger de sa place.

— Trouve ce passage et lis-le-moi, dit-il, puis il s'assit, s'accouda contre la table, appuya sa tête sur sa main, et, regardant de côté d'un air sombre, se disposa à écouter.

Sonia hésita d'abord à s'approcher de la table. L'étrange désir manifesté par Raskolnikoff lui semblait peu sincère. Néanmoins, elle prit le livre.

— Est-ce que vous ne l'avez pas lu? lui demanda-t-elle en le regardant de travers. Sa voix devenait de plus en plus dure.

— Autrefois... Quand j'étais enfant. Lis!

— Vous ne l'avez pas entendu à l'église?

— Je... je n'y vais pas. Toi, tu y vas souvent?

— N...on, balbutia Sonia.

Raskolnikoff sourit.

— Je comprends... Alors tu n'assisteras pas demain aux obsèques de ton père?

— Si. J'ai même été à l'église la semaine dernière... j'ai assisté à une messe de requiem.

— Pour qui?

— Pour Élisabeth. On l'a tuée à coups de hache.

Les nerfs de Raskolnikoff étaient de plus en plus irrités. La tête commençait à lui tourner.

— Tu étais liée avec Élisabeth?

— Oui... Elle était juste... elle venait chez moi... rarement... elle n'était pas libre. Nous faisions des lectures ensemble et... nous causions. Elle voit Dieu.

Raskolnikoff devint songeur : que pouvaient bien être les mystérieux entretiens de deux idiotes comme Sonia et Élisabeth?

« Ici je deviendrais fou moi-même! on respire la folie dans cette chambre! » pensa-t-il. — Lis! cria-t-il soudain avec un accent irrité.

Sonia hésitait toujours. Son cœur battait avec force. Il semblait qu'elle eût peur de lire. Il regarda avec une expression presque douloureuse « la pauvre aliénée ».

— Que vous importe cela? puisque vous ne croyez pas?... murmura-t-elle d'une voix étouffée.

— Lis, je le veux! insista-t-il : tu lisais bien à Élisabeth!

Sonia ouvrit le livre et chercha l'endroit. Ses mains tremblaient, la parole s'arrêtait dans son gosier. Deux fois elle essaya de lire et ne put articuler la première syllabe.

« Un certain Lazare, de Béthanie, était malade »... proféra-t-elle enfin avec effort, mais tout à coup, au troisième mot, sa voix devint sifflante et se brisa comme une corde trop tendue. Le souffle manquait à sa poitrine oppressée.

Raskolnikoff s'expliquait en partie l'hésitation de Sonia à lui obéir, et, à mesure qu'il la comprenait mieux, il réclamait plus impérieusement la lecture. Il sentait combien il en coûtait à la jeune fille de lui ouvrir en quelque sorte son monde intérieur. Évidemment elle ne pouvait sans peine se résoudre à mettre un étranger dans la confidence des sentiments qui, depuis son adolescence peut-être, l'avaient soutenue, qui avaient été son viatique moral, alors qu'entre un père ivrogne et une marâtre affolée par le malheur, au milieu d'enfants affamés, elle n'entendait que des reproches et des clameurs injurieuses. Il voyait tout cela, mais il voyait aussi que, nonobstant cette répugnance, elle avait grande envie de lire, de lire pour *lui,* surtout *maintenant,* — « quoi qu'il dût arriver ensuite » !.. Les yeux de la jeune fille, l'agitation à laquelle elle était en proie le lui apprirent... Par un violent effort sur elle-même, Sonia se rendit maîtresse du spasme qui lui serrait la gorge et continua à lire le onzième chapitre de l'évangile selon saint Jean. Elle arriva ainsi au verset 19 :

« Beaucoup de Juifs étaient venus chez Marthe et Marie pour les consoler de la mort de leur frère. Marthe ayant appris que Jésus venait alla au-devant de Lui, mais Marie resta dans la maison. Alors Marthe dit à Jésus : Seigneur, si Tu avais été ici, mon frère ne serait pas mort. Mais je sais que présentement même Dieu T'accordera tout ce que Tu Lui demanderas. »

Là elle fit une pause, pour triompher de l'émotion qui faisait de nouveau trembler sa voix...

« Jésus lui dit : Ton frère ressuscitera. Marthe Lui dit : Je sais qu'il ressuscitera en la résurrection au dernier jour. Jésus lui répondit : *Je suis la résurrection et la vie;* celui qui croit en Moi, quand il serait mort, vivra. Et quiconque vit et croit en Moi ne mourra pas dans l'éternité. Crois-tu cela? Elle lui dit :

(Et, bien qu'elle eût peine à respirer, Sonia éleva la voix, comme si, en lisant les paroles de Marthe, elle faisait elle-même sa propre profession de foi.)

« Oui, Seigneur, je crois que Tu es le Christ, fils de Dieu, venu dans ce monde. »

Elle s'interrompit, leva rapidement les yeux sur *lui,* mais les abaissa bientôt après sur son livre et se remit à lire. Raskolnikoff écoutait sans bouger, sans se retourner vers elle, accoudé contre la table et regardant de côté. La lecture se poursuivit ainsi jusqu'au verset 32.

« Lorsque Marie fut venue au lieu où était Jésus, L'ayant vu, elle se jeta à ses pieds et Lui dit : Seigneur, si Tu avais été ici, mon frère ne serait pas mort. Jésus, voyant qu'elle pleurait et que les Juifs qui étaient venus avec elle pleuraient aussi, frémit en son esprit et se troubla Lui-même. Et Il dit : Où l'avez-vous mis? Ils Lui répondirent : Seigneur, viens et vois. Alors Jésus pleura. Et les Juifs dirent entre eux : Voyez comme Il l'aimait. Mais il y en eut quelques-uns qui dirent : Ne pouvait-Il pas empêcher que cet homme ne mourût, Lui qui a rendu la vue à un aveugle? »

Raskolnikoff se tourna vers elle et la regarda avec agitation : Oui, c'est bien cela! Elle était toute tremblante, en proie à une véritable fièvre. Il s'y attendait. Elle approchait du miraculeux récit, et un sentiment de triomphe s'emparait d'elle. Sa voix raffermie par la joie avait des sonorités métalliques. Les lignes se confondaient devant ses yeux devenus troubles, mais elle savait ce passage par cœur. Au dernier verset : « Ne pouvait-Il, Lui qui a rendu la vue à un aveugle... » elle baissa la voix, donnant un accent passionné au doute, au blâme, au reproche de ces Juifs incroyants et aveugles qui, dans une minute, allaient, comme frappés de la foudre, tomber à genoux, sangloter et croire... « Et *lui, lui* qui est aussi un aveugle, un incrédule, lui aussi dans un instant il entendra, il croira! oui, oui! tout de suite, tout maintenant », songeait-elle, toute secouée par cette joyeuse attente.

« Jésus donc frémissant de nouveau en Lui-même vint au sépulcre. C'était une grotte, et on avait mis une pierre par-dessus. Jésus leur dit : Otez la pierre. Marthe, sœur du mort, Lui dit : Seigneur, il sent déjà mauvais, car il y a *quatre* jours qu'il est dans le tombeau. »

Elle appuya avec force sur le mot *quatre.*

« Jésus lui répondit : Ne t'ai-Je pas dit que si tu crois, tu verras la gloire de Dieu? Ils ôtèrent donc la pierre, et Jésus levant les yeux en haut dit : Mon Père, Je Te rends grâce de ce que Tu M'as exaucé. Pour Moi, Je savais que Tu M'exauces toujours, mais Je dis ceci pour ce peuple qui M'environne, afin qu'il croie que c'est Toi qui M'as envoyé. Ayant dit ces mots, Il cria d'une voix forte : Lazare, sors dehors. *Et le mort sortit,* (En lisant ces lignes, Sonia frissonnait comme si elle eût été elle-même témoin du miracle.) ayant les mains liées de bandes, et son visage était enveloppé d'un linge. Jésus leur dit : Déliez-le et le laissez aller.

« *Alors plusieurs des Juifs qui étaient venus chez Marie et qui avaient vu ce que Jésus avait fait, crurent en Lui.* »

Elle n'en lut pas plus, cela lui aurait été impossible; elle ferma le livre et se leva vivement :

— C'est tout pour la résurrection de Lazare, fit-elle d'une voix basse et saccadée sans se tourner vers celui à qui elle parlait. Elle semblait craindre de lever les yeux sur Raskolnikoff. Son tremblement fiévreux durait encore. Le bout de chandelle qui achevait de se consumer éclairait vaguement cette chambre basse où un assassin et une prostituée venaient de lire ensemble le saint livre. Il s'écoula cinq minutes au plus.

Tout à coup, Raskolnikoff se leva et s'approcha de Sonia.

— Je suis venu pour te parler d'une affaire, dit-il d'une voix forte.

En parlant ainsi, il fronçait le sourcil. La jeune fille leva silencieusement les yeux sur lui ; elle vit que son regard, d'une dureté particulière, exprimait quelque résolution farouche.

— Aujourd'hui, poursuivit-il, j'ai renoncé à tous rapports avec ma mère et ma sœur. Je n'irai plus chez elles désormais. La rupture entre moi et les miens est consommée.

— Pourquoi? demanda Sonia stupéfaite. Sa rencontre de tantôt avec Pulchérie Alexandrovna et Dounia lui avait laissé une impression extraordinaire, bien qu'obscure pour elle-même. Une sorte d'effroi la saisit à la nouvelle que le jeune homme avait rompu avec sa famille.

— A présent je n'ai plus que toi, ajouta-t-il. — Partons ensemble... Je suis venu pour te proposer cela. Nous sommes maudits tous deux, eh bien! partons ensemble!

Ses yeux étincelaient. « On dirait qu'il est fou! » pensa à son tour Sonia.

— Pour aller où? demanda-t-elle épouvantée, et, involontairement, elle recula.

— Comment puis-je le savoir? Je sais seulement que la route et le but sont les mêmes pour toi et pour moi; de cela, j'en suis sûr!

Elle le regarda sans comprendre. Une seule idée se dégageait clairement pour elle des paroles de Raskolnikoff, c'est qu'il était excessivement malheureux.

— Aucun d'eux ne te comprendra si tu leur parles, continua-t-il; mais moi, je t'ai comprise. Tu m'es nécessaire, voilà pourquoi je suis venu vers toi.

— Je ne comprends pas... balbutia Sonia.

— Tu comprendras plus tard. Est-ce que tu n'as pas agi... comme moi? Toi aussi tu t'es mise au-dessus de la règle... Tu as eu ce courage. Tu as porté la main sur toi, tu as détruit une vie... la tienne (cela revient au même!). Tu aurais pu vivre par l'esprit, par la raison, et tu finiras sur le Marché-au-Foin... Mais tu ne pourras pas y tenir, et, si tu restes *seule,* tu perdras la raison; moi aussi, d'ailleurs. Maintenant déjà, tu es comme une folle. Il faut donc que nous marchions ensemble, que nous suivions la même route! Partons!

— Pourquoi? Pourquoi dites-vous cela? reprit Sonia étrangement troublée par ce langage.

— Pourquoi? Parce que tu ne peux pas rester ainsi : voilà pourquoi! Il faut enfin raisonner sérieusement et voir les choses sous leur vrai jour, au lieu de pleurer comme un enfant et de se reposer de tout sur Dieu! Qu'arrivera-t-il, je te le demande, si demain on te transporte à l'hôpital? Catherine Ivanovna, presque folle et phthisique, mourra bientôt; que deviendront ses enfants? La perte de Poletchka n'est-elle pas certaine?

— Que faire donc? Que faire? répéta en pleurant Sonia, qui se tordait les mains.

— Ce qu'il faut faire? Il faut couper le câble une fois pour toutes et aller de l'avant, advienne que pourra. Tu ne comprends pas? Plus tard, tu comprendras... La liberté et la puissance, mais surtout la puissance! Régner sur toutes les créatures tremblantes, sur toute la fourmilière!... Voilà le but! Rappelle-toi cela! C'est le testament que je te laisse. Peut-être que je te parle pour la dernière fois. Si je ne viens pas demain, tu apprendras tout toi-même, et alors souviens-toi de mes paroles. Plus tard, d'ici à quelques années, avec l'expérience de la vie, tu comprendras peut-être ce qu'elles signifiaient. Si je viens demain, je te dirai qui a tué Élisabeth. Adieu!

Sonia frissonna et le regarda avec égarement.

— Mais est-ce que vous savez qui l'a tuée? demanda-t-elle glacée de terreur.

— Je le sais et je le dirai... à toi, à toi seule! Je t'ai
choisie. Je ne viendrai pas te demander pardon, mais simplement te dire cela. Il y a longtemps que je t'ai choisie. Dès
le moment où ton père m'a parlé de toi, du vivant même
d'Élisabeth, cette idée m'est venue. Adieu. Ne me donne pas
la main. A demain!

Il sortit, laissant à Sonia l'impression d'un fou; mais elle-
même était comme une folle et elle le sentait. La tête lui
tournait. « Seigneur! Comment sait-il qui a tué Élisabeth?
Que signifiaient ces paroles? C'est étrange! » Pourtant elle
n'eut pas le moindre soupçon de la vérité... « Oh! il doit
être terriblement malheureux!... Il a quitté sa mère et sa
sœur. Pourquoi? Qu'est-ce qu'il y a eu? Et quelles sont ses
intentions? Que m'a-t-il dit? Il m'a baisé le pied et il m'a
dit... il m'a dit (oui, il s'est bien exprimé ainsi) qu'il ne
pouvait plus vivre sans moi... O Seigneur! »

Derrière la porte condamnée se trouvait une pièce inoc-
cupée depuis longtemps qui dépendait du logement de Ger-
trude Karlovna Resslich. Cette chambre était à louer,
comme l'indiquaient un écriteau placé à l'extérieur de la
grand'porte et des papiers collés sur les fenêtres donnant
sur le canal. Sonia savait que personne n'habitait là. Mais,
pendant toute la scène précédente, M. Svidrigaïloff, caché
derrière la porte, n'avait cessé de prêter une oreille attentive à la conversation. Lorsque Raskolnikoff fut sorti, le
locataire de madame Resslich réfléchit un moment, puis il
rentra sans bruit dans sa chambre qui était contiguë à la
pièce vide, y prit une chaise et vint la placer tout contre la
porte. Ce qu'il venait d'entendre l'avait intéressé au plus
haut point; aussi apporta-t-il cette chaise pour pouvoir
écouter la fois prochaine, sans être forcé de rester sur ses
jambes pendant une heure.

## V

Quand, le lendemain, à onze heures précises, Raskolnikoff
se présenta chez le juge d'instruction, il s'étonna d'avoir à
faire antichambre assez longtemps. D'après ce qu'il présu-
mait, on aurait dû le recevoir tout de suite; or, dix minutes
au moins s'écoulèrent avant qu'il pût voir Porphyre Pétrovitch. Dans la pièce d'entrée, où il attendit d'abord, des
gens allaient et venaient sans paraître s'occuper de lui le
moins du monde. Dans la pièce suivante, qui ressemblait
à une chancellerie, travaillaient quelques scribes, et il était
évident qu'aucun d'eux n'avait même l'idée de ce que pouvait être Raskolnikoff.

Le jeune homme promena un regard défiant autour de lui :
ne se trouvait-il pas là quelque sbire, quelque argus mystérieux chargé de le surveiller et, le cas échéant, d'empêcher
sa fuite? Mais il ne découvrit rien de semblable : les scribes
étaient tout à leur besogne, et les autres ne faisaient aucune
attention à lui. Le visiteur commença à se rassurer. « Si en
effet, pensa-t-il, ce mystérieux personnage d'hier, ce spectre,
sorti de dessous terre, savait tout et avait tout vu, eh bien,
est-ce qu'on me laisserait faire le pied de grue comme
cela? Et même est-ce qu'on ne m'aurait pas arrêté déjà au
lieu d'attendre que je vinsse ici de mon propre gré? Donc,
ou cet homme n'a encore fait aucune révélation contre
moi, ou... ou tout simplement il ne sait rien et n'a rien vu
(d'ailleurs, comment aurait-il pu voir?), par conséquent j'ai
eu la berlue, et tout ce qui m'est arrivé hier n'était qu'une
illusion de mon imagination malade. » Il trouvait de plus
en plus vraisemblable cette explication qui déjà la veille

II.                                                4

s'était offerte à son esprit au moment où il était le plus
inquiet.

En réfléchissant à tout cela et en se préparant à une nouvelle lutte, Raskolnikoff s'aperçut tout à coup qu'il tremblait, — et il s'indigna même à la pensée que c'était la peur
d'une entrevue avec l'odieux Porphyre Pétrovitch qui le faisait trembler. Le plus terrible pour lui était de se retrouver
de nouveau en présence de cet homme : il le haïssait au
delà de toute mesure et il craignait même de se trahir par
sa haine. Son indignation fut si forte qu'elle arrêta net son
tremblement ; il s'apprêta à entrer d'un air froid et assuré,
se promit de parler le moins possible, de se tenir toujours
sur le qui-vive, enfin de dominer à tout prix son naturel
irascible. Sur ces entrefaites, on l'introduisit auprès de Porphyre Pétrovitch.

Celui-ci se trouvait alors seul dans son cabinet. Cette
pièce, de dimensions moyennes, contenait une grande table
faisant face à un divan recouvert en toile cirée, un bureau,
une armoire placée dans une encoignure et quelques chaises ;
tout ce mobilier, fourni par l'État, était en bois jaune. Dans
le mur ou plutôt la cloison du fond, il y avait une porte
fermée, ce qui donnait à penser qu'il devait se trouver
d'autres pièces derrière la cloison.

Dès que Porphyre Pétrovitch eut vu Raskolnikoff pénétrer
dans son cabinet, il alla fermer la porte par laquelle le jeune
homme était entré, et tous deux restèrent en tête-à-tête. Le
juge d'instruction fit à son visiteur l'accueil en apparence
le plus gai et le plus affable : ce fut seulement au bout de
quelques minutes que Raskolnikoff s'aperçut des façons légèrement embarrassées du magistrat : il semblait qu'on l'eût
dérangé au milieu d'une occupation clandestine.

— Ah ! très-respectable ! Vous voilà... dans nos parages...
commença Porphyre en lui tendant les deux mains. Allons,
asseyez-vous donc, batuchka ! Mais, peut-être, vous n'aimez

pas qu'on vous appelle très-respectable et... batuchka, ainsi
« tout court »? Ne regardez pas cela, je vous prie, comme
une familiarité... Ici, sur le divan.

Raskolnikoff s'assit, sans quitter des yeux le juge d'instruction.

« Ces mots « dans nos parages », ces excuses pour sa familiarité, cette expression française « tout court », qu'est-ce
que tout cela veut dire? Il m'a tendu les deux mains sans
m'en donner aucune, il les a retirées à temps », pensa Raskolnikoff mis en défiance. Tous deux s'observaient l'un l'autre,
mais dès que leurs regards se rencontraient, ils détournaient
les yeux avec la rapidité de l'éclair.

— Je suis venu vous apporter ce papier... au sujet de la
montre... Voilà. Est-ce bien ainsi, ou faut-il faire une autre
lettre?

— Quoi? Quel papier? Oui, oui... ne vous inquiétez pas,
c'est très-bien, répondit avec une sorte de précipitation Porphyre qui prononça ces mots avant même d'avoir examiné
le papier, puis, quand il y eut jeté un rapide coup d'œil : —
Oui, c'est très-bien, c'est tout ce qu'il faut, continua-t-il, parlant toujours aussi vite, et il déposa le papier sur la table.
Une minute après, il le serra dans son bureau, tout en causant d'autre chose.

— Vous avez hier, me semble-t-il, témoigné le désir de
m'interroger... dans les formes... au sujet de mes relations
avec la... victime? reprit Raskolnikoff.

« Allons, pourquoi ai-je dit : me semble-t-il? » pensa
tout à coup le jeune homme. « Eh bien, qu'importe ce mot?
De quoi vais-je là m'inquiéter? » ajouta-t-il mentalement
presque aussitôt après.

Par ce fait seul qu'il se trouvait en présence de Porphyre
avec qui il avait à peine échangé deux mots, sa défiance
avait pris des proportions insensées; il s'en aperçut soudain
et comprit que cette disposition d'esprit était extrêmement

dangereuse : son agitation, l'agacement de ses nerfs ne feraient qu'augmenter. « Mauvais! Mauvais!... Je vais encore lâcher quelque sottise. »

— Oui, oui! Ne vous inquiétez pas! Nous avons le temps, nous avons le temps, murmura Porphyre Pétrovitch qui, sans aucune intention apparente, allait et venait dans la chambre, s'approchant tantôt de la fenêtre, tantôt du bureau, pour revenir ensuite près de la table; parfois, il évitait le regard soupçonneux de Raskolnikoff; parfois, il s'arrêtait brusquement et regardait son visiteur en plein visage. C'était un spectacle extraordinairement bizarre qu'offrait en ce moment ce petit homme gros et rond dont les évolutions rappelaient celles d'une balle ricochant d'un mur à l'autre.

— Rien ne presse, rien ne presse!... Mais vous fumez? Avez-vous du tabac? Tenez, voici une cigarette, continua-t-il en offrant un paquitos au visiteur... Vous savez, je vous reçois ici, mais mon logement est là, derrière cette cloison... C'est l'État qui me le fournit... Je ne suis ici qu'en camp volant, parce qu'il y avait quelques arrangements à faire dans mon appartement. A présent tout est prêt ou peu s'en faut... Savez-vous que c'est une fameuse chose qu'un logement fourni par l'État, hein, qu'en pensez-vous?

— Oui, c'est une fameuse chose, répondit Raskolnikoff en le regardant d'un air presque moqueur.

— Une fameuse chose, une fameuse chose... répéta Porphyre Pétrovitch qui semblait avoir l'esprit occupé d'un tout autre objet, — oui! une fameuse chose! fit-il brusquement d'une voix presque tonnante en s'arrêtant à deux pas de Raskolnikoff qu'il fixa tout à coup. L'incessante et sotte répétition de cette phrase qu'un logement fourni par l'État était une fameuse chose contrastait par sa platitude avec le regard sérieux, profond, énigmatique qu'il dirigeait maintenant sur son visiteur.

La colère de Raskolnikoff s'en accrut, il ne put s'empêcher d'adresser au juge d'instruction un défi moqueur et assez imprudent.

— Vous savez, commença-t-il, en le regardant presque insolemment et en se complaisant dans cette insolence, c'est, paraît-il, une règle juridique, un principe pour tous les juges d'instruction, de mettre d'abord l'entretien sur des niaiseries, ou même sur une chose sérieuse, mais étrangère à la question, afin d'enhardir celui qu'ils interrogent, ou plutôt afin de le distraire, d'endormir sa prudence; puis brusquement, à l'improviste, ils lui assènent en plein sinciput la question la plus dangereuse : n'est-ce pas? c'est une coutume pieusement observée dans votre profession?

— Ainsi vous pensez que si je vous ai parlé de logement fourni par l'État, c'était pour...

En disant cela, Porphyre Pétrovitch cligna les yeux, son visage prit pour un instant une expression de gaieté malicieuse, les petites rides de son front s'aplanirent, ses petits yeux devinrent plus étroits encore, les traits de son visage se dilatèrent, et, regardant Raskolnikoff entre les deux yeux, il éclata d'un rire nerveux, prolongé, qui secoua toute sa personne. Le jeune homme se mit à rire lui-même, en se forçant un peu; à cette vue, l'hilarité de Porphyre Pétrovitch redoubla, à tel point que le visage du juge d'instruction devint presque cramoisi. Raskolnikoff éprouva alors un dégoût qui lui fit oublier toute prudence : il cessa de rire, fronça le sourcil, et, tout le temps que Porphyre s'abandonna à cette gaieté qui semblait un peu factice, il attacha sur lui un regard haineux. L'un, du reste, ne s'était pas plus observé que l'autre. Porphyre s'était mis à rire au nez de son visiteur qui avait très-mal pris la chose, et il paraissait se soucier fort peu du mécontentement de Raskolnikoff. Cette dernière circonstance donna fort à penser au jeune homme : il crut comprendre que son arrivée n'avait nullement dérangé le juge

4.

d'instruction : c'était, au contraire, lui, Raskolnikoff, qui
était tombé dans un traquenard; évidemment il y avait quelque piége, quelque embûche qu'il ne connaissait pas, la mine
était déjà chargée peut être et allait éclater dans un moment...

Allant droit au fait, il se leva et prit sa casquette :

— Porphyre Pétrovitch, déclara-t-il d'un ton résolu, mais
où perçait une assez vive irritation, — hier vous avez
témoigné le désir de me faire subir un interrogatoire. (Il
appuya particulièrement sur le mot : *interrogatoire*.) Je suis
venu me mettre à votre disposition : si vous avez des questions à m'adresser, questionnez-moi, sinon, permettez-moi
de me retirer. Je ne puis pas perdre mon temps ici, j'ai
autre chose à faire... il faut que j'aille à l'enterrement de ce
fonctionnaire qui a été écrasé par une voiture et dont...
vous avez aussi entendu parler... ajouta-t-il, et aussitôt il
s'en voulut d'avoir ajouté cette phrase. Puis il poursuivit
avec une colère croissante : Tout cela m'ennuie, entendez-
vous? et il y a trop longtemps que cela dure... C'est, en partie,
ce qui m'a rendu malade... En un mot, continua-t-il d'une
voix de plus en plus irritée, car il sentait que la phrase sur
sa maladie était encore plus déplacée que l'autre, en un
mot, veuillez m'interroger ou souffrez que je m'en aille à
l'instant même... Mais si vous m'interrogez, que ce soit dans
la forme voulue par la procédure; autrement, je ne vous
le permets pas; d'ici là, adieu, puisque, pour le moment,
nous n'avons rien à faire ensemble.

— Seigneur! mais que dites-vous donc? Mais sur quoi
vous interroger? reprit le juge d'instruction qui cessa instan-
tanément de rire, ne vous inquiétez pas, je vous prie.

Il invitait Raskolnikoff à se rasseoir, tandis que lui-même
continuait d'aller et de venir dans la chambre.

— Nous avons le temps, nous avons le temps, et tout cela
n'a pas d'importance ! Au contraire, je suis si content que
vous soyez venu chez nous... C'est comme visiteur que je vous

reçois. Quant à ce maudit rire, batuchka, Rodion Romanovitch, excusez-moi... Je suis un homme nerveux, vous m'avez
beaucoup amusé par la finesse de votre observation; il y a
des fois où, vraiment, je me mets à bondir comme une balle
élastique, et cela pendant une demi-heure... Je suis rieur.
Mon tempérament me fait même craindre l'apoplexie. Mais
asseyez-vous donc, pourquoi restez-vous debout?... Je vous
en prie, batuchka, autrement je croirai que vous êtes
fâché...

Les sourcils toujours froncés, Raskolnikoff se taisait, écoutait et observait. Cependant il s'assit.

— En ce qui me concerne, batuchka, Rodion Romanovitch,
je vous dirai une chose qui servira à vous expliquer mon
caractère, reprit Porphyre Pétrovitch qui continuait à se tré-
mousser dans la chambre et, comme toujours, évitait de rencontrer les yeux de son visiteur. — Je vis seul, vous savez,
je ne vais pas dans le monde et je suis inconnu, ajoutez que
je suis un homme sur le retour, déjà fini et. . et... avez-vous
remarqué, Rodion Romanovitch, que chez nous, c'est-à-dire
en Russie, et surtout dans nos cercles pétersbourgeois, quand
viennent à se rencontrer deux hommes intelligents qui ne
se connaissent pas encore bien, mais qui s'estiment réciproquement, comme vous et moi, par exemple, en ce moment,
ils ne peuvent rien trouver à se dire pendant une demi-heure
entière, — ils restent comme pétrifiés vis-à-vis l'un de l'autre?
Tout le monde a un sujet de conversation, les dames, par
exemple, les gens du monde, les personnes de la haute
société... dans tous ces milieux on a de quoi causer, c'est
de rigueur; mais les gens de la classe moyenne, comme
nous, sont gênés et taciturnes. D'où cela vient-il, batuchka?
N'avons-nous pas d'intérêts sociaux? Ou bien cela tient-il
à ce que nous sommes des gens trop honnêtes qui ne veulent
pas se tromper l'un l'autre? Je n'en sais rien. Eh bien, quel
est votre avis? Mais débarrassez-vous donc de votre casquette,

on dirait que vous voulez vous en aller, et cela me fait de la peine..... Je suis, au contraire, si heureux...

Raskolnikoff déposa sa casquette. Il ne se départait point de son mutisme et, les sourcils froncés, prêtait l'oreille au vain bavardage de Porphyre. « Sans doute, il ne débite toutes ces sottises que pour distraire mon attention. »

— Je ne vous offre pas de café, ce n'est pas le lieu, mais ne pouvez-vous passer cinq minutes avec un ami, histoire de lui procurer une distraction? poursuivit l'intarissable Porphyre. Vous savez, toutes ces obligations du service... Ne vous formalisez pas, batuchka, si vous me voyez ainsi aller et venir; excusez-moi, batuchka, j'ai grand'peur de vous blesser, mais le mouvement m'est si nécessaire! Je suis toujours assis, et c'est pour moi un si grand bonheur de pouvoir me remuer pendant cinq minutes... j'ai des hémorrhoïdes... j'ai toujours l'intention de me traiter par la gymnastique; le trapèze est, dit-on, en grande faveur parmi les conseillers d'État, les conseillers d'État actuels, et même les conseillers intimes. De nos jours, la gymnastique est devenue une véritable science... Quant à ces devoirs de notre charge, à ces interrogatoires et à tout ce formalisme... c'est vous-même, batuchka, qui en parliez tantôt... eh bien, vous savez, en effet, batuchka, Rodion Romanovitch, ces interrogatoires déroutent parfois le magistrat plus que le prévenu.... Vous l'avez fait remarquer tout à l'heure avec autant d'esprit que de justesse. (Raskolnikoff n'avait fait aucune observation semblable.) On s'embrouille, vrai, on perd le fil! Pour ce qui est de nos coutumes juridiques, je suis pleinement d'accord avec vous. Quel est, dites-moi, l'accusé, fût-il le moujik le plus obtus, qui ignore qu'on commencera par lui poser des questions étrangères pour l'endormir (selon votre heureuse expression), puis qu'on lui assénera brusquement un coup de hache en plein sinciput, hé, hé, hé! en plein sinciput (pour me servir de votre ingénieuse métaphore), hé, hé! Ainsi vous avez pensé qu'en vous parlant de logement je voulais vous... hé, hé! Vous êtes un homme caustique. Allons, je ne reviens pas là-dessus! Ah! oui, à propos, un mot en appelle un autre, les pensées s'attirent mutuellement, — tantôt vous parliez de la forme en ce qui concerne le magistrat instructeur... Mais qu'est-ce que la forme? Vous savez, en bien des cas, la forme ne signifie rien. Parfois une simple conversation, un entretien amical conduit plus sûrement à un résultat. La forme ne disparaîtra jamais, permettez-moi de vous rassurer à cet égard; mais qu'est-ce, au fond, que la forme, je vous le demande? On ne peut pas obliger le juge d'instruction à la traîner sans cesse à son pied. La besogne de l'enquêteur est, dans son genre, un art libéral ou quelque chose d'approchant, hé! hé!

Porphyre Pétrovitch s'arrêta un instant pour reprendre haleine. Il parlait sans interruption, tantôt débitant de pures âneries, tantôt glissant au milieu de ces fadaises de petits mots énigmatiques, après quoi il recommençait à dire des riens. Sa promenade autour de la chambre ressemblait maintenant à une course, il mouvait ses grosses jambes de plus en plus vite et tenait toujours les yeux baissés, sa main droite était fourrée dans la poche de sa redingote, tandis qu'avec la main gauche il esquissait continuellement divers gestes qui n'avaient aucun rapport avec ses paroles. Raskolnikoff remarqua ou crut remarquer qu'en courant autour de la chambre il s'était arrêté deux fois près de la porte et avait paru écouter durant un instant... « Est-ce qu'il attend quelque chose? »

— Vous avez parfaitement raison, reprit gaiement Porphyre en regardant le jeune homme avec une bonhomie qui mit aussitôt ce dernier en défiance, — nos coutumes juridiques méritent, en effet, vos spirituelles railleries, hé! hé! Ces procédés, prétendument inspirés par une profonde psychologie, sont fort ridicules et souvent même stériles...

Pour en revenir à la forme, eh bien! supposons que je sois chargé de l'instruction d'une affaire, je sais ou plutôt je crois savoir que le coupable est un certain monsieur... Ne vous préparez-vous pas à suivre la carrière du droit, Rodion Romanovitch?

— Oui, j'étudiais...

— Eh bien, voici un petit exemple qui pourra vous servir plus tard, — c'est-à-dire, ne croyez pas que je me permette de trancher du professeur avec vous; à Dieu ne plaise que je prétende enseigner quoi que ce soit à un homme qui traite dans les journaux les questions de criminalité! Non, je prends seulement la liberté de vous citer un petit fait à titre d'exemple, — je suppose donc que j'aie cru découvrir le coupable : pourquoi, je vous le demande, l'inquiéterais-je prématurément, lors même que j'aurais des preuves contre lui? Sans doute, un autre, qui n'aurait pas le même caractère, je le ferais arrêter tout de suite, mais celui-ci, pourquoi ne le laisserais-je pas se promener un peu dans la ville, hé! hé! Non, je vois que vous ne comprenez pas très-bien; je vais m'expliquer plus clairement.

Si, par exemple, je me presse trop de lancer un mandat d'arrêt contre lui, eh bien, par là je lui fournis, pour ainsi dire, un point d'appui moral, hé! hé! vous riez? (Raskolnikoff ne pensait même pas à rire; il tenait ses lèvres serrées, et son regard enflammé ne quittait pas les yeux de Porphyre Pétrovitch.) Pourtant, dans l'espèce, cela est ainsi, car les gens sont très-divers, quoique, malheureusement, la procédure soit la même pour tous. — Mais, du moment que vous avez des preuves? allez-vous me dire. — Eh! mon Dieu, batuchka, vous savez ce que c'est que les preuves : les trois quarts du temps les preuves sont à deux fins, et moi, juge d'instruction, je suis homme, partant sujet à l'erreur.

Or, je voudrais donner à mon enquête la rigueur absolue d'une démonstration mathématique; je voudrais que mes conclusions fussent aussi claires, aussi indiscutables que deux fois deux font quatre! Donc, si je fais arrêter ce monsieur avant le temps voulu, j'aurai beau être convaincu que c'est *lui*, — je me retire à moi-même les moyens ultérieurs d'établir sa culpabilité. Et comment cela? Mais parce que je lui donne en quelque sorte une situation définie; en le mettant en prison, je le calme, je le fais rentrer dans son assiette psychologique; désormais il m'échappe, il se replie sur lui-même : il comprend enfin qu'il est un détenu.

Si, au contraire, je laisse parfaitement tranquille le coupable présumé, si je ne le fais pas arrêter, si je ne l'inquiète pas, mais qu'à toute heure, à toute minute, il soit obsédé par la pensée que je sais tout, que je ne le perds de vue ni le jour ni la nuit, qu'il est de ma part l'objet d'une surveillance infatigable, — qu'arrivera-t-il dans ces conditions? Infailliblement il sera pris de vertige, il viendra lui-même chez moi, il me fournira quantité d'armes contre lui et me mettra en mesure de donner aux conclusions de mon enquête un caractère d'évidence mathématique, ce qui ne manque pas de charme.

Si ce procédé peut réussir avec un moujik inculte, il n'est pas non plus sans efficacité quand il s'agit d'un homme éclairé, intelligent, distingué même à certains égards! Car l'important, mon cher ami, c'est de deviner dans quel sens un homme est développé. Celui-ci est intelligent, je suppose, mais il a des nerfs, des nerfs qui sont excités, malades!... Et la bile, la bile que vous oubliez, quel rôle elle joue chez tous ces gens-là! Je vous le répète, il y a là une vraie mine de renseignements! Et que m'importe qu'il se promène en liberté dans la ville? Je puis bien le laisser jouir de son reste, je sais qu'il est ma proie et qu'il ne m'échappera pas! En effet, où irait-il? A l'étranger, allez-vous dire? Un Polonais se sauvera à l'étranger, mais pas *lui*, d'autant plus que je le surveille et que mes mesures sont prises en conséquence. Se retirera-t-il dans l'intérieur du pays? Mais là habitent des moujiks grossiers, des Russes primitifs, dépourvus de civilisation; cet homme éclairé aimera mieux aller en prison que de vivre dans un pareil milieu, hé! hé!

D'ailleurs, tout cela ne signifie rien encore, c'est l'accessoire, le côté extérieur de la question. Il ne s'enfuira pas, non-seulement parce qu'il ne saurait où aller, mais encore, et surtout, parce que, *psychologiquement,* il m'appartient, hé! hé! Comment trouvez-vous cette expression? En vertu d'une loi naturelle, il ne fuira pas, lors même qu'il pourrait le faire. Avez-vous vu le papillon devant la chandelle? Eh bien, il tournera sans cesse autour de moi comme cet insecte autour de la flamme; la liberté n'aura plus de douceur pour lui; il deviendra de plus en plus inquiet, de plus en plus ahuri; que je lui en laisse le temps, et il se livrera à des agissements tels que sa culpabilité en ressortira claire comme deux et deux font quatre!... Et toujours, toujours il tournera autour de moi, décrivant des cercles de plus en plus resserrés, jusqu'à ce qu'enfin, paf! Il volera dans ma bouche et je l'avalerai; c'est fort agréable, hé! hé! Vous ne croyez pas?

Raskolnikoff gardait le silence; pâle et immobile, il continuait à observer le visage de Porphyre avec un pénible effort d'attention.

« La leçon est bonne! » pensait-il, terrifié. « Ce n'est même plus, comme hier, le chat jouant avec la souris. Sans doute il ne me parle pas ainsi pour le seul plaisir de me montrer sa force, il est bien trop intelligent pour cela... Il doit avoir un autre but, quel est-il? Va donc, mon ami, tout ce que tu en dis, c'est pour m'effrayer! Tu n'as pas de preuves, et l'homme d'hier n'existe pas! Tu veux tout bonnement me dérouter, tu veux me mettre en colère et frapper le grand coup, quand tu me verras dans cet état; seulement tu te trompes, tu en seras pour tes peines! Mais pourquoi parle-t-il ainsi à mots couverts?... Il spécule sur l'agacement de mon système nerveux!... Non, mon ami, cela ne prendra pas, quoi que tu aies manigancé... Nous allons voir un peu ce que tu as préparé là. »

Et il s'apprêta à affronter bravement la terrible catastrophe qu'il prévoyait. De temps à autre, il avait envie de s'élancer sur Porphyre et de l'étrangler séance tenante. Dès son entrée dans le cabinet du juge d'instruction, sa grande crainte était de ne pouvoir maîtriser sa colère. Il sentait son cœur battre avec violence, ses lèvres devenir sèches et l'écume s'y figer. Cependant il résolut de se taire, comprenant que, dans sa position, c'était la meilleure tactique : de la sorte, en effet, non-seulement il ne se compromettrait pas, mais il réussirait peut-être à irriter son ennemi et à lui arracher quelque parole imprudente. Du moins, tel était l'espoir de Raskolnikoff.

— Non, je vois que vous ne le croyez pas, vous pensez que je plaisante, reprit Porphyre; le juge d'instruction était de plus en plus gai, il ne cessait de faire entendre son petit rire, et il s'était remis à sa promenade autour de la chambre, — sans doute vous avez raison; Dieu m'a donné une figure qui n'éveille chez les autres que des idées comiques; je suis un bouffon; mais excusez le langage d'un vieillard; vous, Rodion Romanovitch, vous êtes dans la fleur de l'âge, et, comme tous les jeunes gens, vous appréciez au delà de tout l'intelligence humaine. Le piquant de l'esprit et les déducions abstraites de la raison vous séduisent.

Pour en revenir au *cas particulier* dont nous parlions tout à l'heure, je vous dirai, monsieur, qu'il faut compter avec la réalité, avec la nature. C'est une chose importante, et comme elle triomphe parfois de l'habileté la plus consommée! Écoutez un vieillard, je parle sérieusement, Rodion Romanovitch (en prononçant ces mots, Porphyre

Pétrovitch, qui comptait à peine trente-cinq ans, semblait, en effet, avoir vieilli tout d'un coup : une métamorphose soudaine s'était produite dans toute sa personne et jusque dans sa voix); de plus, je suis un homme franc... Suis-je ou non un homme franc? Qu'en pensez-vous? Il me semble qu'on ne peut pas l'être davantage : je vous confie de pareilles choses et je ne demande même pas de récompense, hé! hé!

Eh bien! je continue : la finesse d'esprit est, à mon avis, une fort belle chose, c'est, pour ainsi dire, l'ornement de la nature, la consolation de la vie, et, avec cela, on peut, semble-t-il, jobarder facilement un pauvre juge d'instruction qui lui-même est, d'ailleurs, souvent trompé par sa propre imagination, car il est homme! Mais la nature vient en aide au pauvre juge d'instruction, voilà le malheur! Et c'est à quoi ne songe pas la jeunesse confiante dans son intelligence, la jeunesse « qui foule aux pieds tous les obstacles » (comme vous l'avez dit d'une façon si fine et si ingénieuse).

Dans le *cas particulier* qui nous occupe, le coupable, je l'admets, mentira supérieurement ; mais, quand il croira n'avoir plus qu'à recueillir le fruit de son adresse, crac! il s'évanouira dans l'endroit même où un pareil accident doit être le plus commenté. Mettons qu'il puisse expliquer sa syncope par un état maladif, par l'atmosphère étouffante de la salle; n'importe, il n'en a pas moins donné matière aux soupçons! Il a menti d'une façon incomparable, mais il n'a pas su prendre ses précautions contre la nature. Voilà où est le piège!

Une autre fois, entraîné par son humeur moqueuse, il s'amusera à mystifier quelqu'un qui le soupçonne et, par jeu, il fera semblant d'être le criminel recherché par la police; mais il entrera trop bien dans la peau du bonhomme, il jouera sa comédie prétendue *avec trop de naturel*, et ce sera encore un indice. Sur le moment, son interlocuteur pourra être dupe; mais si ce dernier n'est pas un niais, il se ravisera dès le lendemain. Notre homme se compromettra ainsi à chaque instant! Que dis-je? il viendra de lui-même là où il n'est pas appelé, et il se répandra en paroles imprudentes, en allégories dont le sens n'échappera à personne, hé! hé! Il viendra demander pourquoi on ne l'a pas encore arrêté, hé! hé! Et cela peut arriver à un personnage d'un esprit très-fin, voire à un psychologue et à un littérateur! La nature est le miroir le plus transparent, il suffit de le contempler! Mais pourquoi pâlissez-vous ainsi, Rodion Romanovitch? Vous avez peut-être trop chaud : voulez-vous qu'on ouvre la fenêtre?

— Oh! ne vous inquiétez pas, je vous en prie, cria Raskolnikoff, et tout à coup il se mit à rire. — Je vous en prie, ne faites pas attention!

Porphyre s'arrêta en face de lui, attendit un moment et soudain partit lui-même d'un éclat de rire. Raskolnikoff, dont l'hilarité s'était subitement calmée, se leva.

— Porphyre Pétrovitch! dit-il d'une voix nette et forte, bien qu'il eût peine à se tenir sur ses jambes tremblantes, je n'en puis plus douter, vous me soupçonnez positivement d'avoir assassiné cette vieille et sa sœur Élisabeth. De mon côté, je vous déclare que depuis longtemps j'en ai assez, de tout cela. Si vous croyez avoir le droit de me poursuivre, de me faire arrêter, poursuivez-moi, mettez-moi en état d'arrestation. Mais je ne permets pas qu'on se moque de moi et qu'on me martyrise...

Tout à coup ses lèvres commencèrent à frémir, ses yeux lancèrent des flammes, et sa voix, jusqu'alors contenue, atteignit le diapason le plus élevé.

— Je ne le permets pas! cria-t-il brusquement, et il asséna un vigoureux coup de poing sur la table. — Entendez-vous cela, Porphyre Pétrovitch? Je ne le permets pas!

— Ah! Seigneur! mais qu'est-ce qui vous prend? s'écria le juge d'instruction en apparence fort inquiet. — Batuchka!

Rodion Romanovitch! Mon bon ami! Mais qu'est-ce que vous avez?

— Je ne le permets pas! répéta Raskolnikoff.

— Batuchka, un peu plus bas! On va vous entendre, on viendra, et alors qu'est-ce que nous dirons? Pensez un peu à cela! murmura d'un air effrayé Porphyre Pétrovitch, qui avait approché son visage de celui de son visiteur.

— Je ne le permets pas, je ne le permets pas! poursuivit machinalement Raskolnikoff; mais cette fois il avait baissé le ton, de façon à n'être entendu que de Porphyre.

Celui-ci courut ouvrir la fenêtre.

— Il faut aérer la chambre! Mais si vous buviez un peu d'eau, mon cher ami? Voyez-vous, c'est un petit accès!

Déjà il s'élançait vers la porte pour donner des ordres à un domestique, quand il aperçut dans un coin une carafe d'eau.

— Batuchka, buvez, murmura-t-il en s'approchant vivement du jeune homme avec la carafe, — cela vous fera peut-être du bien...

La frayeur et même la sollicitude de Porphyre Pétrovitch semblaient si peu feintes que Raskolnikoff se tut et se mit à l'examiner avec une curiosité morne. Du reste, il refusa l'eau qu'on lui offrait.

— Rodion Romanovitch! mon cher ami! Mais, si vous continuez ainsi, vous vous rendrez fou, je vous l'assure! Buvez donc, buvez au moins quelques gouttes!

Il lui mit presque de force le verre d'eau dans la main. Machinalement, Raskolnikoff le portait à ses lèvres, quand soudain il se ravisa et le déposa avec dégoût sur la table.

— Oui, vous avez eu un petit accès! Vous en ferez tant, mon cher ami, que vous aurez une rechute de votre maladie, observa du ton le plus affectueux le juge d'instruction, qui paraissait toujours fort troublé. — Seigneur! est-il possible de se ménager si peu? C'est comme Dmitri Prokofitch qui

est venu hier chez moi, — je reconnais que j'ai l'humeur
caustique, que mon caractère est affreux, mais, Seigneur!
quelle signification on a donnée à d'inoffensives saillies! Il
est venu hier, après votre visite; nous étions en train de
dîner, il a parlé, parlé. Je me suis contenté d'écarter les
bras, mais en moi-même je me disais : « Ah! mon Dieu... »
C'est vous qui l'avez envoyé, n'est-ce pas? Asseyez-vous
donc, batuchka; asseyez-vous, pour l'amour du Christ!

— Non, ce n'est pas moi! Mais je savais qu'il était allé
chez vous et pourquoi il vous avait fait cette visite, répondit
sèchement Raskolnikoff.

— Vous le saviez?

— Oui. Eh bien! qu'en concluez-vous?

— J'en conclus, batuchka, Rodion Romanovitch, que je
connais encore bien d'autres de vos faits et gestes; je suis
informé de tout! Je sais qu'à la nuit tombante vous êtes
allé *pour louer l'appartement,* vous vous êtes mis à tirer le
cordon de la sonnette, vous avez fait une question au sujet
du sang, vos façons ont stupéfié les ouvriers et les dvorniks.
Oh! je comprends dans quelle situation morale vous vous
trouviez alors... Mais il n'en est pas moins vrai que toutes
ces agitations vous rendront fou! Une noble indignation
bouillonne en vous, vous avez à vous plaindre de la destinée d'abord, et des policiers ensuite. Aussi allez-vous ici
et là pour forcer en quelque sorte les gens à formuler
tout haut leurs accusations. Ces commérages stupides vous
sont insupportables, et vous voulez en finir au plus tôt avec
tout cela. Est-ce vrai? Ai-je bien deviné à quels sentiments
vous obéissez?... Seulement vous ne vous contentez pas
de vous mettre la tête à l'envers, vous la faites perdre
aussi à mon pauvre Razoumikhine, et c'est vraiment dommage d'affoler un si brave garçon! Sa bonté l'expose plus
que tout autre à subir la contagion de votre maladie...
Quand vous serez calmé, batuchka, je vous raconterai...

Mais asseyez-vous donc, batuchka, pour l'amour du Christ!
Je vous en prie, reprenez vos esprits, vous êtes tout défait;
asseyez-vous donc.

Raskolnikoff s'assit; un tremblement fiévreux agitait tout
son corps. Il écoutait avec une profonde surprise Porphyre
Pétrovitch qui lui prodiguait des démonstrations d'intérêt.
Mais il n'ajoutait aucune foi aux paroles du juge d'instruction, quoiqu'il eût une tendance étrange à y croire. Il avait
été extrêmement impressionné en entendant Porphyre lui
parler de sa visite au logement de la vieille : « Comment
donc sait-il cela et pourquoi me le raconte-t-il lui-même? »
pensait le jeune homme.

— Oui, il s'est produit dans notre pratique judiciaire un
cas psychologique presque analogue, un cas morbide, continua Porphyre. Un homme s'est accusé d'un meurtre qu'il
n'avait pas commis. Et ce n'est rien de dire qu'il s'est déclaré
coupable : il a raconté toute une histoire, une hallucination
dont il avait été le jouet, et son récit était si vraisemblable,
paraissait tellement d'accord avec les faits, qu'il défiait toute
contradiction. Comment s'expliquer cela? Sans qu'il y eût de
sa faute, cet individu avait été, en partie, cause d'un assassinat. Quand il apprit qu'il avait, à son insu, facilité l'œuvre
de l'assassin, il en fut si désolé que sa raison s'altéra, et il
s'imagina être lui-même le meurtrier! A la fin, le Sénat dirigeant examina l'affaire, et l'on découvrit que le malheureux
était innocent. Tout de même, sans le Sénat dirigeant, c'en
était fait de ce pauvre diable! Voilà ce qui vous pend au nez,
batuchka! On peut aussi devenir monomane quand on va la
nuit tirer des cordons de sonnette et faire des questions au
sujet du sang! Voyez-vous, dans l'exercice de ma profession,
j'ai eu l'occasion d'étudier toute cette psychologie. C'est un
attrait du même genre qui pousse parfois un homme à se
jeter par la fenêtre ou du haut d'un clocher... Vous êtes
malade, Rodion Romanovitch! Vous avez eu tort de trop

négliger, au début, votre maladie. Vous auriez dû consulter un médecin expérimenté, au lieu de vous faire traiter par ce gros Zosimoff!... Tout cela est, chez vous, l'effet du délire !...

Pendant un instant, Raskolnikoff crut voir tous les objets tourner autour de lui. « Est-il possible qu'il mente encore en ce moment? » se demandait-il. Et il s'efforçait de bannir cette idée, pressentant à quel excès de rage folle elle pourrait le pousser.

— Je n'étais pas en délire, j'avais toute ma raison! cria-t-il, tandis qu'il mettait son esprit à la torture pour tâcher de pénétrer le jeu de Porphyre. J'avais toute ma raison, entendez-vous?

— Oui, je comprends et j'entends. Vous avez déjà dit hier que vous n'aviez pas le délire, vous avez même insisté particulièrement sur ce point! Je comprends tout ce que vous pouvez dire! hé! hé!... Mais permettez-moi d e vous soumettre encore une observation, mon cher Rodion Romanovitch. Si, en effet, vous étiez coupable ou que vous ayez pris une part quelconque à cette maudite affaire, je vous le demande, est-ce que vous soutiendriez que vous avez fait tout cela non en délire, mais en pleine connaissance? A mon avis, ce serait tout le contraire. Si vous sentiez votre cas véreux, vous devriez précisément soutenir mordicus que vous avez agi sous l'influence du délire! Est-ce vrai?

Le ton de la question laissait soupçonner un piége. En prononçant ces derniers mots, Porphyre s'était penché vers Raskolnikoff; celui-ci se renversa sur le dossier du divan et, silencieusement, regarda son interlocuteur en face.

— C'est comme pour la visite de M. Razoumikhine. Si vous étiez coupable, vous devriez dire qu'il est venu chez moi de lui-même et cacher qu'il a fait cette démarche à votre instigation. Or, loin de cacher cela, vous affirmez au contraire que c'est vous qui l'avez envoyé!

Raskolnikoff n'avait jamais affirmé cela. Un froid lui courut le long de l'épine dorsale.

— Vous mentez toujours, dit-il d'une voix lente et faible en ébauchant un sourire pénible. Vous voulez encore me montrer que vous lisez dans mon jeu, que vous savez d'avance toutes mes réponses, continua-t-il, sentant lui-même que déjà il ne pesait plus ses mots comme il l'aurait dû ; vous voulez me faire peur... ou simplement vous vous moquez de moi...

En parlant ainsi, Raskolnikoff ne cessait de regarder fixement le juge d'instruction. Tout à coup, une colère violente fit de nouveau étinceler ses yeux.

— Vous ne faites que mentir ! s'écria-t-il. — Vous savez parfaitement vous-même que la meilleure tactique pour un coupable, c'est d'avouer ce qu'il lui est impossible de cacher. Je ne vous crois pas !

— Comme vous savez vous retourner ! ricana Porphyre : — mais avec cela, batuchka, vous êtes fort entêté ; c'est l'effet de la monomanie. Ah ! vous ne me croyez pas ? Et moi, je vous dis que vous me croyez déjà un peu, et je ferai si bien que vous me croirez tout à fait, car je vous aime sincèrement, et je vous porte un véritable intérêt.

Les lèvres de Raskolnikoff commencèrent à s'agiter.

— Oui, je vous veux du bien, poursuivit Porphyre en prenant amicalement le bras du jeune homme un peu au-dessus du coude ; je vous le dis définitivement : soignez votre maladie. De plus, voilà que votre famille s'est maintenant transportée à Pétersbourg ; songez un peu à elle. Vous devriez faire le bonheur de vos parents, et, au contraire, vous ne leur causez que des inquiétudes...

— Que vous importe ? Comment savez-vous cela ? De quoi vous mêlez-vous ? Ainsi, vous me surveillez et vous tenez à me le faire savoir ?

— Batuchka ! Mais, voyons, c'est de vous, de vous-même que j'ai tout appris ! Vous ne remarquez même pas que, dans votre agitation, vous parlez spontanément de vos affaires, et à moi et aux autres. Plusieurs particularités intéressantes m'ont été aussi communiquées hier par M. Razoumikhine. Non, vous m'avez interrompu, j'allais vous dire que, malgré tout votre esprit, vous avez perdu la vue saine des choses par suite de votre humeur soupçonneuse. Tenez, par exemple, cet incident du cordon de sonnette : voilà un fait précieux, un fait inappréciable pour un magistrat enquêteur! Je vous le livre naïvement, moi juge d'instruction, et cela ne vous ouvre pas les yeux? Mais si je vous croyais le moins du monde coupable, est-ce ainsi que j'aurais agi? Ma ligne de conduite en ce cas était toute tracée : j'aurais dû, au contraire, commencer par endormir votre défiance, faire semblant d'ignorer ce fait, attirer votre attention sur un point opposé; puis brusquement je vous aurais, selon votre expression, asséné sur le sinciput la question suivante : « Qu'êtes-vous donc allé faire, monsieur, à dix heures du soir, au domicile de la victime? Pourquoi avez-vous tiré le cordon de la sonnette? Pourquoi avez-vous questionné au sujet du sang? Pourquoi avez-vous abasourdi les dvorniks en demandant qu'on vous conduisît au bureau de police? » Voilà comme j'aurais nécessairement procédé, si j'avais quelque soupçon à votre endroit. J'aurais dû vous soumettre à un interrogatoire en règle, ordonner une perquisition, m'assurer de votre personne... Puisque j'ai agi autrement, c'est donc que je ne vous soupçonne pas! Mais vous avez perdu le sens exact des choses, et vous ne voyez rien, je le répète!

Raskolnikoff trembla de tout son corps, ce dont Porphyre Pétrovitch put facilement s'apercevoir.

— Vous mentez toujours! vociféra le jeune homme. Je ne sais quelles sont vos intentions, mais vous mentez toujours... Tout à l'heure, vous ne parliez pas dans ce sens-là, et il m'est impossible de me faire illusion... Vous mentez!

— Je mens? répliqua Porphyre avec une apparence de vivacité; du reste, le juge d'instruction conservait l'air le plus enjoué et semblait n'attacher aucune importance à l'opinion que Raskolnikoff pouvait avoir de lui. — Je mens?... Mais comment en ai-je usé avec vous tantôt? Moi, juge d'instruction, je vous ai suggéré les arguments psychologiques que vous pouviez faire valoir : « la maladie, le délire, les souffrances d'amour-propre, l'hypocondrie, l'affront reçu au bureau de police, etc. » N'est-ce pas? Hé, hé, hé! Il est vrai, soit dit en passant, que ces moyens de défense ne se tiennent pas debout; ils sont à deux fins; on peut les retourner contre vous. Si vous dites : « J'étais malade, j'avais le délire, je ne savais ce que je faisais, je ne me souviens de rien », on vous répondra : « Tout cela est fort bien, batuchka; mais pourquoi donc le délire affecte-t-il toujours chez vous le même caractère? Il pourrait se manifester sous d'autres formes! » Pas vrai? Hé, hé, hé!

Raskolnikoff se leva, et le regardant d'un air plein de mépris :

— En fin de compte, dit-il avec force, — je veux savoir si, oui ou non, je suis pour vous en état de suspicion. Parlez, Porphyre Pétrovitch, expliquez-vous sans ambages et tout de suite, à l'instant!

— Ah! mon Dieu! vous voilà comme les enfants qui demandent la lune! reprit Porphyre toujours goguenard. — Mais qu'avez-vous besoin d'en savoir tant, puisqu'on vous a laissé jusqu'ici parfaitement tranquille? Pourquoi vous inquiétez-vous ainsi? Pourquoi venez-vous de vous-même chez nous quand on ne vous appelle pas? Quelles sont vos raisons, hein? Hé, hé, hé!

— Je vous répète, cria Raskolnikoff furieux, que je ne puis plus supporter...

— Quoi? L'incertitude? interrompit le juge d'instruction.

— Ne me poussez pas à bout! Je ne veux pas!... Je vous

dis que je ne veux pas!... Je ne le puis ni ne le veux!...
Vous entendez! reprit d'une voix de tonnerre Raskolnikoff en déchargeant un nouveau coup de poing sur la
table.

— Plus bas, plus bas! On va vous entendre! Je vous donne
un avertissement sérieux : prenez garde à vous! murmura
Porphyre.

Le juge d'instruction n'avait plus ce faux air de paysanne
qui simulait la bonhomie sur son visage; il fronçait le
sourcil, parlait en maître et semblait sur le point de lever
le masque. Mais cette attitude nouvelle ne dura qu'un instant. D'abord intrigué, Raskolnikoff entra soudain dans un
transport de colère; cependant, chose étrange, cette fois
encore, bien qu'il fût au comble de l'exaspération, il obéit à
l'ordre de baisser la voix. D'ailleurs, il sentait qu'il ne pouvait faire autrement, et cette pensée contribua encore à
l'irriter.

— Je ne me laisserai pas martyriser! murmura-t-il, —
arrêtez-moi, fouillez-moi, faites des perquisitions, mais
agissez selon la forme et ne jouez pas avec moi! N'ayez pas
l'audace...

— Eh! ne vous inquiétez donc pas de la forme, interrompit
Porphyre de son ton narquois tandis qu'il contemplait Raskolnikoff avec une sorte de jubilation, — c'est familièrement,
batuchka, c'est tout à fait en ami que je vous ai invité à
venir me voir!

— Je ne veux pas de votre amitié et je crache dessus!
Entendez-vous? Et maintenant je prends ma casquette et je
m'en vais. Qu'est-ce que vous direz, si vous avez l'intention
de m'arrêter?

Au moment où il approchait de la porte, Porphyre lui
saisit de nouveau le bras un peu au-dessus du coude.

— Ne voulez-vous pas voir une petite surprise? ricana le
juge d'instruction; il paraissait de plus en plus gai, de plus

en plus goguenard, ce qui mit décidément Raskolnikoff hors
de lui.

— Quelle petite surprise? Que voulez-vous dire? demanda
le jeune homme en s'arrêtant soudain et en regardant Porphyre avec inquiétude.

— Une petite surprise qui est là derrière la porte, hé, hé,
hé! (Il montrait du doigt la porte fermée qui donnait accès
à son logement situé derrière la cloison.)

— Je l'ai même enfermée à la clef pour qu'elle ne s'en aille
pas.

— Qu'est-ce que c'est? Où? Quoi?...

Raskolnikoff s'approcha de la porte et voulut l'ouvrir,
mais il ne le put.

— Elle est fermée, voici la clef!

Ce disant, le juge d'instruction tirait la clef de sa poche
et la montrait à son visiteur.

— Tu mens toujours! hurla celui-ci, qui ne se possédait
plus; tu mens, maudit polichinelle!

En même temps, il voulut se jeter sur Porphyre; ce dernier fit retraite vers la porte, sans témoigner, du reste, aucune
frayeur.

— Je comprends tout, tout! vociféra Raskolnikoff. Tu
mens et tu m'irrites, pour que je me trahisse...

— Mais vous n'avez plus à vous trahir, batuchka, Rodion
Romanovitch. — Voyez dans quel état vous êtes! Ne criez
pas, ou j'appelle.

— Tu mens, il n'y aura rien! Appelle tes gens! Tu savais
que j'étais malade, et tu as voulu m'exaspérer, me pousser à
bout pour m'arracher des aveux, voilà quel était ton but!
Non, produis tes preuves! J'ai tout compris! Tu n'as pas de
preuves, tu n'as que de misérables suppositions, les conjectures de Zamétoff!... Tu connaissais mon caractère, tu as
voulu me mettre hors de moi, afin de faire ensuite apparaître
brusquement les popes et les délégués... Tu les attends?

Hein? Qu'est-ce que tu attends? Où sont-ils? Montre-les!

— Que parlez-vous de délégués, batuchka! Voilà des idées!
La forme même, pour employer votre langage, ne permet
pas d'agir ainsi; vous ne connaissez pas la procédure, mon
cher ami... Mais la forme sera observée, vous le verrez vous-
même!... murmura Porphyre, qui s'était mis à écouter à la
porte.

Un certain bruit se produisait, en effet, dans la pièce voisine.

— Ah! ils viennent, s'écria Raskolnikoff; tu les as envoyé
chercher!... Tu les attendais! Tu avais compté... Eh bien!
introduis-les tous : délégués, témoins; fais entrer qui tu voudras! Je suis prêt!

Mais alors eut lieu un incident étrange et si en dehors du
cours ordinaire des choses, que sans doute ni Raskolnikoff
ni Porphyre Pétrovitch n'eussent pu le prévoir.

## VI

Voici le souvenir que cette scène laissa dans l'esprit de
Raskolnikoff :

Le bruit qui se faisait dans la chambre voisine augmenta
tout à coup, et la porte s'entr'ouvrit.

— Qu'est-ce qu'il y a? cria avec colère Porphyre Pétrovitch. — J'ai prévenu...

Il n'y eut pas de réponse, mais la cause du tapage se laissait deviner en partie : quelqu'un voulait pénétrer dans le
cabinet du juge d'instruction, et on s'efforçait de l'en empêcher.

— Qu'est-ce qu'il y a donc là? répéta Porphyre inquiet.

— C'est l'inculpé Nicolas qu'on a amené, fit une voix.

— Je n'ai pas besoin de lui! Je ne veux pas le voir! Emmenez-le! Attendez un peu!... Comment l'a-t-on conduit ici? Quel désordre! gronda Porphyre en s'élançant vers la porte.

— Mais c'est lui qui..., reprit la même voix, et elle s'arrêta soudain.

Durant deux secondes, on entendit le bruit d'une lutte entre deux hommes; puis l'un d'eux repoussa l'autre avec force et, brusquement, fit invasion dans le cabinet.

Le nouveau venu avait un aspect fort étrange. Il regardait droit devant lui, mais ne semblait voir personne. La résolution se lisait dans ses yeux étincelants, et, en même temps, son visage était livide comme celui d'un condamné que l'on mène à l'échafaud. Ses lèvres, toutes blanches, tremblaient légèrement.

C'était un homme fort jeune encore, maigre, de taille moyenne et vêtu comme un ouvrier; il portait les cheveux coupés en rond; ses traits étaient fins et secs. Celui qu'il venait de repousser s'élança après lui dans la chambre et le saisit par l'épaule : c'était un gendarme; mais Nicolas réussit encore une fois à se dégager.

Sur le seuil se groupèrent plusieurs curieux. Quelques-uns avaient grande envie d'entrer. Tout cela s'était passé en beaucoup moins de temps que nous n'en avons mis à le raconter.

— Va-t'en, il est encore trop tôt! Attends qu'on t'appelle!... Pourquoi l'a-t-on amené si tôt? grommela Porphyre Pétrovitch, aussi irrité que surpris. Mais tout à coup Nicolas se mit à genoux.

— Qu'est-ce que tu fais? cria le juge d'instruction de plus en plus étonné.

— Pardon! Je suis coupable! Je suis l'assassin! dit brusquement Nicolas d'une voix assez forte, malgré l'émotion qui l'étranglait.

Il y eut durant dix secondes un silence aussi profond que si tous les assistants étaient tombés en catalepsie; le gendarme n'essaya plus de reprendre son prisonnier et se dirigea machinalement vers la porte où il resta immobile.

— Qu'est-ce que tu dis? cria Porphyre Pétrovitch quand sa stupéfaction lui eut permis de parler.

— Je suis... l'assassin... répéta Nicolas après s'être tu un instant.

— Comment... tu... Comment... Qui as-tu assassiné?

Le juge d'instruction était visiblement déconcerté.

Nicolas attendit encore un instant avant de répondre.

— J'ai... assassiné... à coups de hache Aléna Ivanovna et sa sœur Élisabeth Ivanovna. J'avais l'esprit égaré... ajouta-t-il brusquement, puis il se tut, mais il restait toujours agenouillé.

Après avoir entendu cette réponse, Porphyre Pétrovitch parut réfléchir profondément; ensuite, d'un geste violent, il invita les témoins à se retirer. Ceux-ci obéirent aussitôt, et la porte se referma.

Raskolnikoff, debout dans un coin, contemplait Nicolas d'un air étrange. Durant quelques instants les regards du juge d'instruction allèrent du visiteur au détenu et *vice versa*. A la fin, il s'adressa à Nicolas avec une sorte d'emportement :

— Attends qu'on t'interroge, avant de me dire que tu as eu l'esprit égaré! fit-il d'une voix presque irritée. Je ne t'ai pas encore demandé cela... Parle maintenant : tu as tué?

— Je suis l'assassin... j'avoue... répondit Nicolas.

— E-eh! Avec quoi as-tu tué?

— Avec une hache. Je l'avais apportée pour cela.

— Oh! comme il se presse! Seul?

Nicolas ne comprit pas la question.

— Tu n'as pas eu de complices?

— Non. Mitka est innocent, il n'a pris aucune part au crime.

— Ne te presse donc pas d'innocenter Mitka ; est-ce que je t'ai questionné à son sujet?... Pourtant, comment se fait-il que les dvorniks vous aient vus tous deux descendre l'escalier en courant?

— J'ai fait exprès de courir après Mitka... c'était une feinte pour détourner les soupçons, répondit Nicolas.

— Allons, c'est bien, en voilà assez! cria Porphyre avec colère ; il ne dit pas la vérité! grommela-t-il ensuite comme à part soi, et soudain ses yeux rencontrèrent Raskolnikoff, dont il avait évidemment oublié la présence durant ce dialogue avec Nicolas. En apercevant son visiteur, le juge d'instruction parut se troubler... Il s'avança aussitôt vers lui.

— Rodion Romanovitch, batuchka ! Excusez-moi... je vous prie... vous n'avez plus rien à faire ici... moi-même... vous voyez quelle surprise!... Je vous prie...

Il avait pris le jeune homme par le bras et lui montrait la porte.

— Il paraît que vous ne vous attendiez pas à cela? observa Raskolnikoff.

Naturellement, ce qui venait de se passer était encore pour lui une énigme ; cependant il avait recouvré en grande partie son assurance.

— Mais vous ne vous y attendiez pas non plus, batuchka. Voyez donc comme votre main tremble! Hé! hé!

— Vous tremblez aussi, Porphyre Pétrovitch.

— C'est vrai ; je ne m'attendais pas à cela!...

Ils se trouvaient déjà sur le seuil de la porte. Le juge d'instruction avait hâte d'être débarrassé de son visiteur.

— Alors vous ne me montrerez pas la petite surprise? demanda brusquement celui-ci.

— C'est à peine s'il a retrouvé la force de parler, et il fait déjà de l'ironie! Hé! hé! vous êtes un homme caustique! Allons, au revoir!

— Je crois qu'il faudrait plutôt dire *adieu!*

— Ce sera comme Dieu voudra ! balbutia Porphyre avec un sourire forcé.

En traversant la chancellerie, Raskolnikoff remarqua que plusieurs des employés le regardaient fixement. Dans l'anti-chambre, il reconnut, au milieu de la foule, les deux dvorniks de *cette maison-là*, ceux à qui il avait proposé, l'autre soir, de le mener chez le commissaire de police. Ils paraissaient attendre quelque chose. Mais à peine était-il arrivé sur le carré qu'il entendit de nouveau derrière lui la voix de Porphyre Pétrovitch. Il se retourna et aperçut le juge d'instruction qui s'essoufflait à courir après lui.

— Un petit mot, Rodion Romanovitch; il en sera de cette affaire comme Dieu voudra, mais pour la forme j'aurai à vous demander quelques renseignements... ainsi nous nous reverrons encore, certainement!

Et Porphyre s'arrêta en souriant devant le jeune homme.

— Certainement! fit-il une seconde fois.

On pouvait supposer qu'il aurait encore voulu dire quelque chose, mais il n'ajouta rien.

— Pardonnez-moi ma manière d'être de tantôt, Porphyre Pétrovitch... j'ai été un peu vif, commença Raskolnikoff, qui avait recouvré tout son aplomb et qui même éprouvait une irrésistible envie de gouailler le magistrat.

— Laissez donc, ce n'est rien, reprit Porphyre d'un ton presque joyeux. Je suis moi-même... j'ai un caractère fort désagréable, je le confesse. Mais nous nous reverrons. Si Dieu le permet, nous nous reverrons souvent!...

— Et nous ferons définitivement connaissance ensemble? dit Raskolnikoff.

— Et nous ferons définitivement connaissance ensemble, répéta comme un écho Porphyre Pétrovitch, et, clignant de l'œil, il regarda très-sérieusement son interlocuteur. — Maintenant vous allez à un dîner de fête?

— A un enterrement.

— Ah! c'est juste! Ayez soin de votre santé...

— De mon côté je ne sais quels vœux faire pour vous! répondit Raskolnikoff; il commençait déjà à descendre l'escalier, mais soudain il se retourna vers Porphyre : — Je vous souhaiterais volontiers plus de succès que vous n'en avez eu aujourd'hui : voyez pourtant comme vos fonctions sont comiques!

A ces mots, le juge d'instruction, qui s'apprêtait déjà à regagner son appartement, dressa l'oreille.

— Qu'est-ce qu'elles ont de comique? demanda-t-il.

— Mais comment donc! Voilà ce pauvre Mikolka; combien vous avez dû le tourmenter, l'obséder, pour lui arracher des aveux! Jour et nuit sans doute vous lui avez répété sur tous les tons : « Tu es l'assassin, tu es l'assassin... » Vous l'avez persécuté sans relâche selon votre méthode psychologique. Or, maintenant qu'il se reconnaît coupable, vous recommencez à le turlupiner en lui chantant une autre gamme : « Tu mens, tu n'es pas l'assassin, tu ne peux pas l'être, tu ne dis pas la vérité. » Eh bien, après cela, n'ai-je pas le droit de trouver comiques vos fonctions?

— Hé! hé! hé! Ainsi vous avez remarqué que tout à l'heure j'ai fait observer à Nicolas qu'il ne disait pas la vérité?

— Comment ne l'aurais-je pas remarqué?

— Hé! hé! Vous avez l'esprit subtil, rien ne vous échappe. Et, en outre, vous cultivez la facétie, vous avez la corde humouristique, hé! hé! C'était, dit-on, le trait distinctif de notre écrivain Gogol?

— Oui, de Gogol.

— En effet, de Gogol... Au plaisir de vous revoir.

— Au plaisir de vous revoir...

Le jeune homme retourna directement chez lui. Arrivé à son domicile, il se jeta sur son divan, et, durant un quart d'heure, il tâcha de mettre un peu d'ordre dans ses idées, qui étaient fort confuses. Il n'essaya même pas de s'expliquer la conduite de Nicolas, sentant qu'il y avait là-dessous un mystère dont, pour le moment, il chercherait en vain la clef. Du reste, il ne se faisait pas d'illusions sur les suites probables de l'incident : les aveux de l'ouvrier ne tarderaient pas à être reconnus mensongers, et alors les soupçons se porteraient de nouveau sur lui, Raskolnikoff. Mais, en attendant, il était libre et il devait prendre ses mesures en prévision du danger qu'il jugeait imminent.

Jusqu'à quel point, toutefois, était-il menacé? La situation commençait à s'éclaircir. Le jeune homme frissonnait encore en se rappelant son entretien de tout à l'heure avec le juge d'instruction. Sans doute il ne pouvait pénétrer toutes les intentions de Porphyre, mais ce qu'il en devinait était plus que suffisant pour lui faire comprendre à quel terrible péril il venait d'échapper. Un peu plus, et il se perdait sans retour. Connaissant l'irritabilité nerveuse de son visiteur, le magistrat s'était engagé à fond sur cette donnée et avait trop hardiment découvert son jeu, mais il jouait presque à coup sûr. Certes Raskolnikoff ne s'était déjà que trop compromis tantôt, cependant les imprudences qu'il se reprochait ne constituaient pas encore une preuve contre lui; cela n'avait qu'un caractère relatif. Ne se trompait-il pas, toutefois, en pensant ainsi? Quel était le but visé par Porphyre? Celui-ci avait-il réellement machiné quelque chose aujourd'hui, et, s'il y avait un coup monté, en quoi consistait-il? Sans l'apparition inattendue de Nicolas, comment cette entrevue aurait-elle fini?

Raskolnikoff était assis sur le divan, les coudes sur ses genoux et la tête dans ses mains. Un tremblement nerveux continuait à agiter tout son corps. A la fin, il se leva, prit sa casquette et, après avoir réfléchi un moment, se dirigea vers la porte.

Il se disait que, pour aujourd'hui du moins, il n'avait rien craindre. Tout à coup, il éprouva une sorte de joie : l'idée à lui vint de se rendre au plus tôt chez Catherine Ivanovna. Bien entendu, il était trop tard pour aller à l'enterrement, mais il arriverait à temps pour le dîner, et là il verrait Sonia.

Il s'arrêta, réfléchit, et un sourire maladif se montra sur ses lèvres.

« Aujourd'hui! Aujourd'hui! répéta-t-il : oui, aujourd'hui même! Il le faut... »

Au moment où il allait ouvrir la porte, elle s'ouvrit d'elle-même. Il recula épouvanté en voyant paraître l'énigmatique personnage de la veille, l'homme *sorti de dessous terre*.

Le visiteur s'arrêta sur le seuil et, après avoir regardé silencieusement Raskolnikoff, fit un pas dans la chambre. Il était vêtu exactement comme la veille, mais son visage n'était plus le même. Il semblait fort affligé et poussait de profonds soupirs.

— Que voulez-vous? demanda Raskolnikoff, pâle comme la mort.

L'homme ne répondit pas et tout à coup s'inclina presque jusqu'à terre. Du moins, il toucha le parquet avec l'anneau qu'il portait à la main droite.

— Qui êtes-vous? s'écria Raskolnikoff.

— Je vous demande pardon, dit l'homme à voix basse.

— De quoi?

— De mes mauvaises pensées.

Ils se regardèrent l'un l'autre.

— J'étais fâché. Quand vous êtes venu l'autre jour, ayant peut-être l'esprit troublé par la boisson, vous avez questionné à propos du sang et demandé aux dvorniks de vous conduire au bureau de police. J'ai vu avec regret qu'ils ne tenaient pas compte de vos paroles, vous prenant pour un homme ivre. Cela m'a tellement contrarié que je n'ai pas pu dormir. Mais je me rappelais votre adresse, et hier je suis venu ici...

— C'est vous qui êtes venu? interrompit Raskolnikoff.

La lumière commençait à se faire dans son esprit.

— Oui. Je vous ai insulté.

— Vous étiez donc dans cette maison-là?

— Oui, je me trouvais sous la porte cochère lors de votre
isite. Est-ce que vous l'avez oublié? J'habite là depuis fort
ongtemps, je suis pelletier...

Raskolnikoff se remémora soudain toute la scène de
avant-veille : en effet, indépendamment des dvorniks, il y
vait encore sous la porte cochère plusieurs personnes, des
ommes et des femmes. Quelqu'un avait proposé de le con-
uire immédiatement chez le commissaire de police. Il ne
ouvait se rappeler le visage de celui qui avait émis cet avis,
t maintenant même il ne le reconnaissait pas, mais il se
ouvenait de lui avoir répondu quelque chose, de s'être
ourné vers lui.

Ainsi s'expliquait, le plus simplement du monde, l'effrayant
ystère de la veille. Et, sous l'impression de l'inquiétude
ue lui causait une circonstance aussi insignifiante, il avait
ailli se perdre! Cet homme n'avait rien pu raconter, sinon
ue Raskolnikoff s'était présenté pour louer l'appartement
e la vieille et avait questionné au sujet du sang. Donc, sauf
ette démarche d'un *malade en délire,* sauf cette *psycho-
gie à deux fins,* Porphyre ne sayait rien; il n'avait point
e faits, rien de positif. « Par conséquent, pensait le jeune
omme, s'il ne surgit point de nouvelles charges (et il n'en
urgira pas, j'en suis sûr!), qu'est-ce que l'on peut me faire?
ors même que l'on m'arrêterait, comment établir définiti-
ement ma culpabilité? »

Une autre conclusion ressortait pour Raskolnikoff des
aroles de son visiteur : c'était tout à l'heure seulement que
orphyre avait eu connaissance de sa visite au logement de
victime.

— Vous avez dit aujourd'hui à Porphyre que j'étais allé
? demanda-t-il frappé d'une idée subite.

— A quel Porphyre?

— Au juge d'instruction.

— Je le lui ai dit. Comme les dvorniks n'étaient pas allés chez lui, je m'y suis rendu.

— Aujourd'hui?

— Je suis arrivé une minute avant vous. Et j'ai tout entendu, je sais qu'il vous a fait passer un vilain quart d'heure.

— Où? Quoi? Quand?

— Mais j'étais chez lui, dans la pièce contiguë à son cabinet; je suis resté là tout le temps.

— Comment? Ainsi, c'est vous qui étiez la surprise? Mais comment donc cela a-t-il pu arriver? Parlez, je vous prie!

— Voyant, commença le bourgeois, — que les dvorniks refusaient d'aller prévenir la police sous prétexte qu'il était trop tard et qu'ils trouveraient le bureau fermé, j'en éprouvai un vif mécontentement et je résolus de me renseigner sur votre compte; le lendemain, c'est-à-dire hier, je pris mes renseignements, et aujourd'hui je me suis rendu chez le juge d'instruction. La première fois que je me suis présenté, il était absent. Une heure après je suis revenu et n'ai pas été reçu; enfin, la troisième fois, on m'a introduit. J'ai raconté les choses de point en point comme elles s'étaient passées; en m'écoutant, il bondissait dans la chambre et se frappait la poitrine : « Voilà comme vous faites votre service, brigands! s'écriait-il; si j'avais su cela plus tôt, je l'aurais fait chercher par la gendarmerie! » Ensuite il est sorti précipitamment, a appelé quelqu'un et a causé avec lui dans un coin; puis il est revenu vers moi et s'est mis à me questionner, tout en proférant force imprécations. Je ne lui ai rien laissé ignorer; je lui ai dit que vous n'aviez pas osé répondre à mes paroles d'hier et que vous ne m'aviez pas reconnu. Il continuait à se frapper la poitrine, à vociférer e

à bondir dans la chambre. Sur ces entrefaites, on vous a
annoncé : « Retire-toi derrière la cloison, m'a-t-il dit alors
en m'apportant une chaise, et reste là sans bouger, quoi que
tu entendes; il se peut que je t'interroge encore. » Puis il a
fermé la porte sur moi. Quand on a amené Nicolas, il vous
a congédié et m'a ensuite fait sortir : « J'aurai à te questionner encore », a-t-il dit.

— Est-ce qu'il a questionné Nicolas devant toi?

— Je suis sorti aussitôt après vous, et c'est alors seulement qu'a commencé l'interrogatoire de Nicolas.

Son récit terminé, le bourgeois salua de nouveau jusqu'à
terre.

— Pardonnez-moi ma dénonciation et le tort que je vous
ai fait.

— Que Dieu te pardonne! répondit Raskolnikoff.

A ces mots, le bourgeois s'inclina encore, mais seulement
jusqu'à la ceinture, puis il se retira d'un pas lent.

« Pas d'inculpations précises, rien que des preuves à deux
fins! » pensa Raskolnikoff renaissant à l'espérance, et il sortit
de la chambre.

« A présent nous pouvons encore lutter », se dit-il avec un
sourire de colère, tandis qu'il descendait l'escalier. C'était
à lui-même qu'il en voulait; il songeait avec humiliation à
sa « pusillanimité ».

# CINQUIÈME PARTIE

———

## I

Le lendemain du jour fatal où Pierre Pétrovitch avait eu son explication avec les dames Raskolnikoff, ses idées s'éclaircirent, et, à son extrême chagrin, force lui fut de reconnaître que la rupture, à laquelle il ne voulait pas croire la veille encore, était bel et bien un fait accompli. Le noir serpent de l'amour-propre blessé lui avait mordu le cœur pendant toute la nuit. Au saut du lit, le premier mouvement de Pierre Pétrovitch fut d'aller se regarder dans la glace : il craignait que, durant la nuit, un épanchement de bile ne se fût produit chez lui.

Heureusement, cette appréhension n'était pas fondée. En considérant son visage pâle et distingué, il se consola même un instant par la pensée qu'il ne serait pas gêné de remplacer Dounia, et, qui sait? peut-être avantageusement. Mais il ne tarda pas à bannir cet espoir chimérique, et il lança de côté un vigoureux jet de salive, ce qui amena un sourire moqueur sur les lèvres de son jeune ami et compagnon de chambre, André Séménovitch Lébéziatnikoff.

Pierre Pétrovitch remarqua cette raillerie muette et la porta au compte de son jeune ami, compte qui était passablement chargé depuis quelque temps. Sa colère redoubla lorsqu'il eut réfléchi qu'il n'aurait pas dû parler de cette histoire à André Séménovitch. C'était la seconde sottise que l'emportement lui avait fait commettre hier soir : il avait cédé au besoin d'épancher le trop plein de son irritation.

Durant toute cette matinée, la malechance s'ingénia à persécuter Loujine. Au Sénat même, l'affaire dont il s'occupait lui réservait un déboire. Ce qui le vexait surtout, c'était de ne pouvoir faire entendre raison au propriétaire du logement qu'il avait arrêté en vue de son prochain mariage. Cet individu, Allemand d'origine, était un ancien ouvrier à qui la fortune avait souri. Il n'acceptait aucune transaction et réclamait le payement entier du dédit stipulé dans le contrat, bien que Pierre Pétrovitch lui rendit l'appartement presque remis à neuf.

Le tapissier ne se montrait pas moins roide. Il prétendait garder jusqu'au dernier rouble des arrhes qu'il avait touchées sur la vente d'un mobilier dont Pierre Pétrovitch n'avait pas encore pris livraison. « Va-t-il falloir que je me marie exprès pour mes meubles ? » se disait en grinçant des dents le malheureux homme d'affaires. En même temps un dernier espoir traversait son âme : « Est-il possible que le mal soit sans remède? N'y a-t-il plus rien à tenter? » Le souvenir des charmes de Dounetchka s'était enfoncé dans son cœur comme une épine. Ce fut pour lui un dur moment à passer, et sans doute, s'il avait pu, par un simple désir, faire mourir Raskolnikoff, Pierre Pétrovitch l'eût tué immédiatement.

« Une autre sottise de ma part a été de ne pas leur donner d'argent », pensait-il tandis qu'il regagnait tristement la chambrette de Lébéziatnikoff; « pourquoi, diable, ai-je été si juif? C'était un mauvais calcul !... En les laissant momenta-

nément dans la gêne, je croyais les préparer à voir ensuite
en moi une providence, et voilà qu'elles me glissent entre les
doigts!... Non, si je leur avais donné, par exemple, quinze
cents roubles, de quoi se monter un trousseau, si je leur
avais acheté quelques cadeaux au Magasin Anglais, cette conduite aurait été à la fois plus noble et... plus habile! Elles
ne m'auraient pas lâché aussi facilement qu'elles l'ont fait!
Avec leurs principes, elles se seraient certainement crues
obligées de me rendre, en cas de rupture, cadeaux et argent,
mais cette restitution leur aurait été pénible et difficile! Et
puis, ç'aurait été pour elles une affaire de conscience : comment, se seraient-elles dit, mettre ainsi à la porte un homme
qui s'est montré si généreux et si délicat?... Hum! J'ai fait
une boulette! »

Pierre Pétrovitch eut un nouveau grincement de dents et
se traita d'imbécile.... dans son for intérieur, bien entendu.

Arrivé à cette conclusion sur lui-même, il rapporta au
logis beaucoup plus de mauvaise humeur et de mécontentement qu'il n'en avait emporté. Cependant, sa curiosité fut
attirée jusqu'à un certain point par le remue-ménage auquel
donnaient lieu, chez Catherine Ivanovna, les préparatifs du
dîner. La veille déjà, il avait entendu parler de ce repas; il
se rappelait même qu'on l'y avait invité, mais ses préoccupations personnelles l'avaient empêché de faire attention à
cela.

En l'absence de Catherine Ivanovna (alors au cimetière),
madame Lippevechzel s'empressait autour de la table sur
laquelle le couvert était mis. En causant avec la logeuse,
Pierre Pétrovitch apprit qu'il s'agissait d'un véritable dîner
de cérémonie, on avait invité presque tous les locataires de
la maison, et parmi eux plusieurs qui n'avaient pas connu
le défunt; André Séménovitch Lébéziatnikoff lui-même
avait reçu une invitation, nonobstant sa brouille avec Catherine Ivanovna. Enfin on s'estimerait très-heureux si Pierre

Pétrovitch consentait à honorer ce repas de sa présence, attendu qu'il était de tous les locataires le personnage le plus qualifié.

Catherine Ivanovna, oubliant tous ses griefs contre sa logeuse, avait cru devoir adresser à celle-ci une invitation en règle; aussi était-ce avec une sorte de joie qu'Amalia Ivanovna s'occupait en ce moment du dîner. De plus, madame Lippevechzel avait fait grande toilette, et, quoiqu'elle fût vêtue de deuil, elle trouvait un vif plaisir à exhiber une belle robe de soie toute neuve. Instruit de tous ces détails, Pierre Pétrovitch eut une idée, et il rentra pensif dans sa chambre ou plutôt dans celle d'André Séménovitch Lébéziatnikoff : il venait d'apprendre que Raskolnikoff figurait au nombre des invités.

Ce jour-là, pour une raison ou pour une autre, André Séménovitch passa toute la matinée chez lui. Entre ce monsieur et Pierre Pétrovitch existaient de bizarres relations, assez explicables du reste : Pierre Pétrovitch le haïssait et le méprisait au delà de toute mesure, presque depuis le jour où il était venu lui demander l'hospitalité; avec cela, il semblait le craindre un peu.

En arrivant à Pétersbourg, Loujine était descendu chez Lébéziatnikoff d'abord et surtout par économie, mais aussi pour un autre motif. Dans sa province, il avait entendu parler d'André Séménovitch, son ancien pupille, comme d'un des jeunes progressistes les plus avancés de la capitale et même comme d'un homme occupant une place en vue dans certains cercles passés à l'état légendaire. Cette circonstance frappa Pierre Pétrovitch. Depuis longtemps il éprouvait une crainte vague à l'endroit de ces cercles puissants qui savaient tout, ne respectaient personne et faisaient la guerre à tout le monde.

Inutile d'ajouter que l'éloignement ne lui permettait pas d'avoir à cet égard une vue bien nette des choses. Comme les autres, il avait entendu dire qu'il existait à Pétersbourg des progressistes, des nihilistes, des redresseurs de torts, etc., etc.; mais dans son esprit, comme dans l'esprit du plus grand nombre, ces mots avaient pris une signification exagérée jusqu'à l'absurde. Ce qu'il redoutait particulièrement, c'étaient les *enquêtes* dirigées contre telle ou telle individualité par le parti révolutionnaire. Certains souvenirs qui remontaient aux premiers temps de sa carrière ne contribuaient pas peu à fortifier en lui cette crainte devenue très-vive depuis surtout qu'il caressait le rêve de s'établir à Pétersbourg.

Deux personnages d'un rang assez élevé qui avaient protégé ses débuts s'étaient vus en butte aux attaques des radicaux, et cela avait fort mal fini pour eux. Voilà pourquoi, dès son arrivée dans la capitale, Pierre Pétrovitch tenait à s'assurer d'où soufflait le vent et, en cas de besoin, à gagner les bonnes grâces de « nos jeunes générations ». Il comptait sur André Séménovitch pour l'y aider. La conversation de Loujine, lors de sa visite à Raskolnikoff, nous a montré qu'il avait déjà réussi à s'approprier en partie le langage des réformateurs...

André Séménovitch était employé dans un ministère. Petit, malingre, scrofuleux, il avait des cheveux d'un blond presque blanc et des favoris en côtelettes dont il était très-fier. De plus, il avait presque toujours mal aux yeux. Quoique assez bon homme au fond, il montrait dans son langage une présomption souvent poussée jusqu'à l'outrecuidance, ce qui contrastait ridiculement avec son chétif extérieur.

Il passait, du reste, pour un des locataires les plus comme il faut de la maison, parce qu'il ne s'enivrait pas et payait régulièrement son loyer. Réserve faite de ces mérites, André Séménovitch était, en réalité, assez bête. Un entrainement irréfléchi l'avait porté à s'enrôler sous la bannière du progrès. C'était un de ces innombrables niais qui s'engouent de l'idée à la mode et discréditent par leur sottise une cause à laquelle ils sont parfois très-sincèrement attachés.

Du reste, nonobstant son bon caractère, Lébéziatnikoff en était venu à trouver insupportable son hôte et ancien tuteur, Pierre Pétrovitch. Des deux côtés, l'antipathie était réciproque. En dépit de sa simplicité, André Séménovitch commençait à s'apercevoir qu'au fond Pierre Pétrovitch le méprisait et qu' « il n'y avait rien à faire avec cet homme-là ». Il avait essayé de lui exposer le système de Fourier et la théorie de Darwin, mais Pierre Pétrovitch, qui s'était contenté d'abord d'écouter d'un air moqueur, ne se gênait plus maintenant pour dire des paroles blessantes à son jeune catéchiste. Le fait est que Loujine avait fini par soupçonner Lébéziatnikoff d'être non pas seulement un imbécile, mais un hâbleur dépourvu de toute importance dans son propre parti. Sa fonction spéciale était la *propagande,* et encore ne devait-il pas être très-ferré là-dessus, car il pataugeait souvent dans ses explications ; décidément, qu'y avait-il à craindre d'un pareil individu ?

Notons en passant que, depuis son installation chez André Séménovitch (surtout dans les premiers temps), Pierre Pétrovitch acceptait avec plaisir ou du moins sans protestation les compliments fort étranges de son hôte : quand celui-ci, par exemple, lui prêtait un grand zèle pour l'établissement d'une nouvelle *commune* dans la rue des Bourgeois, quand il lui disait : « Vous êtes trop intelligent pour vous fâcher si votre femme prend un amant un mois après votre mariage ; un homme éclairé comme vous ne fera pas baptiser ses enfants », etc., etc., Pierre Pétrovitch ne sourcillait pas en s'entendant louer de la sorte, tant l'éloge, quel qu'il fût, lui était agréable.

Il avait négocié quelques titres dans la matinée, et maintenant, assis devant la table, il recomptait la somme qu'il venait de recevoir. André Séménovitch, qui n'avait presque

jamais d'argent, se promenait dans la chambre, affectant de
considérer ces liasses de billets de banque avec une indifférence méprisante. Naturellement, Pierre Pétrovitch ne
croyait pas du tout que ce dédain fût sincère. De son côté,
Lébéziatnikoff devinait non sans chagrin la pensée sceptique
de Loujine, et il se disait que ce dernier était peut-être bien
aise d'étaler devant lui son argent pour l'humilier et lui rappeler la distance que la fortune avait mise entre eux.

Cette fois, Pierre Pétrovitch était plus mal disposé et plus
inattentif que jamais, bien que Lébéziatnikoff développât
son thème favori : l'établissement d'une nouvelle « commune » d'un genre particulier. L'homme d'affaires n'interrompait ses comptes que pour lâcher de temps à autre quelque
observation moqueuse et impolie. Mais André Séménovitch
n'en avait cure. La mauvaise humeur de Loujine s'expliquait,
à ses yeux, par le dépit d'un amoureux mis à la porte.
Aussi avait-il hâte d'aborder ce sujet de conversation, ayant
à émettre sur ce chapitre quelques vues progressistes qui
pourraient consoler son respectable ami et, en tout cas,
contribuer à son développement ultérieur.

— Il paraît que l'on prépare un dîner d'enterrement chez
cette... chez la veuve? demanda à brûle-pourpoint Loujine
qui interrompit André Séménovitch à l'endroit le plus intéressant de son exposé.

— Comme si vous ne le saviez pas! Je vous ai parlé hier
à ce sujet, et je vous ai fait connaître mon avis sur toutes
ces cérémonies... Elle vous a aussi invité, à ce que j'ai
entendu dire. Vous-même vous avez causé hier avec elle...

— Je n'aurais jamais cru que, dans la misère où elle est,
cette imbécile irait dépenser pour un dîner tout l'argent
qu'elle a reçu de cet autre imbécile... Raskolnikoff. Tout à
l'heure, quand je suis rentré, j'ai même été stupéfait en
voyant tous ces préparatifs, tous ces vins!... Elle a invité
plusieurs personnes, — le diable sait ce que c'est! continua

Pierre Pétrovitch, qui semblait avoir mis avec intention l'entretien sur ce sujet. — Quoi? vous dites qu'elle m'a aussi invité? ajouta-t-il tout à coup en levant la tête. Quand donc cela? Je ne me le rappelle pas. Je n'irai pas, du reste. Qu'est-ce que je ferais là? Je ne la connais que pour avoir causé une minute avec elle hier; je lui ai dit que, comme veuve d'employé, elle pourrait obtenir un secours momentané. Serait-ce pour cela qu'elle m'a invité? Hé! hé!

—Je n'ai pas non plus l'intention d'y aller, dit Lébéziatnikoff.

— Il ne manquerait plus que cela! Vous l'avez battue de vos propres mains. On comprend que vous vous fassiez scrupule d'aller dîner chez elle.

— Qui ai-je battu? De qui parlez-vous? reprit Lébéziatnikoff, troublé et rougissant.

— Je vous parle de Catherine Ivanovna que vous avez battue il y a un mois! J'ai appris cela hier... Les voilà avec leurs convictions!... Voilà leur manière de résoudre la question des femmes! Hé! hé! hé!

Après cette saillie, qui parut lui avoir un peu soulagé le cœur, Pierre Pétrovitch se remit à compter son argent.

— C'est une sottise et une calomnie! répliqua vivement Lébéziatnikoff, qui n'aimait pas qu'on lui rappelât cette histoire, les choses ne se sont pas du tout passées ainsi! Ce qu'on vous a raconté est faux. Dans la circonstance à laquelle vous faites allusion, je me suis borné à me défendre. C'est Catherine Ivanovna elle-même, qui la première, s'est élancée sur moi pour me griffer... Elle a arraché un de mes favoris... Tout homme, je pense, a le droit de défendre sa personnalité. D'ailleurs, je suis ennemi de la violence, d'où qu'elle vienne, et cela par principe, parce que c'est presque du despotisme. Que devais-je donc faire? Fallait-il que je la laissasse me brutaliser tout à son aise? Je me suis contenté de la repousser.

— Hé! hé! hé! continuait à ricaner Loujine.

— Vous me cherchez chicane parce que vous êtes de mauvaise humeur, mais cela ne signifie rien et n'a aucun rapport avec la question des femmes. Je m'étais même fait ce raisonnement : S'il est admis que la femme est l'égale de l'homme en tout, même en force ( ce que l'on commence déjà à soutenir), alors l'égalité doit exister ici aussi. Naturellement j'ai réfléchi ensuite qu'au fond il n'y avait pas lieu de poser la question, car il ne doit pas y avoir de voies de fait dans la société future où les occasions de querelles seront impossibles... par conséquent, il est absurde de chercher l'égalité dans la lutte. Je ne suis pas si bête... quoique, du reste, il y ait des querelles... c'est-à-dire que plus tard il n'y en aura plus, mais pour le moment il y en a encore... Ah, diable ! avec vous on s'embrouille ! Ce n'est pas cette affaire qui m'empêche d'accepter l'invitation de Catherine Ivanovna. Si je ne vais pas dîner chez elle, c'est simplement par principe, pour ne pas sanctionner par ma présence l'idiote coutume des repas d'enterrement, voilà pourquoi ! Du reste, je pourrais y aller pour m'en moquer... Malheureusement il n'y aura pas de popes ; s'il devait y en avoir, j'irais à coup sûr.

— C'est-à-dire que vous iriez vous asseoir à sa table pour cracher sur elle et sur son hospitalité, n'est-ce pas ?

— Non pas pour cracher, mais pour protester, et cela dans un but utile. Je puis indirectement aider à la propagande civilisatrice qui est le devoir de tout homme. Peut-être remplit-on cette tâche d'autant mieux qu'on y met moins de formes. Je puis semer l'idée, le grain... De ce grain naîtra un fait. Est-ce blesser les gens que d'agir ainsi ? D'abord, ils se froissent, mais ensuite ils comprennent eux-mêmes qu'on leur a rendu service...

— Allons, soit ! interrompit Pierre Pétrovitch, — mais dites-moi donc : vous connaissez la fille du défunt, cette petite maigrichonne..., est-ce vrai, ce qu'on dit d'elle, hein ?

— Eh bien, quoi? Selon moi, c'est-à-dire selon ma conviction personnelle, sa situation est la situation normale de la femme. Pourquoi pas? C'est-à-dire, distinguons. Dans la société actuelle, sans doute, ce genre de vie n'est pas tout à fait normal, parce qu'il est forcé; mais dans la société future il sera absolument normal, parce qu'il sera libre. Maintenant même elle avait le droit de s'y livrer : elle était malheureuse; pourquoi n'aurait-elle pas disposé librement de ce qui est son capital? Bien entendu, dans la société future, le capital n'aura aucune raison d'être, mais le rôle de la femme galante recevra un autre sens et sera réglé d'une façon rationnelle. Quant à Sophie Séménovna, dans le temps présent, je regarde ses actes comme une énergique protestation contre l'organisation de la société, et je l'estime profondément à cause de cela; je dirai plus, je la contemple avec bonheur!

— Pourtant, on m'a raconté que vous l'avez fait mettre à la porte de cette maison!

Lébéziatnikoff se fâcha.

— C'est encore un mensonge! répliqua-t-il avec force. — L'affaire ne s'est nullement passée comme cela! Catherine Ivanovna a raconté toute cette histoire de la façon la plus inexacte, parce qu'elle n'y a rien compris! Je n'ai jamais recherché les faveurs de Sophie Séménovna! Je me bornais purement et simplement à la développer, sans aucune arrière-pensée personnelle, m'efforçant d'éveiller en elle l'esprit de protestation... Je ne voulais pas autre chose; elle a senti elle-même qu'elle ne pouvait plus demeurer ici!

— Vous l'avez invitée à faire partie de la commune?

— Oui, à présent, je m'efforce de l'attirer dans la commune. Seulement, elle y sera dans de tout autres conditions qu'ici! Pourquoi riez-vous? Nous voulons fonder notre commune sur des bases plus larges que les précédentes. Nous allons plus loin que nos devanciers, nous nions plus de choses! Si Dobroliouboff et Biélinsky sortaient du tombeau, ils m'auraient pour adversaire! En attendant, je continue à développer Sophie Séménovna. C'est une belle, très-belle nature!

— Et vous profitez de cette belle nature? Hé, hé!

— Non, non, pas du tout! Au contraire!

— Au contraire! dit-il. Hé! hé! hé!

— Vous pouvez m'en croire : pour quelles raisons, je vous prie, me cacherais-je de vous? Au contraire, il y a même une chose qui m'étonne : avec moi elle semble gênée, elle a comme une pudeur craintive!

— Et, bien entendu, vous la développez... hé! hé! Vous lui prouvez que toutes ces pudeurs sont idiotes?

— Pas du tout! pas du tout! Oh! quel sens grossier, bête même — pardonnez-moi — vous donnez au mot : développement! O mon Dieu, que vous êtes encore... peu avancé! Vous ne comprenez rien! Nous cherchons la liberté de la femme, et vous ne pensez qu'à la bagatelle... En laissant de côté la question de la chasteté et de la pudeur féminine, choses en elles-mêmes inutiles et même absurdes, j'admets parfaitement sa réserve vis-à-vis de moi, attendu qu'en cela elle ne fait qu'user de sa liberté, exercer son droit. Assurément, si elle me disait elle-même : « Je veux t'avoir », j'en serais très-heureux, car cette jeune fille me plaît beaucoup; mais dans l'état présent des choses personne, sans doute, ne s'est jamais montré plus poli et plus convenable avec elle que moi; personne n'a jamais rendu plus de justice à son mérite... j'attends et j'espère — voilà tout!

— Faites-lui plutôt un petit cadeau. Je parie que vous n'avez pas encore pensé à cela.

— Vous ne comprenez rien, je vous l'ai déjà dit! Sans doute sa situation semble autoriser vos sarcasmes, mais la question est tout autre! Vous n'avez que du mépris pour elle. Vous fondant sur un fait qui vous paraît à tort déshonorant, vous refusez de considérer avec humanité une créaure humaine. Vous ne savez pas encore quelle nature c'est !

— Dites-moi, reprit Loujine, pouvez-vous... ou, pour mieux dire, êtes-vous assez lié avec la jeune personne susmentionnée pour la prier de venir une minute ici? Ils doivent être tous revenus du cimetière... Je crois les avoir entendus monter l'escalier. Je voudrais voir un instant cette personne.

— Mais pourquoi? demanda avec étonnement André Séméovitch.

— Il faut que je lui parle. Je dois m'en aller d'ici aujourd'hui ou demain, et j'ai quelque chose à lui communiquer... Du reste, vous pourrez assister à notre entretien, et même cela vaudra mieux. Autrement, Dieu sait ce que vous penseriez.

— Je ne penserais rien du tout... Je vous ai fait cette question sans y attacher d'importance. Si vous avez affaire à elle, il n'y a rien de plus facile que de la faire venir. Je vais la chercher tout de suite, et, soyez-en sûr, je ne vous gênerai pas.

Effectivement, cinq minutes après, Lébéziatnikoff ramena Sonetchka. Elle arriva, extrêmement surprise et troublée. En pareille circonstance, elle était toujours fort intimidée, les nouveaux visages lui faisaient grand'peur. C'était chez elle une impression d'enfance, et l'âge avait encore accru cette sauvagerie... Pierre Pétrovitch se montra poli et bienveillant. Recevant, lui homme sérieux et respectable, une créature si jeune et, en un sens, si intéressante, il crut devoir l'accueillir avec une nuance de familiarité enjouée. Il se hâta de la « rassurer » et l'invita à prendre un siége en face de lui. Sonia s'assit; elle regarda successivement Lébéziatnikoff et l'argent placé sur la table; puis tout à coup ses yeux se reportèrent sur Pierre Pétrovitch, dont ils ne purent se détacher; on eût dit qu'elle subissait une sorte de fascination. Lébéziatnikoff se dirigea vers la porte. Loujine se

leva, fit signe à Sonia de se rasseoir et retint André Séménovitch au moment où celui-ci allait sortir.

— Raskolnikoff est là? Il est arrivé? lui demanda-t-il à
voix basse.

— Raskolnikoff? Oui. Eh bien, quoi? Oui, il est là... Il
vient d'arriver, je l'ai vu... Eh bien?

— En ce cas, je vous prie instamment de rester ici et de
ne pas me laisser en tête-à-tête avec cette... demoiselle.
L'affaire dont il s'agit est insignifiante, mais Dieu sait quelles
conjectures on ferait. Je ne veux pas que Raskolnikoff aille
raconter *là*... Vous comprenez pourquoi je vous dis cela?

— Ah! je comprends, je comprends! répondit Lébéziatnikoff. Oui, vous êtes dans votre droit. Sans doute, dans ma
conviction personnelle, vos craintes sont fort exagérées,
mais... n'importe, vous êtes dans votre droit. Soit, je resterai. Je vais me mettre près de la fenêtre, et je ne vous
gênerai pas. A mon avis, c'est votre droit.

Pierre Pétrovitch revint s'asseoir en face de Sonia et la
considéra attentivement. Puis son visage prit soudain une
expression très-grave, presque sévère même : « Vous non
plus, mademoiselle, n'allez pas vous figurer des choses qui
ne sont pas », avait-il l'air de dire. Sonia perdit définitivement contenance.

— D'abord, excusez-moi, je vous prie, Sophie Séménovna,
auprès de votre très-honorée maman... Je ne me trompe
pas en m'exprimant ainsi? Catherine Ivanovna vous tient
lieu de mère? commença Pierre Pétrovitch d'un ton très-
sérieux, mais, du reste, assez aimable. Évidemment, il avait
les intentions les plus amicales.

— Oui, en effet, oui, elle me tient lieu de mère, se hâta
de répondre la pauvre Sonia.

— Eh bien, veuillez lui dire combien je regrette que des
circonstances indépendantes de ma volonté ne me permet-
tent pas d'accepter sa gracieuse invitation.

— Oui, je vais le lui dire, tout de suite. Et Sonetchka se leva aussitôt.

— Ce n'est pas *encore* tout, continua Pierre Pétrovitch, qui sourit en voyant la naïveté de la jeune fille et son ignorance des usages mondains, vous ne me connaissez guère, très-chère Sophie Séménovna, si vous croyez que, pour un motif aussi futile et qui n'intéresse que moi, je me serais permis de déranger une personne telle que vous. J'ai un autre but.

Sur un geste de son interlocuteur, Sonia s'était empressée de se rasseoir. Les billets de banque multicolores placés sur la table s'offrirent de nouveau à sa vue, mais elle détourna vivement ses yeux et les leva sur Pierre Pétrovitch : regarder l'argent d'autrui lui paraissait d'une extrême inconvenance, surtout dans sa position. Elle considéra tour à tour le lorgnon à monture d'or que Pierre Pétrovitch tenait dans sa main gauche, puis le gros anneau rehaussé d'une pierre jaune, qui brillait au médius de cette main. A la fin, ne sachant que faire de ses yeux, elle les fixa sur le visage même de Loujine. Ce dernier, après avoir gardé durant quelques instants un majestueux silence, poursuivit :

— Hier, il m'est arrivé d'échanger deux mots, en passant, avec la malheureuse Catherine Ivanovna. Cela m'a suffi pour apprendre qu'elle se trouve dans un état — antinaturel, — si l'on peut s'exprimer ainsi...

— Oui... antinaturel, répéta docilement Sonia.

— Ou, pour parler plus simplement et plus intelligiblement — maladif.

— Oui, plus simplement et plus intel... oui, elle est malade.

— Oui. Alors, par un sentiment d'humanité et... et... et, pour ainsi dire, de compassion, je voudrais, de mon côté, lui être utile, prévoyant qu'elle va inévitablement se trouver dans une position fort triste. A présent, paraît-il, toute cette pauvre famille n'a plus que vous pour soutien.

Sonia se leva brusquement :

— Permettez-moi de vous demander si vous ne lui avez pas dit qu'elle pourrait recevoir une pension. C'est qu'hier, elle m'a dit que vous vous étiez chargé de la lui faire obtenir. Est-ce vrai?

— Pas du tout, et même, en un sens, c'est absurde. Je me suis borné à lui faire entendre que, comme veuve d'un fonctionnaire mort au service, elle pourrait obtenir un secours temporaire, si, toutefois, elle avait des protections. Mais il parait que, loin d'avoir servi assez longtemps pour s'être créé des droits à une retraite, votre feu père n'était même plus au service quand il est mort. En un mot, on peut toujours espérer, mais l'espoir est très-peu fondé, car, dans l'espèce, il n'existe pas de droit à un secours, au contraire... Ah! elle rêvait déjà d'une pension, hé! hé! hé! c'est une dame qui ne doute de rien!

— Oui, elle rêvait d'une pension... Elle est crédule et bonne, sa bonté lui fait tout croire, et... et... son esprit est... Oui... excusez-la, dit Sonia, qui se leva de nouveau pour partir.

— Permettez, vous n'avez pas encore tout entendu.

— Je n'ai pas encore tout entendu, balbutia la jeune fille.

— Eh bien, asseyez-vous donc.

Sonia, toute confuse, se rassit pour la troisième fois.

— La voyant dans une telle situation avec des enfants en bas âge, je voudrais, comme je l'ai déjà dit, lui être utile dans la mesure de mes moyens, comprenez-moi bien, dans la mesure de mes moyens, rien de plus. On pourrait, par exemple, organiser à son profit une souscription, une tombola... ou quelque chose d'analogue, comme le font toujours en pareil cas les gens qui désirent venir en aide soit à des proches, soit à des étrangers. C'est une chose possible.

— Oui, c'est bien... Pour cela Dieu vous... bégaya Sonia, les yeux fixés sur Pierre Pétrovitch.

— On le pourrait, mais... nous parlerons de cela plus tard...

c'est-à-dire, on pourrait commencer aujourd'hui même. Nous nous verrons ce soir, nous causerons et nous poserons les fondements, pour ainsi dire. Venez me trouver ici à sept heures. André Séménovitch voudra bien, je l'espère, assister à notre conférence... Mais... il y a un point qui doit être soigneusement examiné au préalable. C'est pour cela que j'ai pris sur moi de vous déranger en vous faisant prier de venir ici. Selon moi, il ne faut pas remettre l'argent en mains propres à Catherine Ivanovna, et il y aurait même danger à le faire; je n'en veux d'autre preuve que le dîner d'aujourd'hui. Elle n'a pas de chaussures, sa subsistance n'est même pas assurée pour deux jours, et elle achète du rhum de la Jamaïque, du madère, du café. Je l'ai vu en passant. Demain, toute la famille retombera à votre charge, vous devrez lui procurer jusqu'au dernier morceau de pain; c'est absurde. Aussi suis-je d'avis qu'on organise la souscription à l'insu de la malheureuse veuve, et que vous seule ayez la disposition de l'argent. Qu'en pensez-vous?

— Je ne sais pas. C'est seulement aujourd'hui qu'elle est ainsi... cela n'arrive qu'une fois dans la vie... elle tenait beaucoup à honorer la mémoire du défunt... mais elle est fort intelligente. Du reste, ce sera comme il vous plaira, je vous serai très, très... ils vous seront tous... et Dieu vous... et les orphelins...

Sonia n'acheva pas et fondit en larmes.

— Ainsi, c'est une affaire entendue. Maintenant veuillez accepter pour votre parente cette somme qui représente ma souscription personnelle. Je désire vivement que mon nom ne soit pas prononcé à cette occasion. Voici... ayant moi-même, en quelque sorte, des embarras pécuniaires, je regrette de ne pouvoir faire plus...

Et Pierre Pétrovitch tendit à Sonia un billet de dix roubles, après l'avoir déplié avec soin. La jeune fille reçut l'assignat en rougissant, balbutia quelques mots inintelligibles

et se hâta de prendre congé. Pierre Pétrovitch la recon-
duisit jusqu'à la porte. A la fin, elle sortit de la chambre et
revint chez Catherine Ivanovna, en proie à une agitation
extraordinaire.

Pendant toute cette scène, André Séménovitch, ne voulant
pas troubler la conversation, était resté près de la fenêtre
ou avait marché dans la chambre. Aussitôt que Sonia fut
partie, il s'approcha de Pierre Pétrovitch et lui tendit la
main par un geste solennel :

— J'ai tout entendu et tout *vu,* dit-il en appuyant avec
intention sur le dernier mot. — C'est noble, c'est humain,
veux-je dire, car je n'admets pas le mot noble. Vous avez
voulu échapper aux remercîments, je l'ai vu! Et quoique,
à dire vrai, je sois, par principe, ennemi de la bienfaisance
privée qui, loin d'extirper radicalement la misère, en favo-
rise les progrès, je ne puis pourtant m'empêcher de reconnaître que j'ai vu votre acte avec plaisir, — oui, oui, cela
me plaît.

— Eh! c'est la moindre des choses! murmura Loujine un
peu embarrassé, et il regarda Lébéziatnikoff avec une attention particulière.

— Non, ce n'est pas la moindre des choses! Un homme qui,
ulcéré comme vous par un affront récent, est encore capable
de s'intéresser au malheur d'autrui, — un tel homme peut
agir à l'encontre de la saine économie sociale, il n'en est
pas moins digne d'estime! Je n'attendais même pas cela de
vous, Pierre Pétrovitch, d'autant plus qu'étant donnée votre
manière de voir... Oh! que vous êtes encore empêtré dans
vos idées! Comme vous êtes troublé notamment par cette
affaire d'hier! s'écria le brave André Séménovitch qui
éprouvait un retour de vive sympathie pour Pierre Pétrovitch, et quel besoin, en vérité, avez-vous de vous marier,
de vous marier *légalement,* très-noble, très-cher Pierre Pétrovitch? Que vous importe l'union *légale?* Battez-moi si vous

voulez, mais je me réjouis de votre échec, je suis bien aise
de penser que vous êtes libre, que vous n'êtes pas encore
tout à fait perdu pour l'humanité... Vous voyez, je suis franc !

— Je tiens au mariage légal parce que je ne veux pas
porter de cornes, ni élever des enfants dont je ne serais pas
le père, comme cela arrive avec votre mariage libre, répondit, pour dire quelque chose, Pierre Pétrovitch. Il était
pensif et ne prêtait qu'une oreille distraite aux propos de
son interlocuteur.

— Les enfants ? Vous avez fait allusion aux enfants ? reprit
André Séménovitch en s'animant tout à coup comme un
cheval de combat qui a entendu le son de la trompette :
— les enfants, c'est une question sociale qui sera tranchée
ultérieurement. Plusieurs même les nient sans restriction,
comme tout ce qui concerne la famille. Nous parlerons des
enfants plus tard, maintenant occupons-nous des cornes ! Je
vous avoue que c'est mon faible. Ce mot, bas et grossier,
mis en circulation par Pouchkine, ne figurera pas dans le
dictionnaire de l'avenir. Qu'est-ce en résumé que les cornes ?
Oh ! le vain épouvantail ! Oh ! que cela est insignifiant ! Au
contraire, dans le mariage libre, précisément, le danger que
vous redoutez n'existera pas. Les cornes ne sont que la
conséquence naturelle et, pour ainsi dire, le correctif du
mariage légal, une protestation contre un lien indissoluble ;
envisagées à ce point de vue, elles n'ont même rien d'humi-
liant... Et si jamais, — chose absurde à supposer, — je con-
tractais un mariage légal, je serais enchanté de porter
ces cornes dont vous avez si grand'peur ; je dirais alors à
ma femme : « Jusqu'à présent, ma chère, je n'avais eu que
de l'amour pour toi ; maintenant je t'estime parce que tu as
su protester ! » Vous riez ? c'est parce que vous n'avez pas la
force de rompre avec les préjugés ! Le diable m'emporte ! je
comprends que, dans l'union légitime, il soit désagréable
d'être trompé, mais c'est là l'effet misérable d'une situation

qui dégrade également les deux époux. Quand les cornes se
dressent ouvertement sur votre front, comme dans le mariage libre, alors elles n'existent plus, elles cessent d'avoir
un sens et même de porter le nom de cornes. Au contraire,
votre femme vous prouve par là qu'elle vous estime, puisqu'elle vous croit incapable de mettre obstacle à son bonheur,
et trop éclairé pour vouloir tirer vengeance d'un rival.
Vraiment, je pense parfois que si j'étais marié (librement
ou légitimement, peu importe), et que ma femme tardât à
prendre un amant, je lui en procurerais un moi même. « Ma
chère, lui dirais-je, je t'aime, mais je tiens surtout à ce que
tu m'estimes, — voilà! » Est-ce que je n'ai pas raison?

Ces paroles firent à peine rire Pierre Pétrovitch; sa pensée
était ailleurs, et il se frottait les mains d'un air soucieux.
André Séménovitch se rappela plus tard la préoccupation de
son ami...

## II

Il serait difficile de dire au juste comment l'idée de ce repas
insensé prit naissance dans la cervelle détraquée de Catherine Ivanovna. Elle dépensa, de fait, pour le dîner en question, plus de la moitié de l'argent qu'elle avait reçu de Raskolnikoff pour les obsèques de Marméladoff. Peut-être
Catherine Ivanovna se croyait-elle tenue d'honorer « convenablement » la mémoire de son mari, pour prouver à tous
les locataires, et en particulier à Amalia Ivanovna, que le
défunt « valait autant qu'eux, si pas plus ». Peut-être obéis-
sait-elle à cette *fierté des pauvres* qui, dans certaines circonstances de la vie : baptême, mariage, enterrement, etc.,
pousse les malheureux à sacrifier leurs dernières ressources,

à seule fin de « faire les choses aussi bien que les autres ».
Il est encore permis de supposer qu'au moment même où
elle se voyait réduite à la plus extrême misère, Catherine
Ivanovna voulait montrer à tous ces « gens de rien », non-
seulement qu'elle « savait vivre et recevoir », mais que,
fille d'un colonel, élevée « dans une maison noble, aristocratique même, pouvait-on dire », elle n'était pas faite, pour
laver son parquet de ses propres mains et blanchir nuitam-
ment le linge de ses mioches.

Les bouteilles de vin n'étaient ni très-nombreuses, ni de
marques très-variées, et le madère faisait défaut. Pierre
Pétrovitch avait exagéré les choses. Cependant, il y avait du
vin. On s'était procuré de l'eau-de-vie, du rhum et du porto,
le tout de qualité très-inférieure, mais en quantité suffisante. Le menu, préparé dans la cuisine d'Amalia Ivanovna, comprenait, outre le koutia, trois ou quatre plats,
notamment des blines. De plus, deux samovars furent tenus
prêts pour ceux des convives qui voudraient prendre du thé
et du punch après le dîner. Catherine Ivanovna s'occupa
elle-même des achats avec l'aide d'un locataire de la maison, un Polonais famélique qui habitait, Dieu sait dans
quelles conditions! chez madame Lippevechzel.

Dès le premier moment, ce pauvre diable se mit à la disposition de la veuve, et, durant trente-six heures, il se prodigua en courses avec un zèle qu'il ne perdait d'ailleurs
aucune occasion de faire ressortir. A chaque instant, pour la
moindre vétille, il accourait, tout affairé, demander les instruc-
tions de la « panna Marméladoff ». Après avoir déclaré
d'abord que, sans l'obligeance de « cet homme serviable et
magnanime », elle n'aurait su que devenir, Catherine Ivanovna finit par trouver son factotum absolument insupportable. Il était dans ses habitudes de s'engouer à brûle-pourpoint du premier venu ; elle le voyait sous les couleurs les
plus brillantes et lui prêtait mille mérites qui n'existaient

que dans son imagination, mais auxquels elle croyait de
tout son cœur. Puis à l'enthousiasme succédait brusquement la désillusion : alors elle chassait avec force paroles
injurieuses celui que, peu d'heures auparavant, elle avait
comblé des louanges les plus excessives.

Amalia Ivanovna prit aussi une soudaine importance aux
yeux de Catherine Ivanovna et grandit considérablement
dans son estime, peut-être par cette seule raison que la
logeuse avait donné tous ses soins à l'organisation du repas :
ce fut elle en effet qui se chargea de mettre la table, de
fournir la vaisselle, le linge, etc., et de cuisiner le dîner.

En partant pour le cimetière, Catherine Ivanovna lui
délégua ses pouvoirs, et madame Lippevechzel se montra
digne de cette confiance. Le couvert se trouva même dressé
assez convenablement. Sans doute la vaisselle, les verres,
les tasses, les fourchettes, les couteaux, empruntés à différents locataires, trahissaient par d'étranges disparates leurs
origines diverses, mais, à l'heure dite, chaque chose était à
sa place.

Quand on revint à la maison mortuaire, on put remarquer
une expression de triomphe sur le visage d'Amalia Ivanovna.
Fière d'avoir si bien rempli sa mission, la logeuse se pa-
vanait dans sa robe de deuil toute neuve; elle avait aussi
rajeuni la garniture de son bonnet. Cet orgueil, quelque
légitime qu'il fût, ne plut pas à Catherine Ivanovna :
« Comme si, vraiment, on n'aurait pas su mettre la table sans
Amalia Ivanovna! » Le bonnet enrubanné à neuf lui déplut
de même : « Ne voilà-t-il pas cette sotte Allemande qui fait
ses embarras? Elle, la logeuse, a daigné par bonté d'âme venir
en aide à de pauvres locataires! Par bonté d'âme! Voyez-vous
cela! Chez le papa de Catherine Ivanovna, qui était colonel,
il y avait quelquefois quarante personnes à dîner, et l'on
n'aurait pas reçu, même à l'office, une Amalia Ivanovna
ou, pour mieux dire, Ludwigovna... » Catherine Ivanovna ne

voulut pas manifester sur l'heure ses sentiments, mais elle se promit de remettre à sa place aujourd'hui même cette impertinente.

Une autre circonstance contribua encore à irriter la veuve : à l'exception du Polonais qui alla jusqu'au cimetière, presque aucun des locataires invités à assister à l'enterrement ne s'y rendit ; en revanche, quand il s'agit de se mettre à table, on vit arriver tout ce qu'il y avait de plus pauvre et de moins recommandable parmi les habitants de la maison ; quelques-uns se présentèrent même dans une tenue plus que négligée. Les locataires un peu propres semblaient s'être donné le mot pour ne pas venir, à commencer par Pierre Pétrovitch Loujine, le plus comme il faut d'entre eux. Cependant, la veille au soir, Catherine Ivanovna avait dit merveilles de lui à tout le monde, c'est-à-dire à madame Lippevechzel, à Poletchka, à Sonia et au Polonais : c'était, assurait-elle, un homme très-noble et très-magnanime, avec cela puissamment riche et possédant des relations superbes ; d'après elle, il avait été l'ami de son premier mari, il fréquentait autrefois chez son père et il avait promis d'user de tout son crédit pour lui obtenir une pension importante. Notons à ce propos que, quand Catherine Ivanovna vantait la fortune et les relations de quelqu'une de ses connaissances, elle le faisait toujours sans calcul d'intérêt personnel et seulement pour rehausser le prestige de celui qu'elle louait.

Après Loujine et, probablement, « à son exemple », s'abstint aussi de paraître « ce polisson de Lébéziatnikoff ». Quelle idée celui-là se faisait-il donc de lui-même ? Catherine Ivanovna avait été bien bonne de l'inviter, et encore s'y était-elle décidée uniquement parce que Pierre Pétrovitch et lui habitaient ensemble : du moment qu'on faisait une politesse à l'un, il fallait la faire à l'autre. On remarqua également l'absence d'une femme du monde et de sa fille

« qui montait en graine ». Ces deux personnes ne demeu-
raient que depuis quinze jours chez madame Lippevechzel;
cependant, elles avaient déjà fait plusieurs fois des observa-
tions au sujet du bruit qui se produisait dans la chambre
des Marméladoff, surtout lorsque le défunt rentrait ivre au
logis. Comme bien on pense, la logeuse s'était empressée de
porter ces plaintes à la connaissance de Catherine Ivanovna ;
au cours de ses incessants démêlés avec sa locataire, Amalia
Ivanovna menaçait de mettre tous les Marméladoff à la
porte, « attendu, criait-elle, qu'ils troublaient le repos de
personnes distinguées dont ils ne valaient pas les pieds ».
Dans la circonstance présente, Catherine Ivanovna avait
tenu tout particulièrement à inviter ces deux dames dont
« elle ne valait pas les pieds », d'autant plus que, quand
elle se rencontrait dans l'escalier avec la femme du monde,
celle-ci se détournait d'un air dédaigneux. C'était une façon
de montrer à cette pimbêche combien Catherine Ivanovna
lui était supérieure par les sentiments, elle qui oubliait les
mauvais procédés; d'un autre côté, la mère et la fille pourraient se convaincre, pendant ce repas, qu'elle n'était pas
née pour la condition dans laquelle elle se trouvait. Elle
était bien décidée à leur expliquer cela à table, à leur
apprendre que son papa avait rempli les fonctions de gouverneur, et que, par conséquent, il n'y avait pas lieu de détourner la tête quand on la rencontrait. Un gros lieutenant-colo-
nel (en réalité, capitaine d'état-major retiré du service) fit aussi
faux bond à Catherine Ivanovna. Celui-là, il est vrai, avait
une excuse : depuis la veille, la goutte le clouait sur son
fauteuil.

En revanche, outre le Polonais, arriva d'abord, vêtu d'un
frac graisseux, un clerc de chancellerie, laid, bourgeonné,
sentant mauvais et silencieux comme un poisson; puis un
ancien employé des postes, petit vieillard sourd et presque
aveugle dont quelqu'un payait le loyer chez Amalia Ivanovna

depuis un temps immémorial. Ces deux individus furent
suivis d'un lieutenant en retraite, ou, pour mieux dire,
d'un ancien riz-pain-sel. Ce dernier, pris de boisson, fit
son entrée en riant aux éclats de la façon la plus indé-
cente et « figurez-vous », sans gilet! Un invité alla de
but en blanc se mettre à table sans même saluer Catherine
Ivanovna. Un autre, faute de vêtements, se présenta en robe
de chambre. Pour le coup, c'en était trop, et ce monsieur
sans gêne fut expulsé par Amalia Ivanovna, aidée du Polonais. Celui-ci avait, du reste, amené deux de ses compatriotes
qui n'avaient jamais logé chez madame Lippevechzel et
que personne ne connaissait dans la maison.

Tout cela causa un vif mécontentement à Catherine Ivanovna : « C'était bien la peine de faire tant de préparatifs
pour recevoir de pareilles gens! » De crainte que la table qui
occupait cependant toute la largeur de la chambre ne se
trouvât trop petite, on avait été jusqu'à dresser le couvert des
enfants sur une malle, dans un coin; Poletchka, comme
l'aînée, devait avoir soin des deux plus jeunes, les faire
manger et leur moucher le nez. Dans ces conditions, Catherine Ivanovna ne put s'empêcher d'accueillir son monde
avec une hauteur presque insolente. Rendant, nous ne savons
pourquoi, Amalia Ivanovna responsable de l'absence des
principaux invités, elle le prit soudain sur un ton si déso-
bligeant avec la logeuse, que celle-ci le remarqua tout de
suite et en fut extrêmement froissée. Le repas s'annonçait
sous de fâcheux auspices. A la fin, on se mit à table.

Raskolnikoff parut, comme on arrivait à peine du cimetière.
Catherine Ivanovna fut enchantée de le voir, d'abord parce
que, de toutes les personnes présentes, il était le seul homme
cultivé (elle le présenta à ses invités comme devant, d'ici à
deux ans, occuper une chaire de professeur à l'Université de
Pétersbourg), ensuite parce qu'il s'excusa respectueusement
de n'avoir pu, malgré tout son désir, assister aux obsèques.

Elle s'empressa de le faire asseoir à sa gauche, Amalia Ivanovna ayant pris place à sa droite; puis elle engagea à
demi-voix avec le jeune homme une conversation aussi suivie que le lui permettaient ses devoirs de maîtresse de
maison.

D'autre part, la maladie dont elle souffrait avait pris
depuis deux jours un caractère plus alarmant que jamais,
et la toux qui lui déchirait la poitrine l'empêchait souvent
de terminer ses phrases; cependant elle était heureuse
d'avoir à qui confier l'indignation qu'elle éprouvait devant
cette réunion de figures hétéroclites. Au début, sa colère se
traduisit par des moqueries à l'adresse des invités, et surtout
de la propriétaire elle-même.

— Tout cela, c'est la faute de cette imbécile. Vous comprenez de qui je parle. — Et Catherine Ivanovna montra
d'un signe de tête la logeuse. — Regardez-la : elle écar-
quille ses yeux, elle devine que nous parlons d'elle, mais elle
ne peut pas comprendre ce que nous disons, voilà pourquoi
elle fait des yeux en boule de loto. Oh! la chouette! ha! ha!
ha!... Hi! hi! hi! Et qu'est-ce qu'elle prétend prouver avec
son bonnet? Hi, hi, hi! Elle veut faire croire à tout le monde
qu'elle m'honore beaucoup en s'asseyant à ma table! Je
l'avais priée d'inviter des gens un peu comme il faut
et, de préférence, ceux qui avaient connu le défunt; or, vous
voyez quelle collection de malotrus et de goujats elle m'a
recrutée! Regardez, celui-là ne s'est pas lavé, il est dégoû-
tant! Et ces malheureux Polonais... Ha! ha! ha! Hi! hi! hi!
Personne ne les connaît ici, c'est la première fois que je les
vois; pourquoi sont-ils venus, je vous le demande? Ils
sont là en rang d'oignons à côté l'un de l'autre. — Eh,
pan! cria-t-elle à l'un d'eux : — avez-vous pris des blines?
Prenez-en encore! Buvez de la bière! Voulez-vous de
l'eau-de-vie? Tenez, voyez : il s'est levé, il salue! Ce sont
sans doute des pauvres diables, des meurt-de-faim! Tout

leur est égal, du moment qu'ils mangent! Au moins ils ne
font pas de bruit, seulement... seulement j'ai peur pour les
couverts d'argent de la logeuse!... Amalia Ivanovna! dit-elle
presque à haute voix en s'adressant à madame Lippevechzel,
— si, par hasard, on vole vos cuillers, je vous préviens que
je n'en réponds pas!

Après cette satisfaction donnée à son ressentiment, elle se
tourna de nouveau vers Raskolnikoff et ricana en lui montrant la logeuse :

— Ha! ha! ha! Elle n'a pas compris! Elle ne comprend
jamais! Elle reste là bouche béante! Voyez donc : c'est
une vraie chouette, une chouette fraîchement enrubannée,
ha! ha! ha!

Ce rire se termina en un accès de toux qui dura cinq
minutes. Elle porta son mouchoir à ses lèvres, puis le montra silencieusement à Raskolnikoff : il était taché de sang.
Des gouttes de sueur perlaient sur le front de Catherine Ivanovna; ses pommettes se coloraient de rouge, et sa respira-
tion devenait des plus difficiles; néanmoins elle continua de
causer à voix basse avec une animation extraordinaire.

— Je lui avais confié la mission, fort délicate, on peut le
dire, d'inviter cette dame et sa fille..., vous savez de qui je
veux parler? Il fallait procéder ici avec beaucoup de tact;
eh bien! elle s'y est prise de telle façon que cette sotte étrangère, cette pecque provinciale qui est venue ici pour solliciter une pension comme veuve d'un major, et qui court du
matin au soir les chancelleries avec un pied de fard sur le
visage, à cinquante-cinq ans passés... bref, cette mijaurée a
refusé mon invitation sans même s'excuser, comme la plus
vulgaire politesse commande de le faire en pareil cas!
Je ne puis comprendre pourquoi Pierre Pétrovitch n'est
pas venu non plus. Mais où est donc Sonia? Qu'est-elle
devenue? Ah! la voilà, enfin! Eh bien! Sonia, où étais-tu?
C'est étrange que même un jour comme aujourd'hui tu sois

si peu exacte! Rodion Romanovitch, laissez-la se placer à côté de vous. Voilà ta place, Sonia.... prends ce que tu veux. Je te recommande le caviar, il est bon. On va t'apporter les blines. Mais en a-t-on donné aux enfants? Poletchka, on ne vous oublie pas là-bas? Allons, c'est bien. Sois sage, Léna, et toi, Kolia, n'agite pas ainsi les jambes; tiens-toi comme doit se tenir un enfant de bonne famille. Qu'est-ce que tu dis, Sonetchka?

Sonia se hâta de transmettre à sa belle-mère les excuses de Pierre Pétrovitch, en s'efforçant de parler haut pour que tous pussent l'entendre. Non contente de reproduire les formules polies dont Loujine s'était servi, elle fit exprès de les amplifier encore. Pierre Pétrovitch, ajouta-t-elle, l'avait chargée de dire à Catherine Ivanovna qu'il viendrait la voir aussitôt que possible pour causer d'*affaires* et s'entendre avec elle sur la marche à suivre ultérieurement, etc., etc.

Sonia savait que cela tranquilliserait Catherine Ivanovna et surtout que son amour-propre y trouverait une satisfaction. La jeune fille s'assit à côté de Raskolnikoff qu'elle salua à la hâte en lui jetant un regard rapide et curieux. Mais, pendant le reste du dîner, elle parut éviter de le regarder et de lui adresser la parole. Elle semblait même distraite, bien qu'elle tînt les yeux fixés sur le visage de Catherine Ivanovna pour deviner les désirs de sa belle-mère.

Faute de vêtements, aucune des deux femmes n'était en deuil. Sonia portait un costume cannelle foncée; la veuve avait mis une robe d'indienne de couleur sombre, la seule qu'elle possédât. Les excuses de Pierre Pétrovitch furent très-bien accueillies.

Après avoir écouté d'un air gourmé le récit de Sonia, Catherine Ivanovna prit un ton important pour s'informer de la santé de Pierre Pétrovitch. Ensuite, sans trop s'inquiéter des autres invités qui pouvaient l'entendre, elle fit observer à Raskolnikoff qu'un homme aussi considéré et aussi

respectable que Pierre Pétrovitch eût été fort dépaysé au
milieu d'une société si « extraordinaire »; elle comprenait
donc qu'il ne fût point venu, malgré les vieux liens d'amitié
qui l'unissaient à sa famille.

— Voilà pourquoi, Rodion Romanovitch, je vous sais un
gré tout particulier de n'avoir pas dédaigné mon hospitalité,
même offerte dans de pareilles conditions, ajouta-t-elle
presque à haute voix; du reste, j'en suis convaincue, c'est
seulement votre amitié pour mon pauvre défunt qui vous a
décidé à tenir votre parole.

Puis, Catherine Ivanovna se remit à plaisanter sur le
compte de ses hôtes. Tout à coup, s'adressant avec une sollicitude particulière au vieillard sourd, elle lui cria d'un bout
de la table à l'autre : « Voulez-vous encore du rôti? Vous
a-t-on donné du porto? » Le convive ainsi interpellé ne
répondit pas et fut longtemps sans comprendre ce qu'on lui
demandait, bien que ses voisins essayassent en riant de le
lui expliquer. Il regardait autour de lui et restait bouche
béante, ce qui ajouta encore à l'hilarité générale.

— Quel butor! Regardez! Et pourquoi l'a-t-on invité? dit
Catherine Ivanovna à Raskolnikoff; quant à Pierre Pétrovitch, j'ai toujours compté sur lui; certes, poursuivit-elle en
s'adressant à Amalia Ivanovna avec un regard sévère qui
intimida la logeuse, certes, il ne ressemble pas à vos chipies endimanchées; celles-là, papa n'en aurait pas voulu
pour cuisinières, et si mon défunt mari leur avait fait
l'honneur de les recevoir, ce n'eût été que par suite de son
excessive bonté.

— Oui, il aimait à boire, il avait un faible pour la bouteille! cria soudain l'ancien employé aux subsistances,
comme il vidait son douzième verre d'eau-de-vie.

Catherine Ivanovna releva vertement cette parole incon-
venante.

— En effet, mon défunt mari avait ce défaut, tout le

monde le sait; mais c'était un homme bon et noble qui aimait et respectait sa famille. On ne pouvait lui reprocher que l'excès de sa bonté. Il acceptait trop facilement pour amis toutes sortes de gens débauchés, et Dieu sait avec qui il n'a pas bu! Les individus qu'il fréquentait ne valaient pas la plante de ses pieds! Figurez-vous, Rodion Romanovitch, qu'on a trouvé dans sa poche un petit coq en pain d'épice : au plus fort de l'ivresse il n'oubliait pas ses enfants.

— Un petit coq? Vous avez dit : un petit coq? cria le riz-pain-sel.

Catherine Ivanovna ne daigna pas lui répondre. Devenue rêveuse, elle poussa un soupir.

— Vous croyez sans doute, comme tout le monde, que j'ai été trop dure avec lui, reprit-elle en s'adressant à Raskolnikoff. C'est une erreur! Il m'estimait, il avait pour moi le plus grand respect! Son âme était bonne! Et parfois il m'inspirait tant de pitié! Quand, assis dans un coin, il levait les yeux sur moi, je me sentais si attendrie que j'avais peine à cacher mon émotion, mais je me disais : « Si tu faiblis, il va se remettre à boire ». On ne pouvait le tenir un peu que par la sévérité.

— Oui, on le tirait par les cheveux, cela est arrivé plus d'une fois, brailla le riz-pain-sel, et il but encore un verre d'eau-de-vie.

— Il y a certains imbéciles qu'on devrait non pas seulement tirer par les cheveux, mais chasser à coups de balai. Je ne parle pas du défunt en ce moment, répliqua avec véhémence Catherine Ivanovna.

Ses joues s'empourpraient, sa poitrine haletait de plus en plus. Encore un moment, et elle allait faire un scandale. Beaucoup riaient, trouvant cela drôle. On excitait l'employé aux subsistances, on lui parlait tout bas, c'était à qui verserait de l'huile sur le feu.

— Permettez-moi de vous demander de qui vous parlez.

A qui en avez-vous? fit l'employé d'une voix menaçante. Mais non, c'est inutile! La chose n'a pas d'importance! Une veuve! une pauvre veuve! Je lui pardonne! Passe!

Et il avala un nouveau verre d'eau-de-vie.

Raskolnikoff écoutait en silence. Ce qu'il éprouvait était une sensation de dégoût. Par politesse seulement et pour ne pas désobliger Catherine Ivanovna, il touchait du bout des dents aux mets dont elle couvrait à chaque instant son assiette.

Le jeune homme tenait les yeux fixés sur Sonia. Celle-ci, de plus en plus soucieuse, suivait avec inquiétude les progrès de l'exaspération chez Catherine Ivanovna. Elle pressentait que le dîner finirait mal. Entre autres choses, Sonia savait qu'elle-même était la principale cause qui avait empêché les deux provinciales d'assister à ce repas. Elle avait appris de la propre bouche d'Amalia Ivanovna qu'en recevant l'invitation la mère blessée avait demandé « comment elle pourrait faire asseoir sa fille à côté de *cette demoiselle* ».

La jeune fille se doutait que sa belle-mère était déjà instruite de cette avanie. Or, une insulte qui atteignait Sonia, c'était pour Catherine Ivanovna pis qu'un affront fait à elle-même, à ses enfants ou à la mémoire de son papa, c'était un mortel outrage. Sonia devinait que Catherine Ivanovna n'avait plus à présent qu'une chose à cœur : prouver à ces chipies qu'elles étaient toutes deux, etc. Justement, un convive assis à l'autre bout de la table fit passer à Sonia une assiette sur laquelle se trouvaient, façonnés avec de la mie de pain, deux cœurs percés d'une flèche. Catherine Ivanovna, enflammée de colère, déclara aussitôt d'une voix retentissante que l'auteur de cette plaisanterie était assurément un « âne ivre ».

Ensuite elle annonça son dessein de se retirer, dès qu'elle aurait obtenu sa pension, à T..., sa ville natale, où elle ouvrirait une maison d'éducation à l'usage des jeunes filles nobles. Tout à coup se trouva entre ses mains l' « attestation honorifique » dont feu Marméladoff avait parlé à Raskolnikoff, lors de leur rencontre au cabaret. Dans la circonstance présente, ce document devait établir le droit de Catherine Ivanovna à ouvrir un pensionnat, mais elle s'en était munie surtout dans le but de confondre les deux « chipies », si celles-ci avaient accepté son invitation : elle leur aurait démontré avec pièces à l'appui que « la fille d'un colonel, la descendante d'une famille noble, pour ne pas dire aristocratique, valait un peu mieux que les chercheuses d'aventures dont le nombre est devenu si grand aujourd'hui ». L'attestation honorifique eut bientôt fait le tour de la table, les convives avinés se la passaient de main en main sans que Catherine Ivanovna s'y opposât, car ce papier la désignait, en toutes lettres, comme fille d'un conseiller de cour, ce qui l'autorisait, ou à peu près, à se dire fille d'un colonel.

Puis la veuve s'étendit sur les charmes de l'existence heureuse et tranquille qu'elle se promettait de mener à T...; elle ferait appel au concours des professeurs du gymnase; parmi eux se trouvait un vieillard respectable, M. Mangot, qui lui avait jadis appris le français; il n'hésiterait pas à venir donner des leçons chez elle et se montrerait coulant sur le prix. Enfin, elle annonça l'intention d'emmener Sonia à T... et de lui confier la haute main dans son établissement. A ces mots, quelqu'un éclata de rire au bout de la table.

Catherine Ivanovna feignit de n'avoir rien entendu; mais élevant aussitôt la voix, elle déclara que Sophie Séménovna possédait toutes les qualités requises pour la seconder dans sa tâche. Après avoir vanté la douceur de la jeune fille, sa patience, son abnégation, sa culture intellectuelle et sa noblesse de sentiments, elle lui tapota doucement la joue et l'embrassa à deux reprises avec effusion. Sonia rougit, et tout à coup Catherine Ivanovna fondit en larmes.

— J'ai les nerfs très-agités, dit-elle, comme pour s'excuser, et je n'en puis plus de fatigue; aussi bien le repas est fini, on va servir le thé.

Amalia Ivanovna, très-vexée de n'avoir pu placer un seul mot durant la conversation précédente, choisit ce moment pour risquer une dernière tentative, et fit observer fort judicieusement à la future maîtresse de pension qu'elle devrait donner la plus grande attention au linge de ses élèves et empêcher celles-ci de lire des romans pendant la nuit. La fatigue et l'agacement rendaient Catherine Ivanovna peu endurante; aussi prit-elle fort mal ces sages conseils : à l'en croire, la logeuse n'entendait rien aux choses dont elle parlait; dans un pensionnat de jeunes filles nobles, le soin du linge regardait la femme de charge, et non la directrice de l'établissement; quant à l'observation relative à la lecture des romans, c'était une simple inconvenance; bref, Amalia Ivanovna était priée de se taire.

Au lieu de se rendre à cette prière, la logeuse répondit aigrement qu'elle n'avait parlé que « pour un bien », qu'elle avait toujours eu les meilleures intentions, et que depuis longtemps Catherine Ivanovna ne lui payait pas un sou. « Vous mentez en parlant de vos bonnes intentions, reprit la veuve; pas plus tard qu'hier, quand le défunt était exposé sur la table, vous êtes venue me faire une scène à propos du loyer. » Là-dessus, la logeuse observa avec beaucoup de logique qu'elle « avait invité ces dames, mais que ces dames n'étaient pas venues, parce que ces dames étaient nobles et ne pouvaient pas aller chez une dame qui n'était pas noble ». A quoi son interlocutrice objecta qu'une cuisinière n'avait pas qualité pour juger de la véritable noblesse.

Amalia Ivanovna piquée au vif répliqua que « son *vater* était un homme très, très-important à Berlin, qu'il se promenait les deux mains dans ses poches et faisait toujours : Pouff! pouff! » Pour donner une idée plus exacte de son *vater*, madame Lippevechzel se leva, fourra ses mains dans

ses poches et, gonflant ses joues, se mit à imiter le bruit
d'un soufflet de forge. Ce fut un rire général parmi tous les
locataires, qui, dans l'espoir d'une bataille entre les deux
femmes, se plaisaient à exciter Amalia Ivanovna. Catherine
Ivanovna, perdant alors toute mesure, déclara à très-haute
voix que peut-être Amalia Ivanovna n'avait jamais eu de
*vater,* que c'était tout simplement une Finnoise de Pétersbourg qui avait dù être jadis cuisinière ou même quelque
chose de pire. Riposte furieuse d'Amalia Ivanovna : c'était
peut-être Catherine Ivanovna elle-même qui n'avait pas eu
de *vater;* quant à elle, son *vater* était un Berlinois qui portait de longues redingotes et faisait toujours : Pouff! pouff!
Catherine Ivanovna répondit d'un ton méprisant que sa
naissance était connue de tout le monde, et que cette même
attestation honorifique, en caractères imprimés, la désignait
comme fille d'un colonel, tandis qu'Amalia Ivanovna (à supposer qu'elle eùt un père) devait avoir reçu le jour de quelque
marchand de lait finnois; mais, selon toute apparence, elle
n'avait pas de père du tout, attendu qu'on ne savait pas
encore quel était son nom patronymique, si elle s'appelait
Amalia Ivanovna ou Amalia Ludwigovna. La logeuse, hors
d'elle-même, s'écria en frappant du poing sur la table qu'elle
était Ivanovna et non Ludwigovna, que son *vater* s'appelait
Iohann et qu'il était bailli, ce que n'avait jamais été le
*vater* de Catherine Ivanovna. Celle-ci se leva aussitôt, et
d'une voix calme que démentaient la pâleur de son visage
et l'agitation de son sein :

— Si vous osez encore une fois, dit-elle, mettre votre
misérable *vater* en parallèle avec mon papa, je vous arrache
votre bonnet et je le foule aux pieds.

A ces mots, Amalia Ivanovna commença à courir dans la
chambre en criant de toutes ses forces qu'elle était la propriétaire, et que Catherine Ivanovna s'en irait de chez elle à
l'instant même; puis elle se hâta d'enlever les couverts d'ar-

gent qui se trouvaient sur la table. Il s'ensuivit une confusion,
un vacarme indescriptible; les enfants se mirent à pleurer,
Sonia s'élança vers sa belle-mère pour l'empêcher de se
porter à quelque violence; mais Amalia Ivanovna ayant soudain lâché tout haut une allusion au billet jaune, Catherine
Ivanovna repoussa la jeune fille et marcha droit à la logeuse,
prête à lui arracher son bonnet. En ce moment la porte
s'ouvrit, et sur le seuil apparut tout à coup Pierre Pétrovitch Loujine. Il promena un regard sévère sur toute la
société. Catherine Ivanovna courut à lui.

## III

— Pierre Pétrovitch! cria-t-elle, protégez-moi! Faites
comprendre à cette sotte créature qu'elle n'a pas le droit de
parler ainsi à une dame noble et malheureuse, que cela n'est
pas permis... Je me plaindrai au gouverneur général lui-
même... Elle aura à répondre... En souvenir de l'hospitalité
que vous avez reçue chez mon père, venez en aide à des
orphelins.

— Permettez, madame... Permettez, permettez, madame,
dit Pierre Pétrovitch en faisant un geste pour écarter la sol-
iciteuse, — je n'ai jamais eu l'honneur, comme vous le savez
vous-même, de connaître votre papa... permettez, madame
quelqu'un se mit à rire bruyamment)! et je n'ai pas l'intention
de prendre parti dans vos continuels démêlés avec Amalia
Ivanovna... Je viens ici pour une affaire qui m'est personnelle... je désire avoir une explication immédiate avec votre
belle-fille, Sophie... Ivanovna... C'est ainsi, je crois, qu'elle
se nomme? Permettez-moi d'entrer...

Et laissant là Catherine Ivanovna, Pierre Pétrovitch se

dirigea vers le coin de la chambre où se trouvait Sonia.

Catherine Ivanovna resta comme clouée à sa place. Elle ne pouvait comprendre que Pierre Pétrovitch niât avoir été l'hôte de son papa. Cette hospitalité, qui n'existait que dans son imagination, était devenue pour elle article de foi. Ce qui la frappait aussi, c'était le ton sec, hautain et même menaçant de Loujine. A l'apparition de ce dernier, le silence se rétablit peu à peu. La tenue correcte de l'homme de loi jurait trop avec le débraillé des locataires de madame Lippe-vechzel; chacun sentait qu'un motif d'une gravité exceptionnelle pouvait seul expliquer la présence de ce personnage dans un pareil milieu; aussi tous s'attendaient-ils à un événement. Raskolnikoff, qui se trouvait à côté de Sonia, se rangea pour laisser passer Pierre Pétrovitch; celui-ci n'eut pas l'air de remarquer le jeune homme.

Un instant après, Lébéziatnikoff se montra à son tour; mais au lieu d'entrer dans la chambre, il resta sur le seuil, écoutant avec curiosité sans parvenir à comprendre de quoi il s'agissait.

— Pardonnez-moi de troubler votre réunion, mais j'y suis forcé par une affaire assez importante, commença Pierre Pétrovitch sans s'adresser à personne en particulier; je suis même bien aise de pouvoir m'expliquer devant une nombreuse société. Amalia Ivanovna, en votre qualité de propriétaire, je vous prie très-humblement de prêter l'oreille à l'entretien que je vais avoir avec Sophie Ivanovna.

Puis, prenant à partie la jeune fille extrêmement surprise et déjà effrayée, il ajouta :

— Sophie Ivanovna, aussitôt après votre visite, j'ai constaté la disparition d'un billet de la Banque nationale représentant une valeur de cent roubles qui se trouvait sur une table dans la chambre de mon ami André Séménovitch Lébéziatnikoff. Si vous savez ce qu'est devenu ce billet et si vous me le dites, je vous donne, en présence de toutes ces personnes, ma parole d'honneur que l'affaire n'aura pas de suite. Dans le cas contraire, je serai forcé de recourir à des mesures très-sérieuses, et alors... vous n'aurez à vous en prendre qu'à vous-même.

Un profond silence suivit ces paroles. Les enfants mêmes cessèrent de pleurer. Sonia, pâle comme la mort, regardait Loujine sans pouvoir répondre. Elle semblait ne pas avoir encore compris. Quelques secondes s'écoulèrent.

— Eh bien, que répondez-vous? demanda Pierre Pétrovitch en observant attentivement la jeune fille.

— Je ne sais pas... Je ne sais rien... prononça-t-elle enfin d'une voix faible.

— Non? Vous ne savez pas? questionna Loujine, et il laissa encore s'écouler quelques secondes ; ensuite il reprit d'un ton sévère : — Pensez-y, mademoiselle, faites vos réflexions, je veux bien vous en donner le temps. Voyez-vous, si j'étais moins sûr de mon fait, je me garderais bien de lancer contre vous une accusation si formelle : j'ai trop l'expérience des affaires pour m'exposer à une poursuite en diffamation. Ce matin, je suis allé négocier plusieurs titres représentant une valeur nominale de trois mille roubles. De retour au logis, j'ai recompté l'argent, — André Séménovitch en a été témoin. — Après avoir compté deux mille trois cents roubles, je les ai serrés dans un portefeuille que j'ai mis dans la poche de côté de ma redingote. Sur la table restaient environ cinq cents roubles en billets de banque ; il y avait, notamment, trois billets de cent roubles chacun. C'est alors que sur mon invitation vous vous êtes rendue chez moi, et, durant tout le temps de votre visite, vous avez été en proie à une agitation extraordinaire. A trois reprises même, vous vous êtes levée pour sortir, quoique notre conversation ne fût pas encore terminée. André Séménovitch peut attester tout cela.

Vous ne nierez pas, je crois, mademoiselle, que je vous

aie fait appeler par André Séménovitch dans le seul but de m'entretenir avec vous de la situation malheureuse de votre parente Catherine Ivanovna (chez qui je ne pouvais aller dîner) et des moyens de lui venir en aide par voie de souscription, de loterie ou autrement. Vous m'avez remercié les larmes aux yeux (j'entre dans tous ces détails pour vous prouver que pas une circonstance n'est sortie de ma mémoire). Ensuite, j'ai pris sur la table un billet de dix roubles et je vous l'ai remis comme premier secours à votre parente. André Séménovitch a vu tout cela. Puis, je vous ai reconduite jusqu'à la porte, et vous vous êtes retirée en donnant les mêmes signes d'agitation que précédemment.

Après votre départ, j'ai causé pendant dix minutes environ avec André Séménovitch. Finalement il m'a quitté; je me suis approché de la table pour serrer le reste de mon argent, et, à ma grande surprise, j'ai constaté l'absence d'un billet de cent roubles. Maintenant jugez : soupçonner André Séménovitch, je ne le puis pas! Il m'est impossible même d'en concevoir l'idée. Je n'ai pas pu non plus me tromper dans mes comptes, car, une minute avant votre visite, je venais de les vérifier. Vous en conviendrez vous-même : en me rappelant votre agitation, votre promptitude à sortir et ce fait que vous avez eu pendant un certain temps les mains sur la table, enfin en considérant votre position sociale et les habitudes qu'elle implique, j'ai dû, malgré moi, en dépit de ma propre volonté, m'arrêter à un soupçon cruel, sans doute, mais légitime!

Si convaincu que je sois de votre culpabilité, je vous répète que je sais à quoi je m'expose en portant cette accusation contre vous. Cependant, je n'hésite pas à le faire et je vous dirai pourquoi : c'est uniquement, mademoiselle, à cause de votre noire ingratitude! Comment? Je vous appelle auprès de moi parce que je m'intéresse à votre infortunée parente; je vous fais pour elle un don de dix roubles, et c'est ainsi que vous me récompensez! Non, cela n'est pas bien ! Il vous faut une leçon. Réfléchissez, rentrez en vous-même: je vous y engage comme votre meilleur ami, car c'est en ce moment ce que vous pouvez faire de mieux! Sinon, je serai inflexible! Eh bien, avouez-vous?

— Je ne vous ai rien pris, murmura Sonia épouvantée; — vous m'avez donné dix roubles, les voici, reprenez-les.

La jeune fille sortit son mouchoir de sa poche, défit un nœud qu'elle y avait fait et en retira un billet de dix roubles qu'elle tendit à Loujine.

— Ainsi vous persistez à nier le vol des cent roubles? fit-il d'un ton de reproche, sans prendre l'assignat.

Sonia promena ses yeux autour d'elle et ne surprit sur tous les visages qu'une expression sévère, irritée ou moqueuse. Elle regarda Raskolnikoff... Debout contre le mur, le jeune homme avait les bras croisés et fixait sur elle des yeux ardents.

— Oh! Seigneur! gémit-elle.

— Amalia Ivanovna, il faudra prévenir la police; en conséquence je vous prierai très-humblement de faire monter le dvornik, dit Loujine d'une voix douce et même caressante.

— *Gott der barmherzig !* — Je savais bien que c'était une voleuse! s'écria madame Lippevechzel, en frappant ses mains l'une contre l'autre.

— Vous le saviez? reprit Pierre Pétrovitch : c'est donc que déjà auparavant certains faits vous avaient autorisée à tirer cette conclusion. Je vous prie, très-honorée Amalia Ivanovna, de vous rappeler les paroles que vous venez de prononcer. Du reste, il y a des témoins.

De tous côtés on causait bruyamment. L'assistance était devenue houleuse.

— Comment! s'écria Catherine Ivanovna sortant tout à coup de sa stupeur, et, par un mouvement rapide, elle

s'élança vers Loujine ; — comment ! vous l'accusez de vol ?
Elle, Sonia ? Oh ! lâche, lâche ! Puis elle s'approcha vivement de la jeune fille qu'elle serra avec force dans ses bras
décharnés.

— Sonia ! Comment as-tu pu accepter dix roubles de lui !
Oh ! bête ! Donne-les ici ! Donne tout de suite cet argent. —
Tiens !

Catherine Ivanovna prit le billet des mains de Sonia, le
froissa dans ses doigts et le jeta à la figure de Loujine. Le
papier roulé en boule atteignit Pierre Pétrovitch et ricocha
ensuite sur le parquet. Amalia Ivanovna se hâta de le
ramasser. L'homme d'affaires se fâcha.

— Contenez cette folle ! cria-t-il.

En ce moment plusieurs personnes vinrent se placer sur le
seuil à côté de Lébéziatnikoff ; parmi elles on remarquait
les deux dames de province.

— Folle, dis-tu ? C'est moi que tu traites de folle, imbécile ?
vociféra Catherine Ivanovna. — Toi-même, tu es un imbécile, un vil agent d'affaires, un homme bas ! Sonia, Sonia
lui avoir pris de l'argent ! Sonia une voleuse ! Mais elle t'en
donnerait plutôt, de l'argent, imbécile ! Et Catherine Ivanovna éclata d'un rire nerveux. — Avez-vous vu cet imbécile ? ajouta-t-elle, allant d'un locataire à l'autre et montrant
Loujine à chacun d'eux ; tout à coup elle aperçut Amalia
Ivanovna, et sa colère ne connut plus de bornes.

— Comment ! toi aussi, charcutière, toi aussi, infâme Prus-
sienne, tu prétends qu'elle est une voleuse ! Ah ! si c'est possible ! Mais elle n'a pas quitté la chambre : en sortant de
chez toi, coquin, elle est venue immédiatement se mettre à
table avec nous, tous l'ont vue ! Elle a pris place à côté de
Rodion Romanovitch !... Fouillez-la ! Puisqu'elle n'est allée
nulle part, elle doit avoir l'argent sur elle ! Cherche donc,
cherche, cherche ! Seulement, si tu ne trouves pas, mon
cher, tu auras à répondre de ta conduite ! Je me plaindrai à

l'empereur, au tzar miséricordieux; j'irai me jeter à ses pieds aujourd'hui même. Je suis orpheline! On me laissera entrer. Tu crois qu'on ne me recevra pas? Tu te trompes, j'obtiendrai une audience. Parce qu'elle est douce, tu pensais n'avoir rien à craindre, tu avais compté sur sa timidité, n'est-ce pas? Mais si elle est timide, moi, mon ami, je n'ai pas peur, et ton calcul sera déçu! Cherche donc! Cherche, voyons, dépêche-toi!

En même temps, Catherine Ivanovna saisissait Loujine par le bras et l'entraînait vers Sonia.

— Je suis prêt, je ne demande pas mieux... mais calmez-vous, madame, calmez-vous, balbutiait-il, — je vois bien que vous n'avez pas peur !... C'est au bureau de police qu'il faudrait faire cela... Du reste, il y a ici un nombre plus que suffisant de témoins... Je suis prêt... Toutefois, il est assez délicat pour un homme... à cause du sexe... Si Amalia Ivanovna voulait prêter son concours... pourtant, ce n'est pas ainsi que les choses se font...

— Faites-la fouiller par qui vous voulez! cria Catherine Ivanovna; — Sonia, montre-leur tes poches! Voilà! voilà! Regarde, monstre, tu vois qu'elle est vide; il y avait là un mouchoir, rien de plus, comme tu peux t'en convaincre! A l'autre poche maintenant! voilà, voilà! tu vois!

Non contente de vider les poches de Sonia, Catherine Ivanovna les retourna l'une après l'autre, de dedans en dehors. Mais au moment où elle mettait ainsi à découvert la doublure de la poche droite, il s'en échappa un petit papier qui, décrivant une parabole dans l'air, alla tomber aux pieds de Loujine. Tous le virent, plusieurs poussèrent un cri. Pierre Pétrovitch se baissa vers le parquet, ramassa le papier entre deux doigts et le déplia *coram populo*. C'était un billet de cent roubles, plié en huit. Pierre Pétrovitch l'exhiba à la vue de tous, pour ne laisser subsister aucun doute sur la culpabilité de Sonia.

— Voleuse! Hors d'ici! La police, la police! hurla madame Lippevechzel : il faut qu'on l'envoie en Sibérie! A la porte!

De toutes parts volaient des exclamations. Raskolnikoff, silencieux, ne cessait de considérer Sonia que pour jeter de temps à autre un regard rapide sur Loujine. La jeune fille, immobile à sa place, semblait hébétée plus encore que surprise. Tout à coup, elle rougit et couvrit son visage de ses mains.

— Non, ce n'est pas moi! Je n'ai rien pris! Je ne sais pas! s'écria-t-elle d'une voix déchirante, et elle se précipita vers Catherine Ivanovna, qui ouvrit ses bras comme un asile inviolable à la malheureuse créature.

— Sonia, Sonia, je ne le crois pas! Tu vois, je ne le crois pas! répétait Catherine Ivanovna rebelle à l'évidence; ces mots étaient accompagnés de mille caresses : elle prodiguait les baisers à la jeune fille, lui prenait les mains, la balançait dans ses bras comme un enfant. Toi, avoir pris quelque chose! Mais que ces gens sont bêtes! O Seigneur! Vous êtes bêtes, bêtes! criait-elle à toutes les personnes présentes, vous ne savez pas encore ce qu'est ce cœur, ce qu'est cette jeune fille! Elle, voler! Elle! Mais elle vendra son dernier vêtement, elle ira pieds nus plutôt que de vous laisser sans secours si vous vous trouvez dans le besoin; voilà comme elle est! Elle a été jusqu'à recevoir le billet jaune parce que mes enfants mouraient de faim, elle s'est vendue pour nous! Ah! mon pauvre défunt, mon pauvre défunt! Seigneur! Mais défendez-la donc, vous tous, au lieu de rester impassibles! Rodion Romanovitch, pourquoi ne prenez-vous pas sa défense? Est-ce que, vous aussi, vous la croyez coupable? Tous tant que vous êtes, vous ne valez pas son petit doigt! Seigneur! défends-la donc enfin!

Les larmes, les supplications, le désespoir de la pauvre Catherine Ivanovna parurent faire une profonde impression sur le public. Ce visage phthisique, ces lèvres sèches, cette voix éteinte exprimaient une souffrance si poignante qu'il était difficile de n'en être pas touché. Pierre Pétrovitch revint aussitôt à des sentiments plus doux :

— Madame! madame! fit-il avec solennité, — cette affaire ne vous concerne en rien! Personne ne songe à vous accuser de complicité; d'ailleurs, c'est vous-même qui en retournant les poches avez fait découvrir l'objet volé : cela suffit pour établir votre complète innocence. Je suis tout disposé à me montrer indulgent pour un acte auquel la misère a pu porter Sophie Séménovna, mais pourquoi donc, mademoiselle, ne vouliez-vous pas avouer? Vous craigniez le déshonneur? C'était votre premier pas? Peut-être aviez-vous perdu la tête? La chose se comprend, elle se comprend très-bien... Voyez pourtant à quoi vous vous exposiez! Messieurs! dit-il aux assistants, mû par un sentiment de pitié, je suis prêt à pardonner maintenant encore, malgré les injures personnelles qui m'ont été adressées. Puis il ajouta, en se tournant de nouveau vers Sonia : Mademoiselle, que l'humiliation d'aujourd'hui vous serve de leçon pour l'avenir; je ne donnerai aucune suite à cette affaire, les choses en resteront là. Cela suffit.

Pierre Pétrovitch jeta un regard en dessous à Raskolnikoff. Leurs yeux se rencontrèrent, ceux du jeune homme lançaient des flammes. Quant à Catherine Ivanovna, elle semblait n'avoir rien entendu et continuait à embrasser Sonia avec une sorte de frénésie. A l'exemple de leur mère, les enfants serraient la jeune fille dans leurs petits bras; Poletchka, sans comprendre de quoi il était question, sanglotait à fendre l'âme; son joli visage, tout en larmes, était appuyé sur l'épaule de Sonia.

Tout à coup sur le seuil retentit une voix sonore :

— Que cela est bas!

Pierre Pétrovitch se retourna vivement.

— Quelle bassesse! répéta Lébéziatnikoff, en regardant fixement Loujine.

Ce dernier eut comme un frisson. Tous le remarquèrent
(ils s'en souvinrent ensuite). Lébéziatnikoff entra dans la
chambre.

— Et vous avez osé invoquer mon témoignage? dit-il en
s'approchant de l'homme d'affaires.

— Qu'est-ce que cela signifie, André Séménovitch? De
quoi parlez-vous? balbutia Loujine.

— Cela signifie que vous êtes un... calomniateur, voilà ce
que veulent dire mes paroles! répliqua avec emportement
Lébéziatnikoff. Il était en proie à une violente colère, et,
tandis qu'il fixait Pierre Pétrovitch, ses petits yeux malades
avaient une expression de dureté inaccoutumée. Raskolnikoff
écoutait avidement, le regard attaché sur le visage du jeune
socialiste.

Il y eut un silence. Dans le premier moment, Pierre
Pétrovitch fut presque déconcerté.

— Si c'est à moi que vous... bégaya-t-il, — mais qu'est-ce
que vous avez? êtes-vous dans votre bon sens?

— Oui, je suis dans mon bon sens, et vous êtes... un
fourbe! Ah! que c'est bas! J'ai tout entendu, et si je n'ai
pas parlé plus tôt, c'est que je voulais tout comprendre; il
y a encore, je l'avoue, des choses que je ne m'explique pas
bien... Je me demande pourquoi vous avez fait tout cela.

— Mais qu'est-ce que j'ai fait? Aurez-vous bientôt fini de
parler par énigmes? Vous avez bu, peut-être?

— Homme bas, si l'un de nous deux a bu, c'est plutôt
vous que moi! Je ne prends jamais d'eau-de-vie, parce que
cela est contraire à mes principes! Figurez-vous que c'est
lui, lui-même, qui a, de sa propre main, donné ce billet de
cent roubles à Sophie Séménovna, — je l'ai vu, j'en ai été
témoin, je le déclarerai sous la foi du serment! C'est lui,
lui! répétait Lébéziatnikoff, en s'adressant à tous et à
chacun.

— Êtes-vous fou, oui ou non, blanc-bec? reprit violem-

ment Loujine. Elle-même ici, il y a un instant, a affirmé
devant vous, devant tout le monde, n'avoir reçu de moi
que dix roubles. Comment donc se peut-il que je lui aie
donné davantage?

— Je l'ai vu, je l'ai vu! répéta avec énergie André Séménovitch : — et quoique ce soit en opposition avec mes principes, je suis prêt à en faire le serment devant la justice : je
vous ai vu lui glisser cet argent à la dérobée! Seulement
j'ai cru, dans ma sottise, que vous agissiez ainsi par générosité! Au moment où vous lui disiez adieu sur le seuil
de la porte, et tandis que vous lui offriez la main droite,
vous avez tout doucement introduit dans sa poche un papier
que vous teniez de la main gauche. Je l'ai vu! je l'ai vu!

Loujine pâlit.

— Quel conte nous débitez-vous là? répliqua-t-il insolemment; étant près de la fenêtre, comment avez-vous pu
apercevoir ce papier? Vos mauvais yeux ont été le jouet
d'une illusion... vous avez eu la berlue, voilà !

— Non, je n'ai pas eu la berlue! Et, malgré la distance,
j'ai fort bien vu tout, tout! De la fenêtre, en effet, il était
difficile de distinguer le papier, — sous ce rapport votre
observation est juste, — mais, par suite d'une circonstance
particulière, je savais que c'était précisément un billet de
cent roubles. Quand vous avez donné dix roubles à Sophie
Séménovna, j'étais alors près de la table, et je vous ai vu
prendre en même temps un billet de cent roubles. Je n'ai
pas oublié ce détail parce qu'en ce moment il m'était venu
une idée. Après avoir plié l'assignat, vous l'avez tenu serré
dans le creux de votre main. Ensuite je l'ai oublié, mais
quand vous vous êtes levé, vous avez fait passer le papier
de votre main droite dans votre main gauche, et vous avez
failli le laisser tomber. Je me suis aussitôt rappelé la chose,
car la même idée m'était revenue : à savoir que vous vouliez
obliger Sophie Séménovna à mon insu. Vous pouvez vous

imaginer avec quelle attention je me suis mis à observer vos faits et gestes — eh bien, j'ai vu que vous avez fourré ce papier dans sa poche. Je l'ai vu, je l'ai vu, je l'attesterai par serment !

Lébéziatnikoff était presque suffoqué d'indignation. De tous côtés s'entre-croisèrent des exclamations diverses ; la plupart exprimaient l'étonnement, mais quelques-unes étaient proférées sur un ton de menace. Les assistants se pressèrent autour de Pierre Pétrovitch. Catherine Ivanovna s'élança vers Lébéziatnikoff.

— André Séménovitch ! Je vous avais méconnu ! Vous la défendez ! Seul, vous prenez parti pour elle ! C'est Dieu qui vous a envoyé au secours de l'orpheline ! André Séménovitch, mon cher ami, batuchka !

Et Catherine Ivanovna, sans presque avoir conscience de ce qu'elle faisait, tomba à genoux devant le jeune homme.

— Ce sont des sottises ! vociféra Loujine transporté de colère, — vous ne dites que des stupidités, monsieur. — « J'ai oublié, je me suis rappelé, je me suis rappelé, j'ai oublié » ; — qu'est-ce que cela signifie ? Ainsi, à vous en croire, je lui aurais exprès glissé cent roubles dans la poche ? Pourquoi ? Dans quel but ? Qu'ai-je de commun avec cette...

— Pourquoi ? voilà ce que je ne comprends pas moi-même, je me borne à raconter le fait tel qu'il s'est passé, sans prétendre l'expliquer, et, dans ces limites, j'en garantis l'entière exactitude ! Je me trompe si peu, vil criminel, que je me rappelle m'être posé cette question au moment même où je vous félicitais en vous serrant la main. Je me suis demandé pour quelle raison vous aviez fait ce cadeau d'une façon clandestine. Peut-être, me suis-je dit, a-t-il tenu à me cacher sa bonne action, sachant que je suis par principe l'ennemi de la charité privée, que je la regarde comme un vain palliatif. Puis, j'ai pensé que vous aviez voulu faire une surprise à Sophie Séménovna : il y a, en effet, des personnes qui aiment à donner à leurs bienfaits la saveur de l'imprévu. Ensuite, une autre idée m'est venue : votre intention était peut-être d'éprouver la jeune fille; vous vouliez savoir si, quand elle aurait trouvé ces cent roubles dans sa poche, elle viendrait vous remercier. Ou bien n'aviez-vous en vue que de vous soustraire à sa reconnaissance, suivant ce précepte que la main droite doit ignorer... Bref, Dieu sait toutes les suppositions qui se sont offertes à mon esprit! Votre conduite m'intriguait tellement que je me proposais d'y réfléchir plus tard à loisir; en attendant, j'aurais cru manquer à la délicatesse si je vous avais laissé voir que je connaissais votre secret. Sur ces entrefaites, une crainte m'est venue : Sophie Séménovna, n'étant pas instruite de votre générosité, pouvait par hasard perdre le billet de banque. Voilà pourquoi je me suis décidé à me rendre ici, je voulais la prendre à part et lui dire que vous aviez mis cent roubles dans sa poche. Mais, auparavant, je suis entré chez les dames Kobyliatnikoff pour leur remettre une *Vue générale de la méthode positive* et leur recommander particulièrement l'article de Pidérit (celui de Wagner n'est pas non plus sans valeur). Un moment après, j'arrivais ici et j'étais témoin de cette affaire! Voyons, est-ce que j'aurais pu avoir toutes ces idées, me faire tous ces raisonnements, si je ne vous avais pas vu glisser les cent roubles dans la poche de Sophie Séménovna?

Quand André Séménovitch termina son discours, il n'en pouvait plus de fatigue, et son visage était ruisselant de sueur. Hélas! même en russe, il avait peine à s'exprimer convenablement, quoique, du reste, il ne connût aucune autre langue. Aussi cet effort oratoire l'avait-il épuisé. Ses paroles produisirent néanmoins un effet extraordinaire. L'accent de sincérité avec lequel il les avait prononcées porta la conviction dans l'âme de tous les auditeurs.

Pierre Pétrovitch sentit que le terrain devenait mauvais pour lui.

— Que m'importent les sottes questions qui vous sont venues à l'esprit! s'écria-t-il; ce n'est pas une preuve! Vous pouvez avoir rêvé toutes ces balivernes! Je vous dis que vous mentez, monsieur! Vous mentez et vous me calomniez pour assouvir une rancune! La vérité est que vous m'en voulez, parce que je me suis rebiffé devant le radicalisme impie de vos doctrines antisociales!

Mais, loin de tourner au profit de Pierre Pétrovitch, cette attaque ne fit que provoquer de violents murmures autour de lui.

— Ah! voilà tout ce que tu trouves à répondre! Ce n'est pas fort! répliqua Lébéziatnikoff. — Appelle la police, je prêterai serment! Une seule chose reste obscure pour moi, c'est le motif qui l'a poussé à commettre une action si basse! Oh! le misérable, le lâche!

Raskolnikoff sortit de la foule.

— Je puis expliquer sa conduite, et, s'il le faut, moi aussi, je prêterai serment! dit-il d'une voix ferme.

A première vue, la tranquille assurance du jeune homme prouva au public qu'il connaissait le fond de l'affaire, et que cet imbroglio touchait au dénoûment.

— Maintenant, je comprends tout, poursuivit Raskolnikoff, qui s'adressa directement à Lébéziatnikoff. — Dès le début de l'incident, j'avais flairé là-dessous quelque ignoble intrigue; mes soupçons se fondaient sur certaines circonstances connues de moi seul, et que je vais révéler, car elles montrent cette affaire sous son vrai jour. C'est vous, André Séménovitch, qui, par votre précieuse déposition, avez définitivement porté la lumière dans mon esprit. Je prie tout le monde d'écouter. Ce monsieur, continua-t-il en désignant du geste Pierre Pétrovitch, a demandé dernièrement la main de ma sœur, Avdotia Romanovna Raskolnikoff. Arrivé depuis

eu à Pétersbourg, il est venu me voir avant-hier. Mais, dès
otre première entrevue, nous nous sommes pris de querelle
nsemble, et je l'ai mis à la porte de chez moi, ainsi que
leux témoins peuvent le déclarer. Cet homme est très-
néchant... Avant-hier, je ne savais pas encore qu'il logeait
hez vous, André Séménovitch; grâce à cette circonstance
[ue j'ignorais, avant-hier, c'est-à-dire le jour même de
lotre querelle, il s'est trouvé présent au moment où, comme
mi de feu M. Marméladoff, j'ai donné un peu d'argent à sa
emme Catherine Ivanovna pour parer aux dépenses des
unérailles. Aussitôt il a écrit à ma mère que j'avais donné
et argent non à Catherine Ivanovna, mais à Sophie Sémé-
lovna; en même temps, il qualifiait cette jeune fille dans les
ermes les plus outrageants, et donnait à entendre que
'avais avec elle des relations intimes. Son but, vous le
:omprenez, était de me brouiller avec ma famille en lui
nsinuant que je dépense en débauches l'argent dont elle se
lrive pour subvenir à mes besoins. Hier soir, dans une entrevue avec ma mère et ma sœur, entrevue à laquelle il assis-
:ait, j'ai rétabli la vérité des faits dénaturés par lui. « Cet
lrgent, ai-je dit, je l'ai donné à Catherine Ivanovna pour
)ayer l'enterrement de son mari, et non à Sophie Séménovna,
lont le visage même m'était inconnu jusqu'à ce jour. »
Furieux de voir que ses calomnies n'obtenaient pas le résul-
:at espéré, il a grossièrement insulté ma mère et ma sœur.
Une rupture définitive s'en est suivie, et on l'a mis à la
porte. Tout cela s'est passé hier soir. Maintenant, réfléchissez, et vous comprendrez quel intérêt il avait, dans la cir-
:onstance présente, à établir la culpabilité de Sophie Sémé-
hovna. S'il eût réussi à la convaincre de vol, c'était moi qui
levenais coupable aux yeux de ma mère et de ma sœur,
puisque je n'avais pas craint de compromettre celle-ci dans
la société d'une voleuse; lui, au contraire, en s'attaquant à
moi, sauvegardait la considération de ma sœur, sa future

femme. Bref, c'était pour lui un moyen de me brouiller avec les miens et de rentrer en grâce auprès d'eux. Du même coup il se vengeait aussi de moi, ayant lieu de penser que je m'intéresse vivement à l'honneur et à la tranquillité de Sophie Séménovna. Voilà le calcul qu'il a fait! voilà comme je comprends la chose! Telle est l'explication de sa conduite, et il ne peut y en avoir une autre!

Raskolnikoff termina sur ces mots son discours fréquemment interrompu par les exclamations d'un public, du reste, fort attentif. Mais, en dépit des interruptions, sa parole conserva jusqu'au bout un calme, une assurance, une netteté imperturbables. Sa voix vibrante, son accent convaincu et son visage sévère remuèrent profondément l'auditoire.

— Oui, oui, c'est cela! s'empressa de reconnaître Lébéziatnikoff. — Vous devez avoir raison, car, au moment même où Sophie Séménovna est entrée dans notre chambre, il m'a précisément demandé si vous étiez ici, si je vous avais vu parmi les hôtes de Catherine Ivanovna. Il m'a attiré dans l'embrasure d'une fenêtre pour m'adresser tout bas cette question. Donc, il avait besoin que vous fussiez là! Oui, c'est cela!

Loujine, très-pâle, restait silencieux et souriait dédaigneusement. Il semblait chercher dans sa tête un moyen de se tirer d'affaire. Peut-être se fût-il volontiers esquivé séance tenante, mais, à ce moment, la retraite était presque impossible : s'en aller, ç'eût été reconnaître implicitement le bien fondé des accusations portées contre lui, s'avouer coupable de calomnie à l'égard de Sophie Séménovna.

D'un autre côté, l'attitude du public excité par de copieuses libations n'était rien moins que rassurante. L'employé aux subsistances, quoiqu'il n'eût pas une idée bien nette de l'affaire, criait plus haut que tout le monde et proposait certaines mesures fort désagréables pour Loujine. D'ailleurs, il n'y avait pas là que des gens ivres; cette scène avait attiré

dans la chambre nombre de locataires qui n'avaient pas
dîné chez Catherine Ivanovna. Les trois Polonais, très-
échauffés, ne cessaient de proférer dans leur langue des
menaces contre Pierre Pétrovitch.

Sonia écoutait avec une attention soutenue, mais ne semblait pas avoir encore recouvré toute sa présence d'esprit;
on eût dit que la jeune fille sortait d'un évanouissement.
Elle ne quittait pas des yeux Raskolnikoff, sentant qu'en lui
était tout son appui. Catherine Ivanovna paraissait fort
souffrante; chaque fois qu'elle respirait, un son rauque
s'échappait de sa poitrine.

La plus sotte figure était celle d'Amalia Ivanovna. La
logeuse avait l'air de ne rien comprendre et, la bouche grande
ouverte, regardait ébahie. Elle voyait seulement que Pierre
Pétrovitch était dans une mauvaise passe. Raskolnikoff
voulut de nouveau prendre la parole, mais il dut y renoncer,
faute de pouvoir se faire entendre. De toutes parts pleuvaient
les injures et les menaces à l'adresse de Loujine, autour de
qui s'était formé un groupe aussi hostile que compacte.
L'homme d'affaires fit bonne contenance. Comprenant que
la partie était définitivement perdue pour lui, il eut recours
à l'effronterie.

— Permettez, messieurs, permettez, ne vous pressez pas
comme cela, laissez-moi passer, dit-il en essayant de
s'ouvrir un chemin à travers la foule. — Il est inutile, je
vous assure, de chercher à m'intimider par vos menaces,
je ne m'effraye pas pour si peu. C'est vous, au contraire,
messieurs, qui répondrez en justice de la protection dont
vous couvrez un acte criminel. Le vol est plus que prouvé,
et je porterai plainte. Les juges sont des gens éclairés et...
point ivres : ils récuseront le témoignage de deux impies, de
deux révolutionnaires avérés qui m'accusent dans un but
de vengeance personnelle, comme ils ont eux-mêmes la sottise de le reconnaître... Oui, permettez!

II.                                                    9

— Je ne veux plus respirer le même air que vous, et je vous prie de quitter ma chambre, tout est fini entre nous! Quand je pense que depuis quinze jours j'ai sué sang et eau à lui exposer...

— Mais, tantôt déjà, André Séménovitch, je vous ai annoncé moi-même mon départ, quand vous faisiez des instances pour me retenir; maintenant je me bornerai à vous dire que vous êtes un imbécile. Je vous souhaite la guérison de votre esprit et de vos yeux. Permettez, messieurs!

Il réussit à se frayer un passage; mais l'employé aux subsistances, trouvant que des injures n'étaient pas une punition suffisante, prit un verre sur la table et le lança de toutes ses forces dans la direction de Pierre Pétrovitch. Par malheur, le projectile destiné à l'homme d'affaires atteignit Amalia Ivanovna, qui se mit à pousser des cris perçants. En brandissant le verre, le riz-pain-sel perdit l'équilibre et roula lourdement sous la table. Loujine rentra chez Lébéziatnikof et, une heure après, quitta la maison.

Naturellement timide, Sonia, avant cette aventure, savait déjà que sa situation l'exposait à toutes les attaques et que le premier venu pouvait l'outrager presque impunément. Toutefois, jusqu'alors elle avait espéré désarmer la malveillance à force de circonspection, de douceur, d'humilité devant tous et devant chacun. A présent, cette illusion lui échappait. Sans doute, elle avait assez de patience pour supporter même cela avec résignation et presque sans murmure, mais sur le moment la déception était trop cruelle. Quoique son innocence eût triomphé de la calomnie, quand sa première frayeur fut passée, quand elle fut en état de se rendre compte des choses, son cœur se serra douloureusement à la pensée de son abandon, de son isolement dans la vie. La jeune fille eut une crise nerveuse. A la fin, ne se possédant plus, elle s'enfuit de la chambre et revint chez elle en toute hâte. Son départ eut lieu peu d'instants après celui de Loujine.

L'accident survenu à Amalia Ivanovna avait causé une hilarité générale, mais la logeuse prit très-mal la chose et tourna sa colère contre Catherine Ivanovna, qui, vaincue par la souffrance, avait dû se coucher sur son lit :

— Allez-vous-en d'ici ! Tout de suite ! En avant, marche !

Tandis qu'elle prononçait ces mots d'une voix irritée, madame Lippevechzel saisissait tous les objets appartenant à sa locataire et les jetait en tas sur le plancher. Brisée, presque défaillante, la pauvre Catherine Ivanovna sauta à bas de son lit et s'élança sur Amalia Ivanovna. Mais la lutte était trop inégale ; la logeuse n'eut aucune peine à repousser cet assaut.

— Comment ! ce n'est pas assez d'avoir calomnié Sonia, cette créature s'en prend maintenant à moi ! Quoi ! le jour de l'enterrement de mon mari on m'expulse, après avoir reçu mon hospitalité, on me jette dans la rue avec mes enfants ! Mais où irai-je ? sanglotait la malheureuse femme. Seigneur ! s'écria-t-elle tout à coup, en roulant des yeux étincelants, se peut-il donc qu'il n'y ait pas de justice ? Qui défendras-tu, si tu ne nous défends, nous qui sommes orphelins ? Mais nous verrons ! Il y a sur la terre des juges et des tribunaux, je m'adresserai à eux ! Attends un peu, créature impie ! Poletchka, reste avec les enfants, je vais revenir. Si l'on vous met à la porte, attendez-moi dans la rue ! Nous verrons s'il y a une justice dans ce monde !

Catherine Ivanovna mit sur sa tête ce même mouchoir vert en « drap de dame » dont il avait été question dans le récit de Marméladoff ; puis elle fendit la foule avinée et bruyante des locataires qui continuaient à encombrer la chambre et, le visage inondé de larmes, descendit dans la rue avec la résolution d'aller, coûte que coûte, chercher justice quelque part. Poletchka, épouvantée, serra contre elle son petit frère et sa petite sœur ; les trois enfants, blottis dans le coin près du coffre, attendirent en tremblant le retour de leur mère.

Amalia Ivanovna, semblable à une furie, allait et venait dans la chambre, hurlant de rage et jetant par terre tout ce qui lui tombait sous la main. Parmi les locataires, ceux-ci commentaient l'événement; ceux-là se disputaient; d'autres entonnaient des chansons...

« Il est temps que je m'en aille! » pensa Raskolnikoff. — « Eh bien! Sophie Séménovna, nous allons voir un peu ce que vous direz maintenant! »

Et il se rendit à la demeure de Sonia.

## IV

Raskolnikoff avait vaillamment plaidé la cause de Sonia contre Loujine, quoiqu'il eût lui-même sa grosse part de soucis et de chagrins. Indépendamment de l'intérêt qu'il portait à la jeune fille, il avait saisi avec joie, après la torture du matin, l'occasion de secouer des impressions devenues insupportables. D'un autre côté, sa prochaine entrevue avec Sonia le préoccupait, l'effrayait même par moments : il *devait* lui révéler qui avait tué Élisabeth, et, pressentant tout ce que cet aveu aurait de pénible pour lui, il s'efforçait d'en détourner sa pensée.

Quand, au sortir de chez Catherine Ivanovna, il s'était écrié : « Eh bien! Sophie Séménovna, que direz-vous maintenant? » c'était le combattant excité par la lutte, tout chaud encore de sa victoire sur Loujine, qui avait prononcé cette parole de défi. Mais, chose singulière, lorsqu'il arriva au logement de Kapernaoumoff, son assurance l'abandonna tout à coup, pour faire place à la crainte. Il s'arrêta indécis devant la porte et se demanda : « Faut-il dire qui a tué Élisabeth? » La question était étrange, car au moment où il se

la posait, il sentait l'impossibilité non-seulement de ne pas
faire cet aveu, mais même de le différer d'une minute.

Il ne savait pas encore pourquoi cela était impossible, il
le *sentait* seulement, et il était presque écrasé par cette douloureuse conscience de sa faiblesse devant la nécessité. Pour
s'épargner de plus longs tourments, il se hâta d'ouvrir la
porte, et, avant de franchir le seuil, regarda Sonia. Elle
était assise, les coudes appuyés sur sa petite table et le
visage caché dans ses mains. En apercevant Raskolnikoff,
elle se leva aussitôt et alla au-devant de lui, comme si elle
l'eût attendu.

— Que serait-il advenu de moi sans vous! dit-elle vivement, tandis qu'elle l'introduisait au milieu de la chambre.
Selon toute apparence, elle ne songeait alors qu'au service
que le jeune homme lui avait rendu, et elle était pressée de
l'en remercier. Ensuite elle attendit.

Raskolnikoff s'approcha de la table et s'assit sur la chaise
que la jeune fille venait de quitter. Elle resta debout à deux
pas de lui, exactement comme la veille.

— Eh bien, Sonia? dit-il, et soudain il s'aperçut que sa
voix tremblait : — toute l'accusation se basait sur votre
« position sociale et les habitudes qu'elle implique ». Avez-
vous compris cela tantôt?

Le visage de Sonia prit une expression de tristesse.

— Ne me parlez plus comme hier! répondit-elle. Je vous
en prie, ne recommencez pas. J'ai déjà assez souffert...

Elle se hâta de sourire, craignant que ce reproche n'eût
blessé le visiteur.

— Tout à l'heure je suis partie comme une folle. Que se
passe-t-il là maintenant? Je voulais y retourner, mais je
pensais toujours que... vous viendriez.

Il lui apprit qu'Amalia Ivanovna avait mis les Marméladoff à la porte de leur logement, et que Catherine Ivanovna
était allée « chercher justice » quelque part.

— Ah! mon Dieu! s'écria Sonia : — allons vite...

Et elle saisit aussitôt sa mantille.

— Toujours la même chose! répliqua Raskolnikoff vexé.
— Vous ne pensez jamais qu'à eux! Restez un moment avec
moi.

— Mais... Catherine Ivanovna?

— Eh bien! Catherine Ivanovna passera elle-même chez
vous, soyez-en sûre, répondit-il d'un ton fâché. — Si elle ne
vous trouve pas, ce sera votre faute...

Sonia s'assit en proie à une cruelle perplexité. Raskolnikoff, les yeux baissés, réfléchissait.

— Aujourd'hui Loujine voulait simplement vous perdre
de réputation, je l'admets, commença-t-il sans regarder
Sonia. Mais s'il lui avait convenu de vous faire arrêter, et
que ni Lébéziatnikoff ni moi ne nous fussions trouvés là,
vous seriez maintenant en prison, n'est-ce pas?

— Oui, dit-elle d'une voix faible; oui, répéta-t-elle
machinalement, distraite de la conversation par l'inquiétude qu'elle éprouvait.

— Or, je pouvais fort bien ne pas être là, et c'est aussi
tout à fait par hasard que Lébéziatnikoff s'y est trouvé.

Sonia resta silencieuse.

— Eh bien, si l'on vous avait mise en prison, que serait-il
arrivé? Vous rappelez-vous ce que je vous ai dit hier?

Elle continua à se taire, il attendit un moment la réponse.

— Je pensais que vous alliez encore vous écrier : « Ah! ne
parlez pas de cela, cessez! » reprit Raskolnikoff avec un
rire un peu forcé. Eh bien, vous vous taisez toujours? demanda-t-il au bout d'une minute. — Il faut donc que j'entre-
tienne la conversation. Tenez, je serais curieux de savoir
comment vous résoudriez une « question », comme dit
Lébéziatnikoff. (Son embarras commençait à devenir visible.)
Non, je parle sérieusement. Supposez, Sonia, que vous soyez
instruite à l'avance de tous les projets de Loujine, que vous

sachiez ces projets destinés à assurer la perte de Catherine Ivanovna et de ses enfants, sans compter la vôtre (car vous vous comptez pour rien); supposez que, par suite, Poletchka soit condamnée à une existence comme la vôtre : cela étant, s'il dépendait de vous, ou de faire périr Loujine, c'est-à-dire de sauver Catherine Ivanovna et sa famille, ou de laisser Loujine vivre et accomplir ses infâmes desseins, à quoi vous décideriez-vous, je vous le demande?

Sonia le regarda avec inquiétude : sous ces paroles prononcées d'une voix hésitante elle devinait quelque arrière-pensée lointaine.

— Je m'attendais à quelque question semblable, dit-elle en l'interrogeant des yeux.

— C'est possible, mais n'importe, à quoi vous décideriez-vous?

— Quel intérêt avez-vous à savoir ce que je ferais dans une circonstance qui ne peut pas se présenter? répondit Sonia avec répugnance.

— Ainsi, vous laisseriez plutôt Loujine vivre et commettre des scélératesses? Pourtant vous n'avez pas le courage de vous prononcer dans ce sens?

— Mais, voyons, je ne suis pas dans les secrets de la divine Providence... Et à quoi bon me demander ce que je ferais dans un cas impossible? Pourquoi ces vaines questions? Comment peut-il se faire que l'existence d'un homme dépende de ma volonté? Et qui m'a érigée en arbitre de la vie et de la mort des gens?

— Du moment qu'on fait intervenir la divine Providence, c'est fini, répliqua d'un ton aigre Raskolnikoff.

— Dites-moi plutôt franchement ce que vous avez à me dire! s'écria Sonia angoissée; vous voilà encore à user de faux-fuyants!... N'êtes-vous donc venu que pour me tourmenter?

Elle ne put y tenir et fondit en larmes. Pendant cinq minutes, il la considéra d'un air sombre.

— Tu as raison, Sonia, dit-il enfin à voix basse.

Un brusque changement s'était opéré en lui; son aplomb factice, le ton cassant qu'il affectait tout à l'heure avaient soudain disparu; maintenant on l'entendait à peine.

— Je t'ai dit hier que je ne viendrais pas demander pardon, et c'est presque par des excuses que j'ai commencé cet entretien... En te parlant de Loujine, je m'excusais, Sonia...

Il voulut sourire, mais, quoi qu'il fît, sa physionomie resta morne. Il baissa la tête et couvrit son visage de ses mains.

Tout à coup, il crut s'apercevoir qu'il détestait Sonia. Surpris, effrayé même d'une découverte si étrange, il releva soudain la tête et considéra attentivement la jeune fille : celle-ci fixait sur lui un regard anxieux dans lequel il y avait de l'amour. La haine disparut aussitôt du cœur de Raskolnikoff. Ce n'était pas cela; il s'était trompé sur la nature du sentiment qu'il éprouvait. Cela signifiait seulement que la minute fatale était arrivée.

De nouveau, il cacha son visage dans ses mains et baissa la tête. Soudain, il pâlit, se leva, et, après avoir regardé Sonia, il alla machinalement s'asseoir sur son lit, sans proférer un mot.

L'impression de Raskolnikoff était alors exactement celle qu'il avait éprouvée quand, debout derrière la vieille, il avait détaché la hache du nœud coulant et s'était dit : « Il n'y a plus un instant à perdre! »

— Qu'avez-vous ? demanda Sonia interdite.

Il ne put répondre. Il avait compté *s'expliquer* dans des conditions tout autres, et lui-même ne comprenait pas ce qui se passait maintenant en lui. Elle s'approcha tout doucement de Raskolnikoff, s'assit sur le lit à côté de lui et attendit sans le quitter des yeux. Son cœur battait à se rompre. La situation devenait insupportable : il tourna vers la jeune fille son visage d'une pâleur mortelle; ses lèvres se tordirent dans un effort pour parler. L'épouvante s'empara de Sonia.

— Qu'avez-vous? répéta-t-elle en s'écartant un peu de lui.

— Rien, Sonia, ne t'effraye pas... Cela n'en vaut pas la peine, vraiment, c'est une bêtise, murmura-t-il comme un homme dont l'esprit est absent. — Seulement, pourquoi suis-je venu te tourmenter? ajouta-t-il tout à coup en regardant son interlocutrice. — Oui, pourquoi? Je ne cesse de me poser cette question, Sonia...

Il se l'était peut-être posée un quart d'heure auparavant, mais en ce moment sa faiblesse était telle qu'il avait à peine conscience de lui-même, un tremblement continuel agitait tout son corps.

— Oh! que vous souffrez! fit d'une voix émue la jeune fille en jetant les yeux sur lui.

— Ce n'est rien!... Voici de quoi il s'agit, Sonia (durant deux secondes un pâle sourire se montra sur ses lèvres) : — Te rappelles-tu ce que je voulais te dire hier?

Sonia attendait, inquiète.

— Je t'ai dit en te quittant que peut-être je te faisais mes adieux pour toujours, mais que si je venais aujourd'hui, je t'apprendrais... qui a tué Élisabeth.

Elle commença à trembler de tous ses membres.

— Eh bien, voilà pourquoi je suis venu.

— En effet, c'est bien ce que vous m'avez dit hier... fit-elle d'une voix mal assurée : comment donc savez-vous cela? ajouta-t-elle vivement.

Sonia respirait avec effort. Son visage devenait de plus en plus pâle.

— Je le sais.

— On *l*'a trouvé? demanda-t-elle timidement après une minute de silence.

— Non, on ne *l*'a pas trouvé.

Pendant une minute encore elle resta silencieuse.

— Alors comment savez-vous cela? questionna-t-elle ensuite d'une voix presque inintelligible.

Il se tourna vers la jeune fille et la regarda avec une fixité singulière, tandis qu'un faible sourire flottait sur ses lèvres.

— Devine, dit-il.

Sonia se sentit comme prise de convulsions.

— Mais vous me... pourquoi donc m'effrayez-vous ainsi? demanda-t-elle avec un sourire d'enfant.

— Puisque je sais cela, c'est donc que je suis fort lié avec *lui*, reprit Raskolnikoff, dont le regard restait toujours attaché sur elle, comme s'il n'eût pas eu la force de détourner les yeux. — Cette Élisabeth... il ne voulait pas l'assassiner... Il l'a tuée sans préméditation .. Il voulait tuer la vieille .. quand celle-ci serait seule... et il est allé chez elle... Mais sur ces entrefaites Élisabeth est entrée... Il était là... et il l'a tuée...

Un silence lugubre suivit ces paroles. Durant une minute, tous deux continuèrent à se regarder l'un l'autre.

— Ainsi tu ne peux pas deviner? demanda-t-il brusquement avec la sensation d'un homme qui se jetterait du haut d'un clocher.

— Non, balbutia Sonia d'une voix à peine distincte.

— Cherche bien.

Au moment où il prononçait ces mots, Raskolnikoff éprouva de nouveau, au fond de lui-même, cette impression de froid glacial qui lui était si connue : il regardait Sonia et venait soudain de retrouver sur son visage l'expression qu'offrait celui d'Élisabeth, quand la malheureuse femme reculait devant le meurtrier s'avançant vers elle, la hache levée. A cette heure suprême, Élisabeth avait projeté le bras en avant, comme font les petits enfants lorsqu'ils commencent à avoir peur, et que, prêts à pleurer, ils fixent d'un regard effaré et immobile l'objet qui les épouvante. De même le visage de Sonia exprimait une terreur indicible; elle aussi étendit le bras en avant, repoussa légèrement Raskolnikoff en lui touchant la poitrine de la main et s'écarta peu à peu de lui, sans cesser de le regarder fixement. Son effroi se communiqua au jeune homme qui, lui-même, se mit à la considérer d'un air effaré.

— As-tu deviné? murmura-t-il enfin.

—Seigneur ! s'écria Sonia.

Puis elle tomba sans forces sur le lit, et son visage s'enfonça dans l'oreiller. Mais, un instant après, elle se releva par un mouvement rapide, s'approcha de lui, et, le saisissant par les deux mains, que ses petits doigts serrèrent comme des tenailles, elle attacha sur lui un long regard. Ne s'était-elle pas trompée? Elle l'espérait encore; mais elle n'eut pas plus tôt jeté les yeux sur le visage de Raskolnikoff que le soupçon dont son âme avait été traversée se changea en certitude.

— Assez, Sonia, assez! Épargne-moi! supplia-t-il d'une voix plaintive.

L'événement contrariait toutes ses prévisions, car ce n'était certes pas *ainsi* qu'il comptait faire l'aveu de son crime.

Sonia semblait hors d'elle-même; elle sauta à bas de son lit et alla jusqu'au milieu de la chambre en se tordant les mains, puis elle revint brusquement sur ses pas et se rassit à côté du jeune homme, le touchant presque de l'épaule. Tout à coup elle frissonna, poussa un cri et, sans savoir elle-même pourquoi, tomba à genoux devant Raskolnikoff.

— Vous vous êtes perdu! fit-elle avec un accent désespéré.

Et, se relevant soudain, elle se jeta à son cou, l'embrassa, lui prodigua des témoignages de tendresse.

Raskolnikoff se dégagea et, avec un triste sourire, considéra la jeune fille :

— Je ne te comprends pas, Sonia. Tu m'embrasses après que je t'ai dit *cela*... Tu n'as pas conscience de ce que tu fais.

Elle n'entendit pas cette remarque.

— Non, il n'y a pas maintenant sur la terre un homme plus malheureux que toi! s'écria-t-elle dans un élan de pitié, et tout à coup elle éclata en sanglots.

Raskolnikoff sentait son âme s'amollir sous l'influence d'un sentiment que, depuis longtemps déjà, il ne connaissait plus. Il n'essaya pas de lutter contre cette impression : deux larmes jaillirent de ses yeux et se suspendirent à ses cils.

— Ainsi, tu ne m'abandonneras pas, Sonia? fit-il avec un regard presque suppliant.

— Non, non; jamais, nulle part! s'écria-t-elle, je te suivrai, je te suivrai partout! Oh! Seigneur!... oh! malheureuse que je suis!... Et pourquoi, pourquoi ne t'ai-je pas connu plus tôt? Pourquoi n'es-tu pas venu auparavant? Oh! Seigneur!

— Tu vois bien que je suis venu.

— Maintenant! Oh! que faire maintenant?... Ensemble, ensemble! répéta-t-elle avec une sorte d'exaltation, et elle se remit à embrasser le jeune homme. J'irai avec toi aux galères!

Ces derniers mots causèrent à Raskolnikoff une sensation pénible; un sourire amer et presque hautain parut sur ses lèvres :

— Je n'ai peut-être pas encore envie d'aller aux galères, Sonia, dit-il.

Sonia tourna rapidement ses yeux vers lui.

Jusqu'alors elle n'avait éprouvé qu'une immense pitié pour un homme malheureux. Cette parole et le ton dont elle fut prononcée rappelèrent brusquement à la jeune fille que ce malheureux était un assassin. Elle jeta sur lui un regard étonné. Elle ne savait encore ni comment, ni pourquoi il était devenu criminel. En ce moment, toutes ces questions se présentaient à son esprit, et de nouveau elle se prit à douter : « Lui, lui, un meurtrier! mais est-ce que c'est possible? »

— Mais, non! ce n'est pas vrai! Où suis-je donc? fit-elle comme si elle se fût crue le jouet d'un songe. Comment, vous, étant ce que vous êtes, avez-vous pu vous résoudre à cela?... Mais pourquoi?

— Eh bien, pour voler! Cesse, Sonia! répondit-il d'un air las et quelque peu agacé.

Sonia resta stupéfaite; mais tout à coup un cri lui échappa :

— Tu avais faim?... C'était pour venir en aide à ta mère? Oui?

— Non, Sonia, non, balbutia-t-il en baissant la tête, — je n'étais pas dans un tel dénûment... je voulais en effet aider ma mère, mais... ce n'est pas cela non plus qui est la vraie raison... ne me tourmente pas, Sonia!

La jeune fille frappa ses mains l'une contre l'autre.

— Se peut-il donc que tout cela soit réel? Seigneur, est-ce possible? Quel moyen de le croire? Comment! vous avez tué pour voler, vous qui vous dépouillez de tout en faveur des autres! Ah!... s'écria-t-elle soudain : — cet argent que vous avez donné à Catherine Ivanovna... cet argent... Seigneur, se pourrait-il que cet argent...

— Non, Sonia, interrompit-il vivement, cet argent ne vient pas de là, rassure-toi. C'est ma mère qui me l'a envoyé pendant que j'étais malade, par l'entremise d'un marchand, et je venais de le recevoir quand je l'ai donné... Razoumikhine l'a vu... il en a même pris livraison pour moi... Cet argent était bien ma propriété.

Sonia écoutait perplexe et s'efforçait de comprendre.

— Quant à l'argent de la vieille... du reste, je ne sais même pas s'il y avait là de l'argent, ajouta-t-il avec hésitation, — j'ai détaché de son cou une bourse en peau de chamois qui paraissait bien garnie... Mais je n'en ai pas vérifié le contenu, sans doute parce que je n'ai pas eu le temps... J'ai pris différentes choses, des boutons de manchettes, des

chaînes de montre... Ces objets, ainsi que la bourse, je les
ai cachés, le lendemain matin, sous une grosse pierre, dans
une cour qui donne sur la perspective de V... Tout est encore
là...

Sonia écoutait avidement.

— Mais pourquoi donc n'avez-vous rien pris, puisque
vous dites que vous avez tué pour voler? répliqua-t-elle, se
raccrochant à un dernier et bien vague espoir.

— Je ne sais pas... je n'ai pas encore décidé si je prendrais ou non cet argent, répondit Raskolnikoff de la même
voix hésitante; puis il sourit : — Quelle bête d'histoire je
viens de te raconter, hein?

« Ne serait-il pas fou? » se demanda Sonia. Mais elle
repoussa aussitôt cette idée : non, il y avait autre chose.
Décidément elle n'y comprenait rien!

— Sais-tu ce que je vais te dire, Sonia? reprit-il d'un
ton pénétré : si le besoin seul m'avait conduit à l'assassinat,
poursuivit-il en appuyant sur chaque mot, et son regard,
bien que franc, avait quelque chose d'énigmatique, je serais
maintenant... *heureux!* Sache cela!

— Et que t'importe le motif, puisque j'ai avoué tout à l'heure
que j'avais mal agi? s'écria-t-il avec désespoir, un moment
après. A quoi bon ce sot triomphe sur moi? Ah! Sonia,
est-ce pour cela que je suis venu chez toi?

Elle voulait encore parler, mais elle se tut.

— Hier je t'ai proposé de faire route avec moi, parce que
je n'ai plus que toi.

— Pourquoi voulais-tu m'avoir avec toi? demanda timidement la jeune fille.

— Pas pour voler ni pour tuer, sois tranquille, répondit
Raskolnikoff avec un sourire caustique; nous ne sommes pas
gens du même bord... Et, sais-tu, Sonia? j'ai seulement compris tout à l'heure pourquoi je t'invitais hier à venir avec
moi. Quand je t'ai fait cette demande, je ne savais pas

ncore à quoi elle tendait. Je le vois maintenant, je n'ai
qu'un désir, c'est que tu ne me quittes pas. Tu ne me quit-
teras pas, Sonia?

Elle lui serra la main.

— Et pourquoi, pourquoi lui ai-je dit cela? Pourquoi lui
ai-je fait cet aveu? s'écria-t-il au bout d'une minute; il la
regardait avec une infinie compassion, et sa voix exprimait
le plus profond désespoir; tu attends de moi des explications, Sonia, je le vois, mais que te dirais-je? Tu n'y com-
prendrais rien, et je ne ferais que t'affliger encore! Allons,
voilà que tu pleures, tu recommences à m'embrasser. Pourquoi m'embrasses-tu? Parce que, faute de courage pour
porter mon fardeau, je m'en suis déchargé sur un autre,
parce que j'ai cherché dans la souffrance d'autrui un adou-
cissement à ma peine? Et tu peux aimer un pareil lâche?

— Mais est-ce que tu ne souffres pas aussi? s'écria Sonia.

Il eut, durant une seconde, un nouvel accès de sensibilité.

— Sonia, j'ai le cœur mauvais, fais-y attention : cela
peut expliquer bien des choses. C'est parce que je suis
méchant que je suis venu. Il y a des gens qui ne l'auraient
pas fait. Mais je suis lâche et... infâme. Pourquoi suis-je
venu? Jamais je ne me pardonnerai cela!

— Non, non, tu as bien fait de venir! s'écria Sonia; il
vaut mieux que je sache tout, beaucoup mieux!

Raskolnikoff la regarda douloureusement.

— J'ai voulu devenir un Napoléon : voilà pourquoi j'ai
tué. Eh bien, tu t'expliques la chose maintenant?

— Non, répondit naïvement Sonia d'une voix timide,
mais parle, parle... Je comprendrai, je comprendrai tout!

— Tu comprendras? Allons, c'est bien, nous verrons!

Pendant quelque temps Raskolnikoff recueillit ses idées.

— Le fait est que je me suis un jour posé cette question :
Si Napoléon, par exemple, avait été à ma place, s'il n'avait
eu, pour commencer sa carrière, ni Toulon, ni l'Égypte, ni

le passage du mont Blanc, mais qu'au lieu de tous ces brillants exploits il se fût trouvé en présence d'un meurtre à
commettre pour assurer son avenir, aurait-il répugné à
l'idée d'assassiner une vieille femme et de lui voler trois
mille roubles? Se serait-il dit qu'une telle action était trop
dépourvue de prestige et trop... criminelle? Je me suis
longtemps creusé la tête sur cette « question » et n'ai pu
m'empêcher d'éprouver un sentiment de honte quand à la
fin j'ai reconnu que non-seulement il n'aurait pas hésité,
mais qu'il n'aurait même pas compris la possibilité d'une
hésitation. Toute autre issue lui étant fermée, il n'aurait
pas fait le raffiné, il serait allé de l'avant sans le moindre
scrupule. Dès lors, moi non plus, je n'avais pas à hésiter,
j'étais couvert par l'autorité de Napoléon!... Tu trouves cela
risible? Tu as raison, Sonia.

La jeune fille ne se sentait aucune envie de rire.

— Dites-moi plutôt franchement... sans exemples, fit-elle
d'une voix plus timide encore et à peine distincte.

Il se tourna vers elle, la considéra avec tristesse et lui
prit les mains.

— Tu as encore raison, Sonia. Tout cela est absurde, ce
n'est guère que du bavardage! Vois-tu? ma mère, comme
tu le sais, est presque sans ressource. Le hasard a permis
que ma sœur reçût de l'éducation, et elle est condamnée au
métier d'institutrice. Toutes leurs espérances reposaient
exclusivement sur moi. Je suis entré à l'Université, mais,
faute de moyens d'existence, j'ai dû interrompre mes études.
Supposons même que je les aie continuées : en mettant les
choses au mieux, j'aurais pu dans dix ou quinze ans être
nommé professeur de gymnase ou obtenir une place
d'employé avec mille roubles de traitement.... (Il avait l'air
de réciter une leçon.) Mais d'ici là les soucis et les chagrins
auraient ruiné la santé de ma mère, et ma sœur.... peut-
être lui serait-il arrivé pis encore. Se priver de tout, laisser

sa mère dans le besoin, souffrir le déshonneur de sa sœur, — est-ce une vie? Et tout cela pour arriver à quoi? Après avoir enterré les miens, j'aurais pu fonder une nouvelle famille, quitte à laisser en mourant ma femme et mes enfants sans une bouchée de pain! Eh bien... eh bien, je me suis dit qu'avec l'argent de la vieille je cesserais d'être à la charge de ma mère, je pourrais rentrer à l'Université et ensuite assurer mes débuts dans la vie... Eh bien, voilà tout... Naturellement j'ai eu tort de tuer la vieille... allons, assez!

Raskolnikoff paraissait à bout de forces et baissa la tête avec accablement.

— Oh! ce n'est pas cela, ce n'est pas cela! s'écria Sonia d'une voix lamentable, — est-ce que c'est possible... non, il y a autre chose!

— Tu juges toi-même qu'il y a autre chose! Pourtant je t'ai dit la vérité!

— La vérité! Oh! Seigneur!

— Après tout, Sonia, je n'ai tué qu'une vermine ignoble, malfaisante...

— Cette vermine, c'était une créature humaine!

— Eh! je sais bien que ce n'était pas une vermine dans le sens littéral du mot, reprit Raskolnikoff en la regardant d'un air étrange. Du reste, ce que je dis n'a pas le sens commun, ajouta-t-il; — tu as raison, Sonia, ce n'est pas cela. Ce sont de tout autres motifs qui m'ont fait agir!... Depuis longtemps je ne cause avec personne, Sonia... Cette conversation m'a donné un violent mal de tête.

Ses yeux brillaient d'un éclat fiévreux. Le délire s'était presque emparé de lui, un sourire inquiet errait sur ses lèvres. Sous son animation factice perçait une extrême lassitude. Sonia comprit combien il souffrait. Elle aussi commençait à perdre la tête. « Quel langage étrange! Présenter de pareilles explications comme plausibles! » Elle n'en revenait pas et se tordait les mains dans l'excès de son désespoir.

— Non, Sonia, ce n'est pas cela! poursuivit-il en relevant tout à coup la tête; ses idées avaient pris soudain une nouvelle tournure et il semblait y avoir puisé un regain de vivacité : — ce n'est pas cela! Figure-toi plutôt que je suis rempli d'amour-propre, envieux, méchant, vindicatif et, de plus, enclin à la folie. Je t'ai dit tout à l'heure que j'avais dû quitter l'Université. Eh bien, peut-être aurais-je pu y rester. Ma mère aurait payé mes inscriptions, et j'aurais gagné par mon travail de quoi m'habiller et me nourrir, j'y serais arrivé! J'avais des leçons rétribuées cinquante kopecks. Razoumikhine travaille bien, lui! Mais j'étais exaspéré et je n'ai pas voulu. Oui, j'étais *exaspéré,* c'est le mot! Alors je me suis renfermé chez moi comme l'araignée dans son coin. Tu connais mon taudis, tu y es venue... Sais-tu, Sonia, que l'âme étouffe dans les chambres basses et étroites? Oh! que je haïssais ce taudis! Et pourtant je ne voulais pas en sortir. J'y restais des journées entières, toujours couché, ne voulant pas travailler, ne me souciant même pas de manger. « Si Nastenka m'apporte quelque chose, je mangerai, me disais-je; sinon, je me passerai de dîner. » J'étais trop irrité pour rien demander! J'avais renoncé à l'étude et vendu tous mes livres; il y a un pouce de poussière sur mes notes et sur mes cahiers. Le soir, je n'avais pas de lumière : pour avoir de quoi acheter de la bougie, il aurait fallu travailler, et je ne le voulais pas; j'aimais mieux rêvasser, couché sur mon divan. Inutile de dire quelles étaient mes songeries. Alors j'ai commencé à penser... Non, ce n'est pas cela! Je ne raconte pas encore les choses comme elles sont! Vois-tu? je me demandais toujours : Puisque tu sais que les autres sont bêtes, pourquoi ne cherches-tu pas à être plus intelligent qu'eux? Ensuite j'ai reconnu, Sonia, que si l'on attendait le moment où tout le monde sera intelligent, on

devrait s'armer d'une trop longue patience. Plus tard encore
je me suis convaincu que ce moment même n'arriverait
jamais, que les hommes ne changeraient pas et qu'on perdait son temps à essayer de les modifier! Oui, c'est ainsi!
C'est leur loi... Je sais maintenant, Sonia, que le maître
chez eux est celui qui possède une intelligence puissante.
Qui ose beaucoup a raison à leurs yeux. Qui les brave et les
méprise s'impose à leur respect! C'est ce qui s'est toujours
vu et se verra toujours! Il faudrait être aveugle pour ne pas
s'en apercevoir!

Tandis qu'il parlait, Raskolnikoff regardait Sonia, mais il
ne s'inquiétait plus de savoir si elle le comprenait. Il était
en proie à une sombre exaltation. Depuis longtemps, en
effet, il n'avait causé avec personne. La jeune fille sentit que
ce farouche catéchisme était sa foi et sa loi.

— Alors je me suis convaincu, Sonia, continua-t-il en s'é-
chauffant de plus en plus, — que le pouvoir n'est donné qu'à
celui qui ose se baisser pour le prendre. Tout est là : il suffit
d'oser. Du jour où cette vérité m'est apparue, claire comme
le soleil, j'ai voulu *oser* et j'ai tué... j'ai voulu seulement
faire acte d'audace, Sonia, tel a été le mobile de mon action!

— Oh! taisez-vous, taisez-vous! s'écria la jeune fille hors
d'elle-même. — Vous vous êtes éloigné de Dieu, et Dieu vous
a frappé, il vous a livré au diable!...

— A propos, Sonia, quand toutes ces idées venaient me
visiter dans l'obscurité de ma chambre, c'était le diable qui
me tentait, eh?

— Taisez-vous! Ne riez pas, impie, vous ne comprenez
rien! Oh! Seigneur! Il ne comprendra rien!

— Tais-toi, Sonia, je ne ris pas du tout; je sais fort bien
que le diable m'a entraîné. Tais-toi, Sonia, tais-toi! répéta-
t-il avec une sombre insistance. — Je sais tout. Tout ce que
tu pourrais me dire, je me le suis dit mille fois, pendant
que j'étais couché dans les ténèbres... Que de luttes inté-

rieures j'ai subies! Que tous ces rêves m'étaient insupportables et que j'aurais voulu m'en débarrasser à jamais! Crois-
tu que je sois allé là comme un étourdi, comme un écervelé?
Loin de là, je n'ai agi qu'après mûres réflexions, et c'est ce
qui m'a perdu! Penses-tu que je me sois fait illusion? Quand
je m'interrogeais sur le point de savoir si j'avais droit à la
puissance, je sentais parfaitement que mon droit était nul
par cela même que je le mettais en question. Lorsque je me
demandais si une créature humaine était une vermine, je
me rendais très-bien compte qu'elle n'en était pas une pour
moi, mais pour l'audacieux qui ne se serait pas demandé
cela, et aurait suivi son chemin sans se tourmenter l'esprit
à ce sujet... Enfin le seul fait de me poser ce problème :
« Napoléon aurait-il tué cette vieille? » suffisait pour me
prouver que je n'étais pas un Napoléon... Finalement j'ai
renoncé à chercher des justifications subtiles : j'ai voulu
tuer sans casuistique, tuer pour moi, pour moi seul! Même
dans une pareille affaire j'ai dédaigné de ruser avec ma conscience. Si j'ai tué, ce n'est ni pour soulager l'infortune de
ma mère, ni pour consacrer au bien de l'humanité la puissance et la richesse que, dans ma pensée, ce meurtre devait
m'aider à conquérir. Non, non, tout cela était loin de mon
esprit. Dans ce moment-là, sans doute, je ne m'inquiétais
pas du tout de savoir si je ferais jamais du bien à quelqu'un
ou si je serais toute ma vie un parasite social!... Et l'argent
n'a pas été pour moi le principal mobile de l'assassinat, une
autre raison m'y a surtout déterminé... Je vois cela maintenant... Comprends-moi : si c'était à refaire, peut-être ne
recommencerais-je pas. Mais alors il me tardait de savoir si
j'étais une vermine comme les autres ou un homme dans la
vraie acception du mot, si j'avais ou non en moi la force de
franchir l'obstacle, si j'étais une créature tremblante ou si
j'avais le *droit*...

— Le droit de tuer? s'écria Sonia stupéfaite.

— Eh, Sonia! fit-il avec irritation; une réponse lui vint aux lèvres, mais il s'abstint dédaigneusement de la formuler. — Ne m'interromps pas, Sonia! Je voulais seulement te prouver une chose : le diable m'a conduit chez la vieille, et ensuite il m'a fait comprendre que je n'avais pas le droit d'y aller, attendu que je suis une vermine ni plus ni moins que les autres! Le diable s'est moqué de moi, voilà qu'à présent je suis venu chez toi! Si je n'étais pas une vermine, est-ce que je t'aurais fait cette visite? Écoute : quand je me suis rendu chez la vieille, je ne voulais que faire une *expérience*... Sache cela!

— Et vous avez tué! vous avez tué!

— Mais, voyons, comment ai-je tué? Est-ce ainsi qu'on tue? S'y prend-on comme je m'y suis pris, quand on va assassiner quelqu'un? Je te raconterai un jour les détails... Est-ce que j'ai tué la vieille? Non, c'est moi que j'ai tué, que j'ai perdu sans retour!... Quant à la vieille, elle a été tuée par le diable, et non par moi... Assez, assez, Sonia, assez! laisse-moi, s'écria-t-il tout à coup d'une voix déchirante, — laisse-moi!

Raskolnikoff s'accouda sur ses genoux et pressa convulsivement sa tête dans ses mains.

— Quelle souffrance! gémit Sonia.

— Eh bien, que faire maintenant? dis-le-moi, demanda-t-il en relevant soudain la tête.

Ses traits étaient affreusement décomposés.

— Que faire! s'écria la jeune fille; elle s'élança vers lui, et ses yeux, jusqu'alors pleins de larmes, s'allumèrent tout à coup. — Lève-toi! (Ce disant, elle saisit Raskolnikoff par l'épaule; il se souleva un peu et regarda Sonia d'un air surpris.) Va tout de suite, à l'instant même, au prochain carrefour, prosterne-toi et baise la terre que tu as souillée, ensuite incline-toi de chaque côté en disant tout haut à tout le monde : « J'ai tué! » Alors, Dieu te rendra la vie.

Iras-tu? iras-tu? lui demanda-t-elle toute tremblante, tandis qu'elle lui serrait les mains avec une force décuplée et fixait sur lui des yeux enflammés.

Cette subite exaltation de la jeune fille plongea Raskolnikoff dans une stupeur profonde.

— Tu veux donc que j'aille aux galères, Sonia? Il faut que je me dénonce, n'est-ce pas? fit-il d'un air sombre.

— Il faut que tu acceptes l'expiation et que par elle tu te rachètes.

— Non, je n'irai pas me dénoncer, Sonia.

— Et vivre! Comment vivras-tu? répliqua-t-elle avec force. — Est-ce possible à présent? Comment pourras-tu soutenir l'aspect de ta mère? (Oh! que deviendront-elles maintenant?) Mais que dis-je? Déjà tu as quitté ta mère et ta sœur. Voilà pourquoi tu as rompu tes liens de famille. Oh! Seigneur! s'écria-t-elle : il comprend déjà lui-même tout cela! Eh bien, comment rester hors de la société humaine? Que vas-tu devenir maintenant?

— Sois raisonnable, Sonia, dit doucement Raskolnikoff. Pourquoi irais-je me présenter à la police? Que dirais-je à ces gens-là? Tout cela ne signifie rien... Ils égorgent eux-mêmes des millions d'hommes, et ils s'en font un mérite. Ce sont des coquins et des lâches, Sonia!... Je n'irai pas. Qu'est-ce que je leur dirais? Que j'ai commis un assassinat, et que, n'osant profiter de l'argent volé, je l'ai caché sous une pierre? ajouta-t-il avec un sourire fielleux. Mais ils se moqueront de moi, ils diront que je suis un imbécile de n'en avoir pas fait usage. Un imbécile et un poltron! Eux, Sonia, ne comprendraient rien, ils sont incapables de comprendre. Pourquoi irais-je me livrer? Je n'irai pas. Sois raisonnable, Sonia...

— Porter un pareil fardeau! Et cela toute la vie, toute la vie!

— Je m'y habituerai... répondit-il d'un air farouche.

Écoute, poursuivit-il un moment après, assez pleuré; il est temps de parler sérieusement; je suis venu te dire qu'à présent on me cherche, on va m'arrêter...

— Ah! fit Sonia épouvantée.

— Eh bien, qu'as-tu donc? Puisque toi-même tu désires que j'aille aux galères, de quoi t'effrayes-tu? Seulement voici : ils ne m'ont pas encore. Je leur donnerai du fil à retordre et, en fin de compte, ils n'aboutiront à rien. Ils n'ont pas d'indices positifs. Hier, j'ai couru un grand danger et j'ai bien cru que c'en était fait de moi. Aujourd'hui, le mal est réparé. Toutes leurs preuves sont à deux fins, c'est-à-dire que les charges produites contre moi, je puis les expliquer dans l'intérêt de ma cause, comprends-tu? et je ne serai pas embarrassé pour le faire, car maintenant j'ai acquis de l'expérience... Mais on va certainement me mettre en prison. Sans une circonstance fortuite, il est même très-probable qu'on m'aurait déjà coffré aujourd'hui, et je risque encore d'être arrêté avant la fin du jour... Seulement ce n'est rien, Sonia : ils m'arrêteront, mais ils seront forcés de me relâcher, parce qu'ils n'ont pas une preuve véritable, et ils n'en auront pas, je t'en donne ma parole. Sur de simples présomptions comme les leurs, on ne peut pas condamner un homme. Allons, assez... Je voulais seulement te prévenir... Quant à ma mère et à ma sœur, je vais m'arranger de façon qu'elles ne s'inquiètent pas. Il paraît que ma sœur est maintenant à l'abri du besoin; je puis donc me rassurer aussi en ce qui concerne ma mère... Eh bien, voilà tout. Du reste, sois prudente. Tu viendras me voir quand je serai en prison?

— Oh! oui, oui!

Ils étaient assis côte à côte, tristes et abattus comme deux naufragés jetés par la tempête sur un rivage désert. En regardant Sonia, Raskolnikoff sentit combien elle l'aimait, et, chose étrange, cette tendresse immense dont il se voyait l'objet lui causa soudain une impression douloureuse. Il s'était rendu chez Sonia, se disant que son seul refuge, son seul espoir était en elle; il avait cédé à un besoin irrésistible d'épancher son chagrin; maintenant que la jeune fille lui avait donné tout son cœur, il s'avouait qu'il était infiniment plus malheureux qu'auparavant.

— Sonia, dit-il, — il vaut mieux que tu ne viennes pas me voir pendant ma détention.

Sonia ne répondit pas, elle pleurait. Quelques minutes s'écoulèrent.

— As-tu une croix sur toi? demanda-t-elle inopinément, comme frappée d'une idée subite.

D'abord il ne comprit pas la question.

— Non, tu n'en as pas? Eh bien, prends celle-ci, elle est en bois de cyprès. J'en ai une autre en cuivre, qui me vient d'Élisabeth. Nous avons fait un échange, elle m'a donné sa croix et je lui ai donné une image. Je vais porter maintenant la croix d'Élisabeth, et toi, tu porteras celle-ci. Prends-la... c'est la mienne! insista-t-elle. Nous irons ensemble à l'expiation, ensemble nous porterons la croix.

— Donne! dit Raskolnikoff pour ne pas lui faire de peine, et il tendit la main, mais presque aussitôt il la retira.

— Pas maintenant, Sonia. Plus tard, cela vaudra mieux, ajouta-t-il en manière de concession.

— Oui, oui, plus tard, répondit-elle avec chaleur, — je te la donnerai au moment de l'expiation. Tu viendras chez moi, je te la mettrai au cou, nous ferons une prière, et puis nous partirons.

Au même instant, trois coups furent frappés à la porte.

— Sophie Séménovna, peut-on entrer? fit une voix affable et bien connue.

Sonia, inquiète, courut ouvrir. Le visiteur n'était autre que M. Lébéziatnikoff.

## V

André Séménovitch avait la figure bouleversée.

— Je viens vous trouver, Sophie Séménovna. Excusez-moi... Je m'attendais bien à vous rencontrer ici, dit-il brusquement à Raskolnikoff, — c'est-à-dire je ne m'imaginais rien de mal... ne croyez pas... mais justement je pensais... Catherine Ivanovna est revenue à son logis, elle est folle, acheva-t-il en s'adressant de nouveau à Sonia.

La jeune fille poussa un cri.

— Du moins, elle en a l'air. Au reste... nous sommes là sans savoir que faire, voilà! On l'a chassée de l'endroit où elle était allée, peut-être même l'a-t-on mise à la porte avec des coups... du moins c'est ce qu'il semble... Elle a couru chez le chef de Simon Zakharitch et ne l'a pas trouvé, il dînait chez un de ses collègues. Eh bien, le croirez-vous? elle s'est rendue aussitôt au domicile de cet autre général et a insisté pour voir le chef de Simon Zakharitch, qui était encore à table. Naturellement, on l'a mise à la porte. Elle raconte qu'elle l'a accablé d'injures et lui a même jeté quelque chose à la tête. Comment ne l'a-t-on pas arrêtée? je n'en sais rien! Elle expose maintenant ses projets à tout le monde, y compris Amalia Ivanovna! Seulement son agitation est telle qu'on ne saisit pas grand'chose dans ce flux de paroles... Ah! oui; elle dit que, comme il ne lui reste plus aucune ressource, elle va jouer de l'orgue dans la rue, ses enfants chanteront et danseront pour solliciter la charité des passants; tous les jours, elle ira se placer sous les fenêtres du général... « On verra, dit-elle, les enfants d'une famille noble demander l'aumône dans les rues! » Elle bat tous ses

enfants et les fait pleurer. Elle apprend la « Petite Ferme » à
Léna, en même temps elle donne des leçons de danse au
petit garçon ainsi qu'à Pauline Mikhaïlovna. Elle massacre
leurs vêtements pour en faire des costumes de saltimbanques ;
à défaut d'instrument de musique, elle veut emporter une
cuvette sur laquelle elle frappera... Elle ne souffre aucune
observation... Vous ne pouvez pas vous imaginer cela !

Lébéziatnikoff aurait parlé longtemps encore, mais Sonia,
qui l'avait écouté en respirant à peine, prit tout à coup son
chapeau et sa mantille, puis s'élança hors de la chambre.
Elle s'habilla tout en marchant. Les deux jeunes gens sortirent après elle.

— Elle est positivement folle ! dit André Séménovitch à
Raskolnikoff. — Pour ne pas effrayer Sophie Séménovna,
j'ai dit seulement qu'elle en avait l'air ; mais le doute n'est
plus possible. Il paraît que chez les phthisiques il se forme
des tubercules dans le cerveau ; c'est dommage que je ne
sache pas la médecine. J'ai, du reste, essayé de convaincre
Catherine Ivanovna, mais elle n'écoute rien.

— Vous lui avez parlé de tubercules ?

— C'est-à-dire, pas précisément de tubercules. D'abord
elle n'y aurait rien compris. Mais voici ce que je dis : si, à
l'aide de la logique, vous persuadez à quelqu'un qu'au fond
il n'a pas lieu de pleurer, il ne pleurera plus. C'est clair.
Pourquoi continuerait-il à pleurer, selon vous ?

— S'il en était ainsi, la vie serait trop facile, répondit
Raskolnikoff.

Arrivé devant sa demeure, il salua Lébéziatnikoff d'un
signe de tête et rentra chez lui.

Quand il fut dans sa chambrette, Raskolnikoff se demanda
pourquoi il y était revenu. Ses yeux considéraient la tapisserie jaunâtre et délabrée, la poussière, le divan qui lui servait de lit... De la cour arrivait sans cesse un bruit sec,
semblable à celui du marteau : enfonçait-on des clous

quelque part? Il s'approcha de la fenêtre, se dressa sur la pointe des pieds et regarda longuement dans la cour avec une attention extraordinaire. Mais il n'aperçut personne. A gauche, quelques fenêtres étaient ouvertes; il y avait des pots de géraniums sur les croisées, au dehors pendait du linge... Il avait vu tout cela cent fois. Il quitta son poste d'observation et s'assit sur le divan.

Jamais encore il n'avait éprouvé une aussi terrible sensation d'isolement! Oui, il sentait de nouveau que peut-être, en effet, il détestait Sonia et qu'il la détestait après avoir ajouté à son malheur. Pourquoi était-il allé faire couler ses larmes? Quel besoin avait-il donc d'empoisonner sa vie? O lâcheté!

« Je resterai seul! se dit-il résolûment, et elle ne viendra pas me voir en prison! »

Cinq minutes après, il releva la tête et sourit à une idée bizarre qui lui était venue tout à coup : « Peut-être, en effet, vaut-il mieux que j'aille aux travaux forcés », pensait-il.

Combien de temps dura cette rêverie? Il ne put jamais se le rappeler. Soudain la porte s'ouvrit, livrant passage à Avdotia Romanovna. D'abord, la jeune fille s'arrêta sur le seuil et de là le regarda comme tantôt il avait regardé Sonia. Puis elle s'approcha et s'assit en face de lui sur une chaise, à la même place que la veille. Il la considéra en silence et sans qu'aucune idée se pût lire dans ses yeux.

— Ne te fâche pas, mon frère, je ne viens que pour une minute, dit Dounia. Sa physionomie était sérieuse, mais non sévère; son regard avait une limpidité douce. Le jeune homme comprit que la démarche de sa sœur était dictée par l'affection.

— Mon frère, à présent je sais tout, tout. Dmitri Prokofitch m'a tout raconté. On te persécute, on te tourmente, tu es sous le coup de soupçons aussi insensés qu'odieux...

Dmitri Prokofitch prétend qu'il n'y a rien à craindre et que tu as tort de t'affecter à ce point. Je ne suis pas de son avis : je m'explique très-bien le débordement d'indignation qui s'est produit en toi, et je ne serais pas surprise que ta vie entière n'en ressentit le contre-coup. C'est ce que je crains. Tu nous a quittées. Je ne juge pas ta résolution, je n'ose pas la juger, et je te prie de me pardonner les reproches que je t'ai adressés. Je sens moi-même que si j'étais à ta place, je ferais comme toi, je me bannirais du monde. Je laisserai maman ignorer cela, mais je lui parlerai sans cesse de toi et je lui dirai de ta part que tu ne tarderas pas à la venir voir. Ne t'inquiète pas d'elle, je la rassurerai, mais toi, de ton côté, ne lui fais pas de peine, — viens, ne fût-ce qu'une fois ; songe qu'elle est ta mère ! Mon seul but, en te faisant cette visite, était de te dire, acheva Dounia en se levant, — que si, par hasard, tu avais besoin de moi pour quoi que ce soit, je suis à toi à la vie et à la mort... appelle-moi, je viendrai. Adieu !

Elle tourna les talons et se dirigea vers la porte.

— Dounia ! fit Raskolnikoff, qui se leva et s'avança vers elle : — ce Razoumikhine, Dmitri Prokofitch, est un excellent homme.

Dounia rougit légèrement.

— Eh bien ? demanda-t-elle après une minute d'attente.

— C'est un homme actif, laborieux, honnête et capable d'un solide attachement... Adieu, Dounia !

La jeune fille était devenue toute rouge, mais ensuite elle fut prise d'une crainte soudaine.

— Mais est-ce que nous nous quittons pour toujours, mon frère ? C'est comme un testament que tu me laisses !

— N'importe... Adieu...

Il s'éloigna d'elle et se dirigea vers la fenêtre. Elle attendit un moment, le regarda avec inquiétude et se retira toute troublée.

Non, ce n'était pas de l'indifférence qu'il éprouvait à

l'égard de sa sœur. Il y avait eu un moment (le dernier) où il s'était senti une violente envie de la serrer dans ses bras, de lui faire ses adieux et de lui tout dire; cependant, il n'avait pu se résoudre même à lui tendre la main.

« Plus tard, elle frissonnerait à ce souvenir, elle dirait que je lui ai volé un baiser! »

« Et puis, supporterait-elle un pareil aveu? » ajouta-t-il mentalement quelques minutes après. « Non, elle ne le supporterait pas; *ces femmes-là* ne savent rien supporter... »

Et sa pensée se reporta vers Sonia.

De la fenêtre venait une fraîcheur. Le jour baissait. Raskolnikoff prit brusquement sa casquette et sortit.

Sans doute il ne pouvait ni ne voulait s'occuper de sa santé. Mais ces terreurs, ces angoisses continuelles devaient avoir leurs conséquences, et si la fièvre ne l'avait pas encore terrassé, c'était peut-être grâce à la force factice que lui prêtait momentanément cette agitation morale.

Il se mit à errer sans but. Le soleil s'était couché. Depuis quelque temps Raskolnikoff éprouvait une souffrance qui, sans être particulièrement aiguë, se présentait surtout avec un caractère de durée. Il entrevoyait de longues années à passer dans une anxiété mortelle, « l'éternité sur un espace d'un pied carré ». D'ordinaire, c'était le soir que cette pensée l'obsédait le plus. « Avec ce stupide malaise physique qu'amène le coucher du soleil, comment s'empêcher de faire des sottises! J'irais non pas seulement chez Sonia, mais chez Dounia? » murmurait-il d'une voix irritée.

S'entendant appeler, il se retourna : Lébéziatnikoff courait après lui.

— Figurez-vous que j'ai été chez vous; je vous cherche. Imaginez-vous, elle a mis son programme à exécution, elle est partie avec ses enfants! Sophie Séménovna et moi nous avons eu grand'peine à les trouver. Elle frappe sur une poêle et fait danser ses enfants. Les pauvres petits sont en larmes.

Ils s'arrêtent dans les carrefours et devant les boutiques. Ils ont à leurs trousses un tas d'imbéciles. Dépêchons-nous.

— Et Sonia?... demanda avec inquiétude Raskolnikoff qui se hâta de suivre André Séménovitch.

— Elle a tout à fait perdu la tête. C'est-à-dire, ce n'est pas Sophie Séménovna qui a perdu la tête, mais Catherine Ivanovna; du reste, on peut en dire autant de Sophie Séménovna. Quant à Catherine Ivanovna, c'est de la folie pure. Je vous assure qu'elle est positivement atteinte d'aliénation mentale. On va les conduire au poste, et vous pouvez vous représenter l'effet que cela produira sur elle. Ils sont maintenant sur le canal, près du pont ***, pas loin de chez Sophie Séménovna. Nous allons y arriver.

Sur le canal, à peu de distance du pont, stationnait une foule composée en grande partie de petits garçons et de petites filles. La voix rauque, éraillée, de Catherine Ivanovna s'entendait déjà du pont. De fait, le spectacle était assez étrange pour attirer l'attention des passants. Coiffée d'un mauvais chapeau de paille, vêtue de sa vieille robe sur laquelle elle avait jeté un châle en drap de dame, Catherine Ivanovna ne justifiait que trop les paroles de Lébéziatnikoff. Elle était épuisée, haletante. Son visage phthisique exprimait plus de souffrance que jamais (d'ailleurs, les poitrinaires, au soleil, dans la rue, ont toujours plus mauvaise mine que chez eux), mais, nonobstant sa faiblesse, elle était en proie à une excitation qui ne faisait que croître de minute en minute.

Elle s'élançait vers ses enfants, les gourmandait avec vivacité, s'occupait là, devant tout le monde, de leur éducation chorégraphique et musicale, leur rappelait pourquoi il leur fallait danser et chanter; puis, désolée de les voir si peu intelligents, elle se mettait à les battre.

Elle interrompait ces exercices pour s'adresser au public; apercevait-elle dans la foule un homme vêtu à peu près

convenablement, elle s'empressait de lui expliquer à quelle
extrémité étaient réduits les enfants « d'une famille noble,
on pouvait même dire aristocratique ». Si elle entendait des
rires ou des propos moqueurs, aussitôt elle prenait à partie
les insolents et commençait à se quereller avec eux.

Le fait est que plusieurs ricanaient, d'autres hochaient
la tête, tous, en général, regardaient curieusement cette
folle entourée d'enfants effrayés. Lébéziatnikoff s'était
trompé en parlant de poêle, du moins Raskolnikoff n'en
vit pas. Pour faire l'accompagnement, Catherine Ivanovna
frappait dans ses mains en cadence, tandis que Poletchka
chantait, que Léna et Kolia dansaient. Parfois elle-même
essayait de chanter; mais régulièrement, dès la seconde
note, elle était interrompue par un accès de toux; alors elle
se désespérait, maudissait sa maladie et ne pouvait s'empêcher de pleurer.

Ce qui surtout la mettait hors d'elle-même, c'étaient les
larmes et la frayeur de Kolia et de Léna. Ainsi que l'avait
dit Lébéziatnikoff, elle avait tâché d'habiller ses enfants
comme s'habillent les chanteurs et les chanteuses des rues.
Le petit garçon était coiffé d'une sorte de turban rouge et
blanc pour représenter un Turc. Manquant d'étoffe pour
faire un costume à Léna, sa mère s'était bornée à lui mettre
sur la tête la chapka rouge ou, pour mieux dire, le bonnet
de nuit de feu Simon Zakharitch. Cette coiffure était ornée
d'une plume d'autruche blanche, qui avait jadis appartenu
à la grand'mère de Catherine Ivanovna et que celle-ci avait
conservée jusqu'alors dans son coffre comme un précieux
souvenir de famille. Poletchka portait sa robe de tous les
jours. Elle ne quittait pas sa mère dont elle devinait le
dérangement intellectuel, et, la regardant d'un œil timide,
cherchait à lui dérober la vue de ses larmes. La petite fille
était épouvantée de se trouver ainsi dans la rue, au milieu
de cette foule. Sonia s'était attachée aux pas de Catherine

Ivanovna et sans cesse la suppliait en pleurant de retourner chez elle. Mais Catherine Ivanovna restait inflexible.

— Tais-toi, Sonia, vociférait-elle en toussant. Tu ne sais pas toi-même ce que tu demandes, tu es comme un enfant. Je t'ai déjà dit que je ne reviendrais pas chez cette ivrognesse allemande. Que tout le monde, que tout Pétersbourg voie réduits à la mendicité les enfants d'un noble père qui a loyalement servi toute sa vie et qui, on peut le dire, est mort au service. (Catherine Ivanovna avait déjà réussi à se fourrer cette idée dans la tête, et il aurait été impossible maintenant de l'en faire démordre.) Que ce vaurien de général soit témoin de notre détresse! Mais tu es bête, Sonia! Et manger? Nous t'avons assez exploitée, je ne veux plus! Ah! Rodion Romanovitch, c'est vous! s'écria-t-elle en apercevant Raskolnikoff, et elle s'élança vers lui; faites comprendre, je vous prie, à cette petite imbécile que c'est pour nous le parti le plus sage! On fait bien l'aumône aux joueurs d'orgue, on n'aura pas de peine à nous distinguer d'eux; on reconnaitra tout de suite en nous une famille noble tombée dans la misère, et ce vilain général perdra sa place, vous verrez! Nous irons chaque jour sous ses fenêtres, l'empereur passera, je me jetterai à ses genoux et je lui montrerai mes enfants: « Père, protége-nous! » lui dirai-je. Il est le père des orphelins, il est miséricordieux, il nous protégera, vous verrez, et cet affreux général... Léna, tenez-vous droite! Toi, Kolia, tu vas tout de suite recommencer ce pas. Qu'as-tu à pleurnicher? Cela ne finira donc jamais? Voyons, de quoi as-tu peur, petit imbécile? Seigneur! que faire avec eux, Rodion Romanovitch? Si vous saviez comme ils sont bouchés! Il n'y a moyen d'en rien faire!

Elle-même avait presque les larmes aux yeux (ce qui, du reste, ne l'empêchait pas de parler sans relâche), tandis qu'elle montrait à Raskolnikoff ses enfants éplorés. Le jeune homme chercha à lui persuader de regagner son logis;

croyant agir sur son amour-propre, il lui fit même observer
qu'il n'était pas convenable de rouler dans les rues comme
les joueurs d'orgue, quand on se proposait d'ouvrir un pensionnat pour les jeunes filles nobles...

— Un pensionnat, ha! ha! ha! La bonne plaisanterie!
s'écria Catherine Ivanovna qui, après avoir ri, eut un violent accès de toux : — non, Rodion Romanovitch, le rêve
s'est évanoui! tout le monde nous a abandonnés! Et ce
général... Vous savez, Rodion Romanovitch, je lui ai
lancé à la figure l'encrier qui se trouvait sur la table de
l'antichambre à côté de la feuille où les visiteurs s'inscri-
vent. Après avoir inscrit mon nom, j'ai jeté l'encrier et je
me suis sauvée. Oh! les lâches! les lâches! Mais je m'en
moque, maintenant je nourrirai moi-même mes enfants, je
ne ferai de courbettes à personne! Nous l'avons assez mar-
tyrisée! ajouta-t-elle en montrant Sonia. — Poletchka, combien avons-nous recueilli d'argent? Fais voir la recette!
Comment! deux kopecks en tout! Oh! les ladres! Ils ne
donnent rien, ils se contentent de noussuivre en nous tirant
la langue! Eh bien! pourquoi ce crétin rit-il? (Elle montrait
quelqu'un dans la foule.) C'est toujours la faute de ce Kolia,
son inintelligence est cause qu'on se moque de nous! Qu'est-ce
que tu veux, Poletchka? Parle-moi en français. Je t'ai donné
des leçons, tu sais quelques phrases!... Sans cela comment
reconnaîtra-t-on que vous appartenez à une famille noble,
que vous êtes des enfants bien élevés, et non de vulgaires
musiciens ambulants? Nous laisserons de côté les chansons
triviales, nous ne chanterons que de nobles romances... Ah!
oui, au fait, qu'allons-nous chanter? Vous m'interrompez
toujours, et nous... voyez-vous, Rodion Romanovitch, nous
nous sommes arrêtés ici pour choisir notre répertoire, car,
comme bien vous pensez, nous avons été pris au dépourvu,
nous n'avions rien de prêt, il nous faut une répétition préalable; ensuite nous nous rendrons sur la perspective Newsky

où il y a beaucoup plus de gens de la haute société, là on nous remarquera immédiatement. Léna sait la « Petite Ferme ». Seulement la « Petite Ferme » commence à devenir une scie, on n'entend que cela partout. Il faudrait quelque chose de plus distingué... Eh bien, Polia, donne-moi une idée, tâche un peu de venir en aide à ta mère! Moi, je n'ai plus de mémoire! Au fait, ne pourrions-nous pas chanter le « Hussard appuyé sur son sabre »? Non; voici qui vaudra mieux : chantons en français « Cinq sous »! Je vous l'ai apprise, celle-là, vous la savez. Et puis, comme c'est une chanson française, on verra tout de suite que vous appartenez à la noblesse, et ce sera beaucoup plus touchant... Nous pourrions même y joindre : « Malbrough s'en va-t-en guerre! » d'autant plus que cette chansonnette est absolument enfantine et qu'on s'en sert dans toutes les maisons aristocratiques pour endormir les babies :

> Malbrough s'en va-t-en guerre,
> Ne sait quand reviendra...

commença-t-elle à chanter... — Mais non, « Cinq sous! » cela vaut mieux. Allons, Kolia, la main sur la hanche, vivement, et toi, Léna, mets-toi en face de lui, Poletchka et moi nous ferons l'accompagnement!

> Cinq sous, cinq sous,
> Pour monter notre ménage...

H-hi! H-hi! H-hi! Poletchka, remonte ta robe, elle glisse en bas de tes épaules, remarqua-t-elle pendant qu'elle toussait. — Maintenant il s'agit de vous tenir convenablement et d'accuser la finesse de votre pied pour qu'on voie bien que vous êtes des enfants de gentilhomme. Encore un soldat! Eh bien, qu'est-ce qu'il te faut?

Un sergent de ville se frayait un passage à travers la foule. Mais en même temps s'approcha un monsieur d'une cinquantaine d'années et d'un extérieur imposant, qui por-

tait sous son manteau un uniforme de fonctionnaire. Le
nouveau venu, dont le visage exprimait une sincère compassion, avait un ordre au cou, circonstance qui fit grand
plaisir à Catherine Ivanovna et ne laissa pas de produire
aussi son effet sur le sergent de ville. Il tendit silencieusement à Catherine Ivanovna un billet de trois roubles. En
recevant cette offrande, elle s'inclina avec la politesse céré-
monieuse d'une femme du monde.

— Je vous remercie, monsieur, commença-t-elle d'un ton
plein de dignité, — les causes qui nous ont amenés... prends
l'argent, Poletchka. Tu vois, il y a des hommes généreux et
magnanimes, tout prêts à secourir une dame noble tombée
dans le malheur. Les orphelins que vous avez devant vous,
monsieur, sont de race noble, on peut même dire qu'ils sont
apparentés à la meilleure aristocratie... Et ce général était
en train de manger des gélinottes... Il a frappé du pied
parce que je m'étais permis de le déranger... « Excellence,
lui ai-je dit, vous avez beaucoup connu Simon Zakharitch;
prenez la défense des orphelins qu'il a laissés après lui; le
jour de son enterrement, sa fille a été calomniée par le
dernier des drôles... » Encore ce soldat! Protégez-moi!
s'écria-t-elle en s'adressant au fonctionnaire. — Pourquoi ce
soldat s'acharne-t-il après moi? On nous a déjà chassés de
la rue des Bourgeois... Qu'est-ce que tu veux, imbécile?

— Il est défendu de causer du scandale dans les rues.
Ayez, je vous prie, une tenue plus convenable.

— C'est toi qui es inconvenant! Je suis dans le même cas
que les joueurs d'orgue, laisse-moi tranquille!

— Les joueurs d'orgue doivent avoir une autorisation,
vous n'en avez pas et vous provoquez des attroupements
dans les rues. Où demeurez-vous?

— Comment, une autorisation! vociféra Catherine Ivanovna. J'ai enterré mon mari aujourd'hui, c'est une autorisation, cela, j'espère!

— Madame, madame, calmez-vous, intervint le fonctionnaire; venez, je vais vous reconduire... Vous n'êtes pas à
votre place dans cette foule... Vous êtes souffrante...

— Monsieur, monsieur, vous ne savez rien! cria Catherine
Ivanovna; nous devons aller sur la perspective Newsky...
Sonia, Sonia! mais où est-elle donc? elle pleure aussi! Mais
qu'est-ce que vous avez tous?... Kolia, Léna, où êtes-vous?
fit-elle avec une inquiétude soudaine. — Oh! sots enfants!
Kolia, Léna! Mais où sont-ils donc?...

En voyant un soldat qui voulait les arrêter, Kolia et Léna,
déjà fort effrayés par la présence de la foule et les excen-
tricités de leur mère, avaient été saisis d'une terreur folle
et s'étaient enfuis à toutes jambes. La pauvre Catherine
Ivanovna, pleurant, gémissant, s'élança à leur poursuite.
Sonia et Poletchka coururent après elle.

— Fais-les revenir, Sonia, rappelle-les! Oh! quels enfants
bêtes et ingrats!... Polia! rattrape-les... C'est pour vous
que je...

Dans sa course, son pied buta contre un obstacle, et elle
tomba.

— Elle s'est blessée, elle est tout en sang! Oh! Seigneur!
s'écria Sonia en se penchant sur sa belle-mère.

Un rassemblement ne tarda pas à se former autour des
deux femmes. Raskolnikoff et Lébéziatnikoff furent des premiers à accourir, ainsi que le fonctionnaire et le sergent de
ville.

— Allez-vous-en, allez-vous-en! ne cessait de dire ce dernier, cherchant à faire circuler les curieux.

Mais en examinant bien Catherine Ivanovna, on découvrit
qu'elle ne s'était nullement blessée, comme l'avait pensé
Sonia, et que le sang qui rougissait le pavé avait jailli de sa
poitrine par la gorge.

— Je connais cela, murmura le fonctionnaire à l'oreille
des deux jeunes gens, c'est la phthisie; le sang jaillit ainsi et

amène l'étouffement. Il n'y a pas encore longtemps j'en ai vu un exemple chez une de mes parentes : elle a rendu comme cela un verre et demi de sang... tout d'un coup... Que faire? elle va mourir...

— Ici, ici, chez moi! supplia Sonia; voilà où je demeure! La seconde maison... chez moi, vite, vite! Faites chercher un médecin... Oh! Seigneur! répétait-elle effarée en allant de l'un à l'autre.

Grâce à l'active intervention du fonctionnaire, cette affaire s'arrangea; le sergent de ville aida même à transporter Catherine Ivanovna. Celle-ci était comme morte quand on la déposa sur le lit de Sonia. L'hémorrhagie continua encore quelque temps, mais peu à peu la malade parut revenir à elle. Dans la chambre entrèrent, outre Sonia, Raskolnikoff, Lébéziatnikoff et le fonctionnaire. Le sergent de ville les y rejoignit après avoir au préalable dispersé les curieux, dont plusieurs avaient accompagné le triste cortége jusqu'à la porte.

Poletchka arriva, ramenant les deux fugitifs qui tremblaient et pleuraient. On vint aussi de chez les Kapernaoumoff : le tailleur, boiteux et borgne, était un type étrange avec ses cheveux et ses favoris raides comme des soies de porc; sa femme avait l'air effrayé, mais c'était sa physionomie accoutumée; le visage de leurs enfants n'exprimait qu'une surprise hébétée. Parmi les personnes présentes se montra tout à coup Svidrigaïloff. Ignorant qu'il habitait cette maison et ne se souvenant pas de l'avoir vu dans la foule, Raskolnikoff fut fort étonné de le rencontrer là.

On parla d'appeler un médecin et un prêtre. Le fonctionnaire jugeait les secours de l'art inutiles dans la circonstance, et il le dit tout bas à Raskolnikoff; néanmoins, il fit le nécessaire pour les procurer à la malade. Ce fut Kapernaoumoff lui-même qui se chargea d'aller chercher un médecin.

Cependant Catherine Ivanovna était un peu plus calme, et l'hémorrhagie avait momentanément cessé. L'infortunée attacha un regard maladif, mais fixe et pénétrant, sur la pauvre Sonia, qui, pâle et tremblante, lui épongeait le front avec un mouchoir. A la fin, elle demanda à être mise sur son séant. On l'assit sur le lit en la soutenant de chaque côté.

— Où sont les enfants? questionna-t-elle d'une voix faible. Tu les as ramenés, Polia? Oh! les imbéciles!... Eh bien! pourquoi vous étiez-vous enfuis?... Oh!

Le sang couvrait encore ses lèvres desséchées. Elle promena ses yeux autour de la chambre.

— Ainsi, voilà comme tu vis, Sonia!... Je n'étais pas venue une seule fois chez toi... il a fallu cela pour m'y amener...

Elle jeta sur la jeune fille un regard de pitié.

— Nous t'avons grugée, Sonia... Polia, Léna, Kolia, venez ici... Allons, les voilà, Sonia, prends-les tous... Je les remets entre tes mains... moi, j'en ai assez!... Le bal est fini! Ah!... lâchez-moi, laissez-moi mourir tranquillement.

On lui obéit; elle se laissa retomber sur l'oreiller.

— Quoi, un prêtre?... Je n'en ai pas besoin... Est-ce que vous avez un rouble de trop, par hasard?... Je n'ai pas de péchés sur la conscience!... Et quand même, Dieu doit me pardonner... Il sait combien j'ai souffert!... S'il ne me pardonne pas, tant pis!...

Ses idées se troublaient de plus en plus. Parfois elle tressaillait, regardait autour d'elle et reconnaissait durant une minute ceux qui l'entouraient, mais aussitôt après le délire la reprenait. Elle respirait péniblement, on entendait comme un bouillonnement dans son gosier.

— Je lui dis : « Excellence!... » criait-elle en s'arrêtant après chaque mot : — Cette Amalia Ludvigovna... Ah! Léna, Kolia! la main sur la hanche, vivement, vivement, glissez, glissez, pas de basque! Frappe des pieds... sois un gracieux enfant.

Du hast Diamanten und Perlen [1]...

Qu'est-ce qu'il y a ensuite? Voilà ce qu'il faudrait chanter...

Du hast die schönsten Augen,
Madchen, was willst du mehr [2]?...

Eh! oui, que veut-elle de plus, l'imbécile?... Ah! voici
encore :

Dans une vallée du Daghestan
Que le soleil brûle de ses feux...

Ah! que je l'aimais!... J'aimais cette romance à l'ado-
ration, Poletchka!... Ton père la chantait avant notre mariage... O jours!... Voilà ce que nous devrions chanter! Eh
bien! comment donc, comment donc? Tiens, j'ai oublié...
Mais rappelez-moi donc la suite!...

En proie à une agitation extraordinaire, elle s'efforçait de
se soulever sur le lit. A la fin, d'une voix rauque, brisée,
sinistre, elle commença, en respirant après chaque mot,
tandis que son visage exprimait une frayeur croissante :

Dans une vallée... du Daghestan...
Que le soleil... brûle de ses feux,
Une balle dans la poitrine...

Puis, tout à coup, Catherine Ivanovna fondit en larmes, et,
avec une désolation poignante :

— Excellence! s'écria-t-elle, protégez des orphelins! En
souvenir de l'hospitalité reçue chez feu Simon Zakharitch!...
On peut même dire aristocratique!... Ha! frissonna-t-elle
soudain, et, comme cherchant à se rappeler où elle était,
elle regarda avec une sorte d'angoisse tous les assistants;
mais elle reconnut aussitôt Sonia et parut surprise de la
voir devant elle.

[1] Tu as des diamants et des perles...
[2] Tu as les plus beaux yeux,
Jeune fille, que veux-tu de plus?...

— Sonia! Sonia! fit-elle d'une voix douce et tendre : Sonia, chère, tu es ici?

On la souleva de nouveau.

— Assez!... C'est fini!... La bête est crevée!... cria la malade avec l'accent d'un amer désespoir, et elle laissa retomber sa tête sur l'oreiller.

Elle s'assoupit encore une fois, mais ce ne fut pas pour longtemps. Son visage jaunâtre et décharné se rejeta en arrière, sa bouche s'ouvrit, ses jambes se tendirent convulsivement. Elle poussa un profond soupir et mourut.

Sonia, plus morte que vive elle-même, se précipita sur le cadavre, le serra dans ses bras et appuya sa tête sur la poitrine amaigrie de la défunte. Poletchka se mit, en sanglotant, à baiser les pieds de sa mère. Trop jeunes pour comprendre ce qui était arrivé, Kolia et Léna n'en avaient pas moins le sentiment d'une catastrophe terrible. Ils passèrent leurs bras autour du cou l'un de l'autre, et, après s'être regardés dans les yeux, commencèrent à crier. Les deux enfants étaient encore costumés en saltimbanques : l'un avait son turban, l'autre son bonnet de nuit orné d'une plume d'autruche.

Par quel hasard « l'attestation honorifique » se trouvat-elle tout à coup sur le lit, à côté de Catherine Ivanovna? Elle était là, sur l'oreiller; Raskolnikoff la vit.

Le jeune homme se dirigea vers la fenêtre. Lébéziatnikoff s'empressa de l'y rejoindre.

— Elle est morte! dit André Séménovitch.

Svidrigaïloff s'approcha d'eux.

— Rodion Romanovitch, je voudrais vous dire deux mots.

Lébéziatnikoff céda aussitôt la place et s'effaça discrètement. Néanmoins, Svidrigaïloff crut devoir emmener dans un coin Raskolnikoff que ces façons intriguaient fort.

— Toutes ces affaires, c'est-à-dire l'inhumation et le reste, je m'en charge. Vous savez, cela va coûter de l'argent, et,

comme je vous l'ai dit, j'en ai qui ne me sert pas. Cette
Poletchka et ces deux mioches, je les ferai entrer dans un
orphelinat où ils seront bien, et je placerai une somme de
quinze cents roubles sur la tête de chacun d'eux jusqu'à leur
majorité, pour que Sophie Séménovna n'ait pas à s'occuper
de leur entretien. Quant à elle, je la retirerai du bourbier,
car c'est une brave fille, n'est-ce pas? Eh bien, vous pouvez
dire à Avdotia Romanovna quel emploi j'ai fait de son
argent.

— Dans quel but êtes-vous si généreux? demanda Raskolnikoff.

— E-eh! sceptique que vous êtes! répondit en riant Svidrigaïloff; je vous ai dit que cet argent ne m'était pas nécessaire. Eh bien, j'agis simplement par humanité. Est-ce que
vous n'admettez pas cela? Après tout, ajouta-t-il en indi-
quant du doigt le coin où reposait la défunte, cette femme-
là n'était pas une « vermine », comme certaine vieille usurière. Convenez-en, valait-il mieux « qu'elle mourût et que
Loujine vécût pour commettre des infamies »? Sans mon
aide, Poletchka, par exemple, serait condamnée à la même
existence que sa sœur...

Son ton gaiement malicieux était plein de sous-entendus,
et, pendant qu'il parlait, il ne quittait pas des yeux le visage
de Raskolnikoff. Ce dernier pâlit et se sentit frissonner en
entendant les expressions presque textuelles dont il s'était
servi dans sa conversation avec Sonia. Il recula brusquement et regarda Svidrigaïloff d'un air étrange :

— Comment... savez-vous cela? balbutia-t-il.

— Mais j'habite là, de l'autre côté du mur, dans le logement de madame Resslich, ma vieille et excellente amie. Je
suis le voisin de Sophie Séménovna.

— Vous?

— Moi, continua Svidrigaïloff qui riait à se tordre, — et
je vous donne ma parole d'honneur, très-cher Rodion Roma-

novitch, que vous m'avez étonnamment intéressé. Je vous avais dit que nous nous retrouverions, j'en avais le pressentiment ; — eh bien ! nous nous sommes retrouvés. Et vous verrez quel homme accommodant je suis. Vous verrez qu'on peut encore vivre avec moi...

# SIXIÈME PARTIE

## I

La situation de Raskolnikoff était étrange : on eût dit qu'une sorte de brouillard l'enveloppait et l'isolait du reste des hommes. Quand, dans la suite, il se rappelait cette époque de sa vie, il devinait qu'il avait dû perdre parfois la conscience de lui-même, et que cet état avait duré, avec certains intervalles lucides, jusqu'à la catastrophe définitive. Il était positivement convaincu qu'il avait commis alors beaucoup d'erreurs ; par exemple, que la succession chronologique des événements lui avait souvent échappé. Du moins, lorsque plus tard il voulut rassembler et mettre en ordre ses souvenirs, force lui fut de recourir à des témoignages étrangers pour apprendre nombre de particularités sur lui-même.

Il confondait, notamment, un fait avec un autre, ou bien il considérait tel incident comme la conséquence d'un autre qui n'existait que dans son imagination. Quelquefois il était dominé par une crainte maladive qui dégénérait même en terreur panique. Mais il se souvint aussi qu'il y avait eu des moments, des heures et peut-être même des jours où, par contre, il était plongé dans une apathie morne, comparable seulement à l'indifférence de certains moribonds.

En général, dans ces derniers temps, loin de chercher à se rendre un compte exact de sa situation, il s'efforçait de n'y point songer. Certains faits de la vie courante, qui ne souffraient pas d'ajournement, s'imposaient malgré lui à son attention; en revanche, il négligeait à plaisir les questions dont l'oubli, dans une position comme la sienne, ne pouvait que lui être fatal.

Il avait surtout peur de Svidrigaïloff. Depuis que ce dernier lui avait répété les paroles prononcées par lui dans la chambre de Sonia, les pensées de Raskolnikoff avaient pris comme une direction nouvelle. Mais, bien que cette complication imprévue l'inquiétât extrêmement, le jeune homme ne se pressait pas de tirer la chose au clair. Parfois, quand il avait égaré ses pas dans quelque quartier lointain et solitaire de la ville, quand il se voyait attablé seul dans un méchant traktir sans se rappeler par quel hasard il était entré là, il songeait tout à coup à Svidrigaïloff : il se promettait d'avoir le plus tôt possible une explication décisive avec cet homme dont la pensée l'obsédait.

Un jour qu'il était allé se promener quelque part au delà de la barrière, il se figura même qu'il avait donné rendez-vous à Svidrigaïloff en cet endroit. Une autre fois, en s'éveillant avant l'aurore, il fut fort étonné de se trouver couché par terre au milieu d'un taillis. Du reste, pendant les deux ou trois jours qui suivirent la mort de Catherine Ivanovna, Raskolnikoff eut deux fois l'occasion de rencontrer Svidrigaïloff : d'abord dans la chambre de Sonia, ensuite dans le vestibule, près de l'escalier conduisant chez la jeune fille.

Dans ces deux circonstances, ils se bornèrent à échanger quelques mots très-brefs et s'abstinrent d'aborder le point capital, comme si, par un accord tacite, ils se fussent entendus pour écarter momentanément cette question. Le cadavre de Catherine Ivanovna était encore sur la table. Svidrigaïloff prenait les dispositions relatives aux funérailles. Sonia était aussi fort occupée. Dans la dernière rencontre, Svidrigaïloff apprit à Raskolnikoff que ses démarches en faveur des enfants de Catherine Ivanovna avaient été couronnées de succès : grâce à certains personnages de sa connaissance, il avait pu, dit-il, obtenir l'admission des trois enfants dans des asiles très-bien tenus; les quinze cents roubles placés sur la tête de chacun d'eux n'avaient pas nui à ce résultat, car on recevait beaucoup plus volontiers les orphelins possédant un petit capital que ceux qui étaient tout à fait sans ressource. Il ajouta quelques mots au sujet de Sonia, promit de passer lui-même un de ces jours chez Raskolnikoff et laissa entendre qu'il y avait certaines affaires dont il désirait vivement s'entretenir avec lui... Pendant qu'il parlait, Svidrigaïloff ne cessait d'observer son interlocuteur. Tout à coup il se tut, puis il demanda en baissant la voix :

— Mais qu'avez-vous donc, Rodion Romanovitch? On dirait que vous n'êtes pas dans votre assiette. Vous écoutez, vous regardez et vous n'avez pas l'air de comprendre! Reprenez vos esprits. Voilà, il faudra que nous causions un peu ensemble ; malheureusement, je suis fort occupé tant par mes propres affaires que par celles des autres... Eh! Rodion Romanovitch, ajouta-t-il brusquement, à tous les hommes il faut de l'air, de l'air, de l'air... avant tout!

Il se rangea vivement pour laisser passer un prêtre et un sacristain qui s'apprêtaient à monter l'escalier. Ils venaient célébrer l'office des morts. Svidrigaïloff avait tenu à ce que cette cérémonie eût lieu régulièrement deux fois par jour. Il s'éloigna, et Raskolnikoff, après un moment de réflexion, suivit le pope chez Sonia.

Il resta sur le seuil. Le service commença avec la tran-

quille et triste solennité d'usage. Depuis son enfance, Raskolnikoff éprouvait une sorte de terreur mystique devant
l'appareil de la mort; aussi évitait-il le plus souvent d'assister aux panikhidas. D'ailleurs, celle-ci avait pour lui un
caractère particulièrement émouvant. Il regarda les enfants :
tous trois étaient agenouillés près du cercueil, Poletchka
pleurait. Derrière eux, Sonia priait en cherchant à cacher
ses larmes. « Tous ces jours-ci, elle n'a pas levé une seule
fois les yeux sur moi et ne m'a pas dit un seul mot! » pensa-
t-il tout à coup. Le soleil jetait une vive lumière dans la
chambre, où la fumée de l'encens montait en tourbillons
épais.

Le prêtre lut la prière accoutumée : « Donne-lui, Seigneur,
le repos éternel! » Raskolnikoff resta jusqu'à la fin. En
donnant la bénédiction et en prenant congé, l'ecclésiastique
regarda autour de lui d'un air étrange. Après l'office,
Raskolnikoff s'approcha de Sonia. Elle lui prit aussitôt les
deux mains et inclina sa tête sur l'épaule du jeune homme.
Cette démonstration d'amitié causa un profond étonnement
à celui qui en était l'objet. Quoi! Sonia ne manifestait pas la
moindre aversion, pas la moindre horreur pour lui, sa main
ne tremblait pas le moins du monde! C'était le comble de
l'abnégation personnelle. Du moins, ce fut ainsi qu'il en
jugea. La jeune fille ne dit pas un mot. Raskolnikoff lui
serra la main et sortit.

Il éprouvait un insupportable malaise. S'il lui avait été
possible en ce moment de trouver quelque part la solitude,
cette solitude dût-elle durer toute sa vie, il se serait estimé
heureux. Hélas! depuis quelque temps, quoiqu'il fût presque
toujours seul, il ne pouvait pas se dire qu'il l'était. Il lui
arrivait de se promener hors la ville, de s'en aller sur un
grand chemin; une fois même il s'enfonça dans un bois. Mais
plus le lieu était solitaire, plus Raskolnikoff sentait près de
lui un être invisible dont la présence l'effrayait moins encore

qu'elle ne l'irritait. Aussi se hâtait-il de regagner la ville ; il se mêlait à la foule, entrait dans les traktirs et dans les cabarets, allait au Tolkoutchii ou à la Siennaïa. Là il se trouvait plus à l'aise et même plus seul.

A la tombée de la nuit, on chantait des chansons dans une gargote. Il passa une heure entière à les écouter et y prit même un grand plaisir. Mais, à la fin, l'inquiétude le ressaisit de nouveau ; une pensée poignante comme un remords se mit à le torturer :

« Je suis là à écouter des chansons, est-ce pourtant ce que je dois faire ? » se dit-il. Du reste, il devinait que ce n'était pas là son unique souci : une autre question devait être tranchée sans retard ; mais elle avait beau s'imposer à son attention, il ne pouvait se résoudre à lui donner une forme précise. « Non, mieux vaudrait la lutte ! mieux vaudrait me retrouver encore en face de Porphyre... ou de Svidrigaïloff... Oui, oui, plutôt un adversaire quelconque, une attaque à repousser ! »

Sur cette réflexion, il quitta précipitamment la gargote. Soudain, la pensée de sa mère et de sa sœur le jeta dans une sorte de terreur panique. Il passa cette nuit-là couché dans les taillis de Krestowsky-Ostroff ; avant l'aurore, il se réveilla tremblant la fièvre et prit le chemin de sa demeure, où il arriva de grand matin. Après quelques heures de sommeil, la fièvre disparut, mais il s'éveilla tard, — à deux heures de l'après-midi.

Raskolnikoff se rappela que c'était le jour fixé pour les obsèques de Catherine Ivanovna, et il se félicita de n'y avoir pas assisté. Nastasia lui apporta son repas. Il mangea et but de bon appétit, presque avec avidité. Sa tête était plus fraîche, il goûtait un calme qui lui était inconnu depuis trois jours. Un instant même, il s'étonna des accès de terreur panique auxquels il avait été en proie. La porte s'ouvrit, entra Razoumikhine.

— Ah! il mange, par conséquent il n'est pas malade! dit le visiteur, qui prit une chaise et s'assit près de la table, en face de Raskolnikoff. Il était fort agité et ne cherchait pas à le cacher. Il parlait avec une colère visible, mais sans se presser et sans élever extrêmement la voix. On pouvait supposer que quelque motif sérieux l'avait amené. — Écoute, commença-t-il d'un ton décidé, je vous lâche tous, parce que je vois maintenant, je vois de la façon la plus claire que votre jeu est indéchiffrable pour moi. Ne crois pas, je te prie, que je sois venu t'interroger. Je m'en moque! Je ne me soucie pas de te tirer les vers du nez. Maintenant, tu me dirais toi-même tout, tous vos secrets, il est bien probable que je ne voudrais pas les entendre : je cracherais et je m'en irais. Je suis venu à seule fin de m'édifier d'abord personnellement sur ton état mental. Vois-tu? il y a des gens qui te croient fou ou à la veille de l'être. Je t'avoue que j'étais moi-même très-disposé à partager cette opinion, vu que ta manière d'agir est stupide, assez vilaine et parfaitement inexplicable. D'autre part, que penser de ta récente conduite à l'égard de ta mère et de ta sœur? Quel homme, à moins d'être une canaille ou un fou, se serait comporté avec elles comme tu l'as fait? Donc, tu es fou...

— Quand les as-tu vues?

— Tout à l'heure. Et toi, tu ne les vois plus? Dis-moi, je te prie, où tu roules ainsi toute la journée, j'ai déjà passé trois fois chez toi. Depuis hier, ta mère est sérieusement malade. Elle a voulu venir te voir. Avdotia Romanovna s'est efforcée de l'en détourner, mais Pulchérie Alexandrovna n'a rien voulu entendre : « S'il est malade, s'il a l'esprit dérangé, a-t-elle dit, qui lui donnera des soins, sinon sa mère? » Pour ne pas la laisser aller seule, nous nous sommes tous rendus ici, et durant la route nous la suppliions sans cesse de se calmer. Quand nous sommes arrivés, tu étais absent. Tiens, voilà la place où elle s'est assise, elle est restée là dix minutes; debout à côté d'elle, nous nous taisions. « S'il sort, a-t-elle dit en se levant, c'est qu'il n'est pas malade et qu'il oublie sa mère; il est donc inconvenant à moi d'aller mendier les caresses de mon fils. » Elle est retournée chez elle et s'est mise au lit; à présent elle a la fièvre : « Je le vois bien, dit-elle, c'est à elle qu'il donne tout son temps. » Elle suppose que Sophie Séménovna est ta fiancée ou ta maîtresse. Je suis allé aussitôt chez cette jeune fille, parce que, mon ami, il me tardait d'être fixé là-dessus. J'entre, et que vois-je? Un cercueil, des enfants qui pleurent et Sophie Séménovna qui leur essaye des vêtements de deuil. Tu n'étais pas là. Après t'avoir cherché des yeux, j'ai fait mes excuses, je suis sorti et j'ai été raconter à Avdotia Romanovna le résultat de ma démarche. Décidément, tout cela ne signifie rien, il ne s'agit pas ici d'amourette : reste donc, comme la plus probable, l'hypothèse de la folie. Or, voici que je te trouve en train de dévorer du bœuf bouilli, comme si tu n'avais rien pris depuis quarante-huit heures! Sans doute, être fou n'empêche pas de manger; mais, quoique tu ne m'aies pas encore dit un mot..., non, tu n'es pas fou, j'en mettrais ma main au feu! C'est pour moi un point hors de discussion. Aussi, je vous envoie tous au diable, attendu qu'il y a là un mystère et que je n'ai pas l'intention de me casser la tête sur vos secrets. J'étais venu seulement pour te faire une scène et me soulager le cœur. Quant au reste, je sais maintenant ce que j'ai à faire!

— Que vas-tu faire?

— Que t'importe?

— Tu vas te mettre à boire?

— Comment as-tu deviné cela?

— Avec ça que c'était difficile à deviner !

Razoumikhine resta un moment silencieux.

— Tu as toujours été fort intelligent, et jamais, jamais tu

n'as été fou, observa-t-il tout à coup avec vivacité. Tu as
dit vrai : je vais me mettre à boire. Adieu!

Et il fit un pas vers la porte.

— Avant-hier, si je me rappelle bien, j'ai parlé de toi à
ma sœur, dit Raskolnikoff.

Razoumikhine s'arrêta soudain.

— De moi! Mais... où donc as-tu pu la voir avant-hier?
demanda-t-il en pâlissant un peu. Le trouble qui l'agitait ne
pouvait faire l'objet d'un doute.

— Elle est venue ici, seule, s'est assise à cette place et a
causé avec moi.

— Elle?

— Oui, elle.

— Que lui as-tu donc dit... de moi, bien entendu?

— Je lui ai dit que tu étais un excellent homme, honnête
et laborieux. Je ne lui ai pas dit que tu l'aimais, parce
qu'elle le sait.

— Elle le sait?

— Tiens, parbleu! Où que j'aille, quoi qu'il arrive de moi,
tu devrais rester leur providence. Je les remets, pour ainsi
dire, entre tes mains, Razoumikhine. Je te dis cela, parce
que je sais très-bien que tu l'aimes, et je suis convaincu de
la pureté de tes sentiments. Je sais aussi qu'elle peut t'aimer,
si même elle ne t'aime déjà. Maintenant, décide si tu dois
ou non te mettre à boire.

— Rodka... Tu vois... Eh bien... Ah! diable! mais toi, où
veux-tu aller? Vois-tu? du moment où tout cela est un secret,
eh bien, n'en parlons plus! Mais je... je saurai ce qui en est...
Et je suis convaincu qu'il n'y a là rien de sérieux, que ce
sont des niaiseries dont ton imagination se fait des monstres.
Du reste, tu es un excellent homme! Un excellent
homme!

— Je voulais ajouter — mais tu m'as interrompu — que
tu avais parfaitement raison tout à l'heure quand tu décla-

rais renoncer à connaître ces secrets. Ne t'en inquiète pas.
Les choses se découvriront en leur temps, et tu sauras tout
quand le moment sera venu. Hier, quelqu'un m'a dit qu'il fallait à l'homme de l'air, de l'air, de l'air ! Je vais aller tout
de suite lui demander ce qu'il entend par là.

Razoumikhine réfléchissait, une idée lui vint :

« C'est un conspirateur politique, à coup sûr! Et il est à
la veille de quelque tentative audacieuse, cela est certain!
Il ne peut pas en être autrement, et... et Dounia le sait... »
se dit-il soudain.

— Ainsi, Avdotia Romanovna vient chez toi, reprit-il en
scandant chaque mot; et toi-même tu veux voir quelqu'un
qui dit qu'il faut plus d'air... Il est probable que la lettre a
aussi été envoyée par cet homme-là, acheva-t-il comme en
aparté.

— Quelle lettre?

— Elle a reçu aujourd'hui une lettre qui l'a beaucoup
inquiétée. J'ai voulu lui parler de toi, elle m'a prié de me
taire. Ensuite... ensuite elle m'a dit que nous nous sépare-
rions peut-être dans un très-bref délai, et m'a adressé de chaleureux remerciments. Après quoi, elle est allée s'enfermer
dans sa chambre.

— Elle a reçu une lettre? demanda de nouveau Raskolnikoff devenu soucieux.

— Oui. Est-ce que tu ne le savais pas? Hum...

Tous deux se turent pendant une minute.

— Adieu, Rodion... Moi, mon ami... il y a eu un temps..
Allons, adieu! je dois aussi m'en aller. Pour ce qui est de
m'adonner à la boisson, non, je n'en ferai rien; c'est inutile...

Il sortit vivement, mais il venait à peine de refermer la
porte sur lui qu'il la rouvrit tout à coup et dit en regardant de côté :

— A propos! Tu te rappelles ce meurtre, l'assassinat de

cette vieille femme? Eh bien! sache qu'on a découvert
le meurtrier, il s'est reconnu coupable et a fourni toutes
les preuves à l'appui de ses dires. C'est, figure-toi, un de
ces peintres dont j'avais pris si chaudement la défense! Le
croiras-tu? la poursuite des deux ouvriers courant l'un après
l'autre dans l'escalier pendant que montaient le dvornik et
les deux témoins, les gourmades qu'ils s'administraient en
riant, tout cela n'était qu'un truc imaginé par l'assassin pour
détourner les soupçons! Quelle astuce, quelle présence d'esprit chez ce drôle! On a peine à y croire, mais il a lui-même
tout expliqué, il a fait les aveux les plus complets. Et
comme je m'étais fourvoyé! Eh bien, à mon avis, cet
homme est le génie de la dissimulation et de la ruse, —
après cela il ne faut s'étonner de rien! Est-ce qu'il ne
peut pas y avoir de pareilles gens? S'il n'a pas soutenu son
rôle jusqu'au bout, s'il est entré dans la voie des aveux, je
n'en suis que plus porté à admettre la vérité de ce qu'il dit.
Cela rend la chose plus vraisemblable... Mais m'étais-je
assez mis le doigt dans l'œil! En ai-je rompu, des lances, en
faveur de ces deux hommes-là!

— Dis-moi, je te prie : comment as-tu appris cela, et
pourquoi cette affaire t'intéresse-t-elle tant? demanda Raskolnikoff visiblement agité.

— Pourquoi elle m'intéresse? Voilà une question!... Quant
aux faits, je les tiens de plusieurs personnes, notamment de
Porphyre. C'est lui qui m'a presque tout appris.

— Porphyre?

— Oui.

— Eh bien... qu'est-ce qu'il t'a dit? demanda Raskolnikoff
inquiet.

— Il m'a expliqué cela à merveille, en procédant par la
méthode psychologique, selon son habitude.

— Il t'a expliqué cela? Lui-même?

— Lui-même, lui-même; adieu! Plus tard je te dirai

encore quelque chose, mais maintenant je suis forcé de te
quitter... Il y a eu un temps où j'ai pensé... Allons, je te
raconterai cela un autre jour!... Qu'ai-je besoin de boire à
présent? Tes paroles ont suffi pour m'enivrer. En ce moment,
Rodka, je suis ivre, ivre sans avoir bu une goutte de vin...
Adieu, à bientôt! »

Il sortit.

« C'est un conspirateur politique, cela est positif, positif! »
conclut définitivement Razoumikhine, tandis qu'il descendait l'escalier. « Et il a entraîné sa sœur dans son entreprise;
cette conjecture est très-probable, étant donné le caractère
d'Avdotia Romanovna. Ils ont eu des entretiens... Elle m'avait
déjà laissé supposer, d'après certaines paroles... Maintenant
je comprends à quoi se rapportaient ces petits mots... ces
allusions... Oui, c'est bien cela! D'ailleurs, où trouver une
autre explication de ce mystère? Hum! Et il m'était venu à
l'esprit... O Seigneur! que m'étais-je imaginé! Oui, j'ai eu
une défaillance de jugement, et je me suis rendu coupable
envers lui! L'autre soir, dans le corridor, en considérant son
visage éclairé par la lumière de la lampe, j'ai eu une minute
d'égarement. Pouah! quelle horrible idée j'ai pu concevoir!
Mikolka a joliment bien fait d'avouer!... Oui, à présent, tout
le passé s'explique : la maladie de Rodion, l'étrangeté de sa
conduite, cette humeur sombre et farouche qu'il manifestait déjà au temps où il était étudiant... Mais que signifie
cette lettre? D'où vient-elle? Il y a encore là quelque chose.
Je soupçonne... Hum... Non, j'aurai le fin mot de tout
cela. »

A la pensée de Dounetchka, il sentait son cœur se glacer
et restait comme cloué à sa place. Il dut faire un violent
effort sur lui-même pour continuer sa marche.

Aussitôt après le départ de Razoumikhine, Raskolnikoff se
leva; il s'approcha de la fenêtre, puis se promena d'un coin
à l'autre, paraissant avoir oublié les dimensions exiguës de

sa chambrette. A la fin, il se rassit sur le divan. Une rénovation complète semblait s'être opérée en lui ; il allait avoir
encore à lutter : c'était une issue !

Oui, une issue ! Un moyen d'échapper à la situation
pénible, aux conditions d'étouffement dans lesquelles il
vivait depuis l'apparition de Mikolka chez Porphyre. Après
ce dramatique incident, le même jour, avait eu lieu la scène
chez Sonia, scène dont les péripéties et le dénoûment
avaient tout à fait trompé les prévisions de Raskolnikoff. Il
s'était montré faible ; il avait reconnu, d'accord avec la
jeune fille, et reconnu sincèrement qu'il ne pouvait plus
porter seul un pareil fardeau ! Et Svidrigaïloff ?... Svidrigaïloff était une énigme qui l'inquiétait, mais pas de la
même façon. Il y avait peut-être moyen de se débarrasser
de Svidrigaïloff, tandis que Porphyre, c'était une autre
affaire.

« Ainsi, c'est Porphyre lui-même qui a expliqué à Razoumikhine la culpabilité de Mikolka en procédant par la
méthode *psychologique !* » continuait à se dire Raskolnikoff. « Il a encore fourré là sa maudite psychologie ! Porphyre ? Mais comment Porphyre a-t-il pu croire un seul
instant Mikolka coupable après la scène qui venait de se
passer entre nous et qui n'admet qu'*une* explication ? Durant
ce tête-à-tête, ses paroles, ses gestes, ses regards, le son de
sa voix, tout chez lui attestait une conviction si invin-
cible qu'aucun des prétendus aveux de Mikolka n'a dû
l'ébranler.

« Mais quoi ? Razoumikhine lui-même commençait à se
douter de quelque chose. L'incident du corridor lui a, sans
doute, fait faire des réflexions. Il a couru chez Porphyre...
Mais pourquoi ce dernier l'a-t-il ainsi mystifié ? Quel but
poursuit-il en abusant Razoumikhine sur le compte de
Mikolka ? Évidemment, il n'a pas fait cela sans motif ; il
doit avoir ses intentions, mais quelles sont-elles ? A la vérité,

il s'est déjà écoulé bien du temps depuis ce matin, et je n'ai encore ni vent ni nouvelle de Porphyre. Qui sait, pourtant, si ce n'est pas plutôt mauvais signe?... »

Raskolnikoff prit sa casquette et, après avoir tenu conseil avec lui-même, se décida à sortir. Ce jour-là, pour la première fois depuis bien longtemps, il se sentait en pleine possession de ses facultés intellectuelles. « Il faut en finir avec Svidrigaïloff, pensait-il, et, coûte que coûte, expédier cette affaire le plus tôt possible; d'ailleurs, il paraît attendre ma visite. » En cet instant, une telle haine déborda tout à coup de son cœur que, s'il avait pu tuer l'un ou l'autre de ces deux êtres détestés : Svidrigaïloff ou Porphyre, il n'aurait sans doute pas hésité à le faire.

Mais à peine venait-il d'ouvrir la porte, qu'il se rencontra nez à nez dans le vestibule avec Porphyre lui-même. Le juge d'instruction venait chez lui. Tout d'abord Raskolnikoff resta stupéfait, mais il se remit presque aussitôt. Chose étrange, cette visite ne l'étonna pas trop et ne lui causa presque aucune frayeur. « C'est peut-être le dénoûment! Mais pourquoi a-t-il amorti le bruit de ses pas? Je n'ai rien entendu. Peut-être écoutait-il derrière la porte? »

— Vous n'attendiez pas ma visite, Rodion Romanovitch? fit gaiement Porphyre Pétrovitch. Je me proposais depuis longtemps d'aller vous voir, et, en passant devant votre maison, j'ai pensé à vous dire un petit bonjour. Vous étiez sur le point de sortir? Je ne vous retiendrai pas. Cinq minutes seulement, le temps de fumer une petite cigarette, si vous permettez...

— Mais asseyez-vous, Porphyre Pétrovitch, asseyez-vous, dit Raskolnikoff en offrant un siége au visiteur d'un air si affable et si satisfait, que lui-même en aurait été surpris s'il avait pu se voir. Toute trace de ses impressions précédentes avait disparu. Ainsi parfois l'homme qui, aux prises avec un brigand, a passé durant une demi-heure par des angoisses mortelles, n'éprouve plus aucune crainte quand il sent le poignard sur sa gorge.

Le jeune homme s'assit en face de Porphyre et fixa sur lui un regard assuré. Le juge d'instruction cligna les yeux et commença par allumer une cigarette.

« Eh bien, parle donc, parle donc ! » lui criait mentalement Raskolnikoff.

## II

— Oh! ces cigarettes! commença enfin Porphyre Pétrovitch : — c'est ma mort, et je ne puis y renoncer! Je tousse, j'ai un commencement d'irritation dans le gosier, et je suis asthmatique. J'ai été consulter dernièrement Botkine; il examine chaque malade une demi-heure au minimum. Après m'avoir longuement ausculté, percuté, etc., il m'a dit entre autres choses : Le tabac ne vous vaut rien, vous avez les poumons dilatés. Oui, mais comment abandonner le tabac? Par quoi le remplacer? Je ne bois pas, voilà le malheur, hé! hé! hé! Tout est relatif, Rodion Romanovitch !

« Voilà encore un préambule qui sent sa rouerie juridique ! » maugréait à part soi Raskolnikoff. Son entretien récent avec le juge d'instruction lui revint brusquement à l'esprit, et à ce souvenir la colère se réveilla dans son cœur.

— J'ai déjà passé chez vous avant-hier soir, vous ne le saviez pas? continua Porphyre Pétrovitch en promenant ses regards autour de lui : — je suis entré dans cette même chambre. Je me trouvais par hasard dans votre rue comme aujourd'hui, et l'idée m'est venue de vous faire une petite visite. Votre porte était ouverte, je suis entré, je vous ai attendu un moment, et puis je suis parti sans laisser mon nom à votre servante. Vous ne fermez jamais?

La physionomie de Raskolnikoff s'assombrissait de plus en plus. Porphyre Pétrovitch devina sans doute à quoi il pensait.

— Je suis venu m'expliquer, cher Rodion Romanovitch! Je vous dois une explication, poursuivit-il avec un sourire et en frappant légèrement sur le genou du jeune homme; mais, presque au même instant, son visage prit une expression sérieuse, triste même, au grand étonnement de Raskolnikoff, à qui le juge d'instruction se montrait ainsi sous un jour fort inattendu. La dernière fois que nous nous sommes vus, il s'est passé une scène étrange entre nous, Rodion Romanovitch. J'ai eu peut-être de grands torts envers vous, je le sens. Vous vous rappelez comme nous nous sommes quittés : nous avions les nerfs très-excités, vous et moi. Nous avons manqué aux convenances les plus élémentaires, et pourtant nous sommes des gentlemen.

« Où veut-il en venir? » se demandait Raskolnikoff, qui ne cessait de considérer Porphyre avec une curiosité inquiète.

— J'ai pensé que nous ferions mieux désormais d'agir avec sincérité, reprit le juge d'instruction en détournant un peu la tête et en baissant les yeux comme s'il eût craint cette fois de troubler par ses regards son ancienne victime : — il ne faut pas que de pareilles scènes se renouvellent. L'autre jour, sans l'arrivée de Mikolka, je ne sais pas jusqu'où les choses seraient allées. Vous êtes naturellement très-irascible, Rodion Romanovitch; c'est là-dessus que j'avais tablé, car, poussé à bout, un homme laisse parfois échapper ses secrets. « Si je pouvais, me disais-je, lui arracher une preuve quelconque, fût-elle la plus mince, mais une preuve réelle, tangible, palpable, autre chose enfin que toutes ces inductions psychologiques! » Voilà le calcul que j'avais fait.

On réussit quelquefois à l'aide de ce procédé, seulement cela n'arrive pas toujours, comme j'ai eu alors l'occasion de m'en convaincre. J'avais trop présumé de votre caractère.

— Mais vous... pourquoi maintenant me dites-vous tout cela? balbutia Raskolnikoff sans trop se rendre compte de la question qu'il posait. « Est-ce que par hasard il me croirait innocent? » se demandait-il.

— Pourquoi je vous dis cela? Mais je considère comme un devoir sacré de vous expliquer ma conduite. Parce que je vous ai soumis, je le reconnais, à une cruelle torture, je ne veux pas, Rodion Romanovitch, que vous me preniez pour un monstre. Je vais donc, pour ma justification, vous exposer les antécédents de cette affaire. Au début ont circulé des bruits sur la nature et l'origine desquels je crois superflu de m'étendre, inutile aussi de vous dire à quelle occasion votre personnalité y a été mêlée. Quant à moi, ce qui m'a donné l'éveil, c'est une circonstance, d'ailleurs purement fortuite, dont je n'ai pas non plus à parler. De ces bruits et de ces circonstances accidentelles s'est dégagée pour moi la même conclusion. Je l'avoue franchement, car, à dire vrai, c'est moi qui le premier vous ai mis en cause. Je laisse de côté les annotations jointes aux objets qu'on a trouvés chez la vieille. Cet indice et bien d'autres du même genre ne signifient rien. Sur ces entrefaites, j'ai eu l'occasion de connaître l'incident survenu au commissariat de police. Cette scène m'a été racontée dans le plus grand détail par quelqu'un qui y avait joué le principal rôle et qui, à son insu, l'avait menée supérieurement. Eh bien, dans ces conditions, comment ne pas se tourner d'un certain côté? Cent lapins ne font pas un cheval, cent présomptions ne font pas une preuve, dit le proverbe anglais, c'est la raison qui parle ainsi, mais essayez donc de lutter contre les passions! Or, le juge d'instruction est homme et par conséquent passionné. Je me suis aussi rappelé alors le travail que vous avez publié dans une revue. J'avais beaucoup goûté, — en amateur, s'entend, — ce premier essai de votre jeune plume. On y reconnaissait une conviction sincère, un enthousiasme ardent. Cet article a dû être écrit d'une main fiévreuse pendant une nuit sans sommeil. « L'auteur ne s'en tiendra pas là ! » avais-je pensé en le lisant. Comment, je vous le demande, ne pas rapprocher cela de ce qui a suivi? La pente était irrésistible. Ah! Seigneur, est-ce que je dis quelque chose? Est-ce que j'affirme à présent quoi que ce soit? Je me borne à vous signaler une réflexion qui m'est venue alors. Qu'est-ce que je pense maintenant? Rien, c'est-à-dire à peu près rien. Pour le moment, j'ai entre les mains Mikolka, et il y a des faits qui l'accusent, — on aura beau dire, il y a des faits! Si je vous découvre à présent tout cela, c'est, je le répète, pour que, jugeant dans votre âme et conscience, vous ne m'imputiez pas à crime ma conduite de l'autre jour. Pourquoi, me demanderez-vous, n'êtes-vous pas venu alors faire une perquisition chez moi? J'y suis allé, hé! hé! j'y suis allé quand vous étiez ici malade dans votre lit. Pas comme magistrat, pas avec un caractère officiel, mais je suis venu. Votre logement, dès les premiers soupçons, a été fouillé de fond en comble, mais — *umsonst!* Je me dis : Maintenant, cet homme va venir chez moi, il viendra lui-même me trouver, et d'ici à très-peu de temps; s'il est coupable, il ne peut manquer de venir. Un autre ne viendrait pas, celui-ci viendra. Et vous rappelez-vous les bavardages de M. Razoumikhine? Nous lui avions exprès fait part de nos conjectures dans l'espoir qu'il vous mettrait la puce à l'oreille, car nous savions que M. Razoumikhine ne pourrait contenir son indignation. M. Zamétoff avait été surtout frappé de votre audace, et, certes, il en fallait pour oser dire ainsi tout à coup en plein traktir : « J'ai tué ! » C'était vraiment trop risqué! Je vous attends avec une impatience confiante, et voilà que Dieu vous envoie! Ce que mon cœur a battu quand je vous ai vu paraître! Voyons, quel besoin aviez-vous de venir alors? Si vous vous en souvenez, vous êtes entré en riant aux éclats. Votre rire m'a donné grandement à penser; mais si je n'avais pas eu l'esprit prévenu en ce moment, je n'y aurais pas fait attention. Et M. Razoumi-khine, alors, — ah! la pierre, la pierre, vous vous rappelez, la pierre sous laquelle les objets sont cachés? Il me semble la voir d'ici, elle est quelque part dans un jardin potager, — c'est bien d'un jardin potager que vous avez parlé à Zamétoff? Ensuite, lorsque la conversation s'est engagée sur votre article, derrière chacune de vos paroles nous croyions saisir un sous-entendu. Voilà comment, Rodion Romano-vitch, ma conviction s'est formée peu à peu. « Sans doute, tout cela peut s'expliquer d'une autre manière, me disais-je cependant, et ce sera même plus naturel, j'en conviens. Mieux vaudrait une petite preuve. » Mais, en apprenant l'histoire du cordon de sonnette, je n'ai plus eu de doute, je croyais tenir la petite preuve si désirée, et je n'ai voulu réfléchir à rien. En ce moment-là, j'aurais volontiers donné mille roubles de ma poche pour vous voir de mes yeux, faisant cent pas côte à côte avec un bourgeois qui vous avait traité d'assassin sans que vous eussiez osé lui répondre!... Certes, il n'y a pas lieu d'attacher grande importance aux faits et gestes d'un malade qui agit sous l'influence d'une sorte de délire. Néanmoins, comment vous étonner après cela, Rodion Romanovitch, de la façon dont j'en ai usé envers vous? Et pourquoi, juste en ce moment, êtes-vous venu chez moi? Quelque diable, assurément, vous y a poussé, et, en vérité, si Mikolka ne nous avait séparés... Vous vous rappelez l'arrivée de Mikolka? Ç'a été comme un coup de foudre! Mais quel accueil lui ai-je fait? Je n'ai pas ajouté la moindre foi à ses dires, vous l'avez vu! Après votre départ, j'ai continué à l'interroger, il m'a répondu sur certains points d'une façon si topique que j'en ai été moi-même étonné; malgré cela, ses déclarations m'ont laissé totalement incrédule, je suis resté aussi inébranlable qu'un roc.

— Razoumikhine m'a dit tout à l'heure qu'à présent vous étiez convaincu de la culpabilité de Mikolka, vous-même lui auriez assuré que...

Il ne put achever, le souffle lui manqua.

— M. Razoumikhine! s'écria Porphyre Pétrovitch, qui semblait bien aise d'avoir entendu enfin une observation sortir de la bouche de Raskolnikoff : — hé! hé! hé! Mais il s'agissait pour moi de me débarrasser de M. Razoumikhine, qui venait chez moi avec des airs éplorés, et qui n'a rien à voir dans cette affaire. Laissons-le de côté, si vous le voulez bien. Quant à Mikolka, vous plaît-il de savoir ce qu'il est ou du moins quelle idée je me fais de lui? Avant tout, c'est comme un enfant, il n'a pas atteint sa majorité. Sans être précisément une nature poltronne, il est impressionnable comme un artiste. Ne riez pas, si je le caractérise de la sorte. Il est naïf, sensible, fantasque. Dans son village, il chante, il danse, et il narre des contes que viennent entendre les paysans des campagnes voisines. Il lui arrive de boire jusqu'à perdre la raison, non qu'il soit à proprement parler un ivrogne, mais parce qu'il ne sait pas résister à l'entraînement de l'exemple, quand il se trouve avec des camarades. Il ne comprend pas qu'il a commis un vol en s'appropriant l'écrin ramassé par lui : « Puisque je l'ai trouvé par terre, dit-il, j'avais bien le droit de le prendre. » Au dire des gens de Zaraïsk, ses compatriotes, il avait une dévotion exaltée, passait les nuits à prier Dieu et lisait sans cesse les livres saints, « les vieux, les vrais ». Pétersbourg a fortement déteint sur lui; une fois ici, il s'est adonné au vin et aux femmes, ce qui lui a fait oublier la religion. J'ai su qu'un de nos artistes s'était intéressé à lui et avait

commencé à lui donner des leçons. Sur ces entrefaites arrive
cette malheureuse affaire. Le pauvre garçon prend peur et
se passe une corde au cou. Que voulez-vous? Notre peuple
ne peut s'ôter de l'esprit cette idée que tout homme recherché
par la police est un homme condamné. En prison, Mikolka
est revenu au mysticisme de ses premières années; à présent il a soif d'expiation, et c'est ce motif seul qui l'a décidé
à s'avouer coupable. Ma conviction à cet égard est basée
sur certains faits que lui-même ne connaît pas. Du reste, il
finira par me confesser toute la vérité. Vous croyez qu'il sou-
tiendra son rôle jusqu'au bout? Attendez un peu, vous verrez
qu'il rétractera ses aveux. D'ailleurs, s'il a réussi à donner,
sur certains points, un caractère de vraisemblance à ses
déclarations, en revanche, sur d'autres, il se trouve en complète contradiction avec les faits, et il ne s'en doute pas!
Non, batuchka Rodion Romanovitch, le coupable n'est pas
Mikolka. Nous sommes ici en présence d'une affaire fantastique et sombre; ce crime a bien la marque contemporaine,
il porte au plus haut point le cachet d'une époque qui
fait consister toute la vie dans la recherche du confort.
Le coupable est un théoricien, une victime du livre; il a
déployé, pour son coup d'essai, beaucoup d'audace, mais
cette audace est d'un genre particulier, c'est celle d'un
homme qui se précipite du haut d'une montagne ou d'un
clocher. Il a oublié de refermer la porte sur lui, et il a
tué, tué deux personnes pour obéir à une théorie. Il a tué
et il n'a pas su s'emparer de l'argent; ce qu'il a pu emporter, il est allé le cacher sous une pierre. Il ne lui a pas suffi
des angoisses endurées dans l'antichambre, pendant qu'il
entendait les coups frappés à la porte et le tintement répété
de la sonnette; non, cédant à un irrésistible besoin de
retrouver le même frisson, il est allé plus tard visiter le
logement vide et tirer le cordon de la sonnette. Mettons
cela sur le compte de la maladie, d'un demi-délire, soit;

mais voici encore un point à noter : il a tué, et il ne s'en regarde pas moins comme un homme honorable, il méprise les gens, il a des allures d'ange pâle. Non, il ne s'agit pas ici de Mikolka, cher Rodion Romanovitch, ce n'est pas lui le coupable !

Ce coup droit était d'autant plus inattendu qu'il arrivait après l'espèce d'amende honorable faite par le juge d'instruction. Raskolnikoff trembla de tout son corps.

— Alors... qui donc... a tué? balbutia-t-il d'une voix entrecoupée.

Le juge d'instruction se renversa sur le dossier de sa chaise, dans l'étonnement que parut lui causer une semblable question.

— Comment, qui a tué?... reprit-il comme s'il n'eût pu en croire ses oreilles : mais c'est vous, Rodion Romanovitch, qui avez tué! C'est vous... ajouta-t-il presque tout bas et d'un ton profondément convaincu.

Raskolnikoff se leva par un brusque mouvement, resta debout quelques secondes, puis se rassit sans proférer un seul mot. De légères convulsions agitaient tous les muscles de son visage.

— Voilà encore votre lèvre qui tremble comme l'autre jour, remarqua d'un air d'intérêt Porphyre Pétrovitch. Vous n'avez pas bien saisi, je crois, l'objet de ma visite, Rodion Romanovitch, poursuivit-il après un moment de silence; de là votre stupéfaction. Je suis venu précisément pour tout dire et mettre la vérité en pleine lumière.

— Ce n'est pas moi qui ai tué, bégaya le jeune homme, se défendant comme le fait un petit enfant pris en faute.

— Si, c'est vous, Rodion Romanovitch, c'est vous, et vous seul, répliqua sévèrement le juge d'instruction.

Tous deux se turent, et, chose étrange, ce silence se prolongea durant dix minutes.

Accoudé contre la table, Raskolnikoff fourrageait sa chevelure. Porphyre Pétrovitch attendait sans donner aucun signe d'impatience. Tout à coup le jeune homme regarda avec mépris le magistrat :

— Vous revenez à vos anciennes pratiques, Porphyre Pétrovitch ! Ce sont toujours les mêmes procédés : comment cela ne vous ennuie-t-il pas, à la fin ?

— Eh ! laissez donc mes procédés ! Ce serait autre chose si nous étions en présence de témoins, mais nous causons ici en tête-à-tête. Vous le voyez vous-même, je ne suis pas venu pour vous chasser et vous prendre comme un gibier. Que vous avouiez ou non, en ce moment cela m'est égal. Dans un cas comme dans l'autre, ma conviction est faite.

— S'il en est ainsi, pourquoi êtes-vous venu? demanda avec irritation Raskolnikoff. — Je vous répète la question que je vous ai déjà faite : si vous me croyez coupable, que ne lancez-vous un mandat d'arrêt contre moi ?

— Voilà une question ! Je vous répondrai point par point : d'abord, votre arrestation ne me servirait à rien.

— Comment, elle ne vous servirait à rien ! Du moment où vous êtes convaincu, vous devez...

— Eh! qu'importe ma conviction? Jusqu'à présent elle ne repose que sur des nuages. Et pourquoi vous mettrais-je *en repos?* Vous le savez vous-même, puisque vous demandez vous-même à y être mis. Je suppose que, confronté avec le bourgeois, vous lui disiez : « Avais-tu bu, oui ou non? Qui m'a vu avec toi? Je t'ai simplement pris pour un homme ivre, ce que tu étais », — que pourrai-je répliquer, d'autant plus que votre réponse sera plus vraisemblable que sa déposition qui est de pure psychologie, et qu'en outre dans l'espèce vous tomberez juste, car le drôle est connu pour être un ivrogne? Plusieurs fois déjà je vous ai moi-même avoué avec franchise que toute cette psychologie est à deux fins, et qu'en dehors d'elle je n'ai rien contre vous pour le

moment. Sans doute je vous ferai arrêter, — j'étais venu
pour vous en donner avis, — et pourtant je n'hésite pas à
vous déclarer que cela ne me servira à rien. Le second objet
de ma visite...

— Eh bien, quel est-il? fit Raskolnikoff haletant.

— .....Je vous l'ai déjà appris. Je tenais à vous expliquer
ma conduite, ne voulant point passer à vos yeux pour un
monstre, alors surtout que je suis des mieux disposés en
votre faveur, que vous le croyiez ou non. Vu l'intérêt que
je vous porte, je vous engage franchement à aller vous
dénoncer. J'étais encore venu pour vous donner ce conseil.
C'est de beaucoup le parti le plus avantageux que vous puis-
siez prendre, et pour vous et pour moi, qui serai ainsi débarrassé de cette affaire. Eh bien, suis-je assez franc?

Raskolnikoff réfléchit une minute.

— Écoutez, Porphyre Pétrovitch : d'après vos propres
paroles, vous n'avez contre moi que de la psychologie, et
cependant vous aspirez à l'évidence mathématique. Qui vous
dit qu'actuellement vous ne vous trompez pas?

— Non, Rodion Romanovitch, je ne me trompe pas. J'ai
une preuve. Cette preuve, je l'ai trouvée l'autre jour : Dieu
me l'a envoyée!

— Quelle est-elle?

— Je ne vous le dirai pas, Rodion Romanovitch. Mais en
tout cas, maintenant, je n'ai plus le droit de temporiser; je
vais vous faire arrêter. Ainsi jugez : quelque résolution que
vous preniez, à présent peu m'importe; tout ce que je vous
en dis, c'est donc uniquement dans votre intérêt. La meilleure solution est celle que je vous indique, soyez-en sûr,
Rodion Romanovitch!

Raskolnikoff eut un sourire de colère.

— Votre langage est plus que ridicule, il est impu-
dent. Voyons : à supposer que je sois coupable (ce que je
ne reconnais nullement), pourquoi irais-je me dénoncer,

puisque vous dites vous-même que là, en prison, je serai *en repos?*

— Eh! Rodion Romanovitch, ne prenez pas ces mots trop à la lettre : vous pouvez trouver là le *repos,* comme vous pouvez ne pas le trouver. Je suis d'avis, sans doute, que la prison calme le coupable, mais ce n'est qu'une théorie, et une théorie qui m'est personnelle : or, suis-je une autorité pour vous? Qui sait si, en ce moment même, je ne vous cache pas quelque chose? Vous ne pouvez exiger que je vous livre tous mes secrets, hé! hé! Quant au profit que vous retirerez de cette conduite, il est incontestable. Vous y gagnerez à coup sûr de voir votre peine notablement diminuée. Songez un peu dans quel moment vous viendrez vous dénoncer : au moment où un autre a assumé le crime sur lui et a jeté le trouble dans l'instruction! Pour ce qui est de moi, je prends devant Dieu l'engagement formel de vous laisser vis-à-vis de la cour d'assises tout le bénéfice de votre initiative. Les juges ignoreront, je vous le promets, toute cette psychologie, tous ces soupçons dirigés contre vous, et votre démarche aura à leurs yeux un caractère absolument spontané. On ne verra dans votre crime que le résultat d'un entraînement fatal, et, au fond, ce n'est pas autre chose. Je suis un honnête homme, Rodion Romanovitch, et je tiendrai ma parole.

Raskolnikoff baissa la tête et réfléchit longtemps; à la fin, il sourit de nouveau, mais cette fois son sourire était doux et mélancolique.

— Je n'y tiens pas! dit-il, sans paraître s'apercevoir que ce langage équivalait presque à un aveu, que m'importe la diminution de peine dont vous me parlez! Je n'en ai pas besoin!

— Allons, voilà ce que je craignais! s'écria comme malgré lui Porphyre : je me doutais bien, hélas! que vous dédaigneriez notre indulgence.

Raskolnikoff le regarda d'un air grave et triste.

— Eh! ne faites pas fi de la vie! continua le juge d'instruction : — elle est encore longue devant vous. Comment, vous
ne voulez pas d'une diminution de peine! Vous êtes bien
difficile!

— Qu'aurai-je désormais en perspective?

— La vie! Êtes-vous prophète pour savoir ce qu'elle vous
réserve? Cherchez, et vous trouverez. Dieu vous attendait
peut-être là. D'ailleurs, vous ne serez pas condamné à per-
pétuité...

— J'obtiendrai des circonstances atténuantes... fit en riant
Raskolnikoff.

— C'est, à votre insu peut-être, une honte bourgeoise qui
vous empêche de vous avouer coupable; il faut vous mettre
au-dessus de cela.

— Oh! je m'en moque! murmura d'un ton méprisant le
jeune homme. Il fit encore mine de se lever, puis se rassit,
en proie à un abattement visible.

— Vous êtes défiant et vous pensez que je cherche grossièrement à vous leurrer, mais avez-vous déjà beaucoup
vécu? Que savez-vous de l'existence? Vous avez imaginé
une théorie, et elle a abouti en pratique à des conséquences
dont le peu d'originalité maintenant vous fait honte! Vous
avez commis un crime, c'est vrai, mais vous n'êtes pas, il
s'en faut de beaucoup, un criminel perdu sans retour. Quelle
est mon opinion sur votre compte? Je vous considère comme
un de ces hommes qui se laisseraient arracher les entrailles
en souriant à leurs bourreaux, pourvu seulement qu'ils aient
trouvé une foi ou un Dieu. Eh bien, trouvez-les, et vous
vivrez. D'abord, il y a longtemps que vous avez besoin de
changer d'air. Ensuite, la souffrance est une bonne chose.
Souffrez. Mikolka a peut-être raison de vouloir souffrir. Je
sais que vous êtes un sceptique, mais, sans raisonner, aban-
donnez-vous au courant de la vie : il vous portera quelque

part. Où? Ne vous en inquiétez pas, vous aborderez toujours à un rivage. Lequel? je l'ignore, je crois seulement que vous avez encore longtemps à vivre. Sans doute à présent vous vous dites que je joue mon jeu de juge d'instruction; mais peut-être plus tard vous vous rappellerez mes paroles et vous en ferez votre profit; voilà pourquoi je vous tiens ce langage. C'est encore bien heureux que vous n'ayez tué qu'une méchante vieille femme. Avec une autre théorie, vous auriez commis une action cent millions de fois pire. Vous pouvez encore remercier Dieu : qui sait? peut-être a-t-il des desseins sur vous. Ayez donc du courage et ne reculez point, par pusillanimité, devant ce qu'exige la justice. Je sais que vous ne me croyez pas, mais avec le temps vous reprendrez goût à la vie. Aujourd'hui il vous faut seulement de l'air, de l'air, de l'air!

Raskolnikoff eut un frisson.

— Mais qui êtes-vous, s'écria-t-il, pour me faire ces prophéties? Quelle haute sagesse vous permet de deviner mon avenir?

— Qui je suis? Je suis un homme fini, rien de plus. Un homme sensible et compatissant à qui l'expérience a peut-être appris quelque chose, mais un homme complétement fini. Vous, c'est une autre affaire : vous êtes au début de l'existence, et cette aventure, qui sait? ne laissera peut-être aucune trace dans votre vie. Pourquoi tant redouter le changement qui va s'opérer dans votre situation? Est-ce le bien-être qu'un cœur comme le vôtre peut regretter? Vous affligez-vous de vous voir pour longtemps confiné dans l'obscurité? Mais il dépend de vous que cette obscurité ne soit pas éternelle. Devenez un soleil, et tout le monde vous apercevra. Pourquoi souriez-vous encore? Vous vous dites que ce sont là propos de juge d'instruction? C'est bien possible, hé! hé! hé! Je ne vous demande pas de me croire sur parole, Rodion Romanovitch, — je fais mon métier, j'en conviens; seulement voici ce que j'ajoute : l'événement vous montrera si je suis un fourbe ou un honnête homme!

— Quand comptez-vous m'arrêter?

— Je puis encore vous laisser un jour et demi ou deux jours de liberté. Faites vos réflexions, mon ami; priez Dieu de vous inspirer. Le conseil que je vous donne est le meilleur à suivre, croyez-le bien.

— Et si je prenais la clef des champs? demanda Raskolnikoff avec un sourire étrange.

— Vous ne la prendrez pas. Un moujik s'enfuira; un révolutionnaire du jour, valet de la pensée d'autrui, s'enfuira, parce qu'il a un *credo* aveuglément accepté pour toute la vie. Mais vous, vous ne croyez plus à votre théorie; qu'emporteriez-vous donc en vous en allant? Et, d'ailleurs, quelle existence ignoble et pénible que celle d'un fugitif! Si vous prenez la fuite, vous reviendrez de vous-même. *Vous ne pouvez vous passer de nous.* Quand je vous aurai fait arrêter, — au bout d'un mois ou deux, mettons trois si vous voulez, vous vous rappellerez mes paroles et vous avouerez. Vous y serez amené insensiblement, presque à votre insu. Je suis même persuadé qu'après avoir bien réfléchi, vous vous déciderez à accepter l'expiation. En ce moment, vous ne le croyez pas, mais vous verrez. C'est qu'en effet, Rodion Romanovitch, la souffrance est une grande chose. Dans la bouche d'un gros homme qui ne se prive de rien, ce langage peut prêter à rire. N'importe, il y a une idée dans la souffrance. Mikolka a raison. Non, vous ne prendrez pas la fuite, Rodion Romanovitch.

Raskolnikoff se leva et prit sa casquette. Porphyre Pétrovitch en fit autant.

— Vous allez vous promener? La soirée sera belle, pourvu seulement qu'il n'y ait pas d'orage. Du reste, ce serait tant mieux, cela rafraîchirait la température.

— Porphyre Pétrovitch, dit le jeune homme d'un ton sec

et pressant, — n'allez pas vous figurer, je vous prie, que je vous ai fait des aveux aujourd'hui. Vous êtes un homme étrange, et je vous ai écouté par pure curiosité. Mais je n'ai rien avoué... n'oubliez pas cela.

— Suffit, je ne l'oublierai pas, — eh, comme il tremble! Ne vous inquiétez pas, mon cher, je prends bonne note de votre recommandation. Promenez-vous un peu, seulement ne dépassez pas certaines limites. A tout hasard, j'ai encore une petite demande à vous faire, ajouta-t-il en baissant la voix, — elle est un peu délicate, mais elle a son importance : au cas, d'ailleurs improbable selon moi, où durant ces quarante-huit heures la fantaisie vous viendrait d'en finir avec la vie (pardonnez-moi cette absurde supposition), eh bien, laissez un petit billet, rien que deux lignes, et indiquez l'endroit où se trouve la pierre : ce sera plus noble. Allons, au revoir... Que Dieu vous envoie de bonnes pensées!

Porphyre se retira en évitant de regarder Raskolnikoff. Celui-ci s'approcha de la fenêtre et attendit avec impatience le moment où, selon son calcul, le juge d'instruction serait déjà assez loin de la maison. Ensuite il sortit lui-même en toute hâte.

## III

Il était pressé de voir Svidrigaïloff. Ce qu'il pouvait espérer de cet homme, — lui-même l'ignorait. Mais cet homme avait sur lui un mystérieux pouvoir. Depuis que Raskolnikoff s'en était convaincu, l'inquiétude le dévorait, et à présent il n'y avait plus lieu de reculer le moment d'une explication.

En chemin, une question le préoccupait surtout : Svidrigaïloff était-il allé chez Porphyre?

Autant qu'il en pouvait juger, — non, Svidrigaïloff n'y était pas allé! Raskolnikoff l'aurait juré. En repassant dans son esprit toutes les circonstances de la visite de Porphyre, il arrivait toujours à la même conclusion négative.

Mais si Svidrigaïloff n'était pas encore allé chez le juge d'instruction, est-ce qu'il n'irait pas?

Sur ce point encore, le jeune homme était porté à se répondre négativement. Pourquoi? Il n'aurait pu donner les raisons de sa manière de voir, et lors même qu'il eût pu se l'expliquer, il ne se serait pas cassé la tête là-dessus. Tout cela le tracassait et en même temps le laissait à peu près indifférent. Chose étrange, presque incroyable : si critique que fût sa situation actuelle, Raskolnikoff n'en avait qu'un assez faible souci; ce qui le tourmentait, c'était une question bien plus importante, une question qui l'intéressait personnellement, mais qui n'était pas celle-là. En outre, il éprouvait une immense lassitude morale, quoiqu'il fût alors plus en état de raisonner que les jours précédents.

Après tant de combats déjà livrés, fallait-il encore engager une nouvelle lutte pour triompher de ces misérables difficultés? Était-ce la peine, par exemple, d'aller faire le siége de Svidrigaïloff, d'essayer de le circonvenir, dans la crainte qu'il ne se rendît chez le juge d'instruction?

Oh! que tout cela l'énervait!

Pourtant il avait hâte de voir Svidrigaïloff; attendait-il de lui quelque chose de *nouveau,* un conseil, un moyen de se tirer d'affaire? Les noyés se raccrochent à un fétu de paille! Était-ce la destinée ou l'instinct qui poussait ces deux hommes l'un vers l'autre? Peut-être Raskolnikoff faisait-il cette démarche simplement parce qu'il ne savait plus à quel saint se vouer? Peut-être avait-il besoin d'un autre que de Svidrigaïloff, et prenait-il ce dernier comme pis aller? Sonia? Mais pourquoi maintenant irait-il chez Sonia? Pour la faire pleurer encore? D'ailleurs, Sonia l'effrayait; Sonia, c'était

pour lui l'arrêt irrévocable, la décision sans appel. En ce
moment surtout il ne se sentait pas en état d'affronter la
vue de la jeune fille. Non, ne valait-il pas mieux faire une
tentative auprès de Svidrigaïloff? Malgré lui, il s'avouait
intérieurement que depuis longtemps déjà Arcade Ivanovitch
lui était en quelque sorte nécessaire.

Cependant que pouvait-il y avoir de commun entre eux?
Leur scélératesse même n'était pas faite pour les rapprocher.
Cet homme lui déplaisait beaucoup : il était évidemment
très-débauché, à coup sûr cauteleux et fourbe, peut-être fort
méchant. Des légendes sinistres couraient sur son compte.
A la vérité, il s'occupait des enfants de Catherine Ivanovna;
mais savait-on pourquoi il agissait ainsi? Chez un être pareil
il fallait toujours supposer quelque ténébreux dessein.

Depuis plusieurs jours une autre pensée encore ne cessait
d'inquiéter Raskolnikoff, quoiqu'il s'efforçât de la chasser,
tant elle lui était pénible. « Svidrigaïloff tourne toujours
autour de moi, se disait-il souvent, Svidrigaïloff a découvert mon secret, Svidrigaïloff a eu des intentions sur ma
sœur; peut-être en a-t-il encore, c'est même le plus probable. Si, maintenant qu'il possède mon secret, il cherchait
à s'en faire une arme contre Dounia? »

Cette pensée qui parfois le troublait jusque dans son sommeil ne s'était jamais offerte à lui avec autant de clarté qu'en
ce moment où il se rendait chez Svidrigaïloff. D'abord, l'idée
lui vint de tout dire à sa sœur, ce qui changerait singulièrement la situation. Puis il songea qu'il ferait bien d'aller se
dénoncer pour prévenir une démarche imprudente de la part
de Dounetchka. La lettre? Ce matin Dounia avait reçu une
lettre! Qui, à Pétersbourg, pouvait lui avoir écrit? (Ne
serait-ce pas Loujine?) A la vérité, Razoumikhine faisait
bonne garde, mais Razoumikhine ne savait rien. « Ne
devrais-je pas aussi tout dire à Razoumikhine? » se demanda
avec un soulèvement de cœur Raskolnikoff.

« En tout cas, il faut voir au plus tôt Svidrigaïloff. Grâce à Dieu, les détails ici importent moins que le fond de l'affaire; mais si Svidrigaïloff a l'audace d'entreprendre quelque chose contre Dounia, eh bien, je le tuerai », décida-t-il.

Un sentiment pénible l'oppressait; il s'arrêta au milieu de la rue et promena ses regards autour de lui : quel chemin avait-il pris? Où était-il? Il se trouvait sur la perspective ***, à trente ou quarante pas du Marché-au-Foin qu'il avait traversé. Le second étage de la maison à gauche était occupé tout entier par un traktir. Toutes les fenêtres étaient grandes ouvertes. A en juger par les têtes qui y apparaissaient, l'établissement devait être rempli de monde. Dans la salle on chantait des chansons, on jouait de la clarinette, du violon et du tambour turc. Des cris de femmes se faisaient entendre. Surpris de se voir en cet endroit, le jeune homme allait rebrousser chemin, quand tout à coup, à l'une des fenêtres du traktir, il aperçut Svidrigaïloff, la pipe aux dents, assis devant une table à thé. Cette vue lui causa un étonnement mêlé de crainte. Svidrigaïloff le considérait en silence, et, chose qui étonna plus encore Raskolnikoff, il fit mine de se lever, comme s'il voulait s'éclipser tout doucement avant qu'on eût remarqué sa présence. Aussitôt Raskolnikoff feignit de ne le point voir et se mit à regarder de côté tout en continuant à l'examiner du coin de l'œil. L'inquiétude faisait battre son cœur. Évidemment Svidrigaïloff tenait à n'être point aperçu. Il ôta sa pipe de sa bouche, et voulut se dérober aux regards de Raskolnikoff; mais en se levant et en écartant sa chaise, il reconnut sans doute qu'il était trop tard. C'était entre eux à peu près le même jeu de scène qu'au début de leur première entrevue dans la chambre de Raskolnikoff. Chacun d'eux se savait observé par l'autre. Un sourire malicieux, de plus en plus accusé, se montrait sur le visage de Svidrigaïloff. A la fin, celui-ci partit d'un bruyant éclat de rire.

— Eh bien, entrez, si vous voulez, je suis ici! cria-t-il de la fenêtre.

Le jeune homme monta.

Il trouva Svidrigaïloff dans une toute petite pièce attenant à une grande salle, où quantité de consommateurs : marchands, fonctionnaires et autres, étaient en train de boire du thé en écoutant des choristes qui faisaient un vacarme épouvantable. Dans une chambre voisine, on jouait au billard. Svidrigaïloff avait devant lui une bouteille de champagne entamée et un verre à demi plein; il était en compagnie de deux musiciens ambulants : un petit joueur d'orgue et une chanteuse. Celle-ci, jeune fille de dix-huit ans, fraîche et bien portante, avait une jupe d'une étoffe rayée et un chapeau tyrolien orné de rubans. Accompagnée par l'orgue, elle chantait, d'une voix de contralto assez forte, une chanson triviale, au milieu du bruit qui arrivait de l'autre pièce.

— Allons, c'est assez! l'interrompit Svidrigaïloff, lorsque Raskolnikoff entra.

La jeune fille s'arrêta aussitôt et attendit dans une attitude respectueuse. Tout à l'heure, pendant qu'elle faisait entendre ses inepties mélodiques, il y avait aussi une nuance de respect dans l'expression sérieuse de sa physionomie.

— Eh! Philippe, un verre! cria Svidrigaïloff.

— Je ne boirai pas de vin, dit Raskolnikoff.

— Comme vous voudrez. Bois, Katia. A présent, je n'ai plus besoin de toi, tu peux t'en aller.

Il versa un grand verre de vin à la jeune fille et lui donna un petit billet de couleur jaunâtre. Katia but le verre à petites gorgées, comme les femmes boivent le vin, et, après avoir pris l'assignat, elle baisa la main de Svidrigaïloff, qui accepta de l'air le plus sérieux ce témoignage de respect servile. Puis, la chanteuse se retira, suivie du petit joueur d'orgue.

Il n'y avait pas huit jours que Svidrigaïloff était à Pétersbourg, et déjà on l'eût pris pour un vieil habitué de la maison. Le garçon, Philippe, le connaissait et lui témoignait des égards particuliers. La porte donnant accès à la salle était fermée. Svidrigaïloff se trouvait comme chez lui dans cette petite pièce où il passait peut-être les journées entières. Le traktir, sale et ignoble, n'appartenait même pas à la catégorie moyenne des établissements de ce genre.

— J'allais chez vous, commença Raskolnikoff; — mais comment se fait-il qu'en quittant le Marché-au-Foin j'aie pris la perspective ***? Je ne passe jamais par ici. Je prends toujours à droite au sortir du Marché-au-Foin. Ce n'est pas non plus le chemin pour aller chez vous. A peine ai-je tourné de ce côté que je vous aperçois! C'est étrange!

— Pourquoi ne dites-vous pas tout de suite : C'est un miracle?

— Parce que ce n'est peut-être qu'un hasard.

— C'est un pli que tout le monde a ici! reprit en riant Svidrigaïloff; — lors même qu'au fond on croit à un miracle, on n'ose pas l'avouer! Vous dites vous-même que ce n'est « peut-être » qu'un hasard. Combien peu l'on a ici le courage de son opinion, vous ne pouvez vous l'imaginer, Rodion Romanovitch! Je ne dis pas cela pour vous. Vous possédez une opinion personnelle, et vous n'avez pas craint de l'affirmer. C'est même par là que vous avez attiré ma curiosité.

— Par là seulement?

— C'est bien assez.

Svidrigaïloff était dans un visible état d'excitation, bien qu'il n'eût bu qu'un demi-verre de vin.

— Quand vous êtes venu chez moi, me semble-t-il, vous ignoriez encore si je pouvais avoir ce que vous appelez une opinion personnelle, observa Raskolnikoff.

— Alors c'était autre chose. Chacun a ses affaires. Mais quant au miracle, je vous dirai que vous avez appa-

remment dormi tous ces jours-ci. Je vous ai moi-même
donné l'adresse de ce traktir, et il n'est pas étonnant que
vous y soyez venu tout droit. Je vous ai indiqué le chemin
à suivre et les heures où l'on peut me trouver ici. Vous en
souvenez-vous?

— Je l'ai oublié, répondit Raskolnikoff avec surprise.

— Je le crois. A deux reprises, je vous ai donné ces indications. L'adresse s'est gravée machinalement dans votre
mémoire, et elle vous a guidé à votre insu. Du reste, pendant
que je vous parlais, je voyais bien que vous aviez l'esprit
absent. Vous ne vous observez pas assez, Rodion Romanovitch. Mais voici encore quelque chose : je suis convaincu
qu'à Pétersbourg nombre de gens cheminent en se parlant à
eux-mêmes. C'est une ville de demi-fous. Si nous avions des
savants, les médecins, les juristes et les philosophes pourraient faire ici des études très-curieuses, chacun dans sa
spécialité. Il n'y a guère de lieu où l'âme humaine soit sou-
mise à des influences si sombres et si étranges. L'action
seule du climat est déjà funeste. Malheureusement, Pétersbourg est le centre administratif du pays, et son caractère
doit se refléter sur toute la Russie. Mais il ne s'agit pas de
cela maintenant, je voulais vous dire que je vous ai déjà vu
plusieurs fois passer dans la rue. En sortant de chez vous,
vous tenez la tête droite. Après avoir fait vingt pas, vous la
baissez et vous vous croisez les mains derrière le dos. Vous
regardez, et il est évident que ni devant vous, ni à vos
côtés, vous ne voyez rien. Finalement vous vous mettez à
remuer les lèvres et à converser avec vous-même; parfois
alors vous gesticulez, vous déclamez, vous vous arrêtez au
milieu de la voie publique pour un temps plus ou moins
long. Voilà qui ne vaut rien du tout. D'autres que moi
peut-être vous remarquent, et cela n'est pas sans danger. Au
fond, peu m'importe; je n'ai pas la prétention de vous guérir,
mais vous me comprenez, sans doute.

— Vous savez qu'on me suit? demanda Raskolnikoff en attachant un regard sondeur sur Svidrigaïloff.

— Non, je n'en sais rien, reprit celui-ci d'un air étonné.

— Eh bien! alors ne parlons plus de moi, grommela en fronçant le sourcil Raskolnikoff.

— Soit, nous ne parlerons plus de vous.

— Répondez plutôt à ceci : s'il est vrai qu'à deux reprises vous m'ayez indiqué ce traktir comme un endroit où je pouvais vous rencontrer, pourquoi donc tout à l'heure, quand j'ai levé les yeux vers la fenêtre, vous êtes-vous caché et avez-vous essayé de vous esquiver? J'ai fort bien remarqué cela.

— Hé! hé! Mais pourquoi l'autre jour, quand je suis entré dans votre chambre, avez-vous fait semblant de dormir, quoique vous fussiez parfaitement éveillé? J'ai fort bien remarqué cela.

— Je pouvais avoir... des raisons... vous le savez vous-même.

— Et moi, je pouvais avoir aussi mes raisons, bien que vous ne les connaissiez pas.

Depuis une minute, Raskolnikoff considérait attentivement le visage de son interlocuteur. Cette figure lui causait toujours un nouvel étonnement. Quoique belle, elle avait quelque chose de profondément antipathique. On l'eût prise pour un masque : le teint était trop frais, les lèvres trop vermeilles, la barbe trop blonde, les cheveux trop épais, les yeux trop bleus et leur regard trop fixe. Svidrigaïloff portait un élégant costume d'été; son linge était d'une blancheur et d'une finesse irréprochables. Un gros anneau rehaussé d'une pierre de prix se jouait à l'un de ses doigts.

— Entre nous les tergiversations ne sont plus de mise, dit brusquement le jeune homme : quoique vous soyez peut-être en mesure de me faire beaucoup de mal si vous avez envie de me nuire, je vais vous parler franc et net. Sachez

donc que si vous avez toujours les mêmes vues sur ma sœur
et si vous comptez vous servir, pour arriver à vos fins, du
secret que vous avez surpris dernièrement, je vous tuerai
avant que vous m'ayez fait mettre en prison. Je vous en
donne ma parole d'honneur. En second lieu, j'ai cru remarquer ces jours-ci que vous désiriez avoir un entretien avec
moi : si vous avez quelque chose à me communiquer, dépêchez-vous, car le temps est précieux, et bientôt peut-être il
sera trop tard.

— Qu'est-ce donc qui vous presse tant? demanda Svidrigaïloff en le regardant avec curiosité.

— Chacun a ses affaires, répliqua d'un air sombre Raskolnikoff.

— Vous venez de m'inviter à la franchise, et, à la première
question que je vous adresse, vous refusez de répondre,
observa avec un sourire Svidrigaïloff. Vous me supposez
toujours certains projets; aussi me regardez-vous d'un œil
défiant. Dans votre position, cela se comprend fort bien.
Mais quelque désir que j'aie de vivre en bonne intelligence
avec vous, je ne prendrai pas la peine de vous détromper.
Vraiment le jeu n'en vaut pas la chandelle, et je n'ai rien de
particulier à vous dire.

— Alors, que me voulez-vous? Pourquoi êtes-vous toujours
à tourner autour de moi?

— Tout simplement parce que vous êtes un sujet curieux
à observer. Vous m'avez plu par le côté fantastique de votre
situation, voilà! En outre, vous êtes le frère d'une personne
qui m'a beaucoup intéressé; elle m'a parlé de vous bien des
fois, et son langage m'a donné à penser que vous avez une
grande influence sur elle : est-ce que ce ne sont pas là des
raisons suffisantes? Hé! hé! hé! Du reste, je l'avoue,
votre question est pour moi fort complexe, et il m'est
difficile d'y répondre. Tenez, vous, par exemple, si vous
êtes venu me trouver à présent, ce n'est pas seulement

pour affaire, mais dans l'espoir que je vous dirais quelque
chose de nouveau, n'est-ce pas? N'est-ce pas? répéta avec
un sourire finaud Svidrigaïloff : — eh bien, figurez-vous
que moi-même, en me rendant à Pétersbourg, je comptais
aussi que vous me diriez quelque chose de *nouveau,* j'espé-
rais pouvoir vous emprunter quelque chose! Voilà comme
nous sommes, nous autres riches!

— M'emprunter quoi?

— Est-ce que je sais? Vous voyez dans quel misérable
traktir je suis toute la journée, reprit Svidrigaïloff; ce n'est
pas que je m'y amuse, mais il faut bien passer son temps
quelque part. Je me distrais avec cette pauvre Katia qui
vient de sortir... Si j'avais la chance d'être un goinfre, un
gastronome de club, mais non : voilà tout ce que je peux
manger! (Il montrait du doigt, sur une petite table placée
dans un coin, un plat de fer-blanc qui contenait les restes
d'un mauvais beefsteak aux pommes.) A propos, avez-vous
diné? Quant au vin, je n'en bois pas, à l'exception du champagne, et encore un verre me suffit pour toute la soirée. Si
j'ai demandé cette bouteille aujourd'hui, c'est parce que je
dois aller quelque part tout à l'heure : j'ai voulu, au préalable, me monter un peu la tête. Vous me voyez dans une
disposition d'esprit particulière. Tantôt je me suis caché
comme un écolier, parce que j'appréhendais dans votre
visite un dérangement pour moi; mais je crois pouvoir passer une heure avec vous, il est maintenant quatre heures et
demie, ajouta-t-il après avoir regardé sa montre. — Le
croiriez-vous? il y a des moments où je regrette de n'être
rien, ni propriétaire, ni père de famille, ni uhlan, ni photo-
graphe, ni journaliste!... C'est parfois ennuyeux de n'avoir
aucune spécialité. Vraiment, je pensais que vous me diriez
quelque chose de nouveau.

— Qui êtes-vous, et pourquoi êtes-vous venu ici?

— Qui je suis? Vous le savez : je suis gentilhomme, j'ai

servi deux ans dans la cavalerie, après quoi j'ai flâné sur le
pavé de Pétersbourg; ensuite j'ai épousé Marfa Pétrovna, et
je suis allé demeurer à la campagne. Voilà ma biogra-
phie!

— Vous êtes joueur, paraît-il?

— Moi, joueur? Non, dites plutôt que je suis un grec.

— Ah! vous trichiez au jeu?

— Oui.

— Vous avez dû quelquefois recevoir des gifles?

— Cela m'est arrivé en effet. Pourquoi?

— Eh bien, vous pouviez vous battre en duel; cela procure
des sensations.

— Je n'ai pas d'objection à vous faire, d'ailleurs, je ne suis
pas fort sur la discussion philosophique. Je vous avoue que
si je suis venu ici, c'est surtout pour les femmes.

— Tout de suite après avoir enterré Marfa Pétrovna?

Svidrigaïloff sourit.

— Eh bien, oui, répondit-il avec une franchise déconcer-
tante. — Vous avez l'air scandalisé de ce que je vous dis?

— Vous vous étonnez que la débauche me scandalise?

— Pourquoi me gênerais-je, je vous prie? Pourquoi renon-
cerais-je aux femmes, puisque je les aime? C'est au moins une
occupation.

Raskolnikoff se leva. Il se sentait mal à l'aise et regrettait
d'être venu là. Svidrigaïloff lui apparaissait comme le scélérat le plus dépravé qu'il y eût au monde.

— E-eh! restez donc encore un moment, faites-vous
apporter du thé. Allons, asseyez-vous. Je vous raconterai
quelque chose. Voulez-vous que je vous apprenne comment
une femme a entrepris de me convertir? Ce sera même
une réponse à votre première question, attendu qu'il
s'agit ici de votre sœur. Puis-je raconter? Nous tuerons
le temps.

— Soit, mais j'espère que vous...

— Oh! n'ayez pas peur! Du reste, même à un homme aussi vicieux que moi Avdotia Romanovna ne peut inspirer que la plus profonde estime. Je crois l'avoir comprise, et je m'en fais honneur. Mais, vous savez, quand on ne connaît pas encore bien les gens, on est sujet à se tromper, et c'est ce qu'il m'est arrivé avec votre sœur. Le diable m'emporte, pourquoi donc est-elle si belle? Ce n'est pas ma faute! En un mot, cela a commencé chez moi par un caprice libidineux des plus violents. Il faut vous dire que Marfa Pétrovna m'avait permis les paysannes. Or on venait de nous amener comme femme de chambre une jeune fille d'un village voisin, une nommée Paracha. Elle était fort jolie, mais sotte à un point incroyable : ses larmes, les cris dont elle remplit toute la cour occasionnèrent un véritable scandale. Un jour, après le dîner, Avdotia Romanovna me prit à part, et, me regardant avec des yeux étincelants, *exigea* de moi que je laissasse la pauvre Paracha en repos. C'était peut-être la première fois que nous causions en tête-à-tête. Naturellement, je m'empressai d'obtempérer à sa demande, j'essayai de paraître ému, troublé; bref, je jouai mon rôle en conscience. A partir de ce moment, nous eûmes fréquemment des entretiens secrets durant lesquels elle me faisait de la morale, me suppliait, les larmes aux yeux, de changer de vie, oui, les larmes aux yeux! Voilà jusqu'où va, chez certaines jeunes filles, la passion de la propagande! Bien entendu, j'imputais tous mes torts à la destinée, je me donnais pour un homme altéré de lumière, et, finalement, je mis en œuvre un moyen qui ne rate jamais son effet sur le cœur des femmes : la flatterie. J'espère que vous ne vous fâcherez pas si j'ajoute qu'Avdotia Romanovna elle-même ne fut pas tout d'abord insensible aux éloges dont je l'accablai. Malheureusement, je gâtai toute l'affaire par mon impatience et ma sottise. En causant avec votre sœur, j'aurais dû modérer l'éclat de mes yeux :

leur flamme l'inquiéta et finit par lui devenir odieuse. Sans entrer dans les détails, il me suffira de vous dire qu'une rupture eut lieu entre nous. A la suite de cela, je fis de nouvelles sottises. Je me répandis en grossiers sarcasmes à l'adresse des convertisseuses. Paracha rentra en scène et fut suivie de beaucoup d'autres; en un mot, je commençai à mener une existence absurde. Oh! si vous aviez vu alors, Rodion Romanovitch, les yeux de votre sœur, vous sauriez quels éclairs ils peuvent parfois lancer! Je vous assure que ses regards me poursuivaient jusque dans mon sommeil; j'en étais venu à ne plus pouvoir supporter le froufrou de sa robe. Je croyais vraiment que j'allais avoir une attaque d'épilepsie. Jamais je n'aurais supposé que l'affolement pût s'emparer de moi à un tel point. Il fallait de toute nécessité que je me réconciliasse avec Avdotia Romanovna, et la réconciliation était impossible! Imaginez-vous ce que j'ai fait alors! A quel degré de stupidité la rage peut-elle conduire un homme! N'entreprenez jamais rien dans cet état, Rodion Romanovitch. Songeant qu'Avdotia Romanovna était au fond une pauvresse (oh! pardon! je ne voulais pas dire cela... mais le mot n'y fait rien), qu'enfin elle vivait de son travail, qu'elle avait à sa charge sa mère et vous (ah! diable! vous froncez encore le sourcil...), je me décidai à lui offrir toute ma fortune (je pouvais alors réaliser trente mille roubles) et à lui proposer de s'enfuir avec moi à Pétersbourg. Une fois là, bien entendu, je lui aurais juré un amour éternel, etc., etc. Le croirez-vous? j'étais tellement toqué d'elle à cette époque, que si elle m'avait dit : « Assassine ou empoisonne Marfa Pétrovna et épouse-moi », je l'aurais fait immédiatement! Mais tout cela a fini par la catastrophe que vous connaissez, et vous pouvez juger combien j'ai été irrité en apprenant que ma femme avait négocié un mariage entre Avdotia Romanovna et ce misérable chicaneau de Loujine, car, à tout prendre, autant eût valu pour votre sœur accepter mes offres que donner sa main à un pareil homme. Est-ce vrai? est-ce vrai? Je remarque que vous m'avez écouté avec beaucoup d'attention... intéressant jeune homme...

Svidrigaïloff donna un violent coup de poing sur la table. Il était très-rouge, et, quoiqu'il eût bu à peine deux verres de champagne, l'ivresse commençait à se manifester chez lui. Raskolnikoff s'en aperçut et résolut de mettre à profit cette circonstance pour découvrir les intentions secrètes de celui qu'il considérait comme son ennemi le plus dangereux.

— Eh bien, après cela, je ne doute plus que vous ne soyez venu ici pour ma sœur, déclara-t-il d'autant plus hardiment qu'il voulait pousser à bout Svidrigaïloff.

Ce dernier essaya aussitôt d'effacer l'effet produit par ses paroles :

— Eh! laissez donc, ne vous ai-je pas dit... d'ailleurs votre sœur ne peut pas me souffrir. .

— J'en suis persuadé, mais il ne s'agit pas de cela.

— Vous êtes persuadé qu'elle ne peut pas me souffrir? reprit Svidrigaïloff en clignant de l'œil et en souriant d'un air moqueur. Vous avez raison, elle ne m'aime pas; mais ne répondez jamais de ce qui se passe entre un mari et sa femme ou entre un amant et sa maîtresse. Il y a toujours un petit coin qui reste caché à tout le monde et n'est connu que des intéressés. Oseriez-vous affirmer qu'Avdotia Romanovna me voyait avec répugnance?

— Certains mots de votre récit me prouvent que maintenant encore vous avez d'infâmes desseins sur Dounia et que vous vous proposez de les mettre à exécution dans le plus bref délai.

— Comment! J'ai pu laisser échapper de pareils mots? fit Svidrigaïloff devenu soudain fort inquiet; du reste, il ne se formalisa nullement de l'épithète dont on qualifiait ses desseins.

— Mais en ce moment même vos arrière-pensées se

trahissent. Pourquoi donc avez-vous si peur? D'où vient cette crainte subite que vous témoignez à présent?

— J'ai peur? Peur de vous? Quel conte me faites-vous là? C'est plutôt vous, cher ami, qui devriez me craindre.. Du reste, je suis ivre, je le vois; un peu plus, j'allais encore lâcher une sottise. Au diable le vin! Eh! de l'eau!

Il prit la bouteille et, sans plus de façon, la jeta par la fenêtre. Philippe apporta de l'eau.

— Tout cela est absurde, dit Svidrigaïloff en mouillant un essuie-main qu'il passa ensuite sur son visage, et je puis, d'un mot, réduire à néant tous vos soupçons. Savez-vous que je vais me marier?

— Vous me l'avez déjà dit.

— Je vous l'ai dit? Je l'avais oublié. Mais quand je vous ai annoncé mon prochain mariage, je ne pouvais vous en parler que sous une forme dubitative, car alors il n'y avait encore rien de fait. Maintenant, c'est une affaire décidée, et si j'étais libre en ce moment, je vous conduirais chez ma future; je serais bien aise de savoir si vous approuvez mon choix. Ah! diable! je n'ai plus que dix minutes. Du reste, je vais vous raconter l'histoire de mon mariage, elle est assez curieuse... Eh bien! vous voulez encore vous en aller?

— Non, à présent je ne vous quitte plus.

— Plus du tout? Nous verrons un peu! Sans doute, je vous ferai voir ma future, mais pas maintenant, car nous devrons bientôt nous dire adieu. Vous allez à droite, et moi à gauche. Vous avez peut-être entendu parler de cette dame Resslich, chez qui je loge actuellement? C'est elle qui m'a cuisiné tout cela. « Tu t'ennuies, me disait-elle, ce sera pour toi une distraction momentanée. » Je suis, en effet, un homme chagrin et maussade. Vous croyez que je suis gai? Détrompez-vous, j'ai l'humeur fort sombre : je ne fais de mal à personne, mais je reste quelquefois trois jours de suite dans un coin, sans dire mot à qui que ce soit. D'ailleurs,

cette friponne de Resslich a son idée : elle compte que
je serai vite dégoûté de ma femme, que je la planterai
là, et alors elle la lancera dans la circulation. J'apprends
par elle que le père, ancien fonctionnaire, est infirme :
depuis trois ans, il a perdu l'usage de ses jambes et ne
quitte plus son fauteuil; la mère est une dame fort intelligente; le fils sert quelque part en province et ne vient
pas en aide à ses parents; la fille ainée est mariée et ne
donne pas de ses nouvelles. Les braves gens ont sur les bras
deux neveux en bas âge; leur plus jeune fille a été retirée
du gymnase avant d'avoir fini ses études; elle aura seize ans
dans un mois; c'est d'elle qu'il est question pour moi.
Muni de ces renseignements, je me présente à la famille
comme un propriétaire, veuf, de bonne naissance, ayant
des relations, de la fortune. Mes cinquante ans ne suscitent
pas la plus légère objection. Il aurait fallu me voir causant
avec le papa et la maman, c'était d'un drôle! La jeune fille
arrive vêtue d'une robe courte et me salue en rougissant
comme une pivoine (sans doute, on lui avait fait la leçon).
Je ne connais pas votre goût en fait de visages féminins,
mais, selon moi, ces seize ans, ces yeux encore enfantins, cette
timidité, ces petites larmes pudiques, tout cela a plus de
charme que la beauté ; d'ailleurs, la fillette est fort jolie avec
ses cheveux clairs, ses boucles capricieuses, ses lèvres purpurines et légèrement bouffies, ses petits petons... Bref,
nous avons fait connaissance, j'ai expliqué que des affaires de famille m'obligeaient à hâter mon mariage, et le
lendemain, c'est-à-dire avant-hier, on nous a fiancés.
Depuis lors, quand je vais la voir, je la tiens assise sur
mes genoux pendant tout le temps de ma visite et je l'em-
brasse à chaque minute. Elle rougit, mais elle se laisse faire :
sa maman lui a sans doute donné à entendre qu'un futur
époux peut se permettre ces privautés. Ainsi compris, les
droits du fiancé ne sont guère moins agréables à exercer que

ceux du mari. C'est, on peut le dire, la nature et la vérité qui parlent dans cette enfant! J'ai causé deux fois avec elle, la fillette n'est pas sotte du tout; elle a une façon le me regarder à la dérobée qui incendie tout mon être. Sa physionomie ressemble un peu à celle de la Madone Sixtine. Vous avez remarqué l'expression fantastique que Raphaël a donnée à cette tête de vierge? Il y a quelque chose de cela. Dès le lendemain des fiançailles, j'ai apporté à ma future pour quinze cents roubles de cadeaux : des diamants, des perles, un nécessaire de toilette en argent; le petit visage de la madone rayonnait. Hier, je ne me suis pas gêné pour la prendre sur mes genoux, — elle a rougi, et j'ai vu dans ses yeux de petites larmes qu'elle essayait de cacher. On nous a laissés seuls ensemble; alors elle m'a jeté ses bras autour du cou et en m'embrassant m'a juré qu'elle serait pour moi une épouse bonne, obéissante et fidèle, qu'elle me rendrait heureux, qu'elle me consacrerait tous les instants de sa vie, et qu'en retour elle ne voulait de moi que *mon estime*, rien de plus : « Je n'ai pas besoin de cadeaux! » m'a-t-elle dit. Entendre un petit ange de seize ans, les joues colorées par une pudeur virginale, vous faire une semblable déclaration avec des larmes d'enthousiasme dans les yeux, convenez-en vous-même, n'est-ce pas délicieux?... Allons, écoutez : je vous conduirai chez ma fiancée... seulement je ne peux pas vous la montrer tout de suite!

— En un mot, cette monstrueuse différence d'âge aiguillonne votre sensualité! Est-il possible que vous pensiez sérieusement à contracter un pareil mariage?

— Quel austère moraliste! ricana Svidrigaïloff. Où la vertu va-t-elle se nicher? Ha! ha! Savez-vous que vous m'amusez beaucoup avec vos exclamations indignées?

Puis il appela Philippe, et, après avoir payé sa consommation, il se leva.

— Je regrette vivement, continua-t-il, de ne pouvoir m'entretenir plus longtemps avec vous, mais nous nous reverrons... Vous n'avez qu'à prendre patience...

Il sortit du traktir. Raskolnikoff le suivit. L'ivresse de Svidrigaïloff se dissipait à vue d'œil; il fronçait le sourcil et paraissait très-préoccupé, comme un homme qui est à la veille d'entreprendre une chose extrêmement importante. Depuis quelques minutes, une sorte d'impatience se trahissait dans ses allures, en même temps que son langage devenait caustique et agressif. Tout cela semblait justifier de plus en plus les appréhensions de Raskolnikoff, qui résolut de s'attacher aux pas de l'inquiétant personnage.

Ils se retrouvèrent sur le trottoir.

— Nous nous quittons ici : vous allez à droite et moi à gauche, ou réciproquement. Adieu, mon bon, au plaisir de vous revoir!

Et il partit dans la direction du Marché-au-Foin.


IV


Raskolnikoff se mit à lui emboîter le pas.

— Qu'est-ce que cela signifie? s'écria en se retournant Svidrigaïloff. Je croyais vous avoir dit...

— Cela signifie que je suis décidé à vous accompagner.

— Quoi?

Tous deux s'arrêtèrent et pendant un instant se mesurèrent des yeux.

— Dans votre demi-ivresse, répliqua Raskolnikoff, vous m'en avez dit assez pour me convaincre que, loin d'avoir renoncé à vos odieux projets contre ma sœur, vous en êtes plus occupé que jamais. Je sais que ce matin ma sœur reçu une lettre. Vous n'avez pas perdu votre temps depuis votre arrivée à Pétersbourg. Qu'au cours de vos allées et venues vous vous soyez trouvé une femme, c'est possible, mais cela ne signifie rien. Je désire m'assurer personnellement...

De quoi? c'est bien]au plus si Raskolnikoff aurait su le dire.

— Vraiment! voulez-vous que j'appelle la police?

— Appelez-la!

Ils s'arrêtèrent de nouveau en face l'un de l'autre. A la fin, le visage de Svidrigaïloff changea d'expression. Voyant que la menace n'intimidait nullement Raskolnikoff, il reprit soudain du ton le plus gai et le plus amical :

— Que vous êtes drôle! J'ai fait exprès de ne pas vous parler de votre affaire, nonobstant la curiosité bien naturelle qu'elle a éveillée chez moi. Je voulais remettre cela à un autre moment; mais, en vérité, vous feriez perdre patience à un mort... Allons, venez avec moi; seulement, je vous en avertis, je ne rentre que pour prendre de l'argent; ensuite, je sortirai, je monterai en voiture et j'irai passer toute la soirée dans les Iles. Eh bien, quel besoin avez-vous de me suivre?

— J'ai affaire dans votre maison; mais ce n'est pas chez vous que je vais, c'est chez Sophie Séménovna : je dois m'excuser auprès d'elle de n'avoir pas assisté aux obsèques de sa belle-mère.

— Comme il vous plaira; mais Sophie Séménovna est absente. Elle est allée conduire les trois enfants chez une vieille dame que je connais depuis longtemps et qui est à la tête de plusieurs orphelinats. J'ai fait le plus grand plaisir à cette dame en lui remettant de l'argent pour les babies de Catherine Ivanovna, plus un don pécuniaire au profit de ses établissements; enfin, je lui ai raconté l'histoire de Sophie Séménovna, sans omettre aucun détail. Mon récit a produit un effet indescriptible. Voilà pourquoi Sophie Séménovna a été invitée à se rendre aujourd'hui même à l'hôtel ***, où la barinia en question loge provisoirement depuis son retour de la campagne.

— N'importe, je passerai tout de même chez elle.

— Libre à vous, seulement je ne vous y accompagnerai pas : à quoi bon? Dites donc, je suis sûr que si vous vous défiez de moi, c'est parce que j'ai eu jusqu'ici la délicatesse de vous épargner des questions scabreuses... Vous devinez à quoi je fais allusion? Je gagerais que ma discrétion vous a paru extraordinaire! Soyez donc délicat pour en être ainsi récompensé!

— Vous trouvez délicat d'écouter aux portes?

— Ha! ha! j'aurais été bien surpris que vous n'eussiez pas fait cette observation! répondit en riant Svidrigaïloff. Si vous croyez qu'il n'est pas permis d'écouter aux portes, mais qu'on peut à son gré assassiner les vieilles femmes, comme les magistrats pourraient n'être pas de cet avis, vous ferez bien de filer au plus tôt en Amérique! Partez vite, jeune homme! Il est peut-être encore temps. Je vous parle en toute sincérité. Est-ce l'argent qui vous manque? Je vous en donnerai pour le voyage.

— Je ne pense nullement à cela, reprit avec dégoût Raskolnikoff.

— Je comprends : vous vous demandez si vous avez agi selon la morale, comme il sied à un homme et à un citoyen. Vous auriez dû vous poser la question plus tôt, à présent elle est un peu intempestive, eh! eh! Si vous croyez avoir commis un crime, brûlez-vous la cervelle; n'est-ce pas ce que vous avez envie de faire?

— Vous vous appliquez, me semble-t-il, à m'agacer dans l'espoir que je vous débarrasserai de ma présence...

— Original que vous êtes, mais nous sommes arrivés, donnez-vous la peine de monter l'escalier. Tenez, voici l'entrée du logement de Sophie Séménovna, regardez, il n'y a personne! Vous ne le croyez pas? Demandez aux Kapernaoumoff; elle leur laisse sa clef. Voici justement madame Kapernaoumoff elle-même. Eh bien? Quoi? (Elle est un peu sourde.) Sophie Séménovna est sortie? Où est-elle allée? Êtes-vous fixé à présent? Elle n'est pas ici et elle ne reviendra peut-être que fort tard dans la soirée. Allons, maintenant venez chez moi. N'aviez-vous pas l'intention de me faire aussi une visite? Nous voici dans mon appartement. Madame Resslich est absente. Cette femme-là a toujours mille affaires en train, mais c'est une excellente personne, je vous l'assure; peut-être vous serait-elle utile si vous étiez un peu plus raisonnable. Vous voyez : je prends dans mon secrétaire un titre de cinq pour cent (regardez combien il m'en restera encore!); celui-ci va être aujourd'hui converti en espèces. Vous avez bien vu? Je n'ai plus rien à faire ici, je ferme mon secrétaire, je ferme mon logement, et nous revoici sur l'escalier. Si vous voulez, nous allons prendre une voiture, je vais aux Îles. Est-ce qu'une petite promenade en calèche ne vous dit rien? Vous entendez, j'ordonne à ce cocher de me conduire à la pointe d'Élaguine. Vous refusez? Vous en avez assez? Allons, laissez-vous tenter. La pluie menace, mais qu'à cela ne tienne, nous relèverons la capote...

Svidrigaïloff était déjà en voiture. Quelque éveillée que fût la défiance de Raskolnikoff, ce dernier pensa qu'il n'y avait pas péril en la demeure. Sans répondre un mot, il fit volte-face et rebroussa chemin dans la direction du Marché-au-Foin. S'il avait retourné la tête, il aurait pu voir que Svidrigaïloff, après avoir fait cent pas en voiture, mettait pied à terre et payait son cocher. Mais le jeune homme marchait sans regarder derrière lui. Il eut bientôt tourné le coin de la rue. Comme toujours quand il se trouvait seul, il ne tarda pas à tomber dans une profonde rêverie. Arrivé sur le pont, il s'arrêta devant la balustrade et tint ses yeux

fixés sur le canal. Debout, à peu de distance de Raskolnikoff, Avdotia Romanovna l'observait.

En montant sur le pont, il avait passé près d'elle, mais il
ne l'avait pas remarquée. A la vue de son frère, Dounetchka
éprouva un sentiment de surprise et même d'inquiétude.
Elle resta un moment à se demander si elle l'accosterait.
Tout à coup elle aperçut du côté du Marché-au-Foin Svidrigaïloff qui se dirigeait rapidement vers elle.

Mais celui-ci semblait avancer avec prudence et mystère.
Il ne monta pas sur le pont et s'arrêta sur le trottoir, s'efforçant d'échapper à la vue de Raskolnikoff. Depuis longtemps déjà il avait remarqué Dounia et il lui faisait des
signes. La jeune fille crut comprendre qu'il l'appelait auprès
de lui et l'engageait à ne pas attirer l'attention de Rodion
Romanovitch.

Docile à cette invitation muette, Dounia s'éloigna sans
bruit de son frère et rejoignit Svidrigaïloff.

— Allons plus vite, lui dit tout bas ce dernier. — Je tiens
à ce que Rodion Romanovitch ignore notre entrevue. Je
vous préviens qu'il est venu me trouver tout à l'heure dans
un traktir près d'ici, et que j'ai eu beaucoup de peine à me
débarrasser de lui. Il sait que je vous ai écrit une lettre, et
il soupçonne quelque chose. Assurément, ce n'est pas vous
qui lui avez parlé de cela; mais si ce n'est pas vous, qui est-
ce donc?

— Voici que nous avons tourné le coin de la rue, interrompit Dounia, à présent mon frère ne peut plus nous voir.
Je vous déclare que je n'irai pas plus loin avec vous.
Dites-moi tout ici; tout cela peut se dire même en pleine
rue.

— D'abord ce n'est pas sur la voie publique que peuvent
se faire de pareilles confidences, ensuite vous devez entendre
aussi Sophie Séménovna; en troisième lieu, il faut que je
vous montre certains documents... Enfin, si vous ne con-

sentez pas à venir chez moi, je refuse tout éclaircissement
et je me retire à l'instant même. D'ailleurs n'oubliez pas, je
vous prie, qu'un secret très-curieux qui intéresse votre bien-
aimé frère se trouve absolument entre mes mains.

Dounia s'arrêta indécise et attacha un regard perçant sur
Svidrigaïloff.

— Que craignez-vous donc observa tranquillement celui-
ci; la ville n'est pas la campagne. Et, à la campagne même,
vous m'avez fait plus de mal que je ne vous en ai fait...

— Sophie Séménovna est prévenue?

— Non, je ne lui ai pas dit un mot, et même je ne suis
pas sûr qu'elle soit maintenant chez elle. Du reste, elle doit
y être. Elle a enterré aujourd'hui sa belle-mère : ce n'est
pas un jour où l'on fait des visites. Pour le moment, je ne
veux parler de cela à personne, et je regrette même, jusqu'à
un certain point, de m'en être ouvert à vous. En pareil cas,
la moindre parole prononcée à la légère équivaut à une
dénonciation Je demeure ici près, vous voyez, dans cette
maison. Voici notre dvornik; il me connaît très-bien; voyez-
vous? il salue. Il voit que je suis avec une dame, et sans
doute il a pu déjà remarquer votre visage. Cette circonstance
doit vous rassurer, si vous vous défiez de moi. Pardonnez-moi
de vous parler aussi crûment. J'habite ici en garni. Il n'y a
qu'un mur entre le logement de Sophie Séménovna et le mien.
Tout l'étage est occupé par différents locataires. Pourquoi
donc avez-vous peur comme un enfant? Qu'ai-je de si terrible?

Svidrigaïloff, essaya d'esquisser un sourire débonnaire, mais
son visage refusa de lui obéir. Son cœur battait avec force,
et sa poitrine était oppressée. Il affectait d'élever la voix
pour cacher l'agitation croissante qu'il éprouvait. Précaution superflue d'ailleurs, car Dounetchka ne remarquait chez
lui rien de particulier : les derniers mots de Svidrigaïloff
avaient trop irrité l'orgueilleuse jeune fille pour qu'elle son-

geât à autre chose qu'à la blessure de son amour-propre.

— Quoique je sache que vous êtes un homme... sans honneur, je ne vous crains pas du tout. Conduisez-moi, dit-elle d'un ton calme que démentait, il est vrai, l'extrême pâleur de son visage.

Svidrigaïloff s'arrêta devant le logement de Sonia.

— Permettez-moi de m'assurer si elle est chez elle. Non, elle n'y est pas. Cela tombe mal! Mais je sais qu'elle reviendra peut-être d'ici à très-peu de temps. Elle n'a pu s'absenter que pour aller voir une dame au sujet des orphelins à qui elle s'intéresse. Je me suis aussi occupé de cette affaire. Si Sophie Séménovna n'est pas rentrée dans dix minutes et que vous teniez absolument à lui parler, je l'enverrai chez vous aujourd'hui même. Voici mon appartement; il se compose de ces deux pièces. Derrière cette porte habite ma propriétaire, madame Resslich. Maintenant, regardez par ici, je vais vous montrer mes principaux documents : de ma chambre à coucher la porte que voici conduit à un appartement de deux pièces, lequel est entièrement vide. Voyez... il faut que vous preniez une connaissance exacte des lieux...

Svidrigaïloff occupait deux chambres garnies assez grandes. Dounetchka regardait autour d'elle avec défiance; mais elle ne découvrit rien de suspect ni dans l'ameublement, ni dans la disposition du local. Cependant elle aurait pu remarquer, par exemple, que Svidrigaïloff logeait entre deux appartements en quelque sorte inhabités. Pour arriver chez lui, il fallait traverser deux pièces à peu près vides, qui faisaient partie du logement de sa propriétaire. Ouvrant la porte qui, de sa chambre à coucher, donnait accès à l'appartement non loué, il montra aussi ce dernier à Dounetchka. La jeune fille s'arrêta sur le seuil, ne comprenant pas pourquoi on l'invitait à regarder; mais l'explication fut bientôt donnée par Svidrigaïloff :

— Voyez cette grande chambre, la seconde. Remarquez

cette porte fermée à la clef. A côté se trouve une chaise, la
seule qu'il y ait dans les deux pièces. C'est moi qui l'ai apportée de mon logement, pour écouter dans des conditions plus
confortables. La table de Sophie Séménovna est placée juste
derrière cette porte. La jeune fille était assise là et causait
avec Rodion Romanovitch, tandis qu'ici, sur ma chaise, je
prêtais l'oreille à leur conversation. Je suis resté à cette
place deux soirs de suite, et chaque fois pendant deux heures.
J'ai donc pu apprendre quelque chose; qu'en pensez-vous?

— Vous étiez aux écoutes?

— Oui; maintenant rentrons chez moi; ici l'on ne peut
même pas s'asseoir.

Il ramena Avdotia Romanovna dans sa première chambre
qui lui servait de « salle » et offrit à la jeune fille un siége
près de la table. Quant à lui, il prit place à distance respectueuse, mais ses yeux brillaient probablement du même feu
qui naguère avait tant effrayé Dounetchka. Celle-ci frissonna,
malgré l'assurance qu'elle s'efforçait de montrer, et promena
de nouveau un regard défiant autour d'elle. La situation
isolée du logement de Svidrigaïloff finit par attirer son
attention. Elle voulut demander si, du moins, la propriétaire
était chez elle, mais sa fierté ne lui permit pas de formuler
cette question. D'ailleurs, l'inquiétude relative à sa sûreté
personnelle n'était rien au prix de l'autre anxiété qui torturait son cœur.

— Voici votre lettre, commença-t-elle en la déposant sur
la table. Ce que vous m'avez écrit est-il possible? Vous laissez
entendre que mon frère aurait commis un crime. Vos insi-
nuations sont trop claires, n'essayez pas maintenant de
recourir à des subterfuges. Sachez qu'avant vos prétendues
révélations j'avais déjà entendu parler de ce conte absurde
dont je ne crois pas un mot. L'odieux ici ne le cède qu'au
ridicule. Ces soupçons me sont connus, et je n'ignore pas non
plus ce qui les a fait naître. Vous ne pouvez avoir aucune

preuve. Vous avez promis de prouver : parlez donc! Mais je vous préviens que je ne vous crois pas.

Dounetchka prononça ces paroles avec une extrême rapidité, et, pendant un instant, l'émotion qu'elle éprouvait fit monter le rouge à ses joues.

— Si vous ne me croyiez pas, auriez-vous pu vous résoudre à venir seule chez moi? Pourquoi donc êtes-vous venue? par pure curiosité?

— Ne me tourmentez pas, parlez, parlez!

— Il faut en convenir, vous êtes une vaillante jeune fille. Je croyais, vraiment, que vous auriez prié M. Razoumikhine de vous accompagner. Mais j'ai pu me convaincre que s'il n'est pas venu avec vous, il ne vous a pas non plus suivie à distance. C'est crâne de votre part; vous avez voulu sans doute ménager Rodion Romanovitch. Du reste, en vous tout est divin... En ce qui concerne votre frère, que vous dirai-je? Vous l'avez vu vous-même tout à l'heure. Comment le trouvez-vous?

— Ce n'est pas là-dessus seulement que vous fondez votre accusation?

— Non, ce n'est pas là-dessus, mais sur les propres paroles de Rodion Romanovitch. Il est venu deux jours de suite passer la soirée ici chez Sophie Séménovna. Je vous ai indiqué où ils étaient assis. Il a fait sa confession complète à la jeune fille. C'est un assassin. Il a tué une vieille usurière chez qui lui-même avait mis des objets en gage. Peu d'instants après le meurtre, la sœur de la victime, une marchande nommée Élisabeth, est entrée par hasard, et il l'a tuée également. Il s'est servi, pour égorger les deux femmes, d'une hache qu'il avait apportée avec lui. Son intention était de voler, et il a volé; il a pris de l'argent et divers objets... Voilà, mot pour mot, ce qu'il a raconté à Sophie Séménovna. Elle seule connaît ce secret, mais elle n'a eu aucune part à l'assassinat. Loin de là, en entendant ce récit, elle a été tout

aussi épouvantée que vous l'êtes maintenant. Soyez tranquille, ce n'est pas elle qui dénoncera votre frère.

— C'est impossible! balbutièrent les lèvres blêmes de
Dounetchka haletante; c'est impossible! il n'avait pas la
moindre raison, pas le plus petit motif de commettre ce
crime... C'est un mensonge!

— Le vol révèle la cause du meurtre. Il a pris des valeurs
et des bijoux. Il est vrai que, de son aveu même, il n'a tiré
profit ni des unes ni des autres, et qu'il est allé les cacher
sous une pierre où ils sont encore. Mais c'est parce qu'il n'a
pas osé en faire usage.

— Est-il vraisemblable qu'il ait volé? Peut-il seulement
avoir eu cette pensée? s'écria Dounia qui se leva vivement.
Vous le connaissez, vous l'avez vu : est-ce qu'il vous fait
l'effet d'un voleur?

— Cette catégorie, Avdotia Romanovna, renferme un
nombre infini de variétés. En général, les filous ont conscience de leur infamie; j'ai cependant entendu parler d'un
homme plein de noblesse qui avait dévalisé un courrier.
Que sait-on? votre frère pensait peut-être accomplir une
action louable. Moi-même assurément j'aurais comme vous
refusé d'ajouter foi à cette histoire, si je l'avais apprise par
voie indirecte; mais force m'a été de croire au témoignage
de mes oreilles... Où allez-vous donc, Avdotia Romanovna?

— Je veux voir Sophie Séménovna, répondit d'une voix
faible Dounetchka. Où est l'entrée de son logement? Elle est
peut-être revenue; je veux absolument la voir tout de suite.
Il faut qu'elle...

Avdotia Romanovna ne put achever, elle étouffait littéra-
lement.

— Selon toute apparence, Sophie Séménovna ne sera pas
de retour avant la nuit. Son absence devait être très-courte.
Puisqu'elle n'est pas encore rentrée, il sera probablement
fort tard...

— Ah! c'est ainsi que tu mens! Je le vois, tu as menti...
tu n'as dit que des mensonges!... Je ne te crois pas! non, je
ne te crois pas!... s'écria Dounetchka, dans un transport de
colère qui lui ôtait la possession d'elle-même.

Presque défaillante, elle tomba sur une chaise que Svidrigaïloff s'était hâté de lui avancer.

— Avdotia Romanovna, qu'avez-vous? reprenez vos esprits!
Voici de l'eau. Buvez-en une gorgée.

Il lui jeta de l'eau au visage. La jeune fille tressaillit et
revint à elle.

— Cela a produit de l'effet, murmurait à part soi Svidrigaïloff en fronçant le sourcil. Avdotia Romanovna, calmez-
vous! Sachez que Rodion Romanovitch a des amis. Nous le
sauverons, nous le tirerons d'affaire. Voulez-vous que je
l'emmène à l'étranger? J'ai de l'argent; d'ici à trois jours,
j'aurai réalisé tout mon avoir. Quant au meurtre, votre
frère fera un tas de bonnes actions qui effaceront cela, soyez
tranquille. Il peut encore devenir un grand homme. Eh
bien, qu'avez-vous? Comment vous sentez-vous?

— Le méchant! il faut encore qu'il se moque! Laissez-
moi...

— Où voulez-vous donc aller?

— Auprès de lui. Où est-il? Vous le savez. Pourquoi cette
porte est-elle fermée? C'est par là que nous sommes entrés,
et maintenant elle est fermée à la clef. Quand l'avez-vous
fermée?

— Il n'était pas nécessaire que toute la maison entendît
de quoi nous parlions ici. Dans l'état où vous êtes, pourquoi
aller trouver votre frère? Voulez-vous causer sa perte? Votre
démarche le mettra en fureur, et il ira lui-même se dénoncer.
Sachez d'ailleurs qu'on a déjà l'œil sur lui, et que la moindre
imprudence de votre part lui serait funeste. Attendez un
moment : je l'ai vu, et je lui ai parlé tout à l'heure; on peut
encore le sauver. Asseyez-vous; nous allons examiner ensemble

II.                                            14

ce qu'il y a à faire. C'est pour traiter cette question en tête-à-tête que je vous ai invitée à venir chez moi. Mais asseyez-vous donc!

— Comment parviendrez-vous à le sauver? Est-ce que c'est possible?

Dounia s'assit. Svidrigaïloff prit place à côté d'elle.

— Tout cela dépend de vous, de vous seule, commença-t-il d'un ton bas. Ses yeux étincelaient, et son agitation était telle qu'il pouvait à peine parler.

Dounia, effrayée, se recula à quelque distance de lui.

— Vous... un seul mot de vous, et il est sauvé! continua-t-il, tremblant de tout son corps. Je... je le sauverai. J'ai de l'argent et des amis. Je le ferai partir immédiatement pour l'étranger, je lui procurerai un passe-port. J'en prendrai deux: un pour lui et un pour moi. J'ai des amis sur le dévouement et l'intelligence desquels je puis compter... Voulez-vous? Je prendrai aussi un passe-port pour vous... pour votre mère... Que vous importe Razoumikhine? mon amour vaut bien le sien... Je vous aime infiniment. Laissez-moi baiser le bas de votre robe! Je vous en prie! Le bruit que fait votre vêtement me met hors de moi! Ordonnez : j'exécuterai tous vos ordres, quels qu'ils soient. Je ferai l'impossible. Toutes vos croyances seront les miennes. Ne me regardez pas ainsi! Savez-vous que vous me tuez?...

Il commençait à délirer. On eût dit qu'il venait d'être atteint d'aliénation mentale. Dounia ne fit qu'un saut jusqu'à la porte, qu'elle se mit à secouer de toutes ses forces.

— Ouvrez! ouvrez! cria-t-elle, espérant qu'on l'entendrait du dehors. Ouvrez donc! Est-ce qu'il n'y a personne dans la maison?

Svidrigaïloff se leva. Il avait recouvré en partie son sang-froid. Un sourire amèrement moqueur errait sur ses lèvres encore tremblantes.

— Il n'y a personne ici, dit-il lentement; ma logeuse est

sortie, et vous avez tort de crier de la sorte ; vous vous donnez là une peine bien inutile.

— Où est la clef? Ouvre la porte tout de suite, tout de suite, homme bas!

— J'ai perdu la clef, je ne puis pas la trouver.

— Ah! ainsi, c'est un guet-apens! vociféra Dounia, pâle comme la mort, et elle s'élança dans un coin, où elle se barricada en plaçant devant elle une petite table que le hasard mit sous sa main. Puis elle se tut, mais sans cesser de tenir les yeux fixés sur son ennemi, dont elle surveillait les moindres mouvements. Debout, en face d'elle, à l'autre extrémité de la chambre, Svidrigaïloff ne bougeait pas de sa place. Extérieurement, du moins, il était redevenu maître de lui-même. Toutefois, son visage restait pâle, et son sourire continuait à narguer la jeune fille.

— Vous avez prononcé tout à l'heure le mot de guet-apens, Avdotia Romanovna. Si guet-apens il y a, vous devez bien penser que mes mesures sont prises. Sophie Séménovna n'est pas chez elle; cinq pièces nous séparent du logement des Kapernaoumoff. Enfin, je suis au moins deux fois plus fort que vous, et, indépendamment de cela, je n'ai rien à craindre, car si vous portez plainte contre moi, votre frère est perdu. D'ailleurs, personne ne vous croira : toutes les apparences déposent contre une jeune fille qui se rend seule au domicile d'un homme. Aussi, lors même que vous vous résoudriez à sacrifier votre frère, vous ne pourriez rien prouver : il est fort difficile de faire la preuve d'un viol, Avdotia Romanovna.

— Misérable! fit Dounia d'une voix basse, mais vibrante d'indignation.

— Soit; mais remarquez que jusqu'ici j'ai simplement raisonné au point de vue de votre hypothèse. Personnellement, je suis de votre avis, et je trouve que le viol est un crime abominable. Tout ce que j'en ai dit, c'était pour ras-

surer votre conscience dans le cas où vous... dans le cas où
vous consentiriez de bon gré à sauver votre frère, comme
je vous le propose. Vous pourrez vous dire que vous n'avez
cédé qu'aux circonstances, à la force, s'il faut absolument
employer ce mot. Pensez-y; le sort de votre frère et de
votre mère est entre vos mains. Je serai votre esclave... toute
ma vie... je vais attendre ici...

Il s'assit sur le divan, à huit pas de Dounia. La jeune fille
ne doutait nullement que la résolution de Svidrigaïloff ne
fût inébranlable. D'ailleurs, elle le connaissait...

Tout à coup elle tira de sa poche un revolver, l'arma et
le plaça sur la table, à portée de sa main.

A cette vue, Svidrigaïloff poussa un cri de surprise et fit
un brusque mouvement en avant.

— Ah! c'est ainsi! dit-il avec un méchant sourire; eh
bien, voilà qui change la situation du tout au tout! Vous
m'allégez singulièrement la tâche, Avdotia Romanovna!
Mais où vous êtes-vous procuré ce revolver? M. Razoumikhine vous l'aurait-il prêté? Tiens, c'est le mien, je le reconnais! Je l'avais cherché, en effet, sans pouvoir le retrouver...
Les leçons de tir que j'ai eu l'honneur de vous donner à la
campagne n'auront pas été inutiles...

— Ce revolver n'était pas à toi, mais à Marfa Pétrovna que
tu as tuée, scélérat! Rien ne t'appartenait dans sa maison.
Je l'ai pris lorsque j'ai commencé à soupçonner de quoi tu
étais capable. Si tu fais un seul pas, je jure que je te tuerai!

Dounia exaspérée s'apprêtait à mettre, le cas échéant, sa
menace à exécution.

— Eh bien, et votre frère? C'est par curiosité que je vous
fais cette question, dit Svidrigaïloff toujours debout à la
même place.

— Dénonce-le si tu veux! N'avance pas, ou je tire! Tu as
empoisonné ta femme, je le sais, tu es toi-même un assassin!...

— Êtes-vous bien sûre que j'aie empoisonné Marfa Pétrovna?

— Oui! C'est toi-même qui me l'as donné à entendre; tu m'as parlé de poison... je sais que tu t'en étais procuré... C'est toi... C'est certainement toi... infâme!

— Lors même que ce serait vrai, j'aurais fait cela pour toi... tu en aurais été la cause.

— Tu mens! Je t'ai toujours détesté, toujours...

— Vous paraissez avoir oublié, Avdotia Romanovna, comment, dans votre zèle pour ma conversion, vous vous penchiez vers moi avec des regards langoureux... Je lisais dans vos yeux; vous rappelez-vous? le soir, au clair de la lune, pendant que le rossignol chantait...

— Tn mens! (La rage mit un éclair dans les prunelles de Dounia.) Tu mens, calomniateur!

— Je mens? Allons, soit, je mens. J'ai menti. Les femmes n'aiment pas qu'on leur rappelle ces petites choses-là, reprit-il en souriant. — Je sais que tu tireras, joli petit monstre. Eh bien, vas-y!

Dounia le coucha en joue, n'attendant qu'un mouvement de lui pour faire feu. Une pâleur mortelle couvrait le visage de la jeune fille; sa lèvre inférieure était agitée par un tremblement de colère, et ses grands yeux noirs lançaient des flammes. Jamais Svidrigaïloff ne l'avait vue aussi belle. Il avança d'un pas. Une détonation retentit. La balle lui effleura les cheveux, et alla s'enfoncer dans le mur derrière lui. Il s'arrêta.

— Une piqûre de guêpe! dit-il avec un léger rire. C'est à la tête qu'elle vise... Qu'est-ce que cela? Je saigne!

Il tira son mouchoir pour essuyer un mince filet de sang qui coulait le long de sa tempe droite : la balle avait frôlé la peau du crâne. Dounia abaissa son arme et regarda Svidrigaïloff avec une sorte de stupeur. Elle semblait ne pas comprendre ce qu'elle venait de faire.

— Eh bien, quoi! vous m'avez manqué, recommencez,

j'attends, poursuivit Svidrigaïloff, dont la gaieté avait quelque chose de sinistre : si vous tardez, j'aurai le temps de vous saisir avant que vous vous soyez mise en état de défense.

Frissonnante, Dounetchka arma rapidement le revolver, et en menaça de nouveau son persécuteur.

— Laissez-moi! dit-elle avec désespoir : je jure que je vais encore tirer... Je... je vous tuerai!...

— A trois pas, il est impossible, en effet, que vous me manquiez. Mais si vous ne me tuez pas, alors...

Dans les yeux étincelants de Svidrigaïloff on pouvait lire le reste de sa pensée.

Il fit encore deux pas en avant.

Dounetchka tira; le revolver fit long feu.

— L'arme n'a pas été bien chargée. N'importe, cela peut se réparer; vous avez encore une capsule. J'attends.

Debout à deux pas de la jeune fille, il fixait sur elle un regard enflammé qui exprimait la résolution la plus indomptable. Dounia comprit qu'il mourrait plutôt que de renoncer à son dessein. « Et... et, sans doute, elle le tuerait maintenant qu'il n'était plus qu'à deux pas d'elle!... »

Tout à coup elle jeta le revolver.

— Vous refusez de tirer! dit Svidrigaïloff étonné, et il respira longuement. La crainte de la mort n'était peut-être pas le plus lourd fardeau dont il sentait son âme délivrée; toutefois il lui aurait été difficile de s'expliquer à lui-même la nature du soulagement qu'il éprouvait.

Il s'approcha de Dounia et la prit doucement par la taille. Elle ne résista point, mais, toute tremblante, le regarda avec des yeux suppliants. Il voulut parler, sa bouche ne put proférer aucun son.

— Lâche-moi! pria Dounia.

S'entendant tutoyer d'une voix qui n'était plus celle de tout à l'heure, Svidrigaïloff frissonna.

— Ainsi tu ne m'aimes pas? demanda-t-il d'un ton bas.

Dounia fit de la tête un signe négatif.

— Et... tu ne pourras pas m'aimer?... Jamais? continua-t-il avec l'accent du désespoir.

— Jamais! murmura-t-elle.

Durant un instant une lutte terrible se livra dans l'âme de Svidrigaïloff. Ses yeux étaient fixés sur la jeune fille avec une expression indicible. Soudain il retira le bras qu'il avait passé autour de la taille de Dounia, et, s'éloignant rapidement de celle-ci, il alla se poster devant la fenêtre.

— Voici la clef! dit-il après un moment de silence. (Il la prit dans la poche gauche de son paletot et la mit derrière lui sur la table, sans se retourner vers Avdotia Romanovna.) Prenez-la, partez vite!...

Il regardait obstinément par la fenêtre.

Dounia s'approcha de la table pour prendre la clef.

— Vite! vite! répéta Svidrigaïloff.

Il n'avait pas changé de position, ne regardait pas celle à qui il parlait; mais ce mot « vite » était prononcé d'un ton sur la signification duquel il n'y avait pas à se tromper.

Dounia saisit la clef, bondit jusqu'à la porte, l'ouvrit en toute hâte et sortit vivement de la chambre. Un instant après, elle courait comme une folle le long du canal, dans la direction du pont***.

Svidrigaïloff resta encore trois minutes près de la fenêtre. A la fin, il se retourna lentement, promena ses yeux autour de lui et passa sa main sur son front. Ses traits défigurés par un sourire étrange exprimaient le plus navrant désespoir. S'apercevant qu'il avait du sang sur sa main, il le regarda avec colère; puis il mouilla un linge et lava sa blessure. Le revolver jeté par Dounia avait roulé jusqu'à la porte. Il le ramassa et se mit à l'examiner. C'était un petit revolver à trois coups, d'ancien modèle; il y restait encore deux charges et une capsule. Après un moment de réflexion, il fourra l'arme dans sa poche, prit son chapeau et sortit.

## V

Jusqu'à dix heures du soir, Arcade Ivanovitch Svidrigaïloff courut les bouges et les traktirs. Ayant retrouvé
Katia dans un de ces endroits, il lui paya des consomma-
tions ainsi qu'au joueur d'orgue, aux garçons et à deux
petits clercs vers qui l'avait attiré une sympathie bizarre :
il avait remarqué que ces deux jeunes gens avaient le nez
de travers, et que le nez de l'un était tourné à droite, tandis
que celui de l'autre regardait à gauche. Finalement, il se
laissa entraîner par eux dans un « jardin de plaisance » où
il paya leur entrée. Cet établissement, décoré du nom de
Waux-Hall, n'était au fond qu'un café chantant de bas étage.
Les clercs y rencontrèrent quelques « collègues » et se prirent
de querelle avec eux. Peu s'en fallut que l'on n'en vint aux
mains. Svidrigaïloff fut choisi comme arbitre. Après avoir
écouté pendant un quart d'heure les récriminations confuses
des parties en cause, il crut comprendre qu'un des clercs avait
volé quelque chose et l'avait vendu à un Juif, mais sans
vouloir partager avec ses camarades le produit de cette
opération commerciale. A la fin, il se trouva que l'objet
volé était une cuiller à thé appartenant au Waux-Hall.
Elle fut reconnue par les gens de l'établissement, et l'affaire
menaçait de prendre une tournure grave si Svidrigaïloff
n'avait désintéressé les plaignants. Il se leva ensuite et sortit
du jardin. Il était alors près de dix heures.

Pendant toute la soirée il n'avait pas bu une goutte de vin;
au Waux-Hall, il s'était borné à demander du thé, et encore
parce que les convenances l'obligeaient à se faire servir
quelque chose. La température était étouffante, et de noirs

nuages s'épaississaient dans le ciel. Vers dix heures éclata
un violent orage. Svidrigaïloff arriva chez lui trempé jusqu'aux os. Il s'enferma dans son logement, ouvrit son secrétaire d'où il retira tous ses fonds, et déchira deux ou trois
papiers. Après avoir mis son argent en poche, il pensa à
changer de vêtements; mais, comme la pluie continuait à
tomber, il jugea que cela n'en valait pas la peine, prit son
chapeau et sortit sans fermer la porte de son appartement.
Il se rendit droit au domicile de Sonia, qu'il trouva chez elle.

La jeune fille n'était pas seule, elle avait autour d'elle
quatre petits enfants appartenant à la famille Kapernaoumoff. Sophie Séménovna leur faisait boire du thé. Elle
accueillit respectueusement le visiteur, regarda avec surprise ses vêtements mouillés, mais ne dit pas un mot. A la
vue d'un étranger, tous les enfants s'enfuirent aussitôt,
saisis d'une frayeur indescriptible.

Svidrigaïloff s'assit près de la table et invita Sonia à
prendre place à côté de lui. Elle se prépara timidement à
écouter ce qu'il avait à lui dire.

— Sophie Séménovna, commença-t-il, je vais peut-être
me rendre en Amérique, et comme, selon toute probabilité,
nous nous voyons pour la dernière fois, je suis venu régler
quelques affaires. Eh bien, vous êtes allée aujourd'hui chez
cette dame? Je sais ce qu'elle vous a dit, inutile de me le
raconter. (Sofia fit un mouvement et rougit.) Ces gens-là ont
leurs préjugés. Pour ce qui est de vos sœurs et de votre frère,
leur sort est assuré, l'argent que je destinais à chacun d'eux
a été remis par moi en mains sûres. Voici les récépissés : à
tout hasard, prenez-les. Maintenant, voici pour vous personnellement trois titres de cinq pour cent représentant une
somme de trois mille roubles. Je désire que cela reste entre
nous et que personne n'en ait connaissance. Cet argent vous
est nécessaire, Sophie Séménovna, car vous ne pouvez continuer à vivre ainsi.

— Vous avez eu tant de bontés pour les orphelins, pour la défunte et pour moi... balbutia Sonia, — si je vous ai à peine remercié jusqu'à présent, ne croyez pas...

— Allons, assez, assez !

— Quant à cet argent, Arcade Ivanovitch, je vous suis bien reconnaissante, mais je n'en ai pas besoin maintenant. N'ayant plus que moi à nourrir, je me tirerai toujours d'affaire. Ne m'accusez pas d'ingratitude si je refuse votre offre. Puisque vous êtes si charitable, cet argent...

— Prenez-le, Sophie Séménovna, et, je vous en prie, ne me faites pas d'objections, je n'ai pas le temps de les entendre. Rodion Romanovitch n'a que le choix entre deux alternatives : se loger une balle dans le front ou aller en Sibérie...

A ces mots, Sonia se mit à trembler et regarda avec effarement son interlocuteur.

— Ne vous inquiétez pas, poursuivit Svidrigaïloff. J'ai tout appris de sa propre bouche, et je ne suis pas bavard ; je ne le dirai à personne. Vous avez été bien inspirée en lui conseillant d'aller se dénoncer. C'est de beaucoup le parti le plus avantageux qu'il puisse prendre. Eh bien, quand il ira en Sibérie, vous l'y accompagnerez, n'est-ce pas? En ce cas, vous aurez besoin d'argent ; il vous en faudra pour lui, comprenez-vous? La somme que je vous offre, c'est à lui que je la donne par votre entremise. De plus, vous avez promis à Amalia Ivanovna d'acquitter ce qui lui est dû. Pourquoi donc, Sophie Séménovna, assumez-vous toujours si légèrement de pareilles charges? La débitrice de cette Allemande, ce n'était pas vous, c'était Catherine Ivanovna : vous auriez dû envoyer l'Allemande à tous les diables. Il faut plus de calcul dans la vie... Allons, si demain ou après-demain quelqu'un vous interroge à mon sujet, ne parlez pas de ma visite et ne dites à personne que je vous ai donné de l'argent. Et maintenant au revoir. (Il se leva.) Saluez de ma part Rodion Romanovitch. A propos : vous

erez bien, en attendant, de confier l'argent à M. Razoumi-
hine. Vous connaissez sans doute M. Razoumikhine? C'est
un brave garçon. Portez-le-lui demain ou... quand vous
n aurez l'occasion. Mais, d'ici là, tâchez qu'on ne vous le
renne pas.

Sonia s'était levée aussi et fixait un regard inquiet sur le
visiteur. Elle avait grande envie de dire quelque chose, de
aire quelque question, mais elle était intimidée et ne savait
par où commencer.

— Ainsi vous... ainsi vous allez vous mettre en route par
un temps pareil?

— Quand on part pour l'Amérique, est-ce qu'on s'inquiète
le la pluie? Adieu, chère Sophie Séménovna! Vivez et vivez
longtemps, vous êtes utile aux autres. A propos... faites donc
mes compliments à M. Razoumikhine. Dites-lui qu'Arcade
vanovitch Svidrigaïloff le salue. N'y manquez pas.

Quand il l'eut quittée, Sonia resta oppressée par un vague
sentiment de crainte.

Le même soir, Svidrigaïloff fit une autre visite fort singulière et fort inattendue. La pluie tombait toujours. A onze
heures vingt, il se présenta tout trempé chez les parents de sa
future, qui occupaient un petit logement dans Vasili-Ostroff.
Il eut grand'peine à se faire ouvrir, et son arrivée à une heure
aussi indue causa dans le premier moment une stupéfaction
extrême. On crut d'abord à une frasque d'homme ivre, mais
cette impression ne dura qu'un instant; car, quand il le
voulait, Arcade Ivanovitch avait les manières les plus sédui-
santes. L'intelligente mère roula auprès de lui le fauteuil
du père infirme et engagea aussitôt la conversation par des
questions détournées. Jamais cette femme n'allait droit au
fait : voulait-elle savoir, par exemple, quand il plairait à
Arcade Ivanovitch que le mariage fût célébré, elle commençait par l'interroger curieusement sur Paris, sur le *high
life* parisien, pour le ramener peu à peu à Vasili-Ostroff)

Les autres fois, ce petit manége réussissait très-bien ; mais, dans la circonstance présente, Svidrigaïloff se montra plus impatient que de coutume et demanda à voir sur-le-champ sa future, quoiqu'on lui eût dit qu'elle était déjà couchée. Bien entendu, on s'empressa de le satisfaire. Arcade Ivanovitch dit à la jeune fille qu'une affaire urgente l'obligeant à s'absenter pour quelque temps de Pétersbourg, il lui avait apporté quinze mille roubles, et qu'il la priait d'accepter cette bagatelle, dont il avait depuis longtemps l'intention de lui faire cadeau avant le mariage. Il n'y avait guère de liaison logique entre ce présent et le départ annoncé ; il ne semblait pas non plus que cela nécessitât absolument une visite au milieu de la nuit, par une pluie battante. Néanmoins, si louches qu'elles pussent paraître, ces explications furent parfaitement accueillies ; à peine même si les parents témoignèrent quelque surprise devant des agissements aussi étranges ; fort sobres de questions et d'exclamations étonnées, ils se répandirent par contre en remerciments des plus chaleureux auxquels l'intelligente mère mêla ses larmes. Svidrigaïloff se leva, embrassa sa fiancée, lui tapota doucement la joue et assura qu'il serait bientôt de retour. La fillette le regardait d'un air intrigué ; on lisait dans ses yeux plus qu'une simple curiosité enfantine. Arcade Ivanovitch remarqua ce regard ; il embrassa de nouveau sa future et se retira en songeant avec un réel dépit que son cadeau serait à coup sûr conservé sous clef par la plus intelligente des mères.

A minuit, il rentrait en ville par le pont de ***. La pluie avait cessé, mais le vent faisait rage. Pendant près d'une demi-heure, Svidrigaïloff battit le pavé de l'immense perspective ***, paraissant chercher quelque chose. Peu de temps auparavant, il avait remarqué, sur le côté droit de la perspective, un hôtel qui, autant qu'il s'en souvenait, s'appelait l'Hôtel d'Andrinople. A la fin, il le trouva. C'était un long bâtiment en bois où, malgré l'heure avancée, on voyait encore briller de la lumière. Il entra et demanda une chambre à un domestique en haillons qu'il rencontra dans le corridor. Après un coup d'œil jeté sur Svidrigaïloff, le domestique le conduisit à une petite chambre située tout au bout du corridor, sous l'escalier. C'était la seule qui fût disponible.

— Avez-vous du thé? demanda Svidrigaïloff.

— On peut vous en faire.

— Qu'est-ce qu'il y a encore?

— Du veau, de l'eau-de-vie, des hors-d'œuvre.

— Apporte-moi du veau et du thé.

— Vous ne voulez pas autre chose? demanda avec une sorte d'hésitation le laquais.

— Non.

L'homme en haillons s'éloigna fort désappointé.

« Ce doit être quelque chose de propre que cette maison, pensa Svidrigaïloff; — du reste, moi-même j'ai sans doute l'air d'un homme qui revient d'un café chantant et qui a eu une aventure en chemin. Je serais pourtant curieux de savoir quelle espèce de gens loge ici. »

Il alluma la bougie et se livra à un examen plus détaillé de la chambre. Elle était fort étroite et si basse qu'un homme de la taille de Svidrigaïloff pouvait à peine s'y tenir debout. Le mobilier se composait d'un lit très-sale, d'une table en bois verni et d'une chaise. La tapisserie délabrée était si poudreuse qu'on en distinguait difficilement la couleur primitive. L'escalier coupait en biais le plafond, ce qui donnait à cette pièce l'apparence d'une mansarde. Svidrigaïloff déposa la bougie sur la table, s'assit sur le lit et devint pensif. Mais un incessant bruit de voix qui se faisait entendre dans la pièce voisine finit par attirer son attention. Il se leva, prit sa bougie et alla regarder par une fente du mur.

Dans une chambre un peu plus grande que la sienne il aperçut deux individus, l'un debout, l'autre assis sur une chaise. Le premier, en manches de chemise, était rouge et avait des cheveux crépus. Il objurguait son compagnon avec des larmes dans la voix : « Tu n'avais pas de position, tu étais dans la dernière misère ; je t'ai tiré du bourbier, et il ne tient qu'à moi de t'y replonger. » L'ami à qui s'adressaient ces paroles avait l'air d'un homme qui voudrait bien éternuer et qui n'y peut réussir. De temps à autre il jetait un regard hébété sur l'orateur : évidemment, il ne comprenait pas un mot de ce qu'on lui disait, peut-être même ne l'entendait-il pas. Sur la table où la bougie achevait de se consumer, il y avait une carafe d'eau-de-vie presque vide, des verres de dimensions diverses, du pain, des concombres et un service à thé. Après avoir considéré attentivement ce tableau, Svidrigaïloff quitta son poste d'observation et revint s'asseoir sur le lit.

En apportant le thé et le veau, le garçon ne put s'empêcher de demander encore une fois s'il ne fallait pas autre chose. Sur la réponse négative qu'il reçut, il se retira définitivement. Svidrigaïloff se hâta de boire un verre de thé pour se réchauffer, mais il lui fut impossible de manger. La fièvre qui commençait à l'agiter lui coupait l'appétit. Il ôta son paletot et sa jaquette, s'enveloppa dans la couverture du lit et se coucha. Il était vexé. « Mieux vaudrait pour cette fois être bien portant », se dit-il avec un sourire. L'atmosphère était étouffante, la bougie éclairait faiblement, le vent grondait au dehors, dans un coin se faisait entendre le bruit d'une souris, du reste une odeur de souris et de cuir remplissait toute la chambre. Étendu sur le lit, Svidrigaïloff rêvait plutôt qu'il ne pensait, ses idées se succédaient confusément, il aurait voulu arrêter son imagination sur quelque chose. « C'est sans doute un jardin qu'il y a sous la fenêtre, les arbres sont agités par le vent. Que je déteste ce bruit d'arbres la nuit, dans la tempête et dans les ténèbres! » Il se rappela que tout à l'heure, en passant à côté du parc Pétrowsky, il avait éprouvé la même impression pénible. Ensuite il songea à la Petite-Néwa, et il eut de nouveau le frisson qui l'avait saisi tantôt quand, debout sur le pont, il contemplait la rivière. « Jamais de ma vie je n'ai aimé l'eau, même dans les paysages », pensa-t-il, et tout à coup une idée étrange le fit sourire : « Il me semble qu'à présent je devrais me moquer de l'esthétique et du confort, pourtant me voici devenu aussi difficile que l'animal qui a toujours soin de choisir sa place... en pareille occurrence. Si j'étais allé tantôt à Pétrowsky Ostroff? Apparemment j'ai eu peur du froid et de l'obscurité, hé! hé! Il me faut des sensations agréables!... Mais pourquoi ne pas éteindre la bougie? » (Il la souffla.) « Mes voisins sont couchés », ajouta-t-il, ne voyant point de lumière dans la fente de la cloison. « C'est maintenant, Marfa Pétrovna, que votre visite aurait de l'à-propos. Il fait noir, le lieu est propice, la situation est exceptionnelle. Et, justement, vous ne viendrez pas... »

Le sommeil continuait à le fuir. Peu à peu l'image de Dounetchka se dressa devant lui, et un tremblement soudain agita ses membres au souvenir de la scène qu'il avait eue avec la jeune fille peu d'heures auparavant. « Non, ne pensons plus à cela. Chose bizarre, je n'ai jamais beaucoup haï personne, je n'ai même jamais éprouvé un vif désir de me venger de qui que ce soit, c'est mauvais signe, mauvais signe! Jamais non plus je n'ai été ni querelleur, ni violent — voilà encore un mauvais signe! Mais que de promesses je lui ai faites tantôt! Elle m'aurait mené loin... » Il se tut et serra les dents. Son imagination lui montra de nouveau Dounetchka, telle exactement qu'elle était quand, après avoir lâché le revolver, incapable désormais de résistance, elle fixait sur lui un regard épouvanté. Il se rappela quelle pitié il avait eue d'elle en ce moment, comme il s'était senti le cœur oppressé... « Au diable! Encore ces pensées! Ne songeons plus à tout cela. »

Déjà il s'assoupissait, son tremblement fiévreux avait cessé; tout à coup il lui sembla que sous la couverture quelque chose courait le long de son bras et de sa jambe. Il tressaillit : « Diable! c'est sans doute une souris », pensa-t-il. « J'ai laissé le veau sur la table... » Craignant de prendre froid, il ne voulait pas se découvrir ni se lever, mais soudain un nouveau contact désagréable lui effleura le pied. Il rejeta la couverture et alluma la bougie, puis, frissonnant, il se pencha sur le lit et l'examina sans y rien découvrir. Il secoua la couverture, et brusquement une souris sauta sur le drap. Il essaya aussitôt de la prendre, mais, tout en restant sur le lit, elle décrivait des zigzags de divers côtés et glissait sous les doigts qui cherchaient à la saisir; tout à coup la souris se fourra sous l'oreiller. Svidrigaïloff jeta l'oreiller par terre, mais au même instant il sentit que quelque chose avait sauté sur lui et se promenait sur son corps par-dessous la chemise. Un tremblement nerveux s'empara de lui, et il s'éveilla. L'obscurité régnait dans la chambre, il était couché sur le lit, enveloppé, comme tantôt, dans la couverture; le vent grondait toujours au dehors : « C'est crispant! » se dit-il avec colère.

Il se leva et s'assit sur le bord du lit, le dos tourné à la fenêtre. « Il vaut mieux ne pas dormir », décida-t-il. De la croisée venait un air froid et humide; sans quitter sa place, Svidrigaïloff tira à lui la couverture et s'en enveloppa. Il n'alluma pas la bougie. Il ne pensait à rien et ne voulait pas penser, mais des rêves, des idées incohérentes traversaient son cerveau. Il était comme tombé dans un demi-sommeil. Était-ce l'effet du froid, des ténèbres, de l'humidité ou du vent qui agitait les arbres? toujours est-il que ses songeries avaient pris une tournure fantastique, — des fleurs s'offraient sans cesse à son imagination. Il lui semblait avoir sous les yeux un riant paysage; c'était le jour de la Trinité, le temps était superbe. Au milieu des plates-bandes fleuries apparaissait un élégant cottage dans le goût anglais; des plantes grimpantes s'enroulaient autour du perron, des deux côtés de l'escalier couvert d'un riche tapis s'étageaient des potiches chinoises contenant des fleurs rares. Aux fenêtres, dans des vases à demi pleins d'eau plongeaient des bouquets de jacinthes blanches qui s'inclinaient sur leurs hampes d'un vert cru et répandaient un parfum capiteux. Ces bouquets attiraient particulièrement l'attention de Svidrigaïloff, et il aurait voulu ne pas s'en éloigner; cependant il monta l'escalier et entra dans une salle grande et haute; là encore, partout, aux fenêtres, près de la porte donnant accès à la terrasse comme sur la terrasse elle-même, partout il y avait des fleurs. Les parquets étaient jonchés d'une herbe fraîchement fauchée et exhalant une odeur suave; par les croisées ouvertes pénétrait dans la chambre une brise délicieuse, les oiseaux gazouillaient sous les fenêtres. Mais, au milieu de la salle, sur une table couverte d'une nappe de satin blanc était placé un cercueil. Des guirlandes de fleurs l'entouraient de tous côtés, et à l'intérieur il était capitonné de gros de Naples et de ruche blanche. Dans cette bière reposait sur un lit de fleurs une fillette vêtue d'une robe de tulle blanc; ses bras étaient croisés sur sa poitrine, et on les aurait pris pour ceux d'une statue de marbre. Ses cheveux d'un blond clair étaient en désordre et mouillés; une couronne de roses ceignait sa tête. Le profil sévère et déjà roidi de son visage semblait aussi découpé dans le marbre; mais le sourire de ses lèvres pâles exprimait une tristesse navrante, une désolation qui n'appartient pas à l'enfance. Svidrigaïloff connaissait cette fillette; il n'y avait près du cercueil ni images pieuses, ni flambeaux allumés, ni prières. La défunte était une suicidée, — une noyée. A quatorze ans, elle avait eu le cœur brisé par un outrage qui

avait terrifié sa conscience enfantine, rempli son âme angé-
lique d'une honte imméritée et arraché de sa poitrine un
suprème cri de désespoir, cri étouffé par les mugissements
du vent, au milieu d'une sombre et humide nuit de dégel...

Svidrigaïloff s'éveilla, quitta son lit et s'approcha de la
croisée. Après avoir cherché à tâtons l'espagnolette, il
ouvrit la fenètre, exposant son visage et son torse à peine
protégé par la chemise aux atteintes du vent glacial qui
s'engouffrait dans l'étroite chambre. Sous la fenêtre il devait
y avoir en effet un jardin, probablement un jardin de plaisance; là sans doute, pendant le jour, on chantait des chan-
sonnettes et on servait du thé sur de petites tables. Mais
maintenant tout était plongé dans les ténèbres, et les objets
ne se désignaient à l'œil que par des taches noires à peine
distinctes. Durant cinq minutes, Svidrigaïloff accoudé sur
l'appui de la croisée regarda au-dessous de lui, dans l'obscurité. Au milieu de la nuit retentirent deux coups de
canon.

« Ah ! c'est un signal ! La Néwa monte », pensa-t-il; — « ce
matin les parties basses de la ville vont être inondées, les
rats seront noyés dans les caves; les locataires des rez-de-
chaussée, ruisselants d'eau, maugréant, opéreront au milieu
de la pluie et du vent le sauvetage de leurs bibelots; ils
devront les transporter aux étages supérieurs... Mais quelle
heure est-il? » Au moment même où il se posait cette question, une horloge voisine sonna trois coups. — « Eh! dans
une heure il fera jour! Pourquoi attendre? Je vais partir
tout de suite et me rendre dans l'île Pétrowsky... » Là-
dessus, il ferma la fenêtre, alluma la bougie et s'habilla;
puis, le chandelier à la main, il sortit de la chambre pour
aller éveiller le garçon, régler sa note et quitter ensuite
l'hôtel. — « C'est le moment le plus favorable, on ne peut
pas en choisir un meilleur. »

Il erra longtemps dans le corridor long et étroit; ne trou-

vant personne, il allait appeler à haute voix, quand tout à
coup, dans un coin sombre, entre une vieille armoire et une
porte, il découvrit un objet étrange, quelque chose qui semblait vivant. En se penchant avec la lumière, il reconnut que
c'était une petite fille de cinq ans environ; elle tremblait et
pleurait; sa petite robe était trempée comme une lavette.
La présence de Svidrigaïloff ne parut pas l'effrayer, mais
elle fixa sur lui ses grands yeux noirs avec une expression
de surprise hébétée. De temps à autre elle sanglotait encore,
comme il arrive aux enfants qui, après avoir longtemps
pleuré, commencent à se consoler. Son visage était pâle et
défait; elle était transie de froid, mais — « par quel hasard
se trouvait-elle là? sans doute elle s'était cachée dans ce
coin et n'avait pas dormi de toute la nuit ». Il se mit à
l'interroger. S'animant tout à coup, la fillette commença
d'une voix enfantine et grasseyante un récit interminable
où il était question de « maman » et de « tasse cassée ».
Svidrigaïloff crut comprendre que c'était une enfant peu
aimée : sa mère, probablement une cuisinière de l'hôtel,
s'adonnait à la boisson et la maltraitait sans cesse. La
petite fille avait cassé une tasse, et, craignant une correc-
tion, elle s'était, dans la soirée de la veille, enfuie de la
maison par une pluie battante. Après être restée longtemps
dehors, elle avait fini par rentrer secrètement, s'était cachée
derrière l'armoire et avait passé toute la nuit là, tremblant,
pleurant, effrayée de se voir dans l'obscurité, plus effrayée
encore à la pensée qu'elle serait cruellement battue, et pour
la tasse cassée, et pour la fugue dont elle s'était rendue coupable. Svidrigaïloff la prit dans ses bras, la porta à sa
chambre et, l'ayant déposée sur son lit, se mit en devoir de
la déshabiller. Elle n'avait pas de bas, et ses chaussures
trouées étaient aussi humides que si elles avaient trempé
toute la nuit dans une mare. Quand il lui eut ôté ses vêtements, il la coucha et l'enveloppa avec soin dans la couver-

ture. Elle s'endormit aussitôt. Ayant tout fini, Svidrigaïloff retomba dans ses pensées moroses.

« De quoi me mêlé-je encore! » se dit-il avec un sentiment de colère. — « Quelle bêtise! » Dans son irritation, il prit la bougie pour se mettre à la recherche du garçon et quitter au plus tôt l'hôtel. « Peuh, une gamine! » fit-il en lâchant un juron au moment où il ouvrait la porte, mais il se retourna pour jeter un dernier coup d'œil sur la petite fille, s'assurer si elle dormait et comment elle dormait. Il souleva avec précaution la couverture qui cachait la tête. L'enfant dormait d'un profond sommeil. Elle s'était réchauffée dans le lit, et ses joues pâles avaient déjà repris des couleurs. Toutefois, chose étrange, l'incarnat de son teint était beaucoup plus vif que celui qui se remarque à l'état normal chez les enfants. « C'est la rougeur de la fièvre », pensa Svidrigaïloff. On aurait dit qu'elle avait bu. Ses lèvres purpurines paraissaient brûlantes. Soudain il croit voir cligner légèrement les longs cils noirs de la petite dormeuse; sous les paupières mi-closes se laisse deviner un jeu de prunelle malicieux, sournois, nullement enfantin. La fillette ne dormirait-elle pas et ferait-elle semblant de dormir? En effet, ses lèvres sourient, leurs extrémités frémissent comme quand on étouffe une envie de rire. Mais voilà qu'elle cesse de se contraindre, elle rit franchement; quelque chose d'effronté, de provocant, rayonne sur ce visage qui n'a plus rien de l'enfance; c'est le visage d'une prostituée, d'une cocotte française. Voilà que les deux yeux s'ouvrent tout grands : ils enveloppent Svidrigaïloff d'un regard lascif et passionné, ils l'appellent, ils rient... Rien de répugnant comme cette figure enfantine dont tous les traits respirent la luxure. « Quoi! à cinq ans! » murmure-t-il en proie à une véritable épouvante : « est-ce possible? » Mais voilà qu'elle tourne vers lui son visage enflammé, elle lui tend les bras... « Ah! maudite! » s'écrie avec horreur Svidrigaïloff; il lève la main sur elle et au même instant s'éveille.

Il se retrouva couché sur son lit, enveloppé dans la couverture; la bougie n'était pas allumée, le jour se levait déjà.

« J'ai eu le cauchemar toute cette nuit! » Il se mit sur son séant et s'aperçut avec colère qu'il était tout courbaturé, tout brisé. Au dehors régnait un épais brouillard au travers duquel on ne pouvait rien distinguer. Il était près de cinq heures; Svidrigaïloff avait dormi trop longtemps! Il se leva, remit ses vêtements encore humides, et, sentant le revolver dans sa poche, il le prit pour s'assurer si la capsule était bien placée. Ensuite il s'assit, et sur la première page de son carnet écrivit quelques lignes en gros caractères. Après les avoir relues, il s'accouda sur la table et s'absorba dans ses réflexions. Les mouches se régalaient de la portion de veau restée intacte. Il les regarda longtemps, puis se mit à leur donner la chasse. A la fin, il s'étonna de l'occupation à laquelle il se livrait, et, recouvrant tout à coup la conscience de sa situation, il sortit vivement de la chambre. Un instant après, il était dans la rue.

Un épais brouillard couvrait la ville. Svidrigaïloff cheminait dans la direction de la Petite-Néwa. Tandis qu'il marchait sur le glissant pavé de bois, il voyait en imagination l'île Pétrowsky avec ses petits sentiers, ses gazons, ses arbres, ses taillis... Pas un piéton, pas un fiacre sur toute l'étendue de la perspective. Les petites maisons jaunes, aux volets fermés, avaient l'air sale et triste. Le froid et l'humidité commençaient à donner le frisson au promeneur matinal. De loin en loin, quand il apercevait l'enseigne d'une boutique, il la lisait machinalement.

Arrivé au bout du pavé de bois, à la hauteur de la grande maison de pierre, il vit un chien fort laid qui traversait la chaussée en serrant sa queue entre ses jambes. Un homme ivre-mort gisait au milieu du trottoir, le visage contre terre. Svidrigaïloff regarda un instant l'ivrogne et passa

outre. A gauche, un beffroi s'offrit à sa vue. « Bah! pensa-
t-il, voilà une place, à quoi bon aller dans l'île Pétrowsky?
Comme cela, la chose pourra être officiellement constatée
par un témoin... » Souriant à cette nouvelle idée, il prit la
rue ***.

Là se trouvait le bâtiment que surmontait le beffroi.
Contre la porte était appuyé un petit homme enveloppé dans
un manteau de soldat et coiffé d'un casque grec. En voyant
Svidrigaïloff s'approcher, il lui jeta du coin de l'œil un
regard maussade. Sa physionomie avait cette expression de
tristesse hargneuse qui est la marque séculaire des visages
israélites. Pendant quelque temps, tous deux s'examinèrent
en silence. A la fin, il parut étrange au factionnaire qu'un
individu qui n'était pas ivre s'arrêtât ainsi à trois pas de lui
et le fixât sans dire un seul mot.

— Qu'est-ce que vous voulez? demanda-t-il, toujours
adossé contre la porte.

— Mais rien, mon ami, bonjour! répondit Svidrigaïloff.

— Passez votre chemin.

— Mon ami, je vais à l'étranger.

— Comment, à l'étranger?

— En Amérique.

— En Amérique?

Svidrigaïloff prit le revolver dans sa poche et l'arma. Le
soldat releva les sourcils.

— Dites donc, ce ne sont pas des plaisanteries à faire
ici !

— Pourquoi pas?

— Parce que ce n'est pas le lieu.

— N'importe, mon ami, la place est bonne tout de même;
si l'on t'interroge, tu répondras que je suis parti pour l'Amérique.

Il appuya le canon de son revolver contre sa tempe
droite.

— On ne peut pas faire cela ici, ce n'est pas le lieu! reprit le soldat en ouvrant des yeux de plus en plus grands.

Svidrigaïloff pressa la détente...

# VI

Ce même jour, entre six et sept heures du soir, Raskolnikoff se rendit chez sa mère et sa sœur. Les deux femmes habitaient maintenant dans la maison Bakaléieff l'appartement dont Razoumikhine leur avait parlé. En montant l'escalier, Raskolnikoff semblait encore hésiter. Toutefois pour rien au monde il n'aurait rebroussé chemin; il était décidé à faire cette visite. « D'ailleurs, elles ne savent encore rien », pensait-il, « et elles sont déjà habituées à voir en moi un original. » Ses vêtements étaient souillés de boue et déchirés; d'autre part, la fatigue physique, jointe à la lutte qui se livrait en lui depuis près de vingt-quatre heures, avait rendu son visage presque méconnaissable. Le jeune homme avait passé la nuit entière Dieu sait où. Mais, du moins, son parti était pris.

Il frappa à la porte, sa mère lui ouvrit. Dounetchka était sortie, et la servante n'était pas non plus à la maison en ce moment. Pulchérie Alexandrovna resta d'abord muette de surprise et de joie; puis elle prit son fils par la main et l'entraîna dans la chambre.

— Ah! te voilà! dit-elle d'une voix que l'émotion faisait trembler. — Ne te fâche pas, Rodia, si j'ai la sottise de t'accueillir avec des larmes, c'est le bonheur qui les fait couler. Tu crois que je suis triste? Non, je suis gaie, je ris, seulement j'ai cette sotte habitude de verser des larmes. Depuis la mort de ton père, je pleure comme cela à propos

de tout. Assieds-toi, mon chéri, tu es fatigué, je le vois. Ah!
que tu es sale!

— J'ai reçu la pluie hier, maman... commença Raskolnikoff.

— Laisse donc! l'interrompit vivement Pulchérie Alexandrovna. Tu pensais que j'allais t'interroger avec ma curiosité de vieille femme? Sois tranquille, je comprends, je comprends tout; maintenant, je suis déjà un peu initiée aux
usages de Pétersbourg, et, vraiment, je vois moi-même qu'on
est plus intelligent ici que chez nous. Je me suis dit, une
fois pour toutes, que je n'avais pas besoin de m'immiscer
dans tes affaires et de te demander des comptes. Pendant
que, peut-être, tu as l'esprit occupé Dieu sait de quelles
pensées, j'irais, moi, te troubler par mes questions impor-
tunes!... Ah! Seigneur!... Vois-tu, Rodia? je suis en train
de lire pour la troisième fois l'article que tu as publié dans
une revue, Dmitri Prokofitch me l'a apporté. Ç'a été une
révélation pour moi; dès lors, en effet, je me suis tout expliqué et j'ai reconnu combien j'avais été bête. « Voilà ce qui
l'occupe, me suis-je dit; il roule dans sa tête des idées nouvelles, et il n'aime pas qu'on l'arrache à ses réflexions; tous
les savants sont ainsi. » Malgré l'attention avec laquelle je
te lis, il y a dans ton article, mon ami, bien des choses qui
m'échappent; mais, ignorante comme je suis, je n'ai pas lieu
de m'étonner si je ne comprends pas tout.

— Montrez-le-moi donc, maman.

Raskolnikoff prit le numéro de la revue et jeta un rapide
coup d'œil sur son article. Un auteur éprouve toujours un
vif plaisir à se voir imprimé pour la première fois, surtout
quand cet auteur n'a que vingt-trois ans. Bien qu'en proie
aux plus cruels soucis, notre héros ne put se soustraire à
cette impression, mais elle ne dura chez lui qu'un instant.
Après avoir lu quelques lignes, il fronça le sourcil, et une
affreuse souffrance lui serra le cœur. Cette lecture lui avait

soudain rappelé toutes les agitations morales des derniers
mois. Ce fut avec un sentiment de violente répulsion qu'il
jeta la brochure sur la table.

— Mais, toute bête que je suis, Rodia, je puis néanmoins
juger que d'ici à très-peu de temps tu occuperas une des
premières places, sinon la première, dans le monde de la
science. Et ils ont osé penser que tu étais fou! Ha! ha! ha!
tu ne sais pas que cette idée leur était venue? Ah! les pauvres gens! Du reste, comment pourraient-ils comprendre ce
que c'est que l'intelligence? Dire pourtant que Dounetchka,
oui, Dounetchka elle-même, n'était pas trop éloignée de le
croire! Est-ce possible! Il y a six ou sept jours, Rodia, je
me désolais en voyant comme tu es logé, habillé et nourri.
Mais, maintenant, je reconnais que c'était encore une sottise
de ma part : en effet, dès que tu le voudras, avec ton esprit
et ton talent tu arriveras d'emblée à la fortune. Pour le
moment, sans doute, tu n'y tiens pas, tu t'occupes de choses
beaucoup plus importantes...

— Dounia n'est pas ici, maman?

— Non, Rodia. Elle est très-souvent dehors, elle me laisse
seule. Dmitri Prokofitch a la bonté de venir me voir, et il
me parle toujours de toi. Il t'aime et t'estime, mon ami.
Pour ce qui est de ta sœur, je ne me plains pas du peu
d'égards qu'elle me témoigne. Elle a son caractère comme
j'ai le mien. Il lui plaît de me laisser ignorer ses affaires,
libre à elle! Moi, je n'ai rien de caché pour mes enfants.
Sans doute, je suis persuadée que Dounia est fort intelligente, que, de plus, elle a beaucoup d'affection pour moi et
pour toi... Mais je ne sais à quoi aboutira tout cela... Je
regrette qu'elle ne puisse profiter de la bonne visite que tu
me fais. A son retour, je lui dirai : « En ton absence, ton frère
est venu : où étais-tu pendant ce temps-là? » Toi, Rodia, ne
me gâte pas trop : passe chez moi quand tu pourras le faire
sans te déranger; si tu n'es pas libre, ne te gêne pas, je pren-

drai patience. Il me suffira de savoir que tu m'aimes. Je
lirai tes ouvrages, j'entendrai parler de toi par tout le monde,
et, de temps en temps, je recevrai ta visite. Que puis-je
désirer de plus? Aujourd'hui, tu es venu consoler ta mère,
je le vois...

Brusquement, Pulchérie Alexandrovna fondit en larmes.

— Me voilà encore! Ne fais pas attention à moi, je suis
folle! Ah! Seigneur, mais je ne pense à rien! s'écria-t-elle
en se levant tout à coup. — Il y a du café, et je ne t'en offre
pas! Tu vois ce que c'est que l'égoïsme des vieilles gens.
Tout de suite, tout de suite!

— Ce n'est pas la peine, maman, je vais m'en aller. Je ne
suis pas venu ici pour cela. Écoutez-moi, je vous en prie.

Pulchérie Alexandrovna s'approcha timidement de son fils.

— Maman, quoi qu'il arrive, quoi que vous entendiez dire
de moi, m'aimerez-vous comme maintenant? demanda-t-il
soudain.

Ces paroles jaillirent spontanément du fond de son cœur
avant qu'il eût eu le temps d'en mesurer la portée.

— Rodia, Rodia, qu'as-tu? Comment peux-tu donc me
faire cette question? Qui osera jamais me dire du mal de
toi? Si quelqu'un se permettait cela, je refuserais de l'entendre et le chasserais de ma présence.

— Le but de ma visite était de vous assurer que je vous
ai toujours aimée, et maintenant je suis bien aise que nous
soyons seuls, bien aise même que Dounetchka ne soit pas ici,
poursuivit-il avec le même élan; — peut-être serez-vous
malheureuse, sachez cependant que votre fils vous aime
maintenant plus que lui-même, et que vous avez eu tort de
mettre en doute sa tendresse. Jamais je ne cesserai de vous
aimer... Allons, assez; j'ai cru que je devais, avant tout,
vous donner cette assurance...

Pulchérie Alexandrovna embrassa silencieusement son fils,
le pressa contre sa poitrine et pleura sans bruit.

— Je ne sais ce que tu as, Rodia, dit-elle enfin. Jusqu'ici j'avais cru tout bonnement que notre présence t'ennuyait; à présent, je vois qu'un grand malheur te menace, et que tu vis dans l'anxiété. Je m'en doutais, Rodia. Pardonne-moi de te parler de cela; j'y pense toujours, et j'en perds le sommeil. La nuit dernière, ta sœur a eu le délire, et dans les paroles qu'elle prononçait ton nom revenait sans cesse. J'ai entendu quelques mots, mais je n'y ai rien compris. Depuis ce matin jusqu'au moment de ta visite, j'ai été comme un condamné qui attend l'exécution; j'avais le pressentiment de quelque chose! Rodia, Rodia, où vas-tu donc? Car tu es sur le point de partir, n'est-ce pas?

— Oui.

— Je l'avais deviné! Mais je puis aller avec toi, si tu dois partir. Dounia nous accompagnera; elle t'aime, elle t'aime beaucoup. S'il le faut, eh bien, nous prendrons aussi avec nous Sophie Séménovna; vois-tu? je suis toute prête à l'accepter pour fille. Dmitri Prokofitch nous aidera dans nos préparatifs de départ... mais... où vas-tu donc?

— Adieu, maman.

— Quoi! aujourd'hui même! s'écria-t-elle, comme s'il se fût agi d'une séparation éternelle.

— Je ne puis pas rester, il faut absolument que je vous quitte...

— Et je ne puis pas aller avec toi?...

— Non, mais mettez-vous à genoux et priez Dieu pour moi. Il entendra peut-être votre prière.

— Puisse-t-il l'entendre! Je vais te donner ma bénédiction... Oh! Seigneur!

Oui, il était bien aise que sa sœur n'assistât pas à cette entrevue. Pour s'épancher en liberté, sa tendresse avait besoin du tête-à-tête, et un témoin quelconque, fût-ce Dounia, l'aurait gêné. Il tomba aux pieds de sa mère et les baisa. Pulchérie Alexandrovna et son fils s'embrassèrent en pleurant; la première ne fit plus aucune question. Elle avait compris que le jeune homme traversait une crise terrible, et que son sort allait se décider dans un moment.

— Rodia, mon chéri, mon premier-né, dit-elle à travers ses sanglots, te voilà maintenant tel que tu étais dans ton enfance; c'est ainsi que tu venais m'offrir tes caresses et tes baisers. Jadis, du vivant de ton père, lui et moi n'avions, au milieu de nos malheurs, d'autre consolation que ta présence, et depuis que je l'ai enterré, combien de fois n'avons-nous pas, toi et moi, pleuré sur sa tombe, en nous tenant embrassés comme à présent! Si je pleure depuis longtemps, c'est que mon cœur maternel avait des pressentiments sinistres. Le soir où nous sommes arrivés à Pétersbourg, dès notre première entrevue, ton visage m'a tout appris, et aujourd'hui, quand je t'ai ouvert la porte, j'ai pensé, en te voyant, que l'heure fatale était venue. Rodia, Rodia, tu ne pars pas tout de suite?

— Non.

— Tu viendras encore?

— Oui... je viendrai.

— Rodia, ne te fâche pas, je n'ose t'interroger; dis-moi seulement deux mots : tu vas loin d'ici?

— Fort loin.

— Tu auras là un emploi, une position?

— J'aurai ce que Dieu m'enverra... priez seulement pour moi...

Raskolnikoff voulait sortir, mais elle se cramponna à lui et le regarda en plein visage avec une expression de désespoir.

— Assez, maman, dit le jeune homme, qui, témoin de cette douleur navrante, regrettait profondément d'être venu.

— Tu ne pars pas pour toujours? Tu ne vas pas te mettre en route tout de suite? Tu viendras demain?

— Oui, oui, adieu.

Il réussit enfin à s'échapper.

La soirée était chaude sans être étouffante; depuis le matin, le temps s'était éclairci. Raskolnikoff regagna vivement sa demeure. Il voulait avoir tout fini avant le coucher du soleil. Pour le moment toute rencontre lui eût été fort désagréable. En montant à sa chambre, il remarqua que Nastasia, alors occupée à préparer le thé, avait interrompu sa besogne, et le suivait d'un œil curieux.

« Est-ce qu'il y aurait quelqu'un chez moi? » se dit-il, et malgré lui il songea à l'odieux Porphyre. Mais quand il ouvrit la porte de son logement, il aperçut Dounetchka. La jeune fille, assise sur le divan, était pensive; sans doute elle attendait son frère depuis longtemps. Il s'arrêta sur le seuil. Elle eut un mouvement d'effroi, se redressa et le regarda longuement. Une immense désolation se lisait dans les yeux de Dounia. Ce seul regard prouva à Raskolnikoff qu'elle savait tout.

— Dois-je m'avancer vers toi ou me retirer? demanda-t-il avec hésitation.

— J'ai passé toute la journée à t'attendre chez Sophie Séménovna; nous comptions t'y voir.

Raskolnikoff entra dans la chambre et se laissa tomber avec accablement sur une chaise.

— Je me sens faible, Dounia; je suis très-fatigué, et, en ce moment surtout, j'aurais besoin de toutes mes forces.

Il jeta sur sa sœur un regard défiant.

— Où as-tu donc été durant toute la nuit dernière?

— Je ne m'en souviens pas bien; vois-tu, ma sœur? je voulais prendre un parti définitif, et plusieurs fois je me suis approché de la Néwa; cela, je me le rappelle. Mon intention était d'en finir ainsi... mais... je n'ai pu m'y résoudre... acheva-t-il à voix basse en cherchant à lire sur le visage de Dounia l'impression produite par ses paroles.

— Dieu soit loué! C'était précisément ce que nous crai-

gnions, Sophie Séménovna et moi! Ainsi tu crois encore à
la vie, Dieu soit loué!

Raskolnikoff eut un sourire amer.

— Je n'y croyais pas, mais tout à l'heure j'ai été chez
notre mère, et nous nous sommes embrassés en pleurant; je
suis incrédule, et pourtant je lui ai demandé de prier pour
moi. Dieu sait comment cela se fait, Dounetchka; moi-
même, je ne comprends rien à ce que j'éprouve.

— Tu as été chez notre mère? Tu lui as parlé?. s'écria
Dounia épouvantée. Se peut-il que tu aies eu le courage de
lui dire *cela?*

— Non, je ne le lui ai pas dit... verbalement; mais elle se
doute de quelque chose. Elle t'a entendue rêver tout haut la
nuit dernière. Je suis sûr qu'elle a déjà deviné la moitié de
ce secret. J'ai peut-être eu tort d'aller la voir. Je ne sais
même pourquoi je l'ai fait. Je suis un homme bas, Dounia.

— Oui, mais un homme prêt à aller au-devant de l'expiation. Tu iras, n'est-ce pas?

— A l'instant. Pour fuir ce déshonneur, je voulais me
noyer, Dounia; mais au moment où j'allais me jeter à l'eau,
je me suis dit qu'un homme fort ne doit pas avoir peur de
la honte. C'est de l'orgueil, Dounia?

— Oui, Rodia!

Une sorte d'éclair s'alluma dans ses yeux ternes; il semblait heureux de penser qu'il avait conservé son orgueil.

— Tu ne penses pas, ma sœur, que j'aie eu simplement
peur de l'eau? demanda-t-il avec un sourire désagréable.

— Oh! Rodia, assez! répondit la jeune fille blessée de cette
supposition.

Tous deux restèrent silencieux pendant dix minutes. Raskolnikoff tenait les yeux baissés; Dounetchka le considérait
avec une expression de souffrance. Tout à coup il se leva:

— L'heure s'avance, il est grand temps de partir. Je vais
me livrer, mais je ne sais pourquoi je fais cela.

De grosses larmes jaillirent sur les joues de Dounetchka.

— Tu pleures, ma sœur; mais peux-tu me tendre la main?

— En doutais-tu?

Elle le serra avec force contre sa poitrine.

— Est-ce qu'en t'offrant à l'expiation tu n'effaceras pas la moitié de ton crime? s'écria-t-elle; en même temps elle embrassait son frère.

— Mon crime? Quel crime? répliqua-t-il dans un soudain accès de colère : celui d'avoir tué une vermine sale et malfaisante, une vieille usurière nuisible à tout le monde, un vampire qui suçait le sang des pauvres? Mais un tel meurtre devrait obtenir l'indulgence pour quarante péchés! Je n'y pense pas et ne songe nullement à l'effacer. Qu'ont-ils tous à me crier de tous côtés : « Crime! crime! » Maintenant que je me suis décidé à affronter gratuitement ce déshonneur, maintenant seulement l'absurdité de ma lâche détermination m'apparaît dans tout son jour! C'est simplement par bassesse et par impuissance que je me résous à cette démarche, à moins que ce ne soit aussi par intérêt, comme me le conseillait ce... Porphyre.

— Frère, frère, que dis-tu? Mais tu as versé le sang! répondit Dounia, consternée.

— Eh bien, quoi! Tout le monde le verse, poursuivit-il avec une véhémence croissante; il a toujours coulé à flots sur la terre; les gens qui le répandent comme du champagne montent ensuite au Capitole et sont proclamés bienfaiteurs de l'humanité. Examine les choses d'un peu plus près avant de les juger. Je voulais faire, moi aussi, du bien aux hommes; des centaines, des milliers de bonnes actions eussent amplement racheté cette unique sottise, et, quand je dis sottise, je devrais dire plutôt maladresse, car l'idée n'était pas si sotte qu'elle en a l'air maintenant : après l'insuccès, les desseins les mieux concertés paraissent idiots. Je ne voulais, par cette bêtise, que me créer une situation indépendante,

assurer mes premiers pas dans la vie, me procurer des ressources; ensuite j'aurais pris mon essor... Mais j'ai échoué,
c'est pourquoi je suis un misérable! Si j'avais réussi, on me
tresserait des couronnes, tandis qu'à présent je ne suis plus
bon qu'à jeter aux chiens!

— Mais non, il ne s'agit pas de cela! Mon frère, que dis-tu?

— Il est vrai que je n'ai pas procédé selon les règles de
l'esthétique! Décidément je ne comprends pas pourquoi il
est plus glorieux de lancer des bombes contre une ville
assiégée que d'assassiner quelqu'un à coups de hache! La
crainte de l'esthétique est le premier signe de l'impuissance!
Jamais je ne l'ai mieux senti qu'à présent, et moins que
jamais je comprends quel est mon crime! Jamais je n'ai été
plus fort, plus convaincu qu'en ce moment!

Son visage pâle et défait s'était subitement coloré. Mais
comme il venait de proférer cette dernière exclamation, ses
yeux rencontrèrent par hasard ceux de Dounia; elle le regardait avec tant de tristesse que son exaltation tomba tout
à coup. Il ne put s'empêcher de se dire qu'en somme il avait
fait le malheur de ces deux pauvres femmes...

— Dounia, chère! si je suis coupable, pardonne-moi (quoique je ne mérite aucun pardon, si réellement je suis coupable). Adieu! ne disputons pas ensemble! Il est temps, grand
temps de partir! Ne me suis pas, je t'en supplie, j'ai encore une
visite à faire... Va à l'instant retrouver notre mère et reste
auprès d'elle; je te le demande en grâce, c'est la dernière
prière que je t'adresse. Ne la quitte pas; je l'ai laissée fort
inquiète, et je crains qu'elle ne résiste pas à son chagrin :
ou elle mourra, ou elle deviendra folle. Veille donc sur elle!
Razoumikhine ne vous abandonnera pas; je lui ai parlé...
Ne pleure pas sur moi : quoique assassin, je tâcherai d'être
toute ma vie courageux et honnête. Peut-être entendras-tu
un jour parler de moi. Je ne vous déshonorerai pas, tu verras; je prouverai encore... Maintenant, au revoir, se hâta-

-il d'ajouter en remarquant une étrange expression dans les yeux de Dounia, tandis qu'il faisait ces promesses. — Pourquoi pleures-tu ainsi? Ne pleure pas, nous ne nous quittons pas pour toujours!... Ah! oui! Attends, j'oubliais...

Il alla prendre sur la table un gros livre couvert de poussière, l'ouvrit et en tira une petite aquarelle peinte sur ivoire. C'était le portrait de la fille de sa logeuse, la jeune personne qu'il avait aimée. Pendant un instant il considéra ce visage expressif et souffreteux, puis il baisa le portrait et le remit à Dounetchka.

— J'ai bien des fois causé *de cela* avec elle, avec elle seule, dit-il rêveusement, — j'ai fait confidence à son cœur de ce projet qui devait avoir une issue si lamentable. Sois tranquille, continua-t-il en s'adressant à Dounia, — elle en a été révoltée tout autant que toi, et je suis bien aise qu'elle soit morte.

Puis, revenant à l'objet principal de ses préoccupations :

— L'essentiel maintenant, dit-il, — est de savoir si j'ai bien calculé ce que je vais faire et si je suis prêt à en accepter toutes les conséquences. On prétend que cette épreuve m'est nécessaire. Est-ce vrai? Quelle force morale aurai-je acquise quand je sortirai du bagne, brisé par vingt années de souffrances? Sera-ce alors la peine de vivre? Et je consens à porter le poids d'une existence pareille! Oh! j'ai senti que j'étais lâche, ce matin, au moment de me jeter dans la Néwa!

A la fin, tous deux sortirent. Dounia n'avait été soutenue durant cette pénible entrevue que par son amour pour son frère. Ils se quittèrent dans la rue. Après avoir fait cinquante pas, la jeune fille se retourna pour voir une dernière fois Raskolnikoff. Lorsqu'il fut arrivé au coin de la rue, lui-même se retourna aussi. Leurs yeux se rencontrèrent, mais, remarquant que le regard de sa sœur était fixé sur lui, il fit un geste d'impatience et même de colère pour l'inviter à continuer son chemin; ensuite il disparut au tournant de la rue

## VII

La nuit commençait à tomber quand il arriva chez Sonia. Pendant toute la journée la jeune fille l'avait attendu avec anxiété. Dès le matin, elle avait reçu la visite de Dounia. Celle-ci était allée la voir, ayant appris la veille, par Svidrigaïloff, que Sophie Séménovna « savait cela ». Nous ne rapporterons pas en détail la conversation des deux femmes : bornons-nous à dire qu'elles pleurèrent ensemble et se lièrent d'une étroite amitié. De cette entrevue Dounia emporta du moins la consolation de penser que son frère ne serait pas seul : c'était Sonia qui la première avait reçu sa confession, c'était à elle qu'il s'était adressé lorsqu'il avait senti le besoin de se confier à un être humain; elle l'accompagnerait en quelque lieu que la destinée l'envoyât. Sans avoir fait de questions à cet égard, Avdotia Romanovna en était sûre; elle considérait Sonia avec une sorte de vénération qui rendait la pauvre fille toute confuse, car celle-ci se croyait indigne de lever les yeux sur Dounia. Depuis sa visite chez Raskolnikoff, l'image de la charmante personne qui l'avait si gracieusement saluée ce jour-là était restée dans son âme comme une des visions les plus belles et les plus ineffaçables de sa vie.

A la fin, Dounetchka se décida à aller attendre son frère au domicile de ce dernier, se disant qu'il ne pourrait faire autrement que d'y passer. Sonia ne fut pas plutôt seule que la pensée du suicide probable de Raskolnikoff lui ôta tout repos. C'était aussi la crainte de Dounia. Mais, en causant ensemble, les deux jeunes filles s'étaient donné l'une à l'autre

toutes sortes de raisons pour se tranquilliser, et elles y
avaient en partie réussi.

Dès qu'elles se furent quittées, l'inquiétude se réveilla chez
chacune d'elles. Sonia se rappela ce que Svidrigaïloff lui avait
dit la veille : « Raskolnikoff n'a que le choix entre deux
alternatives : aller en Sibérie ou... » De plus, elle connaissait l'orgueil du jeune homme et son absence de sentiments
religieux. « Est-il possible qu'il se résigne à vivre, uniquement
par pusillanimité, par crainte de la mort? » pensait-elle avec
désespoir. Déjà elle ne doutait plus que le malheureux n'eût
mis fin à ses jours, quand il entra chez elle.

Un cri de joie s'échappa de la poitrine de la jeune fille.
Mais lorsqu'elle eut observé plus attentivement le visage du
visiteur, elle pâlit soudain.

— Allons, oui! dit en riant Raskolnikoff, je viens chercher
tes croix, Sonia. C'est toi qui m'as engagé à aller au carrefour; maintenant que je vais m'y rendre, d'où vient que tu
as peur?

Sonia le considéra avec étonnement. Ce ton lui paraissait
étrange; un frisson parcourut son corps; mais, au bout
d'une minute, elle comprit que cette assurance était feinte.
Raskolnikoff, en lui parlant, regardait dans le coin et semblait craindre de fixer ses yeux sur elle.

— Vois-tu, Sonia? j'ai jugé que cela vaudrait mieux. Il y
a ici une circonstance... ce serait trop long à raconter, et je
n'en ai pas le temps. Sais-tu ce qui m'irrite? Je me sens
furieux à la pensée que, dans un instant, toutes ces brutes
m'entoureront, braqueront leurs yeux sur moi, me poseront
de stupides questions auxquelles il faudra répondre, me
montreront du doigt... Tu sais, je n'irai pas chez Porphyre;
il m'est insupportable. Je préfère aller trouver mon ami
Poudre. Ce que celui-là sera surpris! Je puis compter sur
un joli succès d'étonnement. Mais il faudrait avoir plus de
sang-froid; dans ces derniers temps je suis devenu fort irri-

table. Le croiras-tu? Peu s'en est fallu tantôt que je n'aie
montré le poing à ma sœur, et cela parce qu'elle s'était
retournée pour me voir une dernière fois. Suis-je tombé
assez bas! Eh bien, où sont les croix?

Le jeune homme ne semblait pas dans son état normal. Il
ne pouvait ni rester une minute en place ni fixer sa pensée
sur un objet; ses idées se succédaient sans transition, ou,
pour mieux dire, il battait la campagne; ses mains tremblaient légèrement.

Sonia gardait le silence. Elle tira d'une boîte deux croix :
l'une en cyprès, l'autre en cuivre, puis elle se signa et,
après avoir répété la même cérémonie sur la personne de
Raskolnikoff, lui passa au cou la croix de cyprès.

— C'est une manière symbolique d'exprimer que je me
charge d'une croix, hé! hé! Comme si d'aujourd'hui seulement je commençais à souffrir! La croix de cyprès, c'est
celle des petites gens; la croix de cuivre appartenait à Élisabeth; tu la gardes pour toi, montre-la un peu! Ainsi, elle
la portait... à ce moment-là? Je connais deux autres objets
de piété : une croix d'argent et une image. Je les ai jetés
*alors* sur la poitrine de la vieille. Voilà ce que je devrais
maintenant me mettre au cou... Mais je ne dis que des
fadaises et j'oublie mon affaire, je suis distrait!... Vois-tu,
Sonia? je suis venu surtout pour te prévenir, afin que tu
saches... Eh bien, voilà tout... Je ne suis venu que pour
cela. (Hum! Je croyais pourtant avoir autre chose à te dire.)
Voyons, tu as toi-même exigé de moi cette démarche, je
vais être mis en prison, et ton désir sera satisfait; pourquoi
donc pleures-tu? Toi aussi! cesse, assez; oh! que tout cela
m'est pénible!

A la vue de Sonia en larmes, son cœur se serrait : « Que
suis-je pour elle? » se disait-il à part soi; « pourquoi
s'intéresse-t-elle à moi comme pourrait le faire ma mère ou
Dounia? Elle sera ma niania! »

— Fais le signe de la croix, dis une petite prière, supplia d'une voix tremblante la jeune fille.

— Oh! soit, je prierai tant que tu voudras! Et de bon cœur, Sonia, de bon cœur...

Ce n'était pas tout ce qu'il avait envie de dire.

Il fit plusieurs signes de croix. Sonia noua autour de sa tête un mouchoir vert en drap de dame, le même, probablement, dont Marméladoff avait parlé naguère au cabaret et qui servait alors à toute la famille. Cette pensée traversa l'esprit de Raskolnikoff, mais il s'abstint de questionner à ce sujet. Il commençait à s'apercevoir qu'il avait des distractions continuelles et qu'il était extrêmement troublé. Cela l'inquiétait. Tout à coup il remarqua que Sonia se préparait à sortir avec lui.

— Qu'est-ce que tu fais? Où vas-tu? Reste, reste! Je veux être seul, s'écria-t-il d'une voix irritée, et il se dirigea vers la porte. — Quel besoin d'aller là avec toute une suite! grommela-t-il en sortant.

Sonia n'insista point. Il ne lui dit même pas adieu, il l'avait oubliée. Une seule idée l'occupait maintenant :

« Est-ce que réellement c'en est fait? se demandait-il tout en descendant l'escalier : n'y a-t-il pas moyen de revenir en arrière, de tout arranger... et de ne pas aller là? »

Néanmoins il poursuivit sa marche, comprenant soudain que l'heure des hésitations était passée. Dans la rue il se rappela qu'il n'avait pas dit adieu à Sonia, qu'elle s'était arrêtée au milieu de la chambre, qu'un ordre de lui l'avait comme clouée à sa place. Il se posa alors une autre question qui, depuis quelques minutes, hantait son esprit sans se formuler nettement :

« Pourquoi lui ai-je fait cette visite? Je lui ai dit que je venais pour affaire : quelle affaire? Je n'en ai absolument aucune. Pour lui apprendre que « je vais là »? Cela était bien nécessaire! Pour lui dire que je l'aime? Allons donc! je

viens tout à l'heure de la repousser comme un chien. Quant
à sa croix, quel besoin en avais-je? Oh! que je suis tombé
bas ! Non, ce qu'il me fallait, c'étaient ses larmes; ce que je
voulais, c'était jouir des déchirements de son cœur! Peut-
être aussi n'ai-je cherché, en allant la voir, qu'à gagner du
temps, à retarder un peu le moment fatal ! Et j'ai osé rêver
de hautes destinées, je me suis cru appelé à faire de grandes
choses, moi si vil, si misérable, si lâche ! »

Il cheminait le long du quai et n'avait plus loin à aller;
mais quand il arriva au pont, il suspendit un instant sa
marche, puis se dirigea brusquement vers le Marché-au-
Foin.

Ses regards se portaient avidement à droite et à gauche,
il s'efforçait d'examiner chaque objet qu'il rencontrait et ne
pouvait concentrer son attention sur rien. « Dans huit jours,
dans un mois », songeait-il, « je repasserai sur ce pont; une
voiture cellulaire m'emportera quelque part; de quel œil
alors contemplerai-je ce canal? remarquerai-je encore l'enseigne que voici? Le mot *Compagnie* est écrit là : le lirai-je
alors comme je le lis aujourd'hui? Quelles seront mes sensations et mes pensées?... Mon Dieu, que toutes ces préoccupations sont mesquines! Sans doute cela est curieux... dans
son genre... (Ha! ha! ha! de quoi vais-je m'inquiéter!) Je fais
l'enfant, je pose vis-à-vis de moi-même; pourquoi, au fait,
rougirais-je de mes pensées? Oh! quelle cohue! Ce gros
homme — un Allemand selon toute apparence — qui vient
de me pousser, sait-il à qui il a donné un coup de coude?
Cette femme qui tient un enfant par la main et qui demande
l'aumône me croit peut-être plus heureux qu'elle. Ce serait
drôle. Je devrais bien lui donner quelque chose, pour la
curiosité du fait. Bah! je me trouve avoir cinq kopecks en
poche, par quel hasard? Tiens, prends, matouchka! »

— Que Dieu te conserve! fit la mendiante d'un ton
pleurard.

Le Marché-au-Foin était alors rempli de monde. Cette circonstance déplaisait fort à Raskolnikoff; toutefois il se dirigea précisément du côté où la foule était le plus compacte. Il aurait acheté la solitude à n'importe quel prix, mais il sentait en lui-même qu'il n'en pourrait jouir une seule minute. Arrivé au milieu de la place, le jeune homme se rappela tout à coup les paroles de Sonia : « Va au carrefour, salue le peuple, baise la terre que tu as souillée par ton péché et dis tout haut, à la face du monde : — Je suis un assassin! »

A ce souvenir, il trembla de tout son corps. Les angoisses des jours précédents avaient tellement desséché son âme qu'il fut heureux de la trouver encore accessible à une sensation d'un autre ordre et s'abandonna tout entier à celle-ci. Un immense attendrissement s'empara de lui, ses yeux se remplirent de larmes.

Il se mit à genoux au milieu de la place, se courba jusqu'à terre et baisa avec joie le sol boueux. Après s'être relevé, il s'agenouilla de nouveau.

— En voilà un qui ne s'est pas ménagé! remarqua un gars à côté de lui.

Cette observation fut accueillie par des éclats de rire.

— C'est un pèlerin qui va à Jérusalem, mes amis; il prend congé de ses enfants, de sa patrie; il salue tout le monde, il donne le baiser d'adieu à la ville de Pétersbourg et au sol de la capitale, ajouta un bourgeois légèrement pris de boisson.

— Il est encore tout jeune, dit un troisième.

— C'est un noble, observa sérieusement quelqu'un.

— Au jour d'aujourd'hui on ne distingue plus les nobles de ceux qui ne le sont pas.

En se voyant l'objet de l'attention générale, Raskolnikoff perdit un peu de son assurance, et les mots : « J'ai tué », qui allaient peut-être sortir de sa bouche, expirèrent sur ses lèvres. Les exclamations, les lazzi de la foule le laissèrent, d'ailleurs, indifférent, et ce fut avec calme qu'il prit la direction du commissariat de police. Chemin faisant, une seule vision attirait ses regards; du reste, il s'était attendu à la rencontrer sur sa route, et elle ne l'étonna pas.

Au moment où, sur le Marché-au-Foin, il venait de se prosterner pour la seconde fois jusqu'à terre, il avait aperçu à cinquante pas de lui Sonia. La jeune fille avait essayé d'échapper à sa vue en se cachant derrière une des baraques en bois qui se trouvent sur la place. Ainsi, elle l'accompagnait, tandis qu'il gravissait ce Calvaire! Dès cet instant, Raskolnikoff acquit la conviction que Sonia était à lui pour toujours et le suivrait partout, dût sa destinée le conduire au bout du monde.

Le voici arrivé au lieu fatal. Il entra dans la cour d'un pas assez ferme. Le bureau de police était situé au troisième étage. « Avant que je sois monté là-haut, j'ai encore le temps de me retourner », pensait le jeune homme. Tant qu'il n'avait pas avoué, il aimait à se dire qu'il pouvait changer de résolution.

Comme lors de sa première visite, il trouva l'escalier couvert d'ordures, empuanti par les exhalaisons que vomissaient les cuisines ouvertes sur chaque palier. Ses jambes se dérobaient sous lui, tandis qu'il montait les marches. Un instant il s'arrêta pour reprendre haleine, se remettre, préparer son entrée. « Mais à quoi bon? Pourquoi? » se demandat-il tout à coup. « Puisqu'il faut vider cette tasse, peu importe comment je la boirai. Plus elle sera amère, mieux cela vaudra. » Puis s'offrit à son esprit l'image d'Ilia Pétrovitch, le lieutenant Poudre. « Au fait, est-ce à lui que je vais parler? Ne pourrais-je m'adresser à un autre, à Nikodim Fomitch, par exemple? Si j'allais de ce pas trouver le commissaire de police à son domicile personnel et lui raconter la chose dans une conversation privée?... Non, non! je parlerai à Poudre, ce sera plus vite fini... »

Frissonnant, ayant à peine conscience de lui-même,
Raskolnikoff ouvrit la porte du commissariat. Cette fois, il
n'aperçut dans l'antichambre qu'un dvornik et un homme
du peuple. L'appariteur ne fit même pas attention à lui. Le
jeune homme passa dans la pièce suivante où travaillaient deux
scribes. Zamétoff n'était pas là, Nikodim Fomitch non plus.

— Il n'y a personne? fit le visiteur en s'adressant à l'un
des employés.

— Qui demandez-vous?

— A... a... ah! Sans entendre ses paroles, sans voir son
visage, j'ai deviné la présence d'un Russe.... comme il est
dit dans je ne sais plus quel conte... Mon respect! jeta brusquement une voix connue.

Raskolnikoff tressaillit : Poudre était devant lui; il venait
de sortir d'une troisième chambre. « La destinée l'a voulu »,
pensa le visiteur, « comment est-il ici? »

— Vous chez nous? A quelle occasion? s'écria Ilia Pétrovitch qui paraissait de très-bonne humeur et même un peu
lancé. Si vous êtes venu pour affaire, il est encore trop tôt.
C'est même par hasard que je me trouve ici... Du reste, en
quoi puis-je... J'avoue que je ne vous... Comment? comment? Pardonnez-moi...

— Raskolnikoff.

— Eh! oui : Raskolnikoff! Avez-vous pu croire que je
l'avais oublié! Je vous en prie, ne me croyez pas si...
Rodion... Ro... R... Rodionitch, n'est-ce pas?

— Rodion Romanitch.

— Oui, oui, oui! Rodion Romanitch, Rodion Romanitch!
Je l'avais sur la langue. Je vous avoue que je regrette sincèrement la façon dont nous avons agi avec vous dans le
temps... Plus tard, on m'a expliqué les choses; j'ai appris
que vous étiez un jeune écrivain, un savant même... j'ai su
que vous débutiez dans la carrière des lettres... Eh! mon
Dieu! quel est le littérateur, quel est le savant qui, à ses

débuts, n'a pas mené plus ou moins la vie de bohème? Ma
femme et moi, nous estimons l'un et l'autre la littérature;
mais, chez ma femme, c'est une passion! Elle raffole des
lettres et des arts!... Sauf la naissance, tout le reste peut
s'acquérir par le talent, le savoir, l'intelligence, le génie!
Un chapeau, par exemple, qu'est-ce que cela signifie? Un
chapeau est une galette, je l'achète chez Zimmermann;
mais ce qui s'abrite sous le chapeau, cela, je ne l'achète
pas!... J'avoue que je voulais même me rendre chez vous
pour vous fournir des explications; mais j'ai pensé que
peut-être vous... Avec tout cela je ne vous demande pas quel
est l'objet de votre visite. Il paraît que votre famille est
maintenant à Pétersbourg?

— Oui, ma mère et ma sœur.

— J'ai même eu l'honneur et le plaisir de rencontrer votre
sœur, — c'est une personne aussi charmante que distinguée.
Vraiment, je déplore de tout mon cœur l'altercation que
nous avons eue ensemble autrefois. Quant aux conjectures fondées sur votre évanouissement, on en a reconnu,
depuis, l'éclatante fausseté. Je comprends l'indignation que
vous en avez ressentie. A présent que votre famille habite
Pétersbourg, vous allez peut-être changer de logement?

— N-non, pas pour le moment. J'étais venu demander...
je croyais trouver ici Zamétoff.

— Ah! c'est vrai! vous vous étiez lié avec lui; je l'ai
entendu dire. Eh bien, Zamétoff n'est plus chez nous. Oui,
nous avons perdu Alexandre Grigoriévitch! Il nous a quittés
depuis hier; il y a même eu, avant son départ, un échange
de gros mots entre lui et nous... C'est un petit galopin sans
consistance, rien de plus; il avait donné quelques espérances, mais il a eu le malheur de fréquenter notre brillante
jeunesse, et il s'est mis en tête de passer des examens pour
pouvoir faire de l'embarras et trancher du savant. Bien
entendu, Zamétoff n'a rien de commun avec vous, par

exemple, ou avec M. Razoumikhine, votre ami. Vous autres,
vous avez embrassé la carrière de la science, et les revers
n'ont aucune prise sur vous. A vos yeux, les agréments de
la vie ne sont rien; vous menez l'existence austère, ascétique,
monacale, de l'homme d'étude. Un livre, une plume derrière
l'oreille, une recherche scientifique à faire, cela suffît à votre
bonheur! Moi-même, jusqu'à un certain point... Avez-vous lu
la correspondance de Livingstone?

— Non.

— Moi, je l'ai lue. Maintenant, du reste, le nombre des
nihilistes s'est considérablement accru, et ce n'est pas étonnant, à une époque comme la nôtre. De vous à moi... sans
doute, vous n'êtes pas nihiliste? Répondez franchement,
franchement !

— N-non...

— Vous savez, n'ayez pas peur d'être franc avec moi
comme vous le seriez avec vous-même! Autre chose est le
service, autre chose... vous croyiez que j'allais dire :
*l'amitié,* vous vous êtes trompé! Pas l'amitié, mais le
sentiment de l'homme et du citoyen, le sentiment de
l'humanité et de l'amour pour le Tout-Puissant. Je puis
être un personnage officiel, un fonctionnaire; je n'en dois
pas moins sentir toujours en moi l'homme et le citoyen.
Vous parliez de Zamétoff : eh bien, Zamétoff est un garçon
qui copie le chic français, qui fait du tapage dans les mauvais lieux quand il a bu un verre de champagne ou de vin
du Don, — voilà ce qu'est votre Zamétoff! J'ai peut-être été
un peu vif avec lui; mais si mon indignation m'a emporté
trop loin, elle avait sa source dans un sentiment élevé : le
zèle pour les intérêts du service. D'ailleurs, je possède un
rang, une situation, une importance sociale! Je suis marié,
père de famille. Je remplis mon devoir d'homme et de
citoyen, tandis que lui, qu'est-il, permettez-moi de vous le
demander? Je m'adresse à vous comme à un homme favorisé

du bienfait de l'éducation. Tenez, les sages-femmes se sont aussi multipliées au delà de toute mesure.

Raskolnikoff regarda le lieutenant d'un air ahuri. Les paroles d'Ilia Pétrovitch qui, évidemment, sortait de table résonnaient pour la plupart à ses oreilles comme des mots vides de sens. Toutefois, il en comprenait tant bien que mal une partie. En ce moment, il questionnait des yeux son interlocuteur et ne savait comment tout cela finirait.

— Je parle de ces jeunes filles qui portent les cheveux coupés à la Titus, continua l'intarissable Ilia Pétrovitch, — je les appelle des sages-femmes, et le nom me paraît très-bien trouvé. Hé! hé! Elles suivent des cours de médecine, elles étudient l'anatomie; allons, dites-moi, que je vienne à être malade, est-ce que je me ferai traiter par une demoiselle? Hé! hé!

Ilia Pétrovitch se mit à rire, enchanté de son esprit.

— J'admets la soif de l'instruction; mais ne peut-on pas s'instruire sans donner dans tous ces excès? Pourquoi être insolent? Pourquoi insulter de nobles personnalités, comme le fait ce vaurien de Zamétoff? Pourquoi m'a-t-il injurié, je vous le demande?... Une autre épidémie qui fait de terribles progrès, c'est celle du suicide. On mange tout ce qu'on a, et ensuite on se tue. Des fillettes, des jouvenceaux, des vieillards se donnent la mort!... Tenez! nous avons encore appris tantôt qu'un monsieur, récemment arrivé ici, venait de mettre fin à ses jours. Nil Pavlitch, eh! Nil Pavlitch! comment se nommait le gentleman qui s'est brûlé la cervelle ce matin dans la Péterbourgskaïa?

— Svidrigaïloff, répondit d'une voix enrouée quelqu'un qui se trouvait dans la pièce voisine.

Raskolnikoff frissonna.

— Svidrigaïloff! Svidrigaïloff s'est brûlé la cervelle! s'écria-t-il.

— Comment! Vous connaissiez Svidrigaïloff?

— Oui... je le connaissais... Il était arrivé depuis peu ici...

— Oui, en effet, il était arrivé depuis peu ; il avait perdu sa femme, c'était un débauché. Il s'est tiré un coup de revolver dans des conditions particulièrement scandaleuses. On a trouvé sur son cadavre un carnet où il avait écrit quelques mots : « Je meurs en possession de mes facultés intellectuelles, qu'on n'accuse personne de ma mort... » Cet homme-là avait, dit-on, de la fortune. Comment donc le connaissiez-vous?

— Je... ma sœur avait été institutrice chez lui.

— Bah! bah! bah!... Mais alors vous pouvez donner des renseignements sur lui. Vous n'aviez aucun soupçon de son projet?

— Je l'ai vu hier... il buvait du vin... je ne me suis douté de rien.

Raskolnikoff sentait comme une montagne sur sa poitrine.

— Voilà que vous pâlissez encore, semble-t-il. L'atmosphère de cette pièce est si étouffante...

— Oui, il est temps que je m'en aille, balbutia le visiteur, excusez-moi, je vous ai dérangé...

— Allons donc, je suis toujours à votre disposition! Vous m'avez fait plaisir, et je suis bien aise de vous déclarer...

En prononçant ces mots, Ilia Pétrovitch tendit la main au jeune homme.

— Je voulais seulement... j'avais affaire à Zamétoff...

— Je comprends, je comprends... charmé de votre visite.

— Je... suis enchanté... au revoir... fit Raskolnikoff avec un sourire.

Il sortit d'un pas chancelant. La tête lui tournait. Il pouvait à peine se porter, et, en descendant l'escalier, force lui fut de s'appuyer au mur pour ne pas tomber. Il lui sembla qu'un dvornik, qui se rendait au bureau de police, le heurtait en passant; qu'un chien aboyait quelque part au premier étage, et qu'une femme criait pour faire taire l'animal. Arrivé au bas de l'escalier, il entra dans la cour. Debout, non loin de la porte, Sonia, pâle comme la mort, le considérait d'un air étrange. Il s'arrêta en face d'elle. La jeune fille frappa ses mains l'une contre l'autre; sa physionomie exprimait le plus affreux désespoir. A cette vue, Raskolnikoff sourit, mais de quel sourire! Un instant après, il rentrait au bureau de police.

Ilia Pétrovitch était en train de fouiller dans des paperasses. Devant lui se tenait ce même moujik qui tout à l'heure en montant l'escalier avait heurté Raskolnikoff.

— A-a-ah! Vous revoilà! vous avez oublié quelque chose?... Mais qu'avez-vous?

Les lèvres blêmes, le regard fixe, Raskolnikoff s'avança lentement vers Ilia Pétrovitch. S'appuyant de la main à la table devant laquelle le lieutenant était assis, il voulut parler, mais ne put proférer que des sons inintelligibles.

— Vous êtes souffrant, une chaise! Voilà, asseyez-vous! de l'eau!

Raskolnikoff se laissa tomber sur le siége qu'on lui offrait, mais ses yeux ne quittaient pas Ilia Pétrovitch, dont le visage exprimait une surprise fort désagréable. Pendant une minute tous deux se regardèrent en silence. On apporta de l'eau.

— C'est moi... commença Raskolnikoff.

— Buvez.

Le jeune homme repoussa du geste le verre qui lui était présenté, et, d'une voix basse, mais distincte, il fit, en s'interrompant à plusieurs reprises, la déclaration suivante :

— *C'est moi qui ai assassiné à coups de hache, pour les voler, la vieille prêteuse sur gages et sa sœur Élisabeth.*

Ilia Pétrovitch appela. De tous côtés on accourut.

Raskolnikoff renouvela ses aveux...

. . . . . . . . . . . . . . . . . . . .

# ÉPILOGUE

## I

La Sibérie. Au bord d'un fleuve large et désert s'élève une ville, un des centres administratifs de la Russie; dans la ville il y a une forteresse, dans la forteresse une prison. Dans la prison est détenu depuis neuf mois Rodion Romanovitch Raskolnikoff, condamné aux travaux forcés (deuxième catégorie). Près de dix-huit mois se sont écoulés depuis le jour où il a commis son crime.

L'instruction de son affaire ne rencontra guère de difficultés. Le coupable renouvela ses aveux avec autant de force que de netteté et de précision, sans embrouiller les circonstances, sans en adoucir l'horreur, sans pallier les faits, sans oublier le moindre détail. Il fit un récit complet de l'assassinat : il éclaircit le mystère du *gage* trouvé dans les mains de la vieille (on se rappelle que c'était un morceau de bois joint à un morceau de fer); il raconta comment il avait pris les clefs dans la poche de la victime, il décrivit ces clefs, il décrivit le coffre et en indiqua le contenu; il expliqua le meurtre d'Élisabeth resté jusqu'alors une énigme; il raconta comme quoi Koch était venu et avait frappé à la porte, comme quoi après lui était arrivé un étudiant; il rapporta de point en point la conversation qui avait eu lieu entre ces deux hommes : ensuite lui, l'assassin, s'était élancé dans l'escalier, il avait entendu les cris de Mikolka et de Mitka, s'était caché dans le logement vide, puis avait regagné sa demeure. Enfin, quant aux objets volés, il fit connaître qu'il les avait enfouis sous une pierre dans une cour donnant sur la perspective de l'Ascension : on les y retrouva en effet. Bref, la lumière fut faite sur tous les points. Ce qui, entre autres choses, étonnait beaucoup les enquêteurs et les juges, c'était qu'au lieu de profiter des dépouilles de sa victime, l'assassin fût allé les cacher sous une pierre; ils comprenaient moins encore que non-seulement il ne se souvint pas exactement de tous les objets volés par lui, mais que même il se trompât sur leur nombre. On trouvait surtout invraisemblable qu'il n'eût pas ouvert une seule fois la bourse et qu'il en ignorât le contenu. (Elle renfermait trois cent dix-sept roubles et trois pièces de vingt kopecks; par suite du long séjour sous la pierre, les plus gros assignats qui étaient placés au-dessus des autres avaient été considérablement détériorés.) Pendant longtemps on s'ingénia à deviner pourquoi sur ce seul point l'accusé mentait, alors que sur tout le reste il avait dit spontanément la vérité. A la fin quelques-uns (surtout parmi les psychologues) admirent comme possible qu'en effet il n'eût pas visité la bourse, et que dès lors il s'en fût débarrassé sans savoir ce qu'elle contenait; mais ils en tirèrent aussitôt la conclusion que le crime même avait été nécessairement commis sous l'influence d'une folie momentanée : le coupable, dirent-ils, a cédé à la monomanie maladive de l'assassinat et du vol, sans but ultérieur, sans calcul intéressé. C'était l'occasion ou jamais de mettre en avant la théorie moderne de l'aliénation temporaire, théorie à l'aide de laquelle on cherche si souvent aujourd'hui à expliquer les actes de certains malfaiteurs. D'ailleurs, l'affection hypocondriaque dont souffrait Raskolnikoff était attestée par de nombreux témoins : le docteur Zosimoff, les anciens camarades de l'accusé, sa logeuse, les gens de service. Tout cela donnait fortement à penser que Raskolnikoff n'était pas tout à fait un assassin ordinaire, un vulgaire escarpe, mais qu'il y avait autre chose dans son cas. Au grand dépit des partisans de cette opinion, le coupable lui-même n'essaya guère de se défendre; interrogé sur les motifs qui avaient pu le pousser au meurtre et au vol, il déclara avec une brutale franchise qu'il y avait été amené par la misère : il espérait, dit-il, trouver chez sa victime au moins trois mille roubles, et il comptait avec cette somme assurer ses débuts dans la vie; son caractère léger et bas, aigri par les privations et les revers, avait fait de lui un assassin. Quand on lui demanda pourquoi il était allé se dénoncer, il répondit carrément qu'il avait joué la comédie du repentir. Tout cela était presque cynique...

Cependant l'arrêt fut moins sévère qu'on n'aurait pu le présumer, eu égard au crime commis; peut-être sut-on gré au prévenu de ce que loin de chercher à s'innocenter, il s'était au contraire plutôt appliqué à se charger lui-même. Toutes les particularités étranges de la cause furent prises en considération. L'état de maladie et de détresse où se trouvait le coupable avant l'accomplissement du crime ne pouvait faire le moindre doute. Comme il n'avait pas profité des objets volés, on supposa, ou que le remords l'en avait empêché, ou que ses facultés intellectuelles n'étaient pas absolument intactes lorsqu'il avait consommé son forfait. Le meurtre, nullement prémédité, d'Élisabeth fournit même un argument à l'appui de cette dernière conjecture : un homme commet deux assassinats, et en même temps il oublie que la porte est ouverte! Enfin, il était allé se dénoncer, et cela au moment où les faux aveux d'un fanatique à l'esprit détraqué (Nicolas) venaient de dévoyer complétement l'instruction, alors que la justice était à cent lieues de soupçonner le vrai coupable (Porphyre Pétrovitch tint religieusement sa parole) : toutes ces circonstances contribuèrent à tempérer la sévérité du verdict.

D'autre part, les débats mirent brusquement en lumière plusieurs faits tout à l'honneur de l'accusé. Des documents produits par l'ancien étudiant Razoumikhine établirent qu'étant à l'Université, Raskolnikoff avait, six mois durant, partagé ses maigres ressources avec un camarade pauvre et malade de la poitrine; ce dernier était mort laissant dans le dénûment un père infirme dont il était, depuis l'âge de treize ans, l'unique soutien; Raskolnikoff avait fait entrer le vieillard dans une maison de santé, et, plus tard, il avait pourvu aux frais de son enterrement. Le témoignage de la veuve Zarnitzine fut aussi très-favorable à l'accusé. Elle déposa qu'à l'époque où elle habitait aux Cinq-Coins avec son locataire, un incendie s'étant déclaré la nuit dans une maison, Raskolnikoff avait, au péril de sa vie, sauvé des flammes deux petits enfants; il s'était même grièvement brûlé en accomplissant cet acte de courage. Une enquête eut lieu au sujet de ce fait, et de nombreux témoins en certifièrent l'exactitude. Bref, la cour, tenant compte au coupable de ses aveux ainsi que de ses bons antécédents, le condamna seulement à huit années de travaux forcés (deuxième catégorie).

Dès l'ouverture des débats, la mère de Raskolnikoff était tombée malade. Dounia et Razoumikhine trouvèrent moyen de l'éloigner de Pétersbourg pendant toute la durée du procès. Razoumikhine choisit une ville desservie par le chemin de fer et située à peu de distance de la capitale; dans ces conditions, il pouvait suivre assidûment les audiences et voir assez souvent Avdotia Romanovna. La maladie de Pulchérie Alexandrovna était une affection nerveuse assez

étrange, avec dérangement, au moins partiel, des facultés
mentales. De retour au logis, après sa dernière entrevue
avec son frère, Dounia avait trouvé sa mère très-souffrante,
en proie à la fièvre et au délire. Ce même soir, elle convint
avec Razoumikhine des réponses à faire, lorsque Pulchérie Alexandrovna demanderait des nouvelles de Rodion :
ils inventèrent toute une histoire, comme quoi Raskolnikoff
avait été envoyé fort loin, au bout de la Russie, avec une
mission qui devait lui rapporter beaucoup d'honneur et de
profit. Mais, à leur grande surprise, ni alors ni plus tard la
vieille ne les questionna à ce sujet. Elle-même d'ailleurs
s'était mis dans la tête un roman pour expliquer la brusque
disparition de son fils : elle racontait en pleurant la visite
d'adieu qu'il lui avait faite; à cette occasion elle laissait
entendre qu'elle seule connaissait plusieurs circonstances
mystérieuses et fort graves : Rodion était obligé de se cacher
parce qu'il avait des ennemis très-puissants; du reste, elle ne
doutait pas que son avenir ne fût très-brillant, dès que certaines difficultés seraient écartées; elle assurait à Razoumikhine qu'avec le temps son fils deviendrait un homme
d'État, elle en avait la preuve dans l'article qu'il avait écrit
et qui dénotait un talent littéraire si remarquable. Cet
article, elle le lisait sans cesse, parfois même à haute voix,
on pouvait presque dire qu'elle couchait avec, et pourtant
elle ne demandait guère où se trouvait maintenant Rodia,
quoique le soin même qu'on prenait d'éviter ce sujet d'entretien eût pu déjà lui paraître suspect. Le silence étrange de
Pulchérie Alexandrovna sur certains points finit par inquiéter Avdotia Romanovna et Razoumikhine. Ainsi elle ne se
plaignait même pas que son fils ne lui écrivît point, tandis
qu'autrefois, dans sa petite ville, elle attendait toujours
avec une extrême impatience les lettres de son bien-aimé
Rodia. Cette dernière circonstance était tellement inexplicable que Dounia en fut alarmée. L'idée vint à la jeune fille

que sa mère avait le pressentiment d'un malheur terrible
survenu à Rodia, et qu'elle n'osait questionner de peur
d'apprendre quelque chose de pire encore. En tout cas,
Dounia voyait très-bien que Pulchérie Alexandrovna avait
le cerveau dérangé.

Deux fois, du reste, celle-ci conduisit elle-même la conversation de telle façon qu'il fut impossible de lui répondre
sans indiquer où se trouvait présentement Rodia. A la suite
des réponses nécessairement louches et embarrassées qu'on
lui donna, elle tomba dans une profonde tristesse; pendant
fort longtemps on la vit sombre et taciturne comme elle ne
l'avait jamais été. Dounia s'aperçut enfin que les mensonges,
les histoires inventées allaient contre leur but, et que le
mieux était de se renfermer dans un silence absolu sur certains points; mais il devint de plus en plus évident pour
elle que Pulchérie Alexandrovna soupçonnait quelque chose
d'affreux. Dounia savait notamment — son frère le lui avait
dit — que sa mère l'avait entendue parler en rêve dans la
nuit qui avait suivi son entrevue avec Svidrigaïloff : les
mots échappés au délire de la jeune fille n'avaient-ils pas
porté une sinistre lumière dans l'esprit de la pauvre femme?
Souvent, parfois après des jours, des semaines même de
sombre mutisme et de larmes silencieuses, une sorte d'exaltation hystérique se produisait chez la malade, elle se mettait soudain à parler tout haut, presque sans discontinuer,
de son fils, de ses espérances, de l'avenir... Ses imaginations
étaient quelquefois fort étranges. On faisait semblant d'être
de son avis (peut-être n'était-elle pas dupe de cet assenti-
ment). Néanmoins elle ne cessait pas de parler.....

Le jugement fut rendu cinq mois après l'aveu fait par le
criminel à Ilia Pétrovitch. Dès que cela fut possible, Razoumikhine alla voir le condamné dans la prison, Sonia le
visita aussi. Arriva enfin le moment de la séparation; Dounia
jura à son frère que cette séparation ne serait pas éternelle.

Razoumikhine tint le même langage. L'ardent jeune homme
avait un projet fermement arrêté dans son esprit : on amas-
serait quelque argent pendant trois ou quatre ans, puis on
se transporterait en Sibérie, pays où tant de richesses
n'attendent pour être mises en valeur que des capitaux et
des bras; là on se fixerait dans la ville où serait Rodia, et.....
on commencerait ensemble une vie nouvelle. Tous pleurèrent en se disant adieu. Depuis quelques jours Raskolnikoff
se montrait fort soucieux, il multipliait les questions au
sujet de sa mère, s'inquiétait constamment d'elle. Cette
excessive préoccupation de son frère faisait peine à Dounia.
Quand il eut été renseigné avec plus de détails sur l'état
maladif de Pulchérie Alexandrovna, il devint extrêmement
sombre. Avec Sonia il était toujours fort taciturne. Munie
de l'argent que Svidrigaïloff lui avait remis, la jeune fille
était depuis longtemps décidée à accompagner le convoi de
prisonniers dont Raskolnikoff ferait partie. Jamais un mot
n'avait été échangé à ce propos entre elle et lui, mais tous
deux savaient qu'il en serait ainsi. Au moment des derniers
adieux, le condamné eut un sourire étrange en entendant sa
sœur et Razoumikhine lui parler en termes chaleureux de
l'avenir prospère qui s'ouvrirait pour eux après sa sortie de
prison; il prévoyait que la maladie de sa mère ne tarderait
pas à la conduire au tombeau. Enfin eut lieu le départ de
Raskolnikoff et de Sonia.

Deux mois après, Dounetchka épousa Razoumikhine. Ce
fut une noce tranquille et triste. Parmi les invités se trouvèrent Porphyre Pétrovitch et Zosimoff. Depuis quelque
temps tout dénotait chez Razoumikhine un homme ayant
pris une résolution énergique. Dounia croyait aveuglément
qu'il mettrait à exécution tous ses desseins, et elle ne pouvait pas ne pas le croire, car on voyait en lui une volonté
de fer. Il commença par rentrer à l'Université afin de terminer ses études. Les deux époux élaboraient sans cesse des

plans d'avenir, ils avaient l'un et l'autre la ferme intention
d'émigrer en Sibérie dans un délai de cinq ans. En attendant, ils comptaient sur Sonia pour les remplacer là-bas...

Pulchérie Alexandrovna accorda avec bonheur la main de
sa fille à Razoumikhine; mais après ce mariage elle parut
devenir plus soucieuse et plus triste encore. Pour lui procurer un moment agréable, Razoumikhine lui apprit la belle
conduite de Raskolnikoff à l'égard de l'étudiant et de son
vieux père; il lui raconta aussi comment, l'année précédente, Rodia avait exposé ses jours pour sauver deux petits
enfants sur le point de périr dans un incendie. Ces récits
exaltèrent au plus haut degré l'esprit déjà troublé de Pulchérie Alexandrovna. Elle ne parla plus que de cela, dans la
rue même elle faisait part de ces nouvelles aux passants
(quoique Dounia l'accompagnât toujours). Dans les voitures
publiques, dans les magasins, partout où elle rencontrait
un auditeur bénévole, elle mettait la conversation sur son
fils, l'article de son fils, la bienfaisance de son fils à l'égard d'un
étudiant, le courageux dévouement dont son fils avait fait
preuve dans un incendie, etc. Dounetchka ne savait comment
la faire taire. Cette excitation maladive n'était pas sans danger : outre qu'elle épuisait les forces de la pauvre femme, il
pouvait très-bien se faire que quelqu'un, entendant nommer
Raskolnikoff, se mît à parler du procès. Pulchérie Alexandrovna se procura même l'adresse de la femme dont les
enfants avaient été sauvés par son fils, et voulut absolument
aller la voir. A la fin, son agitation atteignit les dernières
limites. Parfois elle fondait brusquement en larmes, souvent
elle avait des accès de fièvre durant lesquels elle battait la
campagne. Un matin, elle déclara nettement que, d'après
ses calculs, Rodia devait bientôt revenir, car quand il était
venu lui faire ses adieux, il lui avait annoncé son retour
dans un délai de neuf mois. Elle commença donc à tout préparer dans le logement en vue de l'arrivée prochaine de son

fils; lui destinant sa propre chambre, elle se mit en devoir
de l'arranger, épousseta les meubles, lava le parquet, changea
les rideaux, etc. Dounia était désolée, mais elle ne disait
rien et même aidait sa mère dans ces diverses occupations.
Après une journée remplie tout entière de visions folles,
de rêves joyeux et de larmes, Pulchérie Alexandrovna fut
prise d'une fièvre chaude. Elle mourut au bout de quinze
jours. Plusieurs paroles prononcées par la malade durant
son délire donnèrent à croire qu'elle avait presque entièrement deviné l'affreux secret dont son entourage s'était
efforcé de lui dérober la connaissance.

Raskolnikoff ignora longtemps la mort de sa mère, quoique
depuis son arrivée en Sibérie, il reçût régulièrement des nouvelles de sa famille par l'entremise de Sonia. Chaque mois
la jeune fille envoyait une lettre à l'adresse de Razoumikhine,
et chaque mois on lui répondait de Pétersbourg. Les lettres
de Sonia parurent d'abord à Dounia et à Razoumikhine
quelque peu sèches et insuffisantes; mais plus tard tous
deux comprirent qu'il était impossible d'en écrire de meilleures, attendu qu'en somme ils y trouvaient les données
les plus complètes et les plus précises sur la situation de
leur malheureux frère. Sonia décrivait d'une façon très-
simple et très-nette toute l'existence de Raskolnikoff en
prison. Elle ne parlait ni de ses propres espérances, ni de
ses conjectures quant à l'avenir, ni de ses sentiments per-
sonnels. Au lieu de chercher à expliquer l'état moral, la vie
intérieure du condamné, elle se bornait à citer des faits,
c'est-à-dire les paroles mêmes prononcées par lui; elle donnait des nouvelles détaillées de sa santé, elle disait quels
désirs il lui avait manifestés, quelles questions il lui avait
faites, de quelles commissions il l'avait chargée au cours
de leurs entrevues, etc.

Mais ces renseignements, quelque circonstanciés qu'ils
fussent, n'étaient guère, dans les premiers temps surtout,

d'une nature consolante. Dounia et son mari apprenaient
par la correspondance de Sonia que leur frère était toujours
sombre et taciturne : quand la jeune fille lui communiquait
les nouvelles reçues de Pétersbourg, il y faisait à peine
attention ; parfois il s'informait de sa mère, et lorsque Sonia,
voyant qu'il devinait la vérité, lui avait enfin annoncé la
mort de Pulchérie Alexandrovna, elle avait remarqué, à sa
grande surprise, qu'il était resté à peu près impassible.
« Bien qu'il paraisse entièrement absorbé en lui-même et
comme étranger à tout ce qui l'entoure, écrivait entre autres
choses Sonia, il envisage très-franchement sa vie nouvelle,
il comprend très-bien sa situation, n'attend rien de mieux
d'ici à longtemps, ne se berce d'aucun espoir frivole et
n'éprouve presque aucun étonnement dans ce milieu nouveau qui diffère tant de l'ancien... sa santé est satisfaisante.
Il va au travail sans répugnance et sans empressement. Il
est presque indifférent à la nourriture, mais, sauf les
dimanches et les jours de fête, cette nourriture est si mauvaise qu'à la fin il a consenti à accepter de moi quelque
argent pour se procurer du thé tous les jours. Quant au
reste, il me prie de ne pas m'en inquiéter, car, assure-t-il,
il lui est désagréable qu'on s'occupe de lui. » « En prison,
lisait-on dans une autre lettre, il est logé avec les autres
détenus; je n'ai pas visité l'intérieur de la forteresse, mais
j'ai lieu de penser qu'on y est fort mal, fort à l'étroit et
dans des conditions insalubres. Il couche sur un lit de camp
recouvert d'un tapis de feutre, il ne veut rien d'autre. S'il
refuse tout ce qui pourrait rendre son existence matérielle
moins dure et moins grossière, ce n'est nullement par principe, en vertu d'une idée préconçue, mais simplement par
apathie, par indifférence. » Sonia avouait qu'au commencement surtout, ses visites, loin de faire plaisir à Raskolnikoff, lui causaient une sorte d'irritation : il ne sortait de
son mutisme que pour dire des grossièretés à la jeune fille.

Plus tard, il est vrai, ces entrevues étaient devenues pour lui une habitude, presque un besoin, à ce point qu'il avait été fort triste lorsqu'une indisposition de quelques jours avait obligé Sonia d'interrompre ses visites. Les jours fériés, ils se voyaient soit à la porte de la prison, soit au corps de garde où l'on envoyait pour quelques minutes le prisonnier quand elle le faisait appeler; en temps ordinaire, elle allait le trouver au travail, dans les ateliers, dans les briqueteries, dans les hangars établis sur les bords de l'Irtych. En ce qui la concernait, Sonia disait qu'elle avait réussi à se créer des relations dans sa nouvelle résidence, qu'elle s'occupait de couture, et que, la ville ne possédant presque aucune modiste, elle s'était déjà fait une assez jolie clientèle. Ce qu'elle ne disait pas, c'était qu'elle avait appelé sur Raskolnikoff l'intérêt de l'autorité, que grâce à elle on le dispensait des travaux les plus pénibles, etc. Enfin Razoumikhine et Dounia reçurent avis que Raskolnikoff fuyait tout le monde, que ses compagnons de captivité ne l'aimaient pas, qu'il restait silencieux durant des journées entières et devenait fort pâle. Déjà Dounia avait remarqué une certaine inquiétude dans les dernières lettres de Sonia. Soudain celle-ci écrivit que le condamné était tombé gravement malade, et qu'il avait été mis à l'hôpital de la prison.....

## II

Il était malade depuis longtemps déjà; mais ce qui avait brisé ses forces, ce n'étaient ni les horreurs de la captivité, ni le travail, ni la nourriture, ni la honte d'avoir la tête rasée et d'être vêtu de haillons : oh! que lui importaient toutes ces tribulations, toutes ces misères? Loin de là, il était même bien aise d'avoir à travailler : la fatigue physique lui procurait, du moins, quelques heures de sommeil paisible. Et que signifiait pour lui la nourriture, — cette mauvaise soupe aux choux où l'on trouvait des blattes? Jadis, étant étudiant, il aurait été quelquefois bien heureux d'avoir cela à manger. Ses vêtements étaient chauds et appropriés à son genre de vie. Quant à ses fers, il n'en sentait même pas le poids. Restait l'humiliation d'avoir la tête rasée et de porter la livrée du bagne. Mais devant qui aurait-il rougi? Devant Sonia? Elle avait peur de lui, comment aurait-il rougi devant elle?

Pourtant la honte le prenait vis-à-vis de Sonia elle-même; c'était pour cela qu'il se montrait grossier et méprisant dans ses rapports avec la jeune fille. Mais cette honte ne venait ni de sa tête rasée ni de ses fers : son orgueil avait été cruellement blessé; Raskolnikoff était malade de cette blessure. Oh! qu'il aurait été heureux s'il avait pu s'accuser lui-même! Alors il aurait tout supporté, même la honte et le déshonneur. Mais il avait beau s'examiner sévèrement, sa conscience endurcie ne trouvait dans son passé aucune faute particulièrement effroyable, il ne se reprochait que d'avoir *échoué,* chose qui pouvait arriver à tout le monde. Ce qui l'humiliait, c'était de se voir, lui Raskolnikoff, perdu sottement, perdu sans retour, par un arrêt de l'aveugle destinée, et il devait se soumettre, se résigner à l' « absurdité » de cet arrêt, s'il voulait retrouver un peu de calme.

Une inquiétude sans objet et sans but dans le présent, un sacrifice continuel et stérile dans l'avenir — voilà ce qui lui restait sur la terre. Vaine consolation pour lui de se dire que dans huit ans il n'en aurait que trente-deux, et qu'à cet âge on pouvait encore recommencer la vie! Pourquoi vivre? En vue de quoi? Vers quel objet tendre? Vivre pour exister? Mais de tout temps il avait été prêt à donner son existence pour une idée, pour une espérance, pour une fantaisie même.

Il avait toujours fait peu de cas de l'existence pure et simple; il avait toujours voulu davantage. Peut-être la force seule de ses désirs lui avait-elle fait croire jadis qu'il était de ces hommes à qui il est plus permis qu'aux autres.

Encore si la destinée lui avait envoyé le repentir, — le repentir poignant qui brise le cœur, qui chasse le sommeil, le repentir dont les tourments sont tels que l'homme se pend ou se noie pour y échapper! Oh! il l'aurait accueilli avec bonheur! Souffrir et pleurer — c'est encore vivre. Mais il ne se repentait pas de son crime.

Du moins il aurait pu s'en vouloir de sa sottise, comme il s'était reproché autrefois les actions stupides et odieuses qui l'avaient conduit en prison. Mais maintenant que dans le *loisir* de la captivité il réfléchissait à nouveau sur toute sa conduite passée, il ne la trouvait plus, à beaucoup près, aussi odieuse ni aussi stupide qu'elle le lui avait paru dans ce temps-là.

« En quoi, pensait-il, mon idée était-elle plus bête que les autres idées et théories qui se livrent bataille dans le monde depuis que le monde existe? Il suffit d'envisager la chose à un point de vue large, indépendant, dégagé des préjugés du jour, et alors, certainement, mon idée ne paraîtra plus aussi... étrange. O esprits soi-disant affranchis, philosophes de cinq kopecks, pourquoi vous arrêtez-vous à mi-chemin? »

« Et pourquoi ma conduite leur paraît-elle si laide? se demandait-il. Parce que c'est un crime? Que signifie le mot crime? Ma conscience est tranquille. Sans doute j'ai commis un acte illicite, j'ai violé la lettre de la loi et versé le sang; eh bien, prenez ma tête... voilà tout! Certes, en ce cas, plusieurs même des bienfaiteurs de l'humanité, de ceux à qui le pouvoir n'est pas venu par héritage, mais qui s'en sont emparés de vive force, auraient dû dès leur début être livrés au supplice. Mais ces gens-là sont allés jusqu'au bout,

et c'est ce qui les justifie, tandis que moi, je n'ai pas su
poursuivre, par conséquent je n'avais pas le droit de commencer. »

Il ne se reconnaissait qu'un seul tort : celui d'avoir faibli,
d'être allé se dénoncer.

Une pensée aussi le faisait souffrir : pourquoi alors ne
s'était-il pas tué? Pourquoi, plutôt que de se jeter à l'eau,
avait-il préféré se livrer à la police? L'amour de la vie
était-il donc un sentiment si difficile à vaincre? Svidrigaïloff pourtant en avait triomphé!

Il se posait douloureusement cette question et ne pouvait
comprendre que, quand en face de la Néwa il songeait au
suicide, alors même peut-être il pressentait en lui et dans ses
convictions une erreur profonde. Il ne comprenait pas que
ce pressentiment pouvait contenir en germe une nouvelle
conception de la vie, que ce pouvait être le prélude d'une
révolution dans son existence, le gage de sa résurrection.

Il admettait plutôt qu'il avait alors cédé, par lâcheté et
défaut de caractère, à la force brutale de l'instinct. Le spectacle offert par ses compagnons de captivité l'étonnait :
combien tous ils aimaient aussi la vie! combien ils l'appré-
ciaient! Il semblait même à Raskolnikoff que ce sentiment
était plus vif chez le prisonnier que chez l'homme libre.
Quelles affreuses souffrances n'enduraient pas certains de
ces malheureux, les vagabonds, par exemple! Se pouvait-il
qu'un rayon de soleil, un bois sombre, une fontaine fraîche
eussent tant de prix à leurs yeux? A mesure qu'il les observa
davantage, il découvrit des faits plus inexplicables encore.

Dans la prison, dans le milieu qui l'entourait, bien des
choses, sans doute, lui échappaient; d'ailleurs, il ne voulait
fixer son attention sur rien. Il vivait, pour ainsi dire, les
yeux baissés, trouvant insupportable de regarder autour de
lui. Mais à la longue plusieurs circonstances le frappèrent,
et, malgré lui en quelque sorte, il commença à remarquer

ce qu'il n'avait même pas soupçonné auparavant. En général, ce qui l'étonnait le plus, c'était l'abîme effrayant, infranchissable, qui existait entre lui et tous ces gens-là. On eût dit qu'ils appartenaient, eux et lui, à des nations différentes. Ils se regardaient avec une défiance et une hostilité réciproques. Il savait et comprenait les causes générales de ce phénomène, mais jamais jusqu'alors il ne les avait supposées si fortes, ni si profondes. Indépendamment des criminels de droit commun, il y avait dans la forteresse des Polonais envoyés en Sibérie pour cause politique. Ces derniers considéraient leurs codétenus comme des brutes et n'avaient pour eux que du dédain; mais Raskolnikoff ne pouvait partager cette manière de voir : il s'apercevait fort bien que sous plusieurs rapports ces brutes étaient beaucoup plus intelligentes que les Polonais eux-mêmes. Là aussi se trouvaient des Russes — un ancien officier et deux séminaristes, qui méprisaient la plèbe de la prison : Raskolnikoff remarquait également leur erreur.

Quant à lui, on ne l'aimait pas, on l'évitait. On finit même par le haïr, — pourquoi? il l'ignorait. Des malfaiteurs cent fois plus coupables que lui le méprisaient, le raillaient; son crime était l'objet de leurs sarcasmes.

— Toi, tu es un barine! lui disaient-ils. — Est-ce que tu devais assassiner à coups de hache? Ce n'est pas là l'affaire d'un barine.

Dans la seconde semaine du grand carême, il dut assister aux offices religieux avec sa chambrée. Il alla à l'église et pria comme les autres. Un jour, sans qu'il sût lui-même à quel propos, ses compagnons faillirent lui faire un mauvais parti. Il se vit brusquement assailli par eux :

— Tu es un athée! Tu ne crois pas en Dieu! criaient tous ces forcenés. — Il faut te tuer.

Jamais il ne leur avait parlé ni de Dieu ni de la religion, et pourtant ils voulaient le tuer comme athée. Il ne leur

répondit pas un mot. Un prisonnier au comble de l'exaspération s'élançait déjà sur lui; Raskolnikoff calme et silencieux l'attendait sans sourciller, sans qu'aucun muscle de
son visage tressaillit. Un garde-chiourme se jeta à temps
entre lui et l'assassin, — un instant plus tard le sang aurait
coulé.

Il y avait encore une question qui restait insoluble pour
lui : pourquoi tous aimaient-ils tant Sonia? Elle ne cherchait
pas à gagner leurs bonnes grâces; ils n'avaient pas souvent
l'occasion de la rencontrer; parfois seulement ils la voyaient
au chantier ou à l'atelier, lorsqu'elle venait passer une minute
auprès de lui. Et cependant tous la connaissaient, ils n'igno-
raient pas qu'elle l'avait suivi, ils savaient comment elle
vivait, où elle vivait. La jeune fille ne leur donnait pas d'argent, ne leur rendait guère, à proprement parler, de ser-
vices. Une fois seulement, à la Noël, elle apporta un cadeau
pour toute la prison : des pâtés et des *kalatchi* [1]. Mais peu
à peu entre eux et Sonia s'établirent certains rapports plus
intimes : elle écrivait pour eux des lettres à leurs familles
et les mettait à la poste. Quand leurs parents venaient à la
ville, c'était entre les mains de Sonia que, sur la recommandation des prisonniers, ils remettaient les objets et
même l'argent destinés à ceux-ci. Les femmes et les maî-
tresses des détenus la connaissaient et allaient chez elle.
Lorsqu'elle visitait Raskolnikoff en train de travailler au
milieu de ses camarades, ou qu'elle rencontrait un groupe de
prisonniers se rendant à l'ouvrage, tous ôtaient leurs bon-
nets, tous s'inclinaient : « Matouchka, Sophie Séménovna,
tu es notre mère tendre et bien-aimée ! » disaient ces galé-
riens brutaux à la petite et chétive créature. Elle les saluait
en souriant, et tous étaient heureux de ce sourire. Ils
aimaient jusqu'à sa manière de marcher, et se retournaient

[1] Sorte de pains blancs.

pour la suivre des yeux lorsqu'elle s'en allait. Et que de
louanges ils lui donnaient! Ils lui savaient gré même d'être
si petite, ils ne savaient quels éloges faire d'elle. Ils allaient
jusqu'à la consulter dans leurs maladies.

Raskolnikoff passa à l'hôpital toute la fin du carême et la
semaine de Pâques. En revenant à la santé, il se rappela les
songes qu'il avait faits pendant qu'il était en proie au délire.
Il lui semblait alors voir le monde entier désolé par un fléau
terrible et sans précédents, qui, venu du fond de l'Asie, s'était
abattu sur l'Europe. Tous devaient périr, sauf un très-petit
nombre de privilégiés. Des trichines d'une nouvelle espèce,
des êtres microscopiques, s'introduisaient dans le corps des
gens. Mais ces êtres étaient des esprits doués d'intelligence
et de volonté. Les individus qui en étaient infectés deve-
naient à l'instant même fous furieux. Toutefois, chose
étrange, jamais hommes ne s'étaient crus aussi sages, aussi
sûrement en possession de la vérité que ne croyaient l'être
ces infortunés. Jamais ils n'avaient eu plus de confiance
dans l'infaillibilité de leurs jugements, dans la solidité de
leurs conclusions scientifiques et de leurs principes moraux.
Des villages, des villes, des peuples entiers étaient atteints
de ce mal et perdaient la raison. Tous étaient agités et
hors d'état de se comprendre les uns les autres. Chacun
croyait posséder seul la vérité et, en considérant ses semblables, se désolait, se frappait la poitrine, pleurait et se
tordait les mains. On ne pouvait s'entendre sur le bien et
sur le mal, on ne savait qui condamner, qui absoudre. Les
gens s'entre-tuaient sous l'impulsion d'une colère absurde.
Ils se réunissaient de façon à former de grandes armées,
mais, une fois la campagne commencée, la division se mettait brusquement dans ces troupes, les rangs étaient rom-
pus, les guerriers se jetaient les uns sur les autres, s'égor-
geaient et se dévoraient. Dans les villes on sonnait le tocsin
toute la journée, l'alarme était donnée, mais par qui et à

quel propos? personne ne le savait, et tout le monde était en
émoi. On abandonnait les métiers les plus ordinaires, parce
que chacun proposait ses idées, ses réformes, et l'on ne
pouvait pas se mettre d'accord; l'agriculture était délaissée.
Çà et là les gens se réunissaient en groupes, s'entendaient
pour une action commune, juraient de ne pas se séparer, —
mais un instant après ils oubliaient la résolution qu'ils
avaient prise, ils commençaient à s'accuser les uns les
autres, à se battre, à se tuer. Les incendies, la famine com-
plétaient ce triste tableau. Hommes et choses, tout péris-
sait. Le fléau étendait de plus en plus ses ravages. Dans
le monde entier pouvaient seuls être sauvés quelques
hommes purs prédestinés à refaire le genre humain, à
renouveler la vie et à purifier la terre; mais personne ne
voyait ces hommes nulle part, personne n'entendait leurs
paroles et leur voix.

Ces songes absurdes laissèrent dans l'esprit de Raskolnikoff une impression pénible qui fut longue à s'effacer. Arriva
la deuxième semaine après Pâques. Le temps était chaud,
serein, vraiment printanier; on ouvrit les fenêtres de l'hôpital (des fenêtres grillées sous lesquelles se promenait un
factionnaire). Pendant toute la maladie de Raskolnikoff,
Sonia n'avait pu lui faire que deux visites; chaque fois il
fallait demander une autorisation qui était difficile à obtenir.
Mais souvent, surtout à la chute du jour, elle venait dans la
cour de l'hôpital et, durant une minute, restait là à regarder les fenêtres. Un jour, vers le soir, le prisonnier, déjà
presque entièrement guéri, s'était endormi; à son réveil, il
s'approcha par hasard de la croisée et aperçut Sonia qui,
debout près de la porte de l'hôpital, semblait attendre quelque chose. A cette vue, il eut comme le cœur percé, il frissonna et s'éloigna vivement de la fenêtre. Le lendemain Sonia ne vint pas, le surlendemain non plus; il remarqua qu'il
l'attendait avec anxiété. Enfin il quitta l'hôpital. Lorsqu'il

revint à la prison, ses codétenus lui apprirent que Sophie Séménovna était malade et gardait la chambre.

Il fut fort inquiet, envoya demander des nouvelles de la jeune fille. Il sut bientôt que sa maladie n'était pas dangereuse. De son côté, Sonia, voyant qu'il était si préoccupé de son état, lui écrivit au crayon une lettre où elle l'informait qu'elle allait beaucoup mieux, qu'elle avait pris un léger refroidissement, et qu'elle ne tarderait pas à l'aller voir au travail. A la lecture de cette lettre, le cœur de Raskolnikoff battit violemment.

La journée était encore sereine et chaude. A six heures du matin, il alla travailler au bord du fleuve, où l'on avait établi sous un hangar un four à cuire l'albâtre. Trois ouvriers seulement furent envoyés là. L'un d'eux, accompagné du garde-chiourme, alla chercher un instrument à la forteresse, un autre commença à chauffer le four. Raskolnikoff quitta le hangar, s'assit sur un banc de bois et se mit à contempler le fleuve large et désert. De cette rive élevée on découvrait une grande étendue de pays. Au loin, de l'autre côté de l'Irtych, retentissaient des chants dont un vague écho arrivait aux oreilles du prisonnier. Là, dans l'immense steppe inondée de soleil, apparaissaient comme de petits points noirs les tentes des nomades. Là c'était la liberté, là vivaient d'autres hommes qui ne ressemblaient nullement à ceux d'ici; là on eût dit que le temps n'avait pas marché depuis l'époque d'Abraham et de ses troupeaux. Raskolnikoff rêvait, les yeux fixés sur cette lointaine vision; il ne pensait à rien, mais une sorte d'inquiétude l'oppressait.

Tout à coup il se trouva en présence de Sonia. Elle s'était approchée sans bruit et s'assit à côté de lui. La fraîcheur du matin se faisait encore un peu sentir. Sonia avait son pauvre vieux bournous et son mouchoir vert. Son visage pâle et amaigri témoignait de sa récente maladie. En abordant le prisonnier, elle lui sourit d'un air aimable et content, mais ce fut, selon son habitude, avec timidité qu'elle lui tendit la main.

Elle la lui tendait toujours timidement; parfois même elle n'osait la lui offrir, comme si elle eût craint de la voir repoussée. Il semblait toujours prendre cette main avec répugnance; toujours il avait l'air fâché quand la jeune fille arrivait, et quelquefois celle-ci ne pouvait obtenir de lui une seule parole. Il y avait des jours où elle tremblait devant lui et se retirait profondément affligée. Mais cette fois leurs mains se confondirent dans une longue étreinte; Raskolnikoff regarda rapidement Sonia, ne proféra pas un mot et baissa les yeux. Ils étaient seuls, personne ne les voyait. Le garde-chiourme s'était momentanément éloigné.

Soudain et sans que le prisonnier sût lui-même comment cela était arrivé, une force invisible le jeta aux pieds de la jeune fille. Il pleura, lui embrassa les genoux. Dans le premier moment elle fut fort effrayée, et son visage devint livide. Elle se leva vivement et, toute tremblante, regarda Raskolnikoff. Mais il lui suffit de ce regard pour tout comprendre. Un bonheur immense se lut dans ses yeux rayonnants; il n'y avait plus de doute pour elle qu'il ne l'aimât, qu'il ne l'aimât d'un amour infini; enfin ce moment était donc arrivé...

Ils voulurent parler et ne le purent. Ils avaient des larmes dans les yeux. Tous deux étaient pâles et défaits, mais sur leurs visages maladifs brillait déjà l'aurore d'une rénovation, d'une renaissance complète. L'amour les régénérait, le cœur de l'un renfermait une inépuisable source de vie pour le cœur de l'autre.

Ils résolurent d'attendre, de prendre patience. Ils avaient sept ans de Sibérie à faire : de quelles souffrances intolérables et de quel bonheur infini ce laps de temps devait être rempli pour eux! Mais Raskolnikoff était ressuscité, il le savait, il le sentait dans tout son être, et Sonia — Sonia ne vivait que de la vie de Raskolnikoff.

Le soir, après qu'on eut bouclé les prisonniers, le jeune
homme se coucha sur son lit de camp et pensa à elle. Il lui
semblait même que ce jour-là tous les détenus, ses anciens
ennemis, l'avaient regardé d'un autre œil. Il leur avait adressé
la parole le premier, et ils lui avaient répondu avec affabilité.
Il se rappelait cela maintenant, mais d'ailleurs il devait en
être ainsi : est-ce que maintenant tout ne devait pas changer?

Il pensait à elle. Il songeait aux chagrins dont il l'avait
continuellement abreuvée; il revoyait en esprit son petit
visage pâle et maigre. Mais à présent ces souvenirs étaient
à peine un remords pour lui : il savait par quel amour sans
bornes il allait désormais racheter ce qu'il avait fait souffrir
à Sonia.

Oui, et qu'était ce que toutes ces misères du passé? Dans
cette première joie du retour à la vie, tout, même son crime,
même sa condamnation et son envoi en Sibérie, tout lui
apparaissait comme un fait extérieur, étranger; il semblait
presque douter que cela lui fût réellement arrivé. Du reste,
ce soir-là, il était incapable de réfléchir longuement, de
concentrer sa pensée sur un objet quelconque, de résoudre
une question en connaissance de cause; il n'avait que des
sensations. La vie s'était substituée chez lui au raisonnement.

Sous son chevet se trouvait un évangile. Il le prit machinalement. Ce livre appartenait à Sonia, c'était dans ce volume qu'elle lui avait lu autrefois la résurrection de Lazare.
Au commencement de sa captivité, il s'attendait à une per-
sécution religieuse de la part de la jeune fille, il croyait
qu'elle allait lui jeter sans cesse l'Évangile à la tête. Mais, à
son grand étonnement, pas une seule fois elle ne mit la conversation sur ce sujet, pas une seule fois même elle ne lui
offrit le saint livre. Ce fut lui-même qui le lui demanda
peu de temps avant sa maladie, et elle le lui apporta sans
mot dire. Jusqu'alors il ne l'avait pas ouvert.

Maintenant encore il ne l'ouvrit pas, mais une pensée

traversa rapidement son esprit : « Ses convictions peuvent-
elles à présent n'être point les miennes? Puis-je du moins
avoir d'autres sentiments, d'autres tendances qu'elle?... »

Durant toute cette journée, Sonia fut, elle aussi, fort agitée, et, dans la nuit, elle eut même une rechute de sa maladie. Mais elle était si heureuse, et ce bonheur était une si
grande surprise pour elle, qu'elle s'en effrayait presque. Sept
ans, *seulement* sept ans! Dans l'ivresse des premières heures,
peu s'en fallait que tous deux ne considérassent ces sept ans
comme sept jours. Raskolnikoff ignorait que la nouvelle vie
ne lui serait pas donnée pour rien, et qu'il aurait à l'acquérir
au prix de longs et pénibles efforts.

Mais ici commence une seconde histoire, l'histoire de la
lente rénovation d'un homme, de sa régénération progres-
sive, de son passage graduel d'un monde à un autre. Ce
pourrait être la matière d'un nouveau récit, — celui que
nous avons voulu offrir au lecteur est terminé.

FIN DU TOME SECOND.

PARIS. TYPOGRAPHIE DE E. PLON, NOURRIT ET C^ie, RUE GARANCIÈRE, 8.